CAZADORA

CAZADORA

ROMINA GARBER

Traducción de Marta Rivilla

Argentina – Chile – Colombia – España
Estados Unidos – México – Perú – Uruguay

Título original: *Cazadora*
Editor original: Wednesday Books, un sello de St. Martin's Publishing Group
Traducción: Marta Rivilla

1.ª edición: julio 2023

Todos los nombres, personajes, lugares y acontecimientos de esta novela son producto de la imaginación de la autora o son empleados como entes de ficción. Cualquier semejanza con personas vivas o fallecidas es mera coincidencia.

Plaza de los Reyes Magos, 8, piso 1.º C y D – 28007 Madrid
www.mundopuck.com

ISBN: 978-84-19252-13-5
E-ISBN: 978-84-19497-04-8
Depósito legal: B-9.685-2023

Fotocomposición: Ediciones Urano, S.A.U.
Impreso por: Rodesa, S.A. – Polígono Industrial San Miguel
Parcelas E7-E8 – 31132 Villatuerta (Navarra)

Impreso en España – *Printed in Spain*

Para todas las familias separadas que nunca volverán
a sentirse completas.

Y para papá, mi inspiración, gracias por enseñarme a soñar.

«Tus ojos abiertos son la única luz que conozco
de las constelaciones extintas».

—Pablo Neruda

FASE I

Puedo oler Buenos Aires.

Debemos de estar cerca de la frontera. Parece que me catapultan el corazón a la garganta.

El aire se ha oscurecido tanto que ni siquiera veo las paredes de piedra de los portales. No tengo ni idea de qué pasará cuando llegue al control y me vea cara a cara con un agente fronterizo.

Solo sé que Tiago, Saysa y Cata caminan a mi lado. Después de todo lo que hemos pasado, lo único que tengo claro es que he encontrado mi sitio, con mis amigos. Ellos son mi manada.

Tiago me aprieta la mano con los dedos, como si pudiera leerme la mente. La oscuridad que nos rodea es tan opaca que incluso consigue apagar el brillo de nuestros ojos.

Innumerables Septimus avanzan con nosotros, los pasos de nuestro colectivo se hace eco en este camino que conecta dos mundos de realidad. Estamos volviendo a la Tierra desde Lunaris, una tierra llena de magia, niebla y monstruos: la fuente de nuestro poder.

Por ley, e imperativo biomágico, brujas y lobizones deben quedarse en este reino durante la luna llena.

Hemos llegado, pienso mientras respiro y percibo notas de café, piel y papel. Aun así, cuando me llega el olor a almendra de Ma, sé que en realidad no estoy oliendo mi hogar, sino inhalando el recuerdo que tiene Ma de él.

Así es cómo me describió Buenos Aires hace un mes. *Hace ya una vida*. El último día que pasamos juntas.

Antes pensaba que mientras crecía en Miami debía ser invisible porque Ma y yo no teníamos papeles y porque nos escondíamos de la familia criminal de mi padre, quien lo había asesinado por intentar fugarse con ella. Sin embargo, la verdadera historia no tiene nada que ver, directamente es de otro género.

Resulta que no soy del todo humana, sino que también tengo algo de Septimus, una especie maldita de brujas y hombres lobo de la Argentina. Y mi padre está vivo, de eso no cabe duda. Durante todos estos años, ha estado trabajando como profesor en una escuela de magia a tan solo dos horas de distancia.

El olor almendrado de Ma no me ha abandonado desde que salimos de Lunaris, como si estuviera esperándome en cada sombría esquina. Tiago ya me avisó de que cruzar el portal podía confundir mis sentidos, y los recuerdos más intensos de la última luna podían aflorar a la superficie.

Aun así, sé perfectamente que Ma no está aquí; la tienen en un centro de detención en Miami, esperando a deportarla. Por eso voy a ir a Kerana, la ciudad argentina donde vive la mayoría de Septimus. En un lugar tan poblado, mis amigos y yo tendremos más posibilidades de eludir a los Cazadores. *A las autoridades*.

Una vez estemos en la Argentina, encontraré la manera de reunirme con Ma.

La luz inunda el túnel y las paredes se encorvan formando una enorme estación subterránea. Pestañeo mientras un enjambre de Septimus se concentra a nuestro alrededor y avanza hasta los puntos de control que hay más adelante, probablemente deseosos de llegar a casa y dormir.

Aun así, mis piernas parecen hacerse más pesadas cuando veo a los agentes fronterizos en la lejanía, comprobando las Huellas, la documentación de los Septimus. Y el viejo mantra vuelve a mi mente una vez más: *Aquí no, aquí no, aquí no*.

En el mundo de los humanos, si te descubrían significaba que te deportaban.

Aquí, a una híbrida como yo, directamente la ejecutan.

Tiago me aprieta la mano y me doy cuenta de que me he parado en seco.

—¿Estás bien, Manu?

Su voz es como una canción.

Levanto la mirada y me abraza un resplandor de zafiro. Tiago me acaricia la mejilla con el pulgar y oigo el temblor de mi respiración al exhalar.

—Tenemos que seguir adelante —dice Cata, con cara lánguida. A su lado, el gesto inexpresivo de Saysa es inescrutable, su presencia extraordinariamente ausente.

Busco en el bolsillo de mi vestido hasta encontrar mi Huella falsificada. Zaybet, la amiga de Saysa, me hizo el documento, esta especie de pasaporte, en Lunaris. Esta será la primera vez que lo ponga a prueba.

Aunque la documentación es falsa, tener el cuadernillo en la mano alivia mi sensación de creerme una farsa. No tengo fotos con Ma de cuando era pequeña en el apartamento, no hay pruebas que demuestren mi existencia. Por eso, aunque la información en esta Huella sea falsa, al menos aparece mi cara.

Es una prueba de que soy real.

De que existo.

Seguimos avanzando entre el gentío y me doy cuenta de que los Septimus nunca viajan solos, se mueven en grupos. Por eso, cuando veo que una pandilla de chicos nos miran extrañados, sé que no es cosa mía, que la gente nos mira.

Deben de ser mi ojos.

Mis iris, tan dorados como el sol, llaman la atención en todos los mundo que conozco. Ni siquiera los Septimus tienen los ojos amarillos.

Mantengo la cabeza gacha, y noto que Tiago se tensa porque acelera el ritmo y empuja a Cata y Saysa. Entonces, me aprieta con delicadeza el hombro y se aleja de nosotras.

Lo sigo con la mirada, bloqueada, sin poder decir nada, hasta que me doy cuenta de que todos los lobos se están separando y yendo en la misma dirección. Hay puntos de control diferentes para las brujas y los lobizones.

Siento el impulso de seguir a Tiago, pero tengo que volver a fingir que soy una bruja. Una lobizona llamaría demasiado la atención y, como diría Ma: «Llamar la atención genera escrutinio».

Así que vuelvo a ser un secreto.

—Vamos —dice Saysa, mientras me separa de Cata.

Cada uno de los cuatro elementos tiene asignada una zona diferente. La zona borrascosa por la que pasamos ahora es la de las Invocadoras, las brujas del viento, y veo cómo Cata se une a la cola. La temperatura baja unos cuantos grados mientras pasamos por las Congeladoras, las brujas de agua, y luego Saysa y yo nos colocamos en la zona más cálida, preparada para las Jardineras, las brujas de la tierra.

El calor no lo desprendemos nosotras, sino que, a nuestro lado, en los límites de aquel espacio, se encuentran las Encendedoras. No me hace falta mirar a las brujas de fuego para saber que están ahí.

Tengo miedo de girarme y encontrarme con los ojos rojo sangre de Yamila.

Desde que esa ambiciosa Cazadora supo de mi existencia, me convertí en su objetivo: apresarme le abriría muchas puertas. Mis amigos y yo a duras penas logramos escapar de ella en Lunaris, justo antes de entrar al portal. Sin Saysa no lo hubiésemos conseguido.

Tener cierta magia conlleva pagar un precio muy alto.

Agarro fuerte la Huella que llevo en el bolsillo y deseo que Saysa me diga algo que me haga sentir mejor, pero su cabeza la sigue atormentando con lo que hizo. Su cuerpo, ya de por sí enjuto, parece haberse encogido aún más y su piel parduzca ha perdido su calidez, tiene el rostro ensombrecido.

Mientras la cola avanza, empiezo a sentir un estado de alerta que me resulta muy familiar y me veo otra vez escondiéndome debajo de la cama de Perla, mientras los agentes del ICE aporreaban la puerta del vecino.

Perla tiene 90 años y es mi abuela adoptiva. Ella fue quien nos acogió a Ma y a mí hace ya muchos años, quien me educó en su casa y nos dejó quedarnos allí sin pagar, a cambio de que la cuidásemos.

Recuerdos de El Retiro alimentan mi miedo hasta el punto de que me obligo a apretar la mandíbula para que los dientes dejen de castañetear. No puedo permitirme pensar en todo lo que me han quitado o perderé la entereza.

Tengo que pensar en cosas más agradables... Como cuando descubrí El Laberinto, una antigua ciudad de edificaciones de piedra derruidas que parece que ha sido absorbida y escupida por los Everglades. Allí es donde hice mis primeros amigos; ellos vieron quien era yo de verdad y me aceptaron. También fue allí donde, después de probar y descartar una infinidad de identidades, encontré la correcta.

No era humana.

Ni bruja.

Era *lobizona*.

Como si la sola palabra pudiera invocar el cambio, noto un escalofrío que me recorre entera hasta aterrizar en mi tripa. Solo tenemos a un pequeño grupo delante, luego va Saysa y, después, yo.

En mi interior noto cómo mi útero se retuerce y me muerdo el labio con fuerza para ahogar un quejido.

Me voy a transformar.

Aun así, el calor que me genera el cambio se ve contrarrestado por otra sensación, un sudor frío que me hace recordar el día en el que los Cazadores aparecieron en la clase de la señora Lupe para hacer una inspección sorpresa de nuestras Huellas. Siento que me va a dar un ataque de pánico.

Desde que soy lobizona parece que mi ansiedad funciona como desencadenante para mi transformación.

Quiero decirle algo a Saysa, pero sigue sin mirarme. Mientras el grupo de Jardineras que tenemos delante sigue avanzando, quiero pedirle que me ayude a calmarme, que me distraiga, pero parece estar totalmente ausente.

A nuestro alrededor fluye un torrente de conversaciones y la gente sigue mirándome mucho. Ojalá pudiese esconderme detrás de mis gafas de sol, como solía hacer como humana en Miami, pero los Septimus nunca pueden ocultar sus ojos.

Sobre todo las brujas, ya que cada elemento se asocia a un par de colores: el lila y el rosa para las Invocadoras, el azul y el gris a las Congeladoras, el marrón y verde a las Jardineras, y el rojo y el negro a las Encendedoras. Mi única esperanza es que mis ojos amarillos pasen por un tono muy claro de ámbar.

Noto un cosquilleo en la punta de los dedos, como un aviso de que mis garras están intentando salir.

No puedo pararlo.

Necesito ayuda.

—Oye —consigo decirle a Saysa. Me cuesta horrores usar la voz, y las palabras me salen ahogadas.

Saysa se me queda mirando, alarmada, como si ya me hubiese transformado en loba. Parece darse cuenta de algo porque sus ojos verde lima se abren de par en par y se le escapa un:

—Ay, no.

Quiero preguntárselo, pero tengo miedo de abrir la boca y que se me vean los colmillos.

No deja de mirarme de arriba abajo, como si la solución que estuviese buscando se encontrara en mi vestido. En ese momento balbucea algo en voz baja para que el resto de las brujas no la oiga:

—Te bañaste en La Fuente de las Flores Feroces.

¿La Fuente de las Flores Feroces? ¿Qué mierda quiere decir eso?

No me lo repite ni me lo aclara porque entonces la agente grita:

—¡Siguiente!

Una de dos: o me transformo o vomito. Si me muevo, exploto.

El pelo me suda y hace que me pique la cabeza. Saysa da un paso al frente y sé que tengo que seguirla, pero me estoy preparando para transformarme.

Inhalo con todas mis fuerzas, los huesos me tiemblan mientras intento mantener el control sobre ellos y arrastro los pies para avanzar.

Cuando consigo llegar a mi destino, Saysa ya le ha entregado a la agente la libreta verde, su Huella. La Cazadora mira bien la foto y la contrasta con la cara de Saysa, y pasa las páginas del documento.

—Estás estudiando en El Laberinto —dice la agente, mientras la sigue examinando—. ¿Qué haces aquí?

—Lunaciones —dice Saysa con una actitud despreocupada que parece haber sacado de otro universo y encandila a la Jardinera con su sonrisa más encantadora. Nunca había oído esa palabra, pero parece una mezcla entre *luna* y *vacaciones*.

La agente le devuelve la Huella a Saysa y, por fin, posa sus ojos en mí. Estoy segura de que debo tener un aspecto horrible, sudada y con los ojos abiertos como platos.

No me acerca la mano pidiéndome mi Huella, se limita a fruncirme el ceño.

Me palpitan las sienes y noto brotar el torrente de sangre mientras se me empieza a abrir la cabeza…

—Según la ley —dice clavándome los ojos—, en Kerana, la ropa de las brujas tiene que ser del mismo color que el de sus ojos, ¿o es que acaso te has olvidado?

Ni siquiera soy capaz de respirar mientras veo cómo estudia mi vestido.

—¿Por qué llevas ropa gris?

Pestañeo sin saber qué decir. Se me había olvidado que le había dado mi vestido a Bibi en Lunaris para escapar de los Cazadores que vigilaban la Ciudadela. Mi vestido dorado era demasiado llamativo… De eso era de lo que se había dado cuenta Saysa.

—Me he metido en La Fuente de las Flores Feroces —me oigo decir.

La agente me inspecciona durante unos minutos más, mirándome fijamente a los ojos, y yo aguanto la respiración sin atreverme a hacer ni un solo ruido.

—Esas flores hacen lo que quieren —dice por fin—, pero la verdad es que normalmente suelen teñir la tela con colores más alegres.

No le contesto y, finalmente, abre la palma de la mano, así que le entrego mi Huella dorada. Se toma su tiempo para comprobar bien cada una de las páginas, como si mi vida le pareciese interesantísima. Después, levanta los ojos y, por la mirada que me dedica, sé que tiene preguntas.

¿Y qué pasa si me hace un montón de preguntas sobre La Mancha, la manada de la cual afirmo formar parte? No sé nada de ellos…

Se empiezan a oír gritos al otro lado de la estación, donde están los lobos. La agente desvía la mirada hacia allí, al mismo tiempo que el resto de compañeras, para ver qué está pasando. Como las brujas no tienen sentidos tan agudizados, ninguna puede saber la causa del revuelo.

Entrecierro los ojos en esa dirección, agudizando el oído, hasta que me doy cuenta de que se trata de un aullido de alegría. Vitorean para celebrar algo o a alguien.

—Toma —dice la Jardinera y me planta la Huella en la mano.

Después, en lugar de llamar al siguiente grupo, se recuesta para escuchar la noticia que un Cazador les trae a ella y a las demás brujas.

Saysa y yo nos unimos a la multitud que se dirige a la salida, hacia la ciudad que hay más adelante. Mientras subimos la colina, inspiro un soplo de aire fresco.

Aún es noche cerrada y algunos rayos plateados caen sobre el suelo como si la luna nos marcara el camino a casa. Sé muy bien que Saysa y yo estamos evitando mirarnos. Es como si acabásemos de salir victoriosas del mayor atraco de la historia y estuviésemos esperando a estar en un sitio seguro para celebrarlo.

Soy libre.

En mi hogar ancestral.

Con mi manada.

Aunque, al sentirme en una inesperada nube de libertad, tengo que reprimir una sonrisa, sé que es una mera ilusión. Puede que Yamila me haya dado un respiro hoy, pero mañana volverá a la carga.

Las dos sabemos que no puedo seguir huyendo mucho más. Dentro de cuatro semanas, cuando llegue la próxima luna llena, tendremos que utilizar el portal de nuevo para volver a Lunaris y, para entonces, ya habrá podido movilizar a todo el ejército de Cazadores y no habrá sitio en el que pueda esconderme.

La pregunta no es *si* la Cazadora me va a atrapar… Sino *cuándo*.

Kerana es una mujer y un lugar. La primera vez que escuché su nombre fue mientras aprendía sobre la historia de los guaraníes, el pueblo indígena de Sudamérica que fue masacrado por los europeos que colonizaron el continente. En sus historias, Kerana es la nieta del primer hombre y la primera mujer en la Tierra.

Según la leyenda de los Septimus, un demonio se escapó de Lunaris, violó a Kerana y la dejó embarazada, forzándola a dar a luz a una línea de hijos malditos. Desde aquel momento, todos los séptimos hijos nacieron lobizones y las séptimas hijas, brujas.

Cuando los primeros Septimus se reunieron para formar la primera manada, rastrearon su magia hasta las cataratas de Iguazú, las cataratas más grandes del mundo.

Iguazú también tiene su origen en la historia guaraní. La leyenda dice que una deidad quiso casarse con una mujer llamada Naipí y que, cuando huyó con su amante humano en una canoa, la deidad partió el río, creando así la cascada y separando a los dos amantes para siempre.

En Iguazú, los Septimus encontraron un mundo híbrido que existe entre la Tierra y Lunaris. Este mundo fronterizo fue lo que salvó a la especie de la persecución de los humanos.

Se convirtió en su tierra natal, así que lo llamaron *Kerana*.

Cambiamos los enormes campos de dientes de león y las formaciones rocosas de montaña argentina por una manada llamada Belgrano, una bulliciosa ciudad que había crecido en los troncos secos de gigantescos árboles violeta que se erguían como edificios. En todas las plantas sobresalían ramas desnudas que funcionaban a modo de plataforma de aterrizaje para los globos aerostáticos, que parecen ser el transporte favorito en esta comunidad.

Plagando las calles, entre los huecos que se crean entre los arbolificios, están las marañas infinitas de organismos gris azulado que de vez en cuando aparecen y desaparecen.

No pises los hongos.

Es la primera regla para viajar entre las manadas de Kerana, y, si Tiago, Cata o Saysa me lo recuerdan una vez más, de verdad que los mato. El mensaje me caló perfectamente cuando vi que la tierra se tragaba a una muchacha que había pisado uno blanco.

Aún boquiabierta, estiré a Cata del brazo para preguntarle dónde se había metido, a lo que me respondió con un simple: «El Hongo» y me chistó para que no volviera a hacer ese tipo de preguntas hasta que estuviésemos solas. Sin embargo, últimamente la intimidad no era algo que encontrásemos con facilidad.

Los cuatro reducimos la marcha al pasar por una apertura en uno de los troncos violetas, donde un aroma irresistible nos atrae para que nos acerquemos y lo inspeccionemos mejor.

Estudiamos el menú que hay colgado fuera de un establecimiento llamado Parrillada Paraíso.

—Tienen *lomitos* —digo con voz grave dejando claro mi deseo.

El estómago de Tiago ruge dándome la razón. Nos hemos gastado casi todas las semillas que tenemos, la moneda de los Septimus, así que esta podría ser la última comida decente que tengamos durante un tiempo.

Las semillas se recolectan en Lunaris y crecen en plantas cuyas hojas producen potentes pociones. Cuanto más extrañas son las semillas más valor tienen.

Hace tres días que cruzamos la frontera a Kerana y he aprendido que las manadas cubren las necesidades básicas de sus residentes (vivienda, comida, ropa y educación) y, a cambio, ellos deben aportar a la manada la mayoría de las semillas que ganan. Las familias que ganan más de la cantidad con la que deben contribuir se pueden permitir vacaciones, mejores ropas y casas más lujosas. Básicamente, la manada financia sus vidas y, con los ahorros, se costean su estilo de vida.

—Ya entramos nosotras, ustedes quédense aquí. —Últimamente el tono severo que usa Saysa al hablar es casi indistinguible del de Cata.

Tiago y yo nos limitamos a asentir con la cabeza. Sabiendo que hay orejas de lobo por todas partes, hemos adoptado un régimen comunicativo bastante minimalista.

Un destello de luz aparece sobre nuestras cabezas y veo a una Invocadora aterrizando un globo amarillo brillante como el sol. Sale de la cesta dando un salto mientras una manada de lobos transformados pasa a toda máquina, escalando por las ramas para llegar a las plantas más altas. No hay hojas que nos tapen las vistas, solo unos cuantos globos coloridos, y alcanzo a ver hasta el punto donde las copas de los árboles violetas acarician el cielo azul. Allí arriba ya no hay letreros de negocios y me pregunto si es que en esos niveles solo hay residencias.

Me tiran de la mano y bajo la mirada para perderme en un horizonte aún más azul. Los ojos de Tiago se entrecierran un poco, tiene los párpados caídos por falta de sueño; asiento con la cabeza para hacerle saber que lo he entendido: se supone que tenemos que estar vigilando, no tener la mente en las nubes.

Ha estado sufriendo durante todo este tiempo, seguramente por lo que pasó con los agentes fronterizos. Resulta que, cuando Tiago me contó que era el único Septimus que se ha visto las caras con uno de los seis demonios de Lunaris y que ha sobrevivido para contarlo, se le olvidó comentarme que todo el mundo lo conoce por eso. Lo llaman el Lobo invencible.

Él había sido el motivo del alboroto en la estación subterránea cuando llegamos. En cuanto Tiago se identificó con su Huella, el agente lobizón se emocionó, avisó a los demás y entonces todo el mundo empezó a llamarlo por su apodo y a felicitarlo por haber ganado el campeonato de Septibol.

Seguro que Yamila ya sabe que estamos en Argentina y por eso hemos ido de un lado a otro, para impedir que dé con nosotros. No puedo evitar pensar en mis padres y en la huida que nunca llegaron a hacer.

«Me aposté fuera del centro de detención». Me clavo las uñas en las palmas de las manos mientras la voz envenenada de la Cazadora me vuelve a la cabeza. «Esperé y esperé, pensando que vendrías a visitar a tu pobre y abandonada...». Noto una punzada de dolor al penetrar la piel. Mientras la voz de la bruja de fuego me inunda la mente, me intento concentrar en los Septimus que tengo a mi alrededor.

Un lobizón se abre paso a zancadas con su traje azul eléctrico y hombreras de platino sobre sus amplios hombros, después me fijo en una Encendedora que lleva unas botas color pomelo que le llegan hasta los muslos y combinan con las llamas de sus ojos. Mis amigos y yo sin duda no vamos vestidos para la ocasión en esta manada.

Llevamos pantalones azules a los que llaman índigos; son como una especie de vaqueros pero más cómodos, y Cata, Saysa y yo llevamos camisetas a conjunto con el color de nuestros ojos. La mía tira más hacia ámbar amarronado, ya que el amarillo me delataría.

Un hilo de humo rojo me hace volver la mirada a Parrillada Paraíso, y las tripas se me endurecen aún más. Sé que Tiago se vuelve a tensar al ver que me giro hacia allí tan rápido, pero la bruja que está entrando en el restaurante tiene la piel y el pelo más oscuros; no es Yamila.

Al exhalar se me escapa un soplido y escaneo los nombres de las tiendas que hay alrededor: Vestidos de Victoria, El lobizón fino, Pociones para pequeños, Locura por los libros... Hay tiendas para todo tipo de productos. Cuando veo el cartel de los baños, vuelvo a notar el nudo en el estómago.

BRUJA

LOBIZÓN

No hay símbolos al lado de los nombres, pero no hace falta, las palabras ya dejan claro los géneros de cada grupo. El sistema binario está claro y no hay margen para la ambigüedad. En el vocabulario de los Septimus no existe la palabra *brujo*... ni *lobizona*.

Por un momento, vuelvo a aquel momento antes del campeonato de Septibol, cuando me quedé mirando los dos vestuarios sin saber muy bien cuál era el mío. También recuerdo que la mirada coralina de Gael se derrumbó al suelo cuando elegí el de *brujas*; parecía tan decepcionado como yo me sentía por dentro.

Aún sigo sin creerme que haya encontrado a mi padre, e incluso me parece aún más increíble el hecho de que nadie sepa que también es *Fierro*, el Septimus más famoso que vive fuera de la ley. Me cuesta asimilar que todo el mundo lo conoce cuando yo sé tan poco de él.

Fierro solía organizar manifestaciones públicas que desafiaban el carácter binario y rígido del sistema, hasta que desapareció hace ya dieciocho años. Solo mis amigos y yo sabemos la verdad: estuvo a punto de fugarse con Ma, hasta que su hermana, Jazmín, la madre de Cata y directora de la academia El Laberinto, descubrió sus planes y lo traicionó.

No reveló su identidad, pero les dijo a los Cazadores que Gael estaba actuando por su cuenta para intentar capturar a Fierro. Al final los enviaron, tanto a él como a Jazmín, a El Laberinto por interferir en la investigación. Su castigo fue que no podrían volver hasta que capturaran a Fierro.

Para impedir que mis padres pudieran estar juntos, Jazmín mintió a Gael y le dijo que los Cazadores sabían que se había estado viendo con una humana. Convenció a su hermano de que matarían a Ma si volvía a ponerse en contacto con ella.

—Mierda…

La musicalidad de la voz de Tiago me sorprende de nuevo después de haber pasado tanto tiempo en silencio. Y tardo unos segundos en darme cuenta de lo que ha dicho.

Fijo la mirada en un grupo de jóvenes cerca de los arbolificios; están apiñadas entre ellas y lanzándonos miradas como si estuviesen intentando decidir algo. Al segundo escuchamos el famoso apodo entre susurros, *el Lobo invencible*.

—Entremos en esa, a ver —me dijo Tiago, intentando sonar natural, mientras me señala en dirección a la tienda que teníamos más cerca.

Sin embargo, no nos da tiempo, al segundo paso que damos, las brujas ya se nos acercan corriendo. Confundida, parpadeo un par de veces, mientras el grupito levanta los espejos con mango de piedra que tienen en la mano y los mueven de un lado a otro. Son como el que usó Zaybet para echarme una foto al falsificar mi Huella. Entonces, Tiago me toma la mano, tira de mí y sale corriendo.

Somos más rápidos que las brujas, así que, en un momento, conseguimos que un montón de árboles nos separen. Aun así, ellas tienen la ventaja de la *magia*.

Una molesta nube gris se crea sobre nuestras cabezas, como un marcador GPS que les indica en todo momento nuestra ubicación, y, al instante, unos gotarrones grandes como cubos empiezan a caernos encima.

Supongo que se creen que puedo protegernos con mi magia, pero como no soy bruja... Tiago y yo tomamos una nueva dirección, en un intento de escaparnos de la tormenta y no perdernos, mientras nos siguen torpedeando con bombas de agua...

Derrapamos al frenar de golpe, porque una chica de ojos rosas se interpone en nuestro camino. El vendaval que levanta Cata hace desaparecer las nubes y se lleva la lluvia con ellas, pero, a medida que su magia va desapareciendo, vemos que una tormenta aún más peligrosa empieza a despertarse en sus ojos. Saysa se planta a su lado, mira a su hermano con el ceño fruncido y le tira un enorme saco lleno de comida recién hecha.

—¿Qué han hecho ya?

—No tenemos tiempo que perder —dice, mientras se sacude el agua del pelo y yo me escurro la melena.

Los cuatro volvemos corriendo al arboledo, el transporte de árboles, con el que llegamos hasta aquí antes de que las brujas empiecen a difundir que Tiago está en la zona y que llegue a los oídos equivocados. Por suerte, las chicas no han podido hacerle ninguna foto.

Pasamos al lado de una bruja en la entrada del arboledo que está negociando un precio para llevar a un grupo de lobizones a su destino. Sus ojos marrones se cruzan con los de Saysa e intercambian un saludo con la cabeza casi imperceptible en señal de su unión como Jardineras.

Justo después, sus ojos se encuentran con los míos y pestañea, sin poder decidirse si me debe algo, ya que no sabe si soy una de ellas. Antes de que pueda llegar a una conclusión, ya nos hemos ido.

Dentro del tronco hay una estación cavernosa con paredes vivas de color marrón, donde no dejan de abrirse y cerrarse nuevos pasadizos a medida que los Septimus van llegando y saliendo. A la cabeza de cada grupo siempre hay una bruja de ojos amarronados o verdosos. Los iris de color lima de Saysa brillan aún más en contraste con el pasaje mientras se comunica con el sistema de raíces para llevarnos a una nueva manada.

Solo las Jardineras pueden controlar la dirección de los sistemas de raíces; las Invocadoras pilotan los globos aerostáticos; las Congeladoras pueden crear puentes a partir de cuerpos de agua, y las Encendedoras arrancar motores.

En cuanto se abre una grieta en la pared, nos adentramos en el túnel y el pasaje queda sellado detrás de nosotros a medida que las raíces se retuercen y se mueven por la tierra. Puesto que los caminos que abre cada bruja son exclusivos para ella, aquí podemos hablar con libertad.

—¿Qué demonios ha pasado, Tiago? —explota Cata, atacándolo.

—Estaba concentrado en los Cazadores, no en las *colegialas*...

—¡Eso te pasa por subestimarnos! —le suelta Saysa.

—Ya es la segunda vez que montas un lío —le dijo Cata con un tono de advertencia—. Tienes que tener más cuidado o ya veremos.

—¿Ya veremos *qué*?

—Ya veremos si te puedes quedar con nosotras —dice su hermana para completar la frase.

El corazón se me desboca solo de pensar en la posibilidad de separarnos.

—No me voy a separar de ustedes —sentencia Tiago con un gruñido, lo que funciona como un bálsamo para mi corazón—. No pueden hacerlo solas, me necesitan.

—Si nos pones en peligro, no —lo corta Cata.

Ahora que lo habían visto, tendríamos que volver a irnos lejos de allí. Nos queda un largo camino por delante.

A diferencia de las paredes lisas de los túneles de Flora, este paso de arboledo está plagado de una red de raíces más pequeñas y hay partes en las que se entrelaza con telarañas algodonadas. El aire está denso y tiene un cierto aroma tostado que me hace pensar en café. Me vuelve a recordar la descripción que me dio Ma de Buenos Aires.

Lo primero que hice cuando cruzamos la frontera hacia Kerana fue preguntar a los demás cómo llegar a la parte humana de la Argentina desde allí. Sin embargo, como estamos en las cataratas de Iguazú, tendríamos que nadar o llegar en barco hasta allí, y la frontera está protegida celosamente por los Cazadores.

Cuando ya actuaba como Fierro, Gael tuvo que habérselas ingeniado para ir a ver a Ma a menudo porque él mismo era Cazador. Tengo que ponerme en contacto con él para saber si Ma está a salvo. Cata me dijo que las comunicaciones con El Laberinto siempre están vigiladas, pero debe de haber otra opción...

Tiago me agarra bien de la mano entrelazando sus dedos con los míos y me devuelve al presente. Cuando lo miro a los ojos de nuevo, me doy cuenta de que no solo está preocupado, está dolido.

—¿Te pasa siempre lo mismo cuando estás en Kerana? —le pregunto, mientras me aclaro la garganta. Prefiero centrarme en otra cosa que no sean mis pensamientos.

—Por eso hacía cinco años que no venía.

Me paro un momento para procesar lo que me acaba de decir; llevaba todo este tiempo sin volver y, ahora, ha decidido hacerlo por mí. No sé qué contestarle ante eso, así que me alegro al ver que sigue hablando:

—Tenía trece años cuando sobreviví al ataque del demonio y, en cuanto puse el pie en Lunaris, la prensa se abalanzó sobre mí. No podía ir a ningún sitio. Se escribían libros sobre lo sucedido, había Septimus que querían estudiarme e incluso invitaciones de manadas para ofrecerme un cargo de liderazgo si me iba con ellos...

—Al menos los políticos eran un poco más disimulados que los padres —intervino Saysa con amargura—. Me acuerdo que había algunos con tal desesperación por aparear a su hija con *el Lobo invencible* que querían que mami y papi accedieran a un matrimonio aunque fuera menor de edad...

—Me apunté a la academia en El Laberinto para escaparme.

La voz de Tiago tiene un peso de rotundidad absoluta, pero aun así no puedo evitar preguntarle:

—¿Y qué pasa cuando estás en Lunaris?

—Por lo general suelo estar con el equipo, así que Javier y Pablo se aseguran de que me dejan en paz. Además, allí soy mucho menos interesante.

—Pero si cuando llegaste a El Laberinto causaste todo un revuelo, ¿no?

—Al principio, sí. Supongo que eso fue lo que me unió a Cata, ella sabe lo que es que la gente quiera ser tu amiga por interés. Pero ahora ya todo el mundo pasa.

Esa afirmación no es muy realista teniendo en cuenta que Tiago es el hombre lobo más popular del colegio. Me apuesto algo a que no está nada mal ser una estrella de Septibol o parecer un actor de cine, o tener esa voz tan sexy de cantautor...

El estómago me da un salto cuando Tiago me aprieta la mano. A veces me parece que me lee sin esfuerzo, como si fuera su libro favorito.

—Si pudiésemos aprovecharnos de tu fama, nos quedaríamos en los mejores sitios —asegura Cata con tristeza—. Si al menos conociésemos a una persona que supiéramos con seguridad que no se lo diría a nadie...

—Con que se le escapara algo...

—Ya lo sé, ya... —lo corta.

En una especie que vive en manadas, no hay secretos. La advertencia sigue presente en mi cabeza, como las otras frases de supervivencia de Ma. No necesitamos más que un suspiro para que Yamila nos descubra.

—Deberíamos dividirnos.

La propuesta de Saysa pone punto y final a nuestra conversación. Anoche dijo lo mismo y también hizo que el ánimo cayera en picado.

Por el rabillo del ojo veo a Cata morderse el labio y hace que se me tensen los hombros, temiendo que vaya a darle la razón. Ya me cuesta horrores estar lejos de Ma y de Gael sin saber qué está pasando. No voy a poder aguantar también separarme de mis amigos.

Sin embargo, antes de que nadie pueda decir nada, la luz inunda el horizonte. Así, el comentario de Saysa queda en el olvido por segunda vez y avanzamos por un campo de pasto tan dorado como la tierra de Lunaris.

He visto miles de fotos de este típico paisaje argentino.

—¡Sé dónde estamos: es La Pampa!

—Pampita —me corrige Saysa mientras cruzamos el campo vacío.

—Vamos a descansar unas horas —dice Cata—, y volvamos a reanudar la marcha por la mañana.

Tiago y yo miramos a nuestro alrededor para valorar la zona. Detrás de nosotros, el arboledo por el que hemos llegado es la única interrupción en toda la llanura. El sol se está poniendo en la distancia, acariciando con sus últimos rayos las siluetas de las casas bajas, los establos, las granjas y los gallineros.

—Podemos dormir bajo las estrellas —me susurra Tiago, mientras me roza con el codo.

Me mira fijamente y me paraliza por completo. No estamos solos desde las dunas de arena de Lunaris y la idea de estar entre sus brazos otra vez hace que cualquier otra preocupación desaparezca.

—*Comida.*

Saysa le quita la bolsa de las manos a Tiago y se deja caer en un montón de hierba. Se pone a escarbar en el saco, hasta que saca una caja de bambú y un montón de servilletas.

Cuando por fin arranca la tapa y nos llega el aroma ahumado de los cuatro grasientos lomitos, los demás nos tiramos al suelo con ella. El rugido del estómago de Tiago retruena en el ambiente mientras las demás tomamos nuestro bocadillo de carne acompañado con lechuga, tomate, cebolla, un huevo frito y chimichurri. Ninguno de los cuatro abre la boca más que para devorar la comida. Cuando acabamos, uno a uno nos vamos tumbando en la hierba, con la panza a punto de explotar, mientras las estrellas centellean sobre nuestras cabezas.

Las canciones incesantes de los insectos nos envuelven, pero no veo ninguno cerca. En la distancia, me parece oír un leve rumor de diferentes llamadas de animales. La noche avanza rápidamente y de repente recuerdo con anhelo la luz brillante de los doraditos de El Laberinto.

—Necesitamos un plan —declara Cata.

—Say, mira a ver si alguien te ha dicho algo —le dice Tiago a su hermana.

—Ya te he dicho que Yamila ha difundido el rumor de que soy su nueva informante —dice Saysa y, por su voz, diría que está poniendo los ojos en blanco—. Ahora nadie confía en mí.

Por las miradas que a veces Cata y Tiago le dedican a Saysa, tengo claro que nadie ha podido olvidar lo que le hizo a Nacho, el hermano de Yamila, en la cueva de Lunaris. Cómo le presionó el pecho con las manos hasta que su piel se tornó gris y su cara se consumió hasta convertirse en un esqueleto...

—El Aquelarre nos encontrará —insiste Saysa, pero esa luz propia de Campanilla que alimentaba su pasión ha desaparecido.

—¿Otra vez con lo mismo? —se queja Cata y, antes de que pueda preguntar nada, me explica—: Es un mito, una manada de la resistencia donde nadie se juzga, todo el mundo puede ser como es y todos somos felices y comemos perdices...

—Sí, pero es de verdad —la interrumpe Saysa, con voz tajante.

—Si hace tantísimo tiempo que existe, ¿por qué nadie puede *demostrarlo*?

Antes de que la cosa se ponga más tensa, les digo:

—Creo que Yamila todavía no les ha dicho nada de mí a los otros Cazadores.

—Yo también —me apoya Cata, aliviada de haber cambiado de tema—. Me apuesto lo que quieras a que te quiere capturar ella.

Veo perfectamente a la Cazadora en aquella cueva, apretando contra su pecho y acunando en sus brazos a su hermano casi sin vida, y todavía puedo oír cómo sollozaba desgarrándose la garganta. Incluso en ese momento de desolación absoluta, el fuego que refulgía en sus ojos color sangre hacía que sus lágrimas se evaporaran.

Lo que sentía no era rabia.

Era *odio*.

—Y por eso mismo necesitamos un plan.

Al ver que Cata vuelve a repetir lo mismo y que lo hace con más seguridad de lo normal, me da la sensación de que quizá ya tiene uno en mente.

—A ver, dinos —le dice Tiago, como si él hubiera pensado lo mismo.

—No podemos jugárnosla y volver a Lunaris la siguiente luna. Es demasiado pronto. Necesitamos buscar otra solución.

—¿Como por ejemplo? —la invita a seguir Saysa.

—Somos demasiado fuertes para sedarnos con Septis, pero podríamos probar a conseguir Anestesia. A nosotros el Septis solo nos sirve para aliviar un dolor localizado —aclara para que pueda seguir la conversación—, pero la Anestesia nos haría caer en una especie de coma medimágico. Tendríamos que inyectárnosla porque tiene que entrar en el flujo sanguíneo y solo se usa para operaciones y para someter a los presos en luna llena. Pero bueno... hay un mercado clandestino...

—¿Y con qué semillas vamos a comprarla?

La voz de Saysa es monótona, como un corazón sin pulso; ha estado así desde Lunaris. Se está esforzando tanto por hacer ver que lo que pasó con Nacho no significa nada que lo único que consigue es que sea aún más obvio.

—Podríamos trabajar en el transporte —propone Cata.

—Es la industria peor pagada porque la dominan las brujas —argumenta Saysa, descartando la idea—. Sería imposible conseguir el dinero a tiempo.

—Vale, pues, a ver, propón *tú* un plan mejor.

—Llevamos días sin dormir bien. Vamos a intentar descansar, chicas —intercede Tiago con su dulce voz, que parece una nana—. Saldremos por la mañana, ¿de acuerdo?

—A ver, gente, *que casi no nos quedan semillas* —recalca Saysa con su voz apática—. ¿A dónde quieren que vayamos?

—A casa.

Al escuchar la respuesta de Tiago, Saysa se yergue tan rápido que creo que ha tenido que ver a un Cazador, pero no deja de mirar a su hermano.

—*¿Quieres que incriminemos a nuestros padres?*

—Seguramente están preocupados —contesta Tiago, recomponiéndose y haciendo una mueca de dolor por la dureza de sus palabras—. Querrían ayudarnos y nos vendría bien verlos.

En realidad quiere decir que sería bueno para *Saysa*. No se lo dice directamente, pero no hace falta.

—¡Señoras y señores, ante todos ustedes, el Lobo invencible! —anuncia con teatralidad—. En cuanto la cosa se pone un poco fea, ¡huye con el rabo entre las piernas a que lo abracen mami y papi!

—¡Cata tiene razón! —ruge—. Lo único que haces es poner peros a nuestras ideas pero tú no propones ninguna alternativa.

Cata se incorpora al escuchar su nombre.

—No hay duda de que Yamila está vigilando su manada, así que es el último sitio donde vamos a ir.

—¿Vamos al lavabo? —pregunto mientras me levanto.

Cata y Saysa me miran sabiendo que lo que busco es acabar la discusión, pero estoy segura de que lo necesitan. No hemos ido desde Buenos Aires.

Las tres nos adentramos en la espesura de los matojos más altos para ocultarnos bien. Cata levanta un campo de fuerza por si acaso. Después volvemos a reunirnos con Tiago y nos lavamos en un pozo que probablemente es para animales. Por último, Saysa nos refuerza la inmunidad y nos desinfecta como cada noche.

Mientras Cata y Tiago exploran la zona en busca de hongos, Saysa me toma las manos y, de sus muñecas, nacen enredaderas verdes que trepan por mis brazos. Parpadeo y ya no están. Es lo mismo que le hizo a Perla cuando la fuimos a ver para su cumpleaños. Espero que ella y Luisita sigan cuidándose la una a la otra.

Noto un cosquilleo por la piel, lo que significa que Saysa me ha sacado unos cuantos gérmenes. Es un beneficio bastante genial de ser Jardinera, la verdad. Si yo pudiera hacerlo, creo que no me ducharía tan a menudo.

—Estoy preocupada por mi madre —confieso cuando me suelta las manos.

—Gael la protegerá —me dice, pero su voz sigue sin mostrar un atisbo de vida, como si no le importara lo más mínimo.

—Pero ¿qué pasa si Yamila la encuentra antes?

—Manu, estamos hablando de *Fierro*, es el Septimus más famoso de la historia. Se ha pasado la vida desafiando a los Cazadores. No le pasará nada.

No tengo muy claro si me da esa respuesta por la confianza que tiene en Fierro o porque el tema le importa más bien una mierda...

—¿Y a ti qué te pasa? —le pregunto—. ¿Por qué no hablas de lo que le hiciste a Nacho?

Las cejas se le arquean al escuchar la pregunta como si no se la esperase para nada, y sus ojos verdes se vuelven a perder en el infinito.

—Estoy bien.

Diría que no me ha mirado a los ojos ni una vez desde Lunaris.

—Saysa, eres mi mejor amiga —le digo con calma dándole un apretón cariñoso en el brazo—. Nada va a cambiar eso. No te voy a juzgar, ya hemos pasado mucho juntas.

Pestañea y me parece que lo que más siente en estos momentos es cansancio.

—Estoy bien —me vuelve a repetir.

—Hemos encontrado unas cuantas setas llao llao —anuncia Cata, y dejo el tema ahora que ella y Tiago han vuelto—. Podemos ver si tenemos algún mensaje en el Hongo cuando nos despertemos.

—El refuerzo de inmunidad me ha quitado el dolor de cabeza —le dice Tiago a su hermana, sorprendido.

La expresión de Saysa se relaja un poco, como si el comentario la hiciese sentir bien.

—Está claro que tus habilidades curativas son de otro nivel —afirma Cata, pero, a diferencia de Tiago, su comentario suena como si estuviera intentando compensar una crítica.

—No sé si darte las gracias o pedirte perdón —confiesa Saysa.

—Deberías estudiar en alguno de los mejores institutos de curación, como Los Andes, y no perdiendo en tiempo en El Laberinto.

—Eres mi *novia*, Cata, no mi madre.

Tiago entrelaza sus dedos con los míos y nos vamos de allí. Caminamos dando grandes pasos para asegurarnos de que dejamos bien atrás a Cata y Saysa, y para que no se tengan que preocupar de si las oímos o no. No es que vayamos a escuchar nada nuevo; desde que estamos en Kerana no han hecho otra cosa más que discutir.

Tiago me gira para que me ponga frente a él. No hay nada a nuestro alrededor y, mientras me pasa los brazos por la cintura, me permito fantasear que ha decidido escaparse conmigo. Como Ma lo quiso hacer con Gael.

—Esta noche hay un montón de estrellas —comento, ya que los nervios me hacen evitar su intensa mirada.

A falta de doraditos, el cielo de la noche está plagado de luces plateadas y soy capaz de encontrar un montón de constelaciones nuevas. Tiago se acerca un poco más e inhalo su olor a cedro y tomillo, con un toque salvaje y tentador que se te sube a la cabeza.

—*Estrellas, no brillen* —me susurra cerca del cuello—: *la luz no vea lo que mi negro corazón desea.*

Cuando pensaba que no podía ser más increíble, el chico de película me suelta una cita de Shakespeare.

—*No le debo mi juicio a las estrellas* —le respondo para seguirle el juego.

Tiago me mira sorprendido:

—Así que conoces bien a Shakespeare, ¿eh?

—Como la palma de mi mano —le digo, recordando los días que me pasaba en la azotea de El Retiro cuando tenía todo el tiempo del mundo para leer poesía.

—¿Me estás retando? —su voz melodiosa es tan peligrosa como la mirada pícara que me dedica.

Frunzo el ceño e inspecciono la zona a nuestro alrededor.

—*¿Dónde?*

La cara de Tiago me regala una de sus encantadoras sonrisas y noto una punzada en el pecho, como cuando estoy a punto de acabarme uno de mis libros favoritos, increíblemente feliz de poder disfrutar de algo tan maravilloso y a la vez destrozada sabiendo que no podremos compartir más que estos momentos.

A pesar de lo romántico que ha sido el sacrificio que ha hecho Tiago, en algún momento se dará cuenta de que ha perdido demasiado. Vivimos en realidades diferentes.

—¿Qué te parece si nos quedamos aquí, Solazos? —me dice con un soplido mientras me pone una mano en la espalda y me acaricia el pelo. Su olor es tan embriagador como los pétalos de una blancanieves.

—¿Y seremos granjeros? —le pregunto mientras me besa en la mejilla.

—Exacto —me contesta con su voz melodiosa cerca de mi oreja—. Y nos susurraremos Shakespeare al oído antes de dormir cada noche bajo las estrellas.

—¿De qué manada sos?

El lobizón me clava sus ojos negros, como queriendo desentrañar mis secretos.

Ojalá pudiera darle una respuesta, pero parece que mi mente ansiosa solo es capaz de traducir sus palabras.

Me arriesgo a mirar a Tiago, pero sus ojos color zafiro solo me hacen tener pensamientos aún más incoherentes.

—Te das cuenta de que hablás como un Cazador, ¿verdad? —dice Saysa mientras va dando pequeños sorbos a su mate humeante.

Pablo tuerce el gesto. Aunque le está gruñendo, parece más un gótico que un hombre lobo.

—La Mancha *—consigo decir, recordando por fin el nombre de la manada que anoche Cata me dijo que usara para mi historia.*

La información consigue el efecto que había anticipado: silencio. Supuestamente es una de las manadas más problemáticas de Kerana, donde hay muchísima corrupción, así que la gente asumirá que intento rehuir el tema simplemente por vergüenza.

Saco una medialuna de la cesta de facturas y la pongo en mi plato, por hacer algo.

—Pues ahora ya lo sabemos —dice Nico, que parece tan aliviado como yo de que el interrogatorio haya acabado.

Aún no me acostumbro a que sus iris plateados se entremezclen con sus pupilas; le dan un aire celestial.

—Bueno, da igual —suelta Javier, con su mezcla imposible de cuerpo robusto y cara de niño—. ¡Ahora sos una bruja de El Laberinto!

Y se cuelga de mi hombro, dejándome como una balanza descompensada. Incluso Diego me dedica una sonrisa fugaz mientras lee su libro.

Por fin Pablo anuncia:

—Manuela de La Mancha.

Parece que lo dice en voz alta como para ver cómo suena, para ver si queda bien. A mí me suena rarísimo, un título así le pega más a una mujer antigua de la alta sociedad o a una actriz de telenovela.

—Si vas a ser nuestra amiga —continúa— hay algo que tenés que saber.

Sus ojos negro azabache refulgen, como si estuviera a punto de transformarse. Miro con recelo sus brazos de piel morena, adornados con sus brazaletes de cuero, esperando a que le nazca todo el pelo por el cuerpo y unas garras letales se abran paso entre sus dedos…

Se echa hacia adelante y, antes de que pueda defenderme, mi medialuna ya no está en el plato.

—Aquí no hay límites que valgan —sentencia mientras acaba de tragarse el delicioso dulce.

La risa que explota en mi garganta me hace atragantarme.

Una sombra cae sobre la luz dorada de la mañana.

Mis amigos y El Laberinto desaparecen, y vuelvo a estar rodeada de muros de piedra, atrapada en la penumbra. La claustrofobia se me engancha en la piel como un velo, pero el miedo no me invade hasta que no reconozco dónde estoy.

Uno de los sitios más peligrosos de Lunaris.

La montaña de piedra.

Doy mi primer paso sobre el suelo cubierto de plumas y busco mi sombra lobuna en la pared, pero estoy sola.

Una manita me aprieta la mía y, cuando agacho la mirada, me encuentro con los ojos marrones de Ma. El miedo me sabe a sangre, pero la adrenalina me ayuda a mantener la concentración. Me acerco un dedo a los labios para que Ma sepa que no puede hacer ruido.

Los graznidos retumban en el ambiente.

Una docena de monstruos alados chillan mientras forman una V y se preparan para abalanzarse sobre nosotras.

—¡Corre! —le grito, pero es demasiado tarde.

Son demasiado rápidos.

¡MA!

Abro los ojos de golpe y tomo una bocanada grande de aire para recuperar mi respiración. Aún retumba en mi cabeza ese aleteo mientras escudriño el espacio a oscuras en busca de garras metálicas o picos de marfil; tengo la piel perlada de sudor.

Pero estoy en Pampita, tumbada en la hierba dorada junto a Tiago, y la luz del sol de la mañana empieza a brillar.

«Si te atrapan, olvidate de mí. Reescribí tu historia».

Las últimas instrucciones de Ma retumban en mi cabeza, la pesadilla la ha vuelto a traer con más fuerza. Sus palabras bajan por mi garganta como cubitos de hielo y me hielan la sangre.

¿Eso es lo que he hecho? ¿La he olvidado?

«Esperé y esperé, pensando que vendrías a visitar a tu pobre y abandonada madre».

Es Yamila la que responde mi pregunta. Su voz es como un arma afilada lista para atacar, pero esta vez no me defiendo. He abandonado a Ma. He dejado que se pudra en un centro de detención mientras que yo hacía nuevos amigos…

«¿Sabes que apenas la alimentan?».

La pregunta de Yamila se me clava como un puñal.

«¿Sabes cómo la miran los hombres?».

Aunque la Cazadora solo me lo dijera para hacerme daño, no cambia los hechos: ella sí vio a Ma y sabe dónde está.

¿Y si Gael no llegó al centro de detención a tiempo? ¿Y si el motivo por el que Yamila no está persiguiéndome es porque está demasiado ocupada torturando a Ma?

Hago esfuerzos para reprimir un sollozo.

Mami.

Se pasó diecisiete años protegiéndome y ahora le he demostrado que su sacrificio no ha valido la pena. La vergüenza inunda mi mente mientras me doy cuenta de que yo no pertenezco a esta manada.

Debería estar con…

Oigo cómo unos pasos se acercan a toda prisa y todo mi cuerpo se tensa mientras me seco las lágrimas.

La cara de Cata aparece delante de mí. Viene con el pelo castaño claro encrespado y lleno de hojas y palos:

—¡Noticias!

Tiago se incorpora a mi lado y los cuatro nos ponemos a cepillarnos el pelo con los dedos mientras esperamos a que empiecen las noticias en la enorme pantalla acuosa que tengo clarísimo que no estaba ahí anoche. O, si lo estaba, no me fijé. Es como uno de esos paneles de anuncios enormes y brillantes con la palabra: «¡NOTICIAS!».

Nos quedamos apartados del resto de la gente, pero una pareja mayor se nos acerca con mate. Cada mañana nos ha pasado lo mismo en todas las manadas en las que hemos estado: nos ofrecen mate sin hacernos preguntas. Es algo que une a todos los Septimus, jóvenes y ancianos, ricos y pobres, brujas y lobizones. El mate consigue que la magia dure pasada la luna llena.

Las semillas que más se intercambian son las que sirven para cultivar la yerba que se pone en el mate para preparar esta bebida. Sin ella, los lobos no podrían transformarse cuando quisieran y las brujas dependerían totalmente de su magia.

—Están mugrientos —dice la bruja anciana, sin acercarse mucho.

Le pasa a Cata el mate de calabaza con un soplido de viento, y su marido se nos acerca para echarnos el agua caliente.

—¿De dónde vienen? —nos pregunta mientras nos olisquea.

—Una fiesta en Tigre y creo que tomamos demasiado —le contesta Saysa, fingiendo una risilla impensable en ella—. Ya nos vamos.

El lobizón asiente con el ceño fruncido como un abuelo decepcionado. Cuando me toca beber a mí, su mujer entrecierra sus ojos lavanda sin poder decir a ciencia cierta qué elemento soy. Me bebo todo el mate y nadie dice nada hasta que se van.

—¿Qué les parece si llamamos a Pablo y le preguntamos qué ha pasado? —sugiere Tiago en un susurro.

—¿Y cómo lo vamos a llamar? —le pregunto, sorprendida de por qué nadie ha planteado la idea antes si era una opción.

—Con una caracola pública.

—¿Con una qué?

—Son caracolas del mar de Lunaris —me explica Cata en otro murmullo—. Cada una es única y todas tienen una energía que está interconectada. Lo que pasa es que no nos dejan tenerlas en la escuela, así que la oficina de mi madre controla todas las llamadas. Nos localizarían enseguida.

Yo pensaba que la tecnología de El Laberinto sería primitiva porque estaba en las profundidades de un pantano, y que usaban la magia en su lugar, pero ahora que lo pienso…

—Pero entonces… ¿no tienen tecnología de ningún tipo? Cuando quieren buscar algo, ¿no pueden mirarlo en internet?

—Tenemos a Flora —dice Cata, como si con eso respondiera a mi pregunta—. Pero… ¿podemos esperar a que estemos en un sitio más privado para hablar de estas cosas?

—¿Te acuerdas de que te dije que la información vuela por el aire en Lunaris? —Saysa ni se molesta en bajar la voz; menos mal que estamos lejos del resto.

—Me dijiste que por eso en mis sueños podía usar palabras como la Ciudadela y las Sombras.

—Pues sucede lo mismo en Kerana. Técnicamente, el conocimiento se transmite por esporas.

—¿*Esporas*?

—¿Qué pensabas que era el Hongo? —me pregunta Saysa molesta.

—Es una red fúngica que nos conecta a Lunaris —aclara Cata— para comunicar las necesidades de las plantas y grabar nuestra sabiduría universal.

—Claro, no sé cómo no se me había ocurrido antes —contesto con tono molesto imitando a Saysa.

—Flora es parte de la red y así es como funciona su biblioteca —me sigue explicando Cata en voz baja—. Todas las manadas están conectadas a ella, por eso hay hongos por todas partes: son nuestra conexión, nuestro punto de acceso a la información. Nuestra *World Wide Web* es una red más literal que a la que estás acostumbrada.

Pero al nombrar el término me viene otro a la mente: la *Wood Wide Web*. Lo leí en uno de esos libros brillantes sobre árboles que me gustaba tanto ojear en la biblioteca de Miami. Los hongos forman redes bajo tierra a través de los micelios, los finos hilos que unen las raíces con las plantas que tienen cerca para intercambiar actualizaciones. Así es cómo averiguan qué nutrientes necesitan y cómo unen fuerzas para envenenar a una planta indeseada.

De repente, una imagen titila en la pantalla.

Segundos después se convierte en la cara que menos quería ver.

El rojo de los ojos de Yamila parece que brilla con más intensidad que hace unos días, o quizá es que ya no los recordaba bien.

Lleva un conjunto negro ajustado y botas altas, su pelo caoba recogido en una trenza y una bufanda escarlata alrededor del cuello. Podría pasear sin desentonar lo más mínimo en las elegantes calles de Belgrano.

No sé dónde está, pero debe de ser importante porque el símbolo de los Septimus está tallado en la pared de piedra que tiene detrás y, al fondo, se ven un par de filas de Cazadores como para dar la impresión de que habla en nombre de toda la organización.

—Septimus, hoy estoy aquí para darles noticias de última hora que cambiarán la historia —dice en español con su voz susurrante para añadir gravedad a la declaración—. Hoy desenmascararemos a Fierro.

El mundo se pone del revés y, si no fuera porque tengo a Tiago a mi lado, me caería redonda al suelo.

—Tenemos un testigo —continúa diciendo.

El pecho me aprieta tanto que no puedo respirar. Jazmín nos ha debido de traicionar. No debería haber dejado atrás a Gael, pero necesitaba que protegiera a Ma…

Ma.

Sin él, mamá no tiene nada que hacer.

—Dentro de dos horas iremos a La Rosada para que la mujer nos cuente la verdad.

Ha dicho que es una *mujer*. Yamila se retira y la cámara se queda ahí como si estuviera esperando a que alguien con más rango aparezca. Cuando esto no sucede, noto que la tensión del pecho empieza a aflojar.

No puede ser verdad. Si Yamila de verdad sabe quién es Fierro, ¿por qué no revelarlo ahora? Hago un par de respiraciones profundas como me enseñó Perla. Gael está en Miami con Ma. Saysa tiene razón: cuando era Fierro pudo con todo el sistema, así que no va a tener *ningún problema* para librarse de una Cazadora, por muy intensa y feroz que sea.

Alargo la exhalación todo lo que puedo para soltar mis preocupaciones y miedos, pero, cuando tomo aire de nuevo, me ahogo.

Entre los Cazadores veo un par de ojos coralinos bajo una mata de pelo castaña, igual a la de su hija y a la de su sobrina.

Gael está en Kerana.

4

Solo con ver la cara de mis amigos sé que ellos también lo han visto.

El gentío rompe el silencio y empieza a comentar lo que acaba de ver. Yo, en cambio, no siento nada, ni siquiera el tacto de Tiago mientras me saca de allí. Cuando estamos lejos y llegamos a un mar de pasto dorado, Cata abre la boca para decir algo, pero me adelanto:

—Tengo que ir.

—Para un momento y piensa —me dice con una voz fría, como si la hubiese sacado del mismo bloque de hielo que su madre—. Si de verdad tienen una testigo, ¿por qué nos lo dicen antes de interrogarla? ¿Por qué adelantarse a la investigación? ¿Y por qué hace el anuncio Yamila en vez de alguien con un cargo más importante?

—¿Es que no has visto que *Gael está aquí*?

—Sí lo he visto, pero no tenemos ni idea de por qué…

—¡Me importa una mierda el porqué, Catalina! —vocifero de tal manera que incluso escupo saliva y, por un momento, incluso yo creo que estoy loca. Así que con una voz más tranquila y más pausada añado—: Si está aquí significa que mi madre está sola, así que tengo que encontrarla.

—Manu, estoy segura de que la ha dejado en un sitio seguro.

—¡Ah, bueno, pues si tú estás segura ya está! —le suelto de malas maneras a Saysa.

—Si yo fuera Yamila —vuelve a decir Cata apretando los dientes— y tuviese a tu madre en mi custodia, jugaría con esa baza en vez de probar algo a la desesperada como lo que ha hecho. Es *obvio* que es una trampa para que piques porque no tiene nada y los Cazadores la están dejando que lo haga todo ella por si el plan falla que no haya duda de quién es la culpable.

—*O* sabe la verdad sobre Gael ¡y quiere torturarme un poco más antes de que pase todo! Quizá me está dando la oportunidad de entregarme para que lo deje a él en paz.

—Seguro, *Pablo* —me contesta Cata, supongo que queriéndome decir que estoy viendo conspiraciones donde no las hay—. Sin ánimo de ofender, pero Fierro es un premio bastante más gordo que tú.

—También es mi padre y *tu tío*. ¿No te importa o qué?

Se retuerce y hace una mueca como si le hubiese hecho daño y no me contesta. No nos ha dado tiempo a hablar del hecho de que somos familia, pero tengo mis dudas de si el hecho de saber que Gael es Fierro ha afectado su relación con él.

—Es una trampa —me asegura Tiago, pero en su voz no detecto el juicio que sí tienen las palabras de Cata.

—Me da igual, tengo que ir. Necesito saber que mi madre está bien.

—Sé que no te va a gustar escucharlo, pero tengo que decirlo —me avisa Tiago. Traga saliva y noto cómo se le reseca la garganta antes de seguir—: Si Gael está en custodia, no podemos hacer nada para salvarlo.

Noto la capa de sudor que cubre mi frente, pero intento no procesar lo que acaba de decir.

—Voy a ir igualmente.

—Pues entonces voy contigo.

Ya me lo esperaba, así que fijo la mirada en el pasto dorado, incapaz de mirarlo a los ojos al decirle:

—Sé que quieres ayudarme, pero llamarás demasiado la atención.

Le cuesta unos segundos reaccionar, como si no se hubiese esperado mi negativa.

—Manu, *no pienso* dejarte ir sola.

Levanto la cabeza de golpe, como si tuviera un resorte.

—*¿Dejarme?*

—¿Dejarla? —salta Saysa, convirtiéndose en mi eco.

—¡Ya saben lo que quiero decir! —Tiago niega con la cabeza, frustrado—. La Rosada es la capital de Kerana, ¡es donde se reúne el tribunal y uno de los lugares más peligrosos para ti!

—Esto es por mis *padres* —la voz me tiembla con solo pronunciar la palabra—. Sé que quieres lo mejor para mí, pero la gente te va a reconocer…

—No, no podrán. —Los dos miramos a Saysa, mientras un atisbo de emoción ilumina su rostro—. No nos podrán reconocer a ninguno porque no podrán vernos las caras.

—Las máscaras de Fierro —se me adelanta Tiago al entender la propuesta.

—Los seguidores de Fierro solían acudir a sus manifestaciones con una máscara blanca sin rostro y todos aseguraban ser él —explica Saysa—. El tribunal criminalizó la planta que se usaba para las máscaras, pero como es un ingrediente que se usa para otras pociones, sigue disponible, solo que cuesta un poco encontrarla. Creo que sé dónde podemos conseguirla, pero no es un sitio muy agradable.

—Qué sorpresa…

Cata lo ha dicho por lo bajo pero la hemos oído todos. Todavía está procesando que Saysa estaba metida en la venta ilegal de Septis.

—La vamos a tener que robar —nos avisa Saysa con los ojos clavados en Cata—, así que creo que es mejor que, ya que vamos a hacer algo ilegal, lo hagamos en un sitio que ya está fuera de la ley.

Cata no dice nada y Saysa se cruza de brazos para dejarnos clara su posición.

—No nos quedan más ideas ni semillas y necesitamos ayuda. Gael debe de tener otros contactos de cuando actuaba como Fierro. Si hay un experto en el Aquelarre, es él. Es arriesgarnos, sí, pero llevaremos las máscaras, podremos valorar la situación y, luego, ver qué hacemos. ¿Qué no te encaja?

—Si no descubren a Tiago de camino ni nos detienen por el robo de una planta que controlan con uñas y dientes —empieza a argumentar Cata, y la voz que usa nos deja claro que no está conforme con el plan—, llegaremos a La Rosada con las máscaras y no seremos los únicos. Como los Septimus que disponen de ese tipo de máscaras ahora ya son mayores, Yamila no nos buscará entre los rostros blancos. Quizá funcione.

Sin saber qué decir, Saysa se queda mirando a Cata, tan sorprendida por el giro final como nosotros. Empiezo a poder respirar un poco mejor ahora que Cata ha dado su aprobación, pero el nudo en el estómago se resiste.

No puedo perder a mi padre.

No cuando lo acabo de encontrar.

Kukú es un pueblo sombrío con adoquines oscuros, lleno de callejuelas y techos puntiagudos. En cuanto salimos del arboledo se me eriza la piel y cada parte de mi cuerpo quiere dar media vuelta, pero nos queda poco más de una hora antes de que mi… de que Gael…

—Ahí está.

Si Saysa no nos la estuviese señalando con el dedo, nunca me habría fijado en la tienda. Solo se ve un pomo de cobre que sobresale de la pared empedrada.

—Tú no puedes entrar —le dice a su hermano—. Solo brujas.

—No las voy a dejar a los dos solas —se niega él—. Dentro habrá seguridad…

—No van a estar solas —lo corrijo, y no me queda claro si ahora está más o menos preocupado.

—No llames la atención —Saysa le aconseja a su hermano antes de que crucemos la calle para entrar en la tienda.

El estómago me da un vuelco como si me he hubiese saltado un escalón, y quiero girarme para asegurarme de que Tiago sigue ahí, pero sé que no debo.

Cuando Saysa gira el pomo, una puerta camuflada se abre hacia dentro. Contengo mi escepticismo mientras entramos y nos adentramos en un bosque de árboles negros envuelto en una noche púrpura. La luna llena brilla en lo alto del cielo como un sol plateado.

Nuestros ojos brillan como las plantas fosforescentes, por lo que es fácil saber dónde estamos en cada momento, al igual que los productos. Me siento como si estuviésemos en el juego del Pac-Man cuando los fantasmas se vuelven azules.

—¿Con ustedes *todo* tiene que ser una aventura? —susurro.

—Todo lo que merece la pena.

Por la forma en la que lo dice Cata, Saysa la mira y se quedan mirando un buen rato, lo suficiente como para sentir que mi presencia sobra. Sigo avanzando, abriéndome camino entre los árboles negros como la tinta mientras vigilo si hay algún movimiento a nuestro alrededor. Mis amigas me siguen de cerca, inspeccionando el follaje cerca del suelo.

Las flores más brillantes deben de ser las plantas más potentes porque su resplandor proyecta sombras más densas a su alrededor. Me viene a la cabeza la primera clase con la señora Lupe, cuando nos pidió que arrancásemos un solo pétalo de una docena de flores, y me pregunto qué pasará si hacemos lo mismo ahora. ¿Se activará una alarma? ¿Cómo funciona esta tienda exactamente? ¿No debería de haber alguien atendiendo, clientes o etiquetas con los precios?

—Gira a la derecha —me pide Saysa con sus ojos iluminados por la magia, como dos lagos de clorofila en busca de la planta que necesitamos.

Cata se pega a mí mientras toqueteamos la tierra mullida, moviéndonos en zigzag por el bosque hasta que, por fin, Saysa se detiene delante de una planta que parece estar disecada.

Antes de que pueda abrir la boca, un par de ojos azules como el hielo se materializan en la oscuridad:

—Cien semillas —dice la Congeladora con acento inglés. Seguramente nos ha oído hablar.

—Solo estamos mirando —le contesta Saysa.

—Pues han elegido un camino bastante peculiar para solo estar mirando.

—Sí, es que me aburre ver lo de siempre.

—Cien semillas.

—Cien mierdas.

—¿Perdona?

—No le haga ni caso —dice Cata mientras se pone delante de Saysa y le lanza una amable sonrisa—, es que está de mal humor. Por eso queríamos traerla a su tienda, es tan bonita que habíamos pensado que la calmaría.

Detrás de Cata, los ojos lima de Saysa vuelven a ponerse en blanco.

—Aquí no se viene a pasear, si no van a comprar, fuera —dice la bruja vendedora, sin darse cuenta de que la planta disecada que tiene al lado está empezando a encoger.

—Ah, vaya —acepta Cata, fingiendo llevarse un disgusto. Veo que cuatro pétalos grandes y ondulantes se caen al suelo sin hacer el más mínimo ruido—. ¿Tiene algo que esté de oferta?

—Síganme —nos pide la Congeladora y, por un momento, me mira a los ojos intentando averiguar mi elemento, y luego a Saysa, que justo entonces da un paso adelante y deja de esconderse detrás de Cata. Sus ojos ya no brillan—. Os tengo que ver los ojos en todo momento —nos avisa la bruja, los suyos sí están iluminados por la magia mientras congela un camino de raíces bajo nuestros pies.

Después, se queda vigilando la planta disecada sin perder ojo de nuestras caras mientras pasamos a su lado por la alfombra de cristal que nos ha preparado. Aprovecho el momento en que pestañea para agacharme un segundo y tomar los cuatro pétalos caídos.

Como no me transformo, mis ojos no brillan. Aun así, la culpa hace que se me congele hasta la respiración cuando paso por su lado y veo cómo entorna sus ojos helados.

No he sido tan rápida como pensaba.

Me habrá visto…

—Eres Jardinera, ¿no?

Sacudo la cabeza para asentir, exhalando, y acelero el paso, deseosa de salir de aquí cuanto antes. Ya tenemos lo que necesitamos. No sé cuánto tiempo llevamos dentro. Pronto desenmascararán a Gael y tengo que estar allí. *¿Dónde está la salida?*

El camino helado acaba en una parte del bosque que parece malnutrida o envenenada. Aquí los árboles no son negros, sino grises y, en contraste con el manto púrpura de la noche, parecen fantasmas. Las ramas sobresalen en extraños ángulos, que hacen parecer que están rotos.

—Aquí todo está de oferta —anuncia la Congeladora y se cruza de brazos—. Quince semillas o menos. Miren lo que queran.

—*Quieran* —la corrige Cata y se muerde el labio, pero ya es demasiado tarde…

Ahora la bruja parece estar igual de molesta con ella que con Saysa, así que se gira hacia mí.

—Tienen cara de ir a la escuela.

—Sí… Nos lo dicen mucho.

Nos fulmina con la mirada, sospechando aún más de nosotras.

—Muéstrenme las semillas que tienen.

—¿Que te mostremos qué? —le contesta Saysa.

—Demuéstrenme que me pueden pagar.

—Mire, déjelo —añade Cata, haciendo un gesto de molestia con la mano—. No vamos a comprar nada en un sitio donde nos traten así de mal. Nos vamos.

—Me temo que no va a poder ser.

La Congeladora inclina la cabeza y, del fondo del bosque, salen otras tres brujas. Es imposible que estuvieran allí hace un segundo, las hubiese visto.

Debe de haber puertas ocultas.

—Verán, hemos hecho un nuevo trato con los Cazadores —dice la Congeladora mientras se acerca a nosotras. Saysa y Cata dan un paso atrás, y yo tiro de ellas hacia mí—. Por lo general, nos dejan en paz y, a cambio, les avisamos si alguien extraño visita nuestra manada.

No tenemos tiempo para esto.

—¿Y por qué crees que somos una amenaza? —le pregunta Saysa mientras las otras tres brujas se van acercando y acorralándonos.

Sus ojos me informan de que cada una es de un elemento diferente.

—*Ya les gustaría* ser una amenaza —rebate la Congeladora—. Solo me dan curiosidad.

Sus ojos helados se giran hacia mí.

—Y me da la sensación de que los Cazadores van a darme la razón.

Es lógico sentirse atraído por lo que no es natural.

Llamar la atención genera escrutinio.

Descubrimiento = Muerte.

Las advertencias de Ma me inundan la mente. Tenía razón, mis ojos eran demasiado interesantes para pasar desapercibidos en el mundo de los humanos y ahora me pasa lo mismo en el de los Septimus.

Los iris de la dependienta de la tienda se iluminan a la vez que los de Cata y los de Saysa, y yo me encojo mientras veo que se levantan cuatro paredes metafísicas y no me dejan ver nada.

Una pared chisporrotea humo rojo, la segunda es de nubes heladas violetas, la tercera de húmedo vapor gris y la cuarta es de polvo marrón.

Alargo el brazo para tocar el vapor, pero Saysa me da un tirón para que me esté quieta.

—¡No lo toques! Es puro poder.

—¡Nos están *conteniendo*! —dice Cata, mientras sus ojos rosas se encienden y se extinguen, como una cerilla intentando prender cuando no hay oxígeno en la habitación.

—¿Qué significa eso?

—Que están anulando nuestra magia —me explica Saysa, que parece haberse encogido. Veo que sus ojos también intentan brillar pero no lo consiguen. Los cortos mechones castaños de su pelo están empapados de sudor del esfuerzo que está haciendo por intentar invocar su poder—. Tienes que...

—¡*No*! —se adelanta Cata—. Manu no puede hacerlo, es demasiado peligroso. Si *esa* se entera, sabrá que estamos aquí y descubrirá nuestro plan.

Con «*esa*» se refiere a Yamila.

—Pues tú sabrás, eso o que nos arresten ahora mismo —le suelta Saysa.

—¿Cómo lo están haciendo? —les pregunto.

—Son poderosas, son más que nosotras y representan los cuatro elementos, así que pueden *contenernos* —aclara Cata. La palabra suena como si significara algo más—. Es una especie de jaula mágica que no dura mucho...

—Lo suficiente hasta que lleguen los Cazadores —acaba la frase Saysa.

—Vale, me transfor...

—¡No puedes! —repite Cata, bajando la voz como si temiera que las brujas nos pudieran oír—. Ya llamas demasiado la atención sin hacer nada más.

Mi mente me vuelve a llevar a la cueva en Lunaris cuando nos enfrentamos a Yamila y Nacho, pero esta vez no pienso en el poder de Saysa, sino en el *mío*.

Algo más pasó en esa cueva que ni siquiera mis amigos saben. Cuando Yamila intentó atarme las muñecas con las esposas de fuego, me libré de su calor antes de que pudiera quemarme. *Fui capaz de anular su magia*.

Lo que pasa es que no sé cómo lo hice o ni siquiera si pasó de verdad. Además, aquí hay *cuatro* brujas, no solo una. Pero quizá no necesito combatir su magia; si consigo derrocar una de estas paredes, la jaula se romperá y, con suerte, el hechizo también.

Las raíces que atraviesan la tierra bajo nuestros pies siguen congeladas por la magia de la Congeladora. Me agacho y tanteo el suelo con las manos en busca de algo que pueda usar, como solía hacer en mis sueños durante la lunaritis. Aprieto los dedos con fuerza para agarrar una piedra pesada y grande como la palma de mi mano.

Entrecierro los ojos para examinar mejor el muro de vapor gris y logro distinguir la figura de la Congeladora. Le apunto al torso y tiro la piedra con todas mis fuerzas.

—¡Ah! —chilla como si le hubiese alcanzado en el pecho, y el neblinoso muro se disuelve a la vez que ella se cae al suelo.

El corte inesperado del hechizo hace que las otras brujas se caigan junto con ella, logrando que sus muros también se derrumben, lo que Saysa aprovecha para contraatacar. Sus ojos se iluminan y la tierra empieza a temblar. La cojo de la mano, a ella y a Cata, y salgo corriendo.

Cata lanza una ráfaga de viento a nuestras espaldas por si las brujas nos están siguiendo, y serpenteamos por el camino de troncos negros.

—¿Cómo salimos de aquí? —les pregunto.

—Tienen pasadizos ocultos…, pero no puedo encontrarlos —nos explica Saysa con la respiración entrecortada—. Tienen una especie de cerradura encantada.

Reduzco un poco el ritmo para no agotar tanto a mis dos amigas.

—Entonces ¿qué hacemos?

La Congeladora aparece delante de nosotras. Tiene el pelo lleno de hojas secas, la ropa manchada de tierra y su cara refleja una ira desatada.

Cuando sus ojos azules se iluminan, noto como si el invierno me recubriera el pecho, como si mi corazón se hubiese llenado de escarcha. Me contraigo de dolor y Cata y Saysa hacen lo mismo. Siento cómo se me empiezan a congelar los pulmones y sé que no tardaré mucho en ser incapaz de respirar...

Cata y Saysa se caen al suelo, parece que les falta poco para perder el conocimiento. Si yo también me caigo, estamos perdidas.

Me concentro e intento invocar a mi loba interior hasta que noto que la luz se me empieza a acumular en los ojos. El inicio de la transformación genera el calor suficiente en mis huesos para liberarme de mi parálisis y me abalanzo sobre la bruja antes de que mi cuerpo cambie.

Se vuelve a caer al suelo y, ahora que quedan liberadas de su hechizo, Saysa y Cata salen corriendo. Cata me levanta del suelo y la Congeladora también se levanta, pero los ojos de Saysa brillan con una luz cegadora mientras la agarra de la muñeca.

—¿Cómo salimos de aquí? —le exige.

La bruja no contesta y sus rasgos marrones empiezan a tornarse grises. Las venas se le empiezan a marcar exageradamente mientras la piel se le tensa en la cabeza.

—Para —le pide Cata, mientras se separa bastante de ella—. ¡Lo digo en serio!

La bruja parece que está más muerta que viva, pero a Saysa no parece importarle.

—Entonces, buenas noches...

—De... acuerdo.

Las palabras no han sido más que un suspiro entrecortado, pero han servido para que Saysa apague la luz de sus ojos.

La Congeladora levanta la otra mano sin apenas fuerzas y sus ojos titilan a medida que una línea de hielo se crea en la tierra, que desaparece bajo la maleza. Oigo ruido que nos indica que las otras brujas se acercan y Cata corre hasta el punto donde el follaje se traga el hielo, se agacha y Saysa y yo corremos detrás de ella.

Cierro los ojos al notar los arañazos de las plantas en la cara.

Cuando los vuelvo a abrir, ha amanecido y la noche púrpura se ha convertido en un día soleado.

Hemos vuelto a la calle de adoquines. Tiago viene a nuestro encuentro al momento y, dada la intensidad de su mirada, entiendo que ha estado preocupado.

—¿Todo bien?

—Tenemos que darnos prisa —digo, pensando en Gael—. ¿Cuánto tiempo nos...?

—Diez minutos.

Salimos corriendo hacia el arboledo y, en cuanto nos resguardamos en un túnel más privado, Tiago nos pregunta:

—¿Lo han conseguido? ¿Por qué han tardado tanto? He estado a punto de entrar...

Saco los cuatro pétalos del bolsillo y Saysa se acerca para recogerlos, pero Cata se interpone entre las dos. La está mirando a ella y lo hace con frialdad, como si no la conociera.

—Si lo vuelves a hacer, lo nuestro se acabó. —Por su voz parece que está esforzándose por no llorar, pero no estoy segura, Cata no es mucho de llorar—. Si quieres hablar conmigo sobre lo que te está pasando, sabes que estoy aquí, pero si sigues así, cuando me busques, ya no estaré.

Cata no espera a que Saysa le dé una respuesta y simplemente echa a andar. Tiago y yo la seguimos; él me mira extrañado mientras Saysa se queda rezagada.

—Entonces ¿qué hacemos ahora? —pregunto.

—Nos colamos con las máscaras blancas entre la multitud para entremezclarnos e intentamos acercarnos todo lo que podamos a donde está Gael —dice Tiago. Parece que está en el campo de Septibol hablando de la estrategia de juego—. Pero, Manu…

—Sí, lo sé —le digo y noto cómo el corazón me late con fuerza—. Si lo han capturado, no podremos hacer nada.

Aun así, mientras pronuncio esas palabras, mis pensamientos las traicionan. Si pude anular el fuego de Yamila una vez, podré conseguirlo una segunda.

—Estamos cerca —dice Saysa—. Pongámonos las máscaras.

Primero se acerca a su hermano, quien se agacha un poco para que le llegue a la cara sin problemas. Saysa le cubre las facciones con el pétalo blanco como si fuese una sábana y la planta se empieza a fundir con la piel de Tiago hasta extenderse por toda la cabeza. Él abre la boca, pero la máscara se estira como si fuera de látex y dudo de que pueda respirar.

Saysa le hace un agujero y los bordes que se han creado se enrollan hasta taparle los labios. No sé cómo, pero el pétalo se ha tragado incluso la maraña de pelo de Tiago y ahora parece que está calvo. Se gira hacia mí y me dedica una de sus enormes sonrisas; parece un maniquí y da muy mal rollo.

—¿Ves algo? —le pregunto.

—Ahora verás —me contesta mientras Saysa se me acerca—. O no…

Antes de cerrar los ojos los pongo en blanco, y el pétalo se estira para cubrirme toda la cara. Noto cómo el pelo se empieza a apretujar contra la cabeza mientras una textura aterciopelada y fría se ciñe sobre mis facciones, como si fuera una nueva capa de piel. Puedo respirar perfectamente por la nariz, pero abro la boca para que Saysa pueda perforar la máscara y también me cubra los labios.

Cuando abro los ojos es como si tuviera un velo de malla blanca encima. Lo veo todo, solo que un poco borroso.

Saysa al fin se acerca a Cata y, aunque no se aparta, evita su mirada y se nota que tiene toda la mandíbula tensa.

—No quiero perderte.

La confesión de Saysa se siente tan vunerable como un copo de nieve.

Cata por fin la mira y pierde su gesto estoico del dolor que siente.

—Pues eso depende de ti.

Saysa no dice nada más, se limita a cubrirle el rostro con el pétalo. Me giro y me encuentro con la mirada inexpresiva e inquietante de Tiago.

«¿Ha ido mal?», gesticula sin hablar.

«Peor», le contesto moviendo también los labios.

Tiago se gira hacia su hermana, que está a punto de ponerse la máscara.

—Espera —le pide y yo empiezo a dar golpecitos en el suelo con el pie. Yamila estará a punto de hacer su declaración—. Mira, no podemos seguir así y hacer que no ha pasado nada. Yo también ataqué a Nacho, ¿te acuerdas? Le clavé las garras en el cuello. —A Tiago se le quiebra la voz al final—. La situación nos ha hecho sobrepasar los límites a todos. Cuando pasó todo eso, no éramos nosotros. Tenemos que dejarlo atrás.

La forma en la que le habla y la mira desprende tanto amor, el deseo de protección de un hermano mayor, que se me encoge el pecho pensando en cuánto me gustaría a mí también tener un hermano.

—Pues ya está entonces. Gracias, hermanito —le dice Saysa con su voz impasible—. ¿Nos podemos ir ya?

Tiago no contesta y no puedo ver qué cara tiene porque queda oculta bajo la máscara.

—Ni una palabra cuando salgamos —nos avisa Cata mientras Saysa se coloca el pétalo en la cara—. Tenemos que permanecer juntos y entremezclarnos con los demás. *Nada de hacerse el héroe* —cuando dice esto último me mira a mí—. No pasamos a la acción hasta que no sepamos cuál es el plan.

Asiento con la cabeza, pero sé perfectamente que miento.

La verdad es que ni yo misma sé qué voy a hacer.

La Rosada no defrauda.

Caminamos por una acera rosa llena de Septimus, todos avanzando en la misma dirección. Se me escapa un largo suspiro cuando veo que la mitad de la gente lleva máscaras blancas, nos saludan inclinando la cabeza cuando nos unimos. Qué curioso que una imagen tan inquietante pueda transmitirme tanta paz.

Más chocante aún es el contraste que crean esta marabunta de perturbadoras máscaras con la decoración de San Valentín que hay de fondo.

Yo veo la capital de Kerana como una especie de plató de cine donde se ruedan películas románticas, pero en la época del imperio romano. A lo largo de toda la calle hay majestuosas construcciones de piedra decoradas con columnas, arcos y cúpulas llenas de rosas. Se ven flores por todas partes, delimitando los edificios, brotando de las ventanas y de las grietas de la gravilla rosa.

Levanto la mirada para ver bien una flor roja tan grande como un árbol que da sombra a mitad del bloque. El tallo, del grosor de un tronco, está armado de letales espinas y, mientras observo la corona, me doy cuenta de que en vez de tener los delicados pliegues de una rosa, estos pétalos acaban en punta. Parece una mezcla de rosa y la flor nacional de la Argentina.

Gracias a la obsesión de Perla por las plantas, siempre aprovechaba cualquier ocasión para hablarme de la flora local en nuestras clases, por eso una vez me contó una leyenda guaraní sobre la flor roja de ceibo. Había una mujer llamada Anahí que luchó contra los conquistadores españoles y a la que quemaron en la hoguera. La leyenda dice que, al amanecer, su cuerpo se había convertido en un ceibo, un árbol del cual penden ramilletes de flores rojas que recuerdan a las llamas o a la sangre.

Pensar en la historia de esa flor me hace compensar un poco la sobredosis de rosas que tengo ante mí. La arquitectura romana de La Rosada ahora se me antoja menos romántica, teniendo en cuenta que evoca a los europeos que colonizaron la Argentina.

Y a pesar de todo, la flor de ceibo sigue creciendo. Persistiendo a través de las capas de las otras civilizaciones que han intentado controlarla y apoderarse de ella, desafiando las líneas que nosotros mismos hemos trazado. Recordándonos que la tierra no reconoce nuestras fronteras.

Los vehículos circulan a toda velocidad por las calles rosadas y el cielo está salpicado de globos. Todo el mundo se dirige al mismo lugar, una enorme construcción que me recuerda al Coliseo romano. Hay múltiples entradas y leo las palabras grabadas en el arco:

CADA FLOR CAE.

Y han colocado otro cartel debajo: SOLO LOBIZONES.

Debe de ser una nueva norma porque ya se está creando un grupo de gente indignada. Hay gente que incluso se ha quitado las máscaras con rabia y les grita a los Cazadores. A medida que más Septimus se van uniendo a la manifestación, me choca ver cuántos de ellos son parejas bruja-lobizón. Se ve que en La Rosada el amor fluye de verdad.

Tiago me da un codazo y me doy cuenta de que Cata y Saysa han cruzado la calle. Las seguimos por el pavimento rosado y nos colamos entre los edificios de mármol hasta llegar a un callejón oscuro revestido con rosas marchitas.

—Esto es cosa de Yamila —les digo en cuanto estamos los cuatro juntos.

—Está claro que es una trampa para ti —coincide una Cata inexpresiva.

—Tenemos que taparte mejor el cuerpo.

Saysa agarra el dobladillo de mi camiseta con las dos manos y tira de la tela, como si quisiera rasgarla. El material cede y se estira delante de nuestros ojos. Cuando por fin me suelta, la camiseta es por lo menos dos tallas más grandes, por lo que me llega a las rodillas y camufla mi figura.

—Mejor así —dice—. Nada de marcar curvas.

—Bueno... —comenta Cata, ladeando la cabeza mientras me examina—. ¿Y qué hacemos con sus brazos? No son tan grandes ni peludos como los del resto.

Saysa vuelve a estirarme de las mangas hasta que me llegan a las muñecas y Cata asiente satisfecha.

—Menuda pinta llevo ahora...

—Los chicos siempre hacen estas cosas —asegura Saysa.

Tiago ni lo confirma ni lo desmiente, se limita a preguntar:

—¿Y qué van a hacer ustedes?

—Ofreceremos transporte para conseguir algunas semillas —contesta Cata.

—Tengan cuidado.

—Y ustedes. Cuando descubran qué pasa con Gael, nos volvemos a encontrar aquí y preparamos el plan —dice Cata y se gira para mirarme—. Quédense cerca de la salida y no llamen la atención. El poder hace la fuerza.

Estoy demasiado nerviosa para decir nada, así que me limito a asentir. En ese momento, nos dividimos y Tiago y yo nos unimos a la cola de hombres que va llenando el Coliseo.

Embutida entre tantos cuerpos altos, no veo qué tengo delante hasta que no llegamos al arco: en el momento en el que lo atravieso, se me revuelve el estómago...

Y empieza la transformación.

Quiero gritar cuando mi esqueleto se alarga y mi piel se desgarra a medida que mis músculos se expanden. Noto cómo el pelo de mi cuerpo se espesa y se ajusta hasta presionar mi ropa, y siento un hormigueo tanto en las encías como en los dedos al sentir que me salen las garras y los colmillos. Miro a Tiago aterrada de que nuestras máscaras se rasguen, pero aunque su cuerpo ha crecido una bestialidad, la cabeza sigue envuelta en el pétalo blanco.

¿Estás bien?, me pregunta por telepatía.

Sí, le contesto y agacho la cabeza para comprobar que la camiseta me sigue quedando holgada. El pecho se marca un poco más, pero si encorvo los hombros no se notan. Si tuviese más brazos, al menos podría fingir que soy culturista.

¿Por qué nos hemos transformado?

Cuando nos reunimos tantos lobos, si una gran parte se transforma, nos empuja a hacerlo también al resto, me explica mientras lo sigo hasta la arena, donde han cubierto el suelo con pétalos de rosa.

Damos una vuelta por el espacio para buscar un buen sitio donde quedarnos, sin adentrarnos demasiado y estar cerca de la salida.

Yamila lo habrá querido así, le digo en su mente. *Pero ¿cómo habrá convencido a los Cazadores para que no dejen entrar a las brujas?*

No le habrá costado mucho. Habrá aprovechado que los lobizones tendrían miedo de que las brujas pudieran usar la magia para hacer algo.

Aunque me indigna ver cómo es capaz de traicionar a las otras brujas para saciar su ambición, Yamila nos ha hecho un favor porque ahora nos podemos comunicar. Tiago y yo nos unimos al grupo con máscaras y un par de ellos inclinan la cabeza en solidaridad. Espero que no desentonemos con el resto.

No deja de llegar gente, todo el mundo se agolpa en las gradas, donde una legión de hombres lobo espera expectante. Examino sus caras y mis ojos se detienen en *ella*.

La única bruja en todo el Coliseo.

La bufanda escarlata de Yamila ondea al viento mientras sus fogosos ojos escanean a la multitud, sin duda buscándome a mí. De todas formas, sigo inspeccionando los alrededores hasta que encuentro la cabeza dorada de Gael.

Mi padre está de pie en la parte de atrás, como si estuviera intentando evitar que lo vean. No parece que esté esposado ni nada parecido, así que suspiro aliviada.

A estas alturas ya no tengo problemas para conectar mi canal telepático con Tiago por la conexión que tenemos, pero con Gael solo he hablado así una vez. Me concentro en su cara y me esfuerzo al máximo para transmitirle mis pensamientos.

¿Gael?

Sus ojos coralinos se abren como platos mientras me buscan entre el gentío y da unas zancadas en el escenario.

¿Manu?

Estoy cerca del escenario con Tiago. Llevamos máscaras…

¡Márchense! ¡Ahora mismo! Prácticamente me está chillando. Incluso desde aquí veo cómo se está enrojeciendo. *¡Deprisa!*

Pero Yamila ha dicho…

¡Lo hace para atraparte!

¿Y Ma? ¿Dónde está?

Está bien. Me he encargado de ello.

Todo mi sistema se detiene. Parece que todos los músculos de mi cuerpo se hubieran relajado de golpe y, por un momento, incluso me olvido de respirar. Ma por fin es libre.

¿Dónde está?

Te lo explicaré todo, pero ahora no es el momento. Confía en mí.

¿Por qué estás aquí?.

¡No hay tiempo! Tienes que…

¿DÓNDE?.

La pregunta retumba como un grito incluso en mi cabeza. La columna se me tensa y noto que Tiago me está observando, como si supiera que estoy hablando.

No sabemos qué vamos a hacer, le confieso a Gael, y suavizo la voz. *No hemos encontrado aliados, no nos quedan semillas y solo es cuestión de tiempo hasta que...*

El Aquelarre, dice como si fuera la respuesta más obvia. *Pensé que Saysa ya se habría puesto en contacto con ellos.*

Ahora soy yo quien abre los ojos sorprendida debajo de la máscara.

¿Existe de verdad?

—Bienvenidos, lobos.

Yamila interrumpe nuestra conversación, su voz seductora amplificada por cada rincón del Coliseo.

La bruja mira a Gael con curiosidad, y él da un paso atrás para perderse entre la fila de Cazadores a su espalda.

—Han acudido aquí tan solo por un nombre —anuncia—. Incluso décadas después, nos persigue.

Levanto la vista para mirar a Tiago.

Acabo de hablar con Gael. Dice que...

—Fierro.

Viendo cómo Yamila inspecciona la multitud, tengo claro que sigue buscándome.

—Como muchos otros Septimus, no lo han olvidado. Quieren respuestas. Quieren zanjar este tema. Y ahora es el momento de conseguirlo.

Tenemos que irnos, le digo a Tiago.

—Hay un lobo aquí que no es como el resto —Yamila lo anuncia como una provocación.

Vamos. Tiago se gira hacia la salida.

—Da un paso al frente y muéstrate o nos obligarás a ir a por ti.

Los dos nos quedamos paralizados. Si nos movemos ahora sería como delatarnos.

No deberíamos salir juntos, comenta Tiago. *Vete tú primero.*

—Hemos bloqueados las salidas.

La respiración se me bloquea en la garganta y se genera un murmullo de reacciones entre la multitud.

Está tratando de engañarnos, me dice Tiago. *Quiere provocarnos. No reacciones.*

La urgencia de Gael me oprime el pecho, pero Tiago tiene razón, todo el mundo está mirando a su alrededor, escudriñando a los lobos que tienen al lado. Los que vamos con máscaras somos los que más miradas nos estamos llevando.

¡Los Cazadores están buscándote entre los asistentes!, la voz de Gael retumba en mi cabeza. Lo dice con tanta desesperación que temo que intente hacer algo.

Esto ha sido un error.

¡Gael dice que están entre nosotros y nos están buscando!, le digo a Tiago.

Los Septimus se empiezan a dar empujones, los efectos que generan los Cazadores en su búsqueda por la única chica aquí presente.

Vamos, me dice Tiago mientras me agarra del brazo. *Lucharé con quien haya en la entrada y, luego, echaremos a correr.*

Pero en cuanto doy un paso, noto un hormigueo en la cabeza.

Tiago me suelta, se acerca los dedos a la cara y se toca la yema de los dedos como si él también lo notara. Entonces suspiro y la máscara se enrolla hasta caer al suelo con el resto de pétalos.

De golpe, mi pesada melena queda suelta y mi ropa se encoge hasta marcar mis curvas de nuevo. Veo el horror en la cara de Tiago y recuerdo las palabras que vimos en la entrada del Coliseo:

Cada flor cae.

El grupo de lobos también ha perdido sus máscaras y uno a uno se giran para mirarme sorprendidos.

Soy la única que no tiene una densa barba.

La única a la que el pelo no se le ha oscurecido.

La única, por lo menos que yo vea, que tiene pechos.

La voz de Tiago retrumba en mi mente aturdida: *¡CORRE!*

Quiero echar a correr, pero hay algo que me tira por dentro y noto cómo me falta la respiración. Los huesos me queman, una verdadera agonía, mientras mi esqueleto se derrumba, los colmillos y las garras empiezan a retraerse, la piel se me tensa hasta que incluso parece que las venas se me encogen. Una vez termina el proceso, veo que los otros lobos también se han transformado y todos me miran boquiabiertos.

—¿Qué es eso?

—¡Es una niña!

—No puede ser.

—Tiene que ser brujería.

—Una bruja no puede transformarse.

—No es una bruja.

La mitad de la gente cree que soy una bruja y la otra mitad no sabe qué pensar. Sus palabras se entremezclan en un murmullo ininteligible hasta que al final alguien lo dice:

—Es lobizona.

Yamila me clava sus ojos rojo sangre desde el estrado, y de repente me doy cuenta de la verdadera razón por la que tenía tanto miedo de volverla a ver.

«¿Qué... eres?», me había preguntado en la cueva de Lunaris.

Esa pregunta es la maldición que me ha perseguido a pesar de las fronteras que cruzara y los mundos en los que he vivido. Es el miedo que le tengo a la respuesta lo que me impide abrirme con mis amigos y contarles cómo conseguí escapar de la magia de Yamila.

Pero *ella* sí lo sabe. Yamila sabe todos mis secretos. Excepto uno.

Fierro.

—¡DETÉNGANLA!

Al oír el grito de Yamila, Tiago echa a correr y me lleva con él hacia la salida. Como nos habíamos quedado cerca, no tenemos mucho trecho que recorrer, pero ya tenemos a Cazadores bloqueándonos el paso.

Al menos hay cinco protegiendo el arco que tenemos más cerca como porteros, esperando atraparnos. Hasta que una explosión atronadora sacude el estrado y el suelo tiembla mientras una cortina de humo negro se extiende por el aire, envolviéndolo todo.

—¡Gael! —chillo, pero Tiago me toma de la mano y no me deja volver.

Me obliga a avanzar con él, ahora a un ritmo lento, ya que no vemos nada. Me aprieta con fuerza y oigo huesos crujir cuando Tiago usa el brazo que tiene libre para darle un puñetazo a un Cazador.

De repente, al notar que algo enorme se choca con él, me aparta de un empujón.

Doblo las rodillas y levanto los brazos, preparándome para defenderme si un Cazador me ataca entre la cortina de humo, pero alguien me aprieta el hombro y me saca del Coliseo hasta llegar a las calles decoradas con rosas de La Rosada.

Me giro y veo aliviada que es Tiago quien me ha acompañado y no un agente, pero la alegría solo dura un segundo.

La multitud de gente de fuera es igual de grande que dentro y todos se abalanzan sobre mí cuando me ven. En un instante, Tiago y yo estamos rodeados por cientos de Septimus que nos lanzan preguntas sin parar. Nos apuntan con espejos a la cara y veo mi imagen paralizada allá donde miro. Todos me preguntan:

—¿Cómo te llamas?

—¿De dónde eres?

—¿Quiénes son tus padres?

—¿Cómo has mantenido el secreto durante tanto tiempo?

—¿Podemos ver cómo te transformas?

Estas preguntas no me parecen propias de Cazadores. Más bien parecen…

—Periodistas —escucho gruñir a Tiago.

Las calles rosadas de La Rosada están infestadas de periodistas. Me dan golpes con sus espejos mientras Tiago los aparta como puede para poder avanzar, pero al menos su presencia nos sirve de muro entre nosotros y los Cazadores. Aun así, nos están haciendo la vida imposible para escapar.

Cada vez llegan más y más Septimus a causa del revuelo, y oigo diferentes tipos de pasos: rápidos, pesados y persecutorios. Empezamos a abrirnos paso entre el gentío, pero incluso si logramos salir de aquí, ¿cómo vamos a encontrar a Cata y Saysa en medio de esta locura?

—¿Son novios?

—¿Por qué te buscan los Cazadores?

—¿Es verdad que tienes información sobre Fierro?

Una ráfaga helada de viento me roza la oreja y me pasa por detrás de la cabeza. Más que un efecto del tiempo me parece un susurro, y Tiago toma una nueva dirección. La multitud, llena de curiosidad, nos sigue como la corriente, y nos abrimos paso a empujones hacia el árbol más grande que vemos, con un tronco desconchado y hojas ligeras. Sus ramas se mecen en el aire aunque no corre ningún tipo de brisa.

—¡Ahí están! —grita Yamila.

Siento que está cerca porque noto una ola de calor y, cuando me doy media vuelta, a quien veo primero es a Gael.

Suspiro, aliviada, al ver que no le ha pasado nada después de la explosión, entonces los Cazadores se abren paso a codazos, lo que hace que Tiago y yo nos quedemos atrapados contra una pared de Septimus. Hay demasiada gente entre nosotros y el arboledo, y no tenemos espacio para maniobrar. Nunca lo conseguiremos.

—No puedo respirar —digo. Tengo una idea, así que finjo desmayarme en los brazos de Tiago.

—¿Manu? —me pregunta, asustado—. ¡*Apártense*! —ruge a la multitud, y el corazón se me detiene al escuchar su voz desgarrada.

La gente se aparta un poco, lo mínimo, pero ya es suficiente para salir de ahí.

—¡Atrápenlos! —grita de nuevo Yamila.

Tomando carrerilla, Tiago derriba a un par de personas mientras se abre paso para llegar al tronco del arboledo. En cuanto me deja en el suelo, una pequeña mano se cierra sobre la mía y me lleva a un túnel.

Una vez estamos a salvo en nuestro propio pasadizo, me agacho para recuperar el aliento, ya que casi me derrumbo de los nervios.

—¿Qué ha pasado? —preguntan Saysa y Cata casi al unísono.

—Me ha delatado.

—Yamila tenía un plan B —explica Tiago, cubriéndose el pecho con los brazos—. Había avisado a la prensa. No teníamos dónde escondernos.

Lo veo afectado y no sé si es que toda esa gente le ha despertado recuerdos de hace cinco años, cuando él se convirtió en el Lobo invencible.

—¿Y qué ha pasado con Gael? —quiere saber Saysa.

Tiago niega con la cabeza y le contesta:

—No saben quién es.

—¿Y entonces qué hace aquí? —exige Cata—. ¿Qué ha pasado con tu madre? ¿Y dónde han metido las máscaras?

—Gael no nos lo explicó —contesto—. Solo me dijo que mi madre está a salvo y luego nos pidió que nos fuéramos, pero, antes de que pudiéramos hacerle caso, se nos cayeron las máscaras, como al resto.

Saysa se da con la palma de la mano en la frente y mira a Cata:

—¡*La Rosada*! ¡Las normas para las rosas allí son diferentes! ¿Cómo no lo pensamos antes?

Cata frunce el ceño.

—Pero la flor mascarete no es una rosa...

—*Ahora* no, pero su origen sí que proviene de la familia de la rosa. ¡Debería haberlo sabido!

Cata parece más pálida de lo normal, pero no dice nada. No se le da demasiado bien equivocarse.

—¿Y cómo han conseguido escapar? —nos pregunta Saysa.

—Hubo una especie de explosión —les dice Tiago—. Aún no me creo que hayamos salido de allí.

—Yo sí —contesta Saysa—. Si los Cazadores hubiesen llevado a sus agentes brujas, ahora estarían detenidos.

Nadie le lleva la contraria.

Tiago suelta un profundo suspiro.

—Pasar desapercibidos nos va a costar más aún ahora que todo el mundo sabe que Manu y yo estamos juntos.

Cata se encorva encogiendo los hombros y parece que está a punto de desplomarse. No estoy acostumbrada a verla tan tocada. Saysa se queda mirando los patrones de diminutas raíces y los trozos de telarañas algodonosas, e incluso Tiago se apoya en la pared sin saber qué más decir.

—Gael me dijo que debíamos encontrar al Aquelarre.

Los tres se giraron para mirarme incrédulos.

—¿Qué? —me pregunta Tiago.

—¿Te dijo eso? —demanda Cata.

—¿Te dijo *cómo* hacerlo? —quiso saber Saysa.

Sacudí la cabeza en negación a la última pregunta:

—Me pareció que él creía que encontrarías la manera.

A Saysa le brillan los ojos con luz verde y, sin decir ni una palabra más, empieza a avanzar por el túnel y no nos da otra opción más que seguirla.

Cuando la luz inunda el horizonte, me duelen las piernas y mis pulmones se llenan de una brisa salada.

Me abrazo para taparme el pecho en cuanto salimos a una pequeña isla fría en mitad de un océano inmenso, donde hay Septimus caminando por encima del agua. Pestañeo un par de veces.

Me quedo mirando sus pies sin poder creérmelo, entorno bien los ojos hasta que veo el destello de los caminos helados a lo largo de la superficie del mar. Los diferentes senderos conectan un puñado de islas diminutas.

—Marina —anuncia Tiago mientras echa un vistazo al paisaje—. De pequeños nos encantaba venir aquí.

—Es una manada formada por ciento veintisiete islas, incluyendo el lugar más peligroso de la Tierra, La Isla Malvada.

Cata nunca pierde la oportunidad de soltarnos todo lo que sabe sobre los sitios a los que vamos, pero nunca nos cuenta nada personal, ningún recuerdo. Cuando nos explica algo suena como si lo estuviera leyendo directamente de un libro.

—¿Tú y tu madre suelen ir a ver a tu padre a Kerana? —le pregunto.

—No.

Se crea un silencio incómodo, que Saysa se encarga de rellenar:

—Aquí es donde vive la familia de Zaybet.

—¿Por eso hemos venido? —pregunta Cata—. Pensaba que ya habías intentado hablar con ella un montón de veces.

—Ahora es diferente.

Seguimos a Saysa mientras bordea las raíces que sobresalen del arboledo hacia el otro lado de la pequeña isla, donde descubrimos una nueva vista: una enorme masa de tierra con edificios coloridos y calles de hielo.

—La gente quizá nos reconozca —nos recuerda Tiago.

—Tenemos que cambiarnos —apunta Cata, y agarra la parte de atrás de su camiseta, como buscando la etiqueta—. Estas telas tienen un modo para el invierno —me dice—. Solo tienes que partir la etiqueta.

—Espera que te ayudo —me dice Tiago, y cuando lo vuelvo a mirar, veo que su camiseta blanca se ha convertido en un jersey de cuello alto y que, en vez de deportivas, ahora lleva botas.

Siento su respiración en el cuello y cómo pasa los dedos por la cintura de mis índigos buscando por la costura hasta que tira de algo. Entonces toma mi mano para guiarme hasta donde tiene la suya y, cuando parto la etiqueta, noto un calorcito en las piernas y veo que el material de los pantalones cambia. Tiago ahora rebusca en el cuello de mi camiseta y hace lo mismo para que se convierta en un jersey.

Ahora que el olor embriagador de Tiago me envuelve, recuerdo cómo luchó para sacarnos del Coliseo y me inunda una emoción que va más allá de la gratitud, de la admiración o de la devoción. Este sentimiento no me hace querer besarlo o abrazarlo y no soltarlo, sino que me anima a hacerme más fuerte para que yo también pueda protegerlo a él.

Tiago se agacha hacia el suelo helado y me aprieta las lengüetas de mis zapatillas de Septimus. Las veo alargarse hasta convertirse en botas, con suelas gruesas y el interior afelpado.

Levanta la vista para mirarme y, cuando se levanta, me toma por los dos brazos. Noto sus labios muy cerca de los míos, y siento un cosquilleo en la lengua y un deseo…

—Vamos —resopla Cata, metiéndose entre los dos.

A pesar de llevar la ropa de abrigo, parece que tanto ella como Saysa están heladas y tristes.

Tiago me toma de la mano mientras avanzamos por un camino helado en la superficie del océano, donde no hay nada más que el agua azul del mar a nuestro alrededor. El frío me muerde la piel de la cara donde no puedo taparme y, en la distancia, veo el contorno de los edificios coloridos hechos de cristal o de hielo.

Cuando llegamos a tierra, la arena sustituye al hielo, y el estómago me da un vuelco al ver a un montón de Septimus de un lado para otro aprovechando su día. Las construcciones de cristal se yerguen a ambos lados de una enorme avenida helada flanqueada por aceras de arena. Vemos todo tipo de trineos deslizarse a toda velocidad por el hielo, hay de todos los tamaños y estilos. Por dentro me muero por pararme y observar cada uno de estos detalles, pero Tiago y yo tenemos que ir con la cabeza gacha para que la gente no nos reconozca.

La mayoría de Septimus aquí llevan capas brillantes que centellean como si fuesen líquido, parecida a la que se puso Zaybet en Lunaris. Está claro que no se nos da demasiado bien eso de adaptarnos al entorno para pasar desapercibidos. En cuanto pasamos uno de los edificios azules, una pantalla acuosa de proporciones gigantescas aparece en mitad de la calle:

¡NOTICIAS!

El mensaje no deja de parpadear en la pantalla y los cuatro nos miramos asustados. Los demás Septimus también han frenado, incluso los que van en trineo han parado, mientras empiezan a proyectar las imágenes. Se ve cómo salgo corriendo del Coliseo con Tiago.

La voz de un periodista narra el montaje de imágenes:

«¿Han visto a esta Septimus? Se llama Manuela y se ha dado a la fuga con Santiago Rívoli, también conocido como el Lobo invencible y la estrella del campeonato del equipo junior de Septibol de El Laberinto. Si los ven, pónganse en contacto con sus Cazadores locales de inmediato».

Tiago me aprieta el brazo y los cuatro nos escapamos hasta el callejón de arena entre el edificio azul y una estructura verde más bajita.

«Si la ven», sigue diciendo el periodista a nuestras espaldas, «tengan cuidado con sus ojos, pueden engañarlos. Quizá crean que es una Jardinera, pero en realidad múltiples testigos afirman que ni siquiera es una bruja».

Camino arrastrando los pies, por lo que Saysa y Cata nos han acabado adelantando. Cuando me doy cuenta de dónde van a entrar abro la boca para avisarles, pero ya es demasiado tarde.

Han pisado con todas sus ganas uno de los mullidos hongos que crecen entre la arena y se las traga la tierra.

«Si los informes son ciertos, esta chica sería la única de su especie».

A la vez que Tiago me tira hacia el Hongo, miro por última vez la pantalla acuosa. Tengo los ojos llorosos, el pelo apelmazado y la cara inexpresiva. No parezco una lobizona, sino una niñita perdida.

«Es una anomalía histórica y biológica».

La voz del presentador retruena en mis oídos.

«La primera…».

El estómago me da un vuelco con la caída.

Segundos después estoy de pie junto a mis amigos en una caverna infestada de telarañas.

El aire es caliente, incluso demasiado, como si estuviésemos en las profundidades *más* profundas de la tierra. Si esto es el Hongo, entonces las «telarañas» que hay en las paredes deben de ser micelio. Me acerco y puedo apreciar los pequeños destellos que se crean a lo largo de los hilos blancos, como la electricidad que se crea con la sinapsis en una red de neuronas.

Cata y Saysa meten los dedos en la red hasta que tienen toda la mano dentro del sistema de raíces del hongo. Ahora cierran los ojos para concentrarse y, de repente, se les iluminan las venas de los brazos con una luz blanca.

—¿Qué están haciendo? —pregunto en un susurro mientras me recorre un escalofrío.

—Se están conectando al Hongo —murmulla Tiago—. Así es como entramos en sincronía con Lunaris si queremos información o para enviar un mensaje, o simplemente para sentirnos cerca de nuestro hogar.

Ma nunca me llevó a rezar a ningún sitio ni practicamos ninguna religión. Nunca he pisado un lugar que considere sagrado o santificado, y, aun así, cada vez que veo el centello de la red casi neuronal del micelio, me siento muy pequeña en este cosmos.

Estoy en el interior de la mente de Lunaris o quizá incluso la del universo.

—Me imagino que esto debe de ser como descubrir el Aleph.

Dudo que me hubiera permitido soltar una referencia de Borges con otra persona, pero sé que a Tiago le encanta. «El Aleph» trata de un chico que descubre una ventana hacia el universo a través de la cual puede ver todo lo que existe tal y como es, sin ningún tipo de distorsión. Un punto en el espacio que contiene el resto.

—Es uno de mis cuentos favoritos —me confiesa Tiago, ahora ya no habla en voz baja, sino con voz profunda, como si las palabras le salieran desde lo más hondo—. Así es como me siento cuando estoy contigo.

Entre su acento al decirme estas palabras y la intensidad de sus ojos azules, de repente la ropa de invierno me sofoca. El Hongo empieza a encogerse tanto que parece que hemos vuelto a la cueva secreta de libros de Tiago en los Everglades.

—Ya está —sentencia Saysa, y la tensión se disuelve en cuanto se desconecta de la red—. Ya le he enviado el punto de encuentro a Zaybet. Pongámonos en marcha y crucemos los dedos para que se presente.

—Llevas días intentándolo —le dice Tiago—. ¿Qué te hace pensar que esta vez sí te hará caso?

—Ella fue la que le hizo la Huella a Manu. Si la ve en las noticias, se dará cuenta de que estamos huyendo y de que Yamila me está intentando apartar de mis amigos.

A veces me pregunto si la clase en la que se conocieron Saysa y Zaybet fue Introducción a la Criminología.

—¿Encontraste algo útil? —le pregunta Saysa a Cata cuando ella también vuelve con nosotros.

—Nunca he encontrado nada útil sobre el Aquelarre, así que no sé por qué iba a cambiar eso ahora —dice encogiéndose de hombros y cruzando los brazos—. Aun así, sí he visto algo. No es útil, pero sí me ha parecido interesante. Hay una teoría que dice que, si el Aquelarre existe de verdad, la única explicación razonable para que nadie en la historia haya sido capaz de exponerlos es que Lunaris también sea partícipe.

—¿Y eso qué significa? —pregunto.

Los ojos de Saysa se iluminan con un destello de orgullo:

—Que nosotros también somos sus hijos.

Saysa y Cata salen primero del Hongo para comprarnos las capas que todo el mundo lleva en Marina. Tiago y yo esperamos un rato para darles un margen de maniobra, y luego las seguimos por la salida que hay en la pared cubierta de telarañas.

Como vi que hacían ellas, imito a Cata y Saysa, e introduzco los dedos en el micelio; un gesto que me parece intrusivo a la vez que insustancial. En cuanto doy un paso al frente, me siento como si caminase por una cortina de densas telarañas que me asfixian hasta dejarme casi sin respiración… Entonces, por fin, volvemos a estar en el callejón entre los edificios azul y verde.

En la calle, veo a los Septimus separados en grupos, todos comentando lo que acaban de ver.

Cata y Saysa ahora llevan sus capas, una rosa y otra verde, para que el material les encaje con sus ojos. Tiago acepta una color zafiro y la mía es de un marrón claro, más ambarina que dorada.

—Hemos gastado las semillas que nos quedaban —nos informa Cata—. Y como nos faltaba un poco, hemos donado un poco de sangre.

La oscura piel de Tiago parece palidecer, pero aprieta los dientes y asiente con la cabeza.

—No lo entiendo —digo.

—Para hacer las pociones más poderosas se necesita un tipo de sangre concreto, dependiendo del hechizo, del elemento y el método de desembolso…

—Ahora no —sentencia Cata, cortando la lección de Saysa.

Un grupo de brujas con capa ha girado la esquina y se dirigen a la zona de hongos que tenemos al lado. Están tan concentradas cuchicheando sobre mí que tardan un rato en darse cuenta de que estamos ahí.

—¿Ustedes se creen lo de esta chica?

—Para nada.

—¿Por qué nos van a mentir así?

—Quizá es que los Cazadores se la creen.

Mientras se pelean decidiendo si mi historia es real o un engaño, Tiago y yo nos damos media vuelta para ponernos las capas. Son cortavientos para protegerse del aire helado de la zona, y pueden cerrarse hasta arriba para cubrirse toda la cara menos los ojos.

La mayoría de Septimus no se ponen la capucha, pero Tiago y yo la usamos para cubrirnos. Las brujas ahora están más cerca y siguen debatiendo sobre las imágenes de las noticias. Como hago cuando estoy nerviosa, en vez de centrarme en lo que significan las palabras, me limito a traducir lo que dicen:

—Para mí que es una bruja.

—Pero dicen que la han visto transformarse.

—Debe de haber mezclado demasiadas pociones de potencia física y algo le falló.

—Que algo le falló es obvio.

Por el rabillo del ojo veo a Cata y Saysa inclinar la cabeza para saludar a las brujas. Todo este tiempo, las dos me han visto como una especie de símbolo revolucionario, pero los Septimus no son tan diferentes de los humanos en lo que se refiere a su capacidad para ver solo lo que quieren. Estoy empezando a pensar que esta misión no solo es imposible, sino que tampoco tiene sentido.

Cuando salimos del callejón, la pantalla enorme ha desaparecido y el ambiente ha cambiado. La mayoría de los trineos están aparcados a un lado de la calle de hielo y abandonados, y el gentío se está dispersando tan rápido como se formó.

Cuando ya solo quedan un par de grupos de Septimus, me doy cuenta de que también se acercan a la zona de hongos que tienen más cerca. Muchos están corriendo de un lado a otro buscando por el suelo, aunque hace un momento la calle estaba a rebosar de hongos.

—Hay demasiada gente intentando acceder al Hongo —me aclara Tiago.

—El éxodo masivo puede empezar en cualquier momento, así que date prisa —dice Cata.

Como casi estamos solos en la calle, me atrevo a preguntarles:

—¿Qué son esas pantallas enormes que siguen apareciendo de la nada?

—Las llamamos pantaguas y están hechas de gotas de agua que se cargan con magia —me explica Saysa—. El agua se queda oculta hasta que las activan. También hay versiones portátiles.

—¿Por qué los lobos no tienen que enseñar sus ojos? —pregunto esta vez. Ya que tengo la oportunidad, la aprovecho.

—Es fuerte, ¿eh? —me contesta Saysa más bien como si hubiese hecho una afirmación, no una pregunta—. Les da tanto miedo nuestra magia que ya no saben cómo controlarla.

—No es por eso —la corrige Cata—. Somos una especie de manadas y el color de los ojos revela el tipo de magia de una bruja. Es como las hermanas del mismo elemento pueden identificarse las unas a las otras.

—Eso es lo más inocente que has dicho en tu vida —le suelta Saysa, con lo que se lleva una de las muecas de fastidio patentadas de Cata—. ¿Tú te crees que un grupo de brujas se levantó un día y dijo: «Ay, ¿saben lo que sería divertido? ¡Si nos inventamos una manera de vestir que sea obligatoria para siempre!»?

—Qué visión más simplista... Y, además, ese no es el propósito. A veces, solo por conseguir llevar la razón, nos dejas de tontas. Tal y como lo explicas parece que las brujas no tenemos voluntad propia.

—¿Qué voluntad? Pero ¿tú has visto el desequilibrio de género en el tribunal y los Cazadores? ¿O el hecho de que no podamos explorar Lunaris sin un lobo como escolta?

—Cálmate —le pide Tiago, pero Saysa ya ha pasado el límite hace tiempo.

—Si somos tan débiles y los lobos tan poderosos, ¿por qué el monstruo que da más miedo en nuestras historias es una *chica*, la ladrona?

—¿*La ladrona*? —repito—. ¿Qué es eso?

—Un cuento para niños —me contesta Saysa, asqueada, como de costumbre—. Es un demonio que se supone que nacerá si...

—¿Dónde dices que conociste a Zaybet? —le pregunta Tiago y por su voz se intuye que está harto de la conversación.

Me da la impresión de que no le importa mucho la historia.

Saysa se toma su tiempo para responder y, cuando por fin lo hace, no suelta más que lo que parece un balbuceo que ni Tiago ni yo somos capaces de entender.

—¿Qué?

—La Isla Malvada.

—Estás de broma.

Tiago prácticamente se queda congelado y le tengo que dar un pequeño codazo. Estamos cerca de la costa donde hay un puerto, así que no nos queda mucho más tiempo para hablar con libertad.

—¡Ese sitio se supone que está lleno de Cazadores! —exclama Cata, indignada.

Saysa sigue con la mirada fija al frente y dice con una voz impasible:

—Era el mensaje más seguro que se me ocurrió, por si lo interceptaban los Cazadores: «Nos vemos donde nos conocimos».

—Pensaba que habías dicho que era una antigua compañera de clase —comento.

—Obviamente no se revela la verdadera identidad de alguien cuando se va a hacer algo ilegal, se les presenta como una *antigua compañera* o una *prima*.

A veces Saysa nos habla como si pensara que tenemos el título de criminales en potencia como ella.

—Es una misión imposible —resopla Cata por lo bajo—. ¡Sobre todo ahora que todo el mundo los está buscando! Deberíamos dividirnos...

—No —declara Tiago, rechazando la propuesta—. Las brujas no pueden entrar en la isla sin un lobo.

—Pero no estamos en Lunaris —le discuto—. Pensaba que esa norma solo se aplicaba allí.

—Se aplica allí donde al tribunal le parece oportuno —me corrige Saysa, con la seguridad de alguien que acaba de demostrar su teoría.

Nos callamos en cuanto entramos en el puerto, donde no hay señales de hongos. Todavía hay unos cuantos Septimus desperdigados en la superficie, pero por suerte están todos reunidos alrededor de una pantalla. Me noto aguantando la respiración hasta que dejamos la arena atrás y nos adentramos en la superficie del océano.

Esta senda es más ancha que la otra que tomamos antes, así que podemos caminar en paralelo, formando una barrera contra el intenso vendaval. Ahora todos llevamos las capuchas puestas y así nos tapamos completamente excepto los ojos.

Hay Septimus en la distancia delante de nosotros y, entrecerrando los ojos, soy capaz de distinguir un glaciar altísimo rozando el horizonte, coronado con miles de hojas delgadas y largas de hielo, todas apuntando en la misma dirección. La imagen parece casi extraterrestre.

—Los llamamos penitentes —consigo escuchar a Tiago, aunque la capa amortigua su voz—. Se forman gracias a la gran altitud y los fuertes vientos, y siempre apuntan hacia el sol.

También los tenemos en el mundo humano. Los reconozco por las imágenes que he visto de la parte argentina de los Andes.

Los Septimus que teníamos delante han desaparecido y, a medida que la niebla se disipa, descubro un agujero negro en el hielo. Alzo la voz para que se me escuche a pesar del vendaval y les pregunto:

—¿Vamos hacia *dentro* del glaciar?

—No es un glaciar —me contesta Tiago—. Cual sea la fuerza de Lunaris que forjó esta isla, su magia sobrepasa las habilidades de cualquier bruja.

—Algunos creen que es un trampolín hacia Lunaris —añade Saysa—. Dado que hay criaturas que a veces lo cruzan, sabemos que hay un portal en esta isla que permanece activo todo el mes, pero nadie ha sido capaz de encontrarlo.

—¿Por eso necesitan que las acompañe un lobizón? —pregunto.

—Algunas de esas criaturas son inmunes a la magia —aclara Cata, que es la única que no se ha puesto la capucha.

El pelo le vuela al viento y sus ojos rosas brillan con un leve fulgor, como si recibiera el frío como a un viejo amigo.

—Por eso siempre hay Cazadores patrullando para ofrecer protección —añade Tiago, y ahora empiezo a entender por qué este plan es tan mala idea.

Un escalofrío que poco tiene que ver con el temporal me recorre la espalda en cuanto entramos. Echo la cabeza hacia atrás para poder ver bien la estructura helada y parece que estoy en la Fortaleza de la Soledad de Superman.

Una ráfaga de viento nos sacude desde las profundidades de la isla cuando llegamos a lo que parece una amplia sala central de techos altos y abovedados.

Aquí hay un montón de Septimus y podemos detectar fácilmente a los Cazadores: los lobos que caminan dejando claro que están preparados para atacar. Mueven los ojos en más direcciones que un Septimus normal, y veo que uno se acerca a un grupo de adolescentes.

—Van a necesitar a otro lobo de acompañante, son muchas brujas —les dice.

Tiago le frunce el ceño a Saysa, como si ella tuviera la culpa de que el Cazador les hubiera dicho eso y lo remata con un sonido gutural que parece más bien un gruñido.

—No puedes seguir enfadado por eso —susurra Saysa mientras tomamos un giro pronunciado hacia un pasillo vacío—. Ya hace cinco años.

—Una traición no tiene fecha de caducidad.

—*¿Una traición?* —se resiste.

—Los dos tienen que pasar página con el tema —salta Cata, que parece que sabe de lo que hablan—. Tiago, tú volviste de tu primer viaje a Lunaris como el héroe popular, mientras que a tu hermana aún le quedaba un año más para heredar su magia. Estaba claro que tenía celos y…

—Yo no tenía celos —la interrumpe Saysa—. Simplemente quería ir a lo mío.

—Podrías haberme dicho eso en vez de traicionarme —vuelve a gruñir Tiago.

—¡Yo no te traicioné!

La pared que tenemos a la derecha se convierte en niebla y la voz de Saysa se pierde.

Ahora estamos en una cámara que está llena de Septimus. Hay gente que suelta algún grito ahogado al vernos y otros que se nos acercan.

Creo que me va a dar un ataque al corazón, pero pasan por nuestro lado sin mirarnos simplemente para explorar el pasadizo.

Tiago y yo seguimos con las cabezas gachas, mientras Cata y Saysa escrudiñan la multitud en busca de Zaybet. Cuando Saysa me roza el brazo, seguimos adelante.

Los cuatro pasamos en fila por un pasaje abovedado que nos conduce a una cámara circular donde un grupo de Cazadores hablan en una esquina. Como el techo es tan alto el sonido no viaja muy bien, pero cuando escucho la palabra *lobizona* me sienta como un puñetazo en el estómago.

No están hablándome a mí, pero sí de mí.

Desde la distancia llegan rumores de gritos, pero el eco que rebota en las paredes nos impide saber de dónde vienen. Unos cuantos Septimus salen corriendo de la sala como si se muriesen por ponerse a la cola de esa atracción que está causando tanto revuelo.

Hay tres túneles para salir de esta cámara y Saysa nos lleva hacia el más estrecho cuando, de repente, algo peludo y violento sale volando de allí.

Mi amiga chilla y se agacha, mientras que una criatura parecida a un oso pardo con ojos rojos y una cola larga sale de la nada con las garras sacadas.

Tiago agarra a Saysa y a Cata, y las empuja contra la pared para protegerlas con tanta rapidez que su cuerpo no es más que una mancha borrosa. Los otros lobos sacan a las brujas a las que acompañan, mientras que los Cazadores se transforman.

—¡Manu! —grita Tiago.

Cuando oigo mi nombre, me doy cuenta de que no me he movido.

La bestia se abalanza sobre mí.

Pero en vez de salir corriendo, encorvo los hombros y doblo las rodillas. Mientras la criatura se va acercando y reduciendo la distancia entre los dos, lanzo un rugido monstruoso y gutural.

Las fauces de la bestia están a tan solo unos centímetros de mi cara, pero se detiene.

Tiago ya está a mi lado, transformado debajo de su capa azul, plantándose entre la criatura y yo.

En medio del silencio y la tensión, se escucha a una niña susurrar:

—Ma, ¡es la lobizona!

Los Cazadores se ponen rígidos, ladean la cabeza como una manada de lobos olisqueando en busca de su presa.

La bestia de Lunaris se gira hacia la niña y se lame los labios, y los guardias se abalanzan hacia allí para aplacarlo, pero otro puñado de agentes se acercan sigilosamente hacia mí.

Se mueven al compás, como si fuera un baile que ya han hecho mil veces antes.

Tiago sale corriendo y me arrastra con él, y Cata y Saysa nos siguen mientras nos adentramos en el mismo pasadizo por el que salió la criatura.

—¡Paren ahora mismo!

El grito del Cazador que nos pide que nos detengamos suena demasiado cerca para mi gusto. Cata chilla y Tiago y yo nos giramos.

Un agente la tiene agarrada por el pelo y hay otro que está a punto de apresar a Saysa. Tiago obliga al Cazador a soltar a Cata y yo tiro de Saysa para ponerla detrás de mí justo cuando el túnel empieza a temblar.

—Saysa…

—¡No soy yo!

Hay un destello en los ojos rosas de Cata y de repente lanza una ráfaga de viento a los Cazadores, lo que consigue hacerlos retroceder medio paso, pero eso ya nos sirve.

Una pared se levanta justo en el lugar donde habían estado los guardias, casi rozando a Tiago, y crea una barricada entre nosotros. En ese momento, el temblor se detiene.

—Ya no están…

La frase de Cata se convierte en un grito porque, de repente, el suelo se inclina y el túnel se convierte en un tobogán.

Yo también chillo mientras damos vueltas por el glaciar y el frío se me cala hasta los huesos, incluso a pesar de llevar la capa y la ropa de invierno. La caída se me hace muy larga, tanto como para empezar a marearme, hasta que, por fin, el túnel nos escupe.

Tiago y yo nos ponemos de pie rápidamente e inspeccionamos la zona. Estamos en un congelador. Parece una especie de sótano, aquí no hay ni rastro de Septimus o de ningún tipo de esplendor, pero de lo que sí hay, y de sobras, es trastos rarísimos de todo tipo, como si fuese un almacén o algo parecido.

El silencio es imperturbable y los techos altos hacen que la sala parezca que esté verdaderamente incrustada en el hielo.

—Creo que estamos solos —digo por fin.

Aunque el suelo está congelado, ni Cata ni Saysa se levantan; se quedan ahí tiradas, sin energía, como si no pudieran más.

—Esto ha sido una mala idea —afirma Tiago. La capucha se le ha caído y se pasa una mano por el pelo, lo que deshace la escarcha que se estaba formando en sus raíces—. Toda la fuerza de los Cazadores se nos va a echar encima. Estamos atrapados.

—Pero es que no nos podemos ir —le rebate Saysa desde el suelo—. Zaybet es nuestra mejor opción para encontrar el Aquelarre.

—¡Olvídate ya de esa fantasía! —le suelta, irritada, Cata.

—¿*Por qué* se lo habría dicho Gael a Manu si no fuera real?

—Parece que ya han recuperado fuerzas, chicas —aprovecha para comentar Tiago—. Vamos a seguir adelante. Tenemos que encontrar una salida.

Le ofrece una mano a su hermana y, mientras la ayuda a levantarse, le pregunta:

—¿Cuándo has dicho que conociste a Zaybet?

Saysa pone una cara que la hace parecer la hermana pequeña malvada.

—El día que te *traicioné*.

Tiago pone los ojos en blanco.

Justo en ese momento, veo por el rabillo del ojo unas pequeñas sombras que revolotean de un lado a otro. Me quedo mirando fijamente el suelo… *Son peces*.

—Lo único que tenemos debajo es el mar —les informo, sin respiración—. Si el suelo se derrite…

—Tiene que haber una salida —afirma Tiago con fuerzas renovadas.

Examinamos detenidamente cada rincón del sótano, incluyendo una silla de cristal con brazos dentados, una provisión de témpanos de hielo puntiagudos que parecían penitentes, un cofre con cadenas metálicas negras…

—¿Será un calabozo? —me pregunta Tiago, buscando una confirmación.

—Está claro que algo de torturas se tienen que hacer aquí.

Se oye un goteo suave y rítmico desde la lejanía, al final de la sala, y Tiago y yo nos quedamos mirando el fondo de una bañera redonda llena de agua oscura. El líquido se solidifica hasta convertirse en hielo, luego se derrite y se evapora creando una cortina de niebla. Y seguidamente vuelve a empezar: la niebla pasa a ser agua, se vuelve a solidificar y así una y otra vez...

—No sé qué clase de tortura sería esta —se queda pensando Tiago.

—Yo la clasificaría como sisifoniana.

Se le escapa una sonrisa y, saber que mi parte nerd lo ha hecho sonreír de oreja a oreja me llena la tripa de doraditos.

—Quizá han sido los agentes los que nos han traído hasta aquí —sugiere Cata cuando nos acercamos a ella—. Tenemos que buscar una salida, *ahora mismo.*

—Zaybet va a venir —insiste Saysa mientras se nos acerca—. *Confíen en mí.*

Cata no puede reprimir una mueca impregnada de impotencia, pero Tiago, en cambio, fija su mirada en su hermana.

—¿Qué pasó exactamente el día que se conocieron?

—¿Te refieres al día que te *traicioné*?

—*Sí* —masculla, haciendo de la palabra casi un gruñido—. Me refiero al día que vinimos aquí como hermanos para vivir una aventura hasta que decidiste chillar: «¡Es el Lobo invencible!» y me dejaste ahí con toda la gente.

Una sonrisa se asoma en los labios de Saysa, pero se esfuerza por reprimirla cuando contesta:

—Siempre hay un momento en el que el hermano pequeño se la juega al grande...

—Saysa, tenías *once*...

—Y medio...

—Todavía no habías heredado tu magia ¡y estabas sola en el sitio más peligroso del mundo! Podrías haber *muerto.*

—¡Es que casi me muero!

Toma aliento y, por los ojos con los que la mira Cata, entiendo que ni siquiera ella tenía esa información.

—Cuando me fui por mi lado —empieza a contarnos Saysa, que ya no sonríe—, conocí a Zaybet y a otro grupo de brujas. Pero, como tú, ella también intentó protegerme porque estaba sola y demás, así que intenté escaparme, pero el suelo se derritió. Si no llega a ser por Zaybet...

Saysa se para un momento, como si no supiese muy bien cómo acabar esa frase.

—Manifestó hielo bajo mis pies y pude volver a tierra firme. Me salvó.

—¿Por qué no me has contado algo así? —le pregunta Tiago, ya sin un atisbo de enfado en su voz.

—Me daba vergüenza —admite Saysa—. Pero eso da igual, créanme cuando les digo: *Zaybet va a venir.*

—¡Chsst!

Levanto la mano para que Saysa se calle. Algo ha cambiado en el ambiente de la sala, los sonidos... Ahora hay incluso más silencio que antes.

La piscina sisifoniana ya no se mueve. Noto cómo los pelos de la nuca se me erizan al oírlo.

Un paso.

Tiago tira de Saysa y de Cata para colocarlas a sus espaldas justo cuando una figura vestida de negro sale de la bañera.

El traje de neopreno que lleva le cubre la cabeza y la boca, pero no lleva ni máscara ni bombona de oxígeno. Parece una sombra.

De la bañera empiezan a salir más y más sombras, y Tiago mete la mano en el montón de penitentes y nos da una a cada una. El arma helada pesa mucho y la empuño como si fuera un bate de béisbol.

Debe de ser un equipo de Cazadores de élite. Está claro que Yamila no se la quiere jugar.

Hay seis sombras en total y, cuando dan un paso adelante, los cuatro les mostramos nuestras armas en ristre, preparados para el ataque.

La primera figura que emergió se acerca la mano al cuello y se saca la máscara. La chica, que tiene el pelo negro azabache y las puntas blancas como la nieve le caen sobre los hombros, nos mira con un par de ojos mordaces de color metálico.

De repente se le dibuja una sonrisa desbordante en la cara:

—¡Ya sabía yo que no eras una Jardinera!

—¡Zaybet!

Saysa suelta su penitente con un estruendo y salta a darle un abrazo a su amiga:

—¿Cómo nos has encontrado? —le pregunta, mientras los demás también soltamos las armas.

—Este es el peor sitio al que podían venir si los están buscando, así que sabía que los Cazadores los encontrarían. Y cruzaba los dedos para que hubieran llegado a esta primera habitación.

Nos saluda a cada uno con un abrazo y Cata le avisa:

—Tenemos que salir de aquí, nos van a venir a buscar.

—Tranquila —dice Zaybet—. Los Cazadores no pueden entrar aquí.

—¿Qué quieres decir?

Zaybet estudia la habitación como si la conociera bien y le diera paz.

—Hace muchísimo tiempo, esta mazmorra se utilizaba para torturar a los Septimus que se desviaban de las normas.

Un escalofrío me recorre la espalda. Los ojos de Saysa y de Cata brillan con fuerza y observan de nuevo la sala como si esta vez pudieran ver sus fantasmas.

—Pero un buen día la sala quedó sellada —nos explica Zaybet encogiéndose de hombros—. Nadie sabe por qué, pero ahora solo la pueden encontrar los Septimus que necesitan un refugio. Algunos creemos que las generaciones de sangre que se derramaron aquí han trazado un mapa invisible que solo unos pocos pueden rastrear. Por eso tenía la intuición de que la encontrarías.

—¿Y quiénes son tus guardaespaldas? —le pregunta Cata, clavando la mirada en los Septimus que aún no se han quitado las máscaras.

Uno de ellos da un paso adelante con un mazo de cartas negras.

—Pónganselos —nos pide Zaybet, ignorando la pregunta y dándonos uno a cada uno.

Cuando despliego mi cuadrado, compruebo que la tela está tan comprimida que parece que me han dado un neopreno para niños.

Una vecina en El Retiro tenía una pitón y me dejó tenerla entre mis brazos una vez; eso es lo que me viene a la cabeza, las escamas de la serpiente. El material es fuerte, suave y con textura. Consiste en dos piezas: el traje para el cuerpo y la máscara. Veo que Saysa estira el agujero del cuello hasta que puede meter una pierna; ni siquiera se molesta en quitarse las botas.

Me quito la capa y empiezo a ponerme el traje. La verdad es que se estira muy bien, así que me meto entera sin problemas. Una vez lo tengo puesto, el material se me ajusta al cuerpo y me sella por completo. Como los demás, me ato las mangas de la capa a los brazos para que no se pierda.

—Sígannos —nos dice Zaybet, y nos adentramos en la bañera sisifoniana.

Me pongo la máscara y la verdad es que se parece bastante al pétalo de mascarete, con la diferencia de que esta no tiene la abertura para la boca. Aun así puedo respirar perfectamente, también veo bien, solo que los colores están un poco más apagados.

Nadie lleva bombonas de oxígeno, pero nos vamos a sumergir en el agua. Como nadie dice nada, no hago ningún comentario. Quizá el barco está cerca.

El agua helada no me congela la piel, ni la noto. La única diferencia que siento es que ahora no peso nada. El océano está totalmente a oscuras pero veo peces y algas de colores, aunque no veo ningún barco por ningún lado.

Nadamos juntos, como si fuésemos un banco de peces, y al cabo de un rato me empiezan a pitar los oídos de aguantar la respiración.

Voy soltando el aire poco a poco, intentando resistirme a respirar de nuevo. Solo tengo que aguantar un poco más...

Pero todo mi cuerpo me empieza a pesar muchísimo y me ralentiza la marcha, hasta que no puedo más...

Inhalo.

La máscara se me pega a la nariz y me insufla una explosión de aire fresco. El martilleo de la cabeza desaparece y sigo avanzando llena de energía de nuevo. Alcanzo al resto y sigo respirando con normalidad; bueno, toda la normalidad que me permite un traje de neopreno que me llena los orificios nasales de oxígeno cada vez que lo necesito.

La presión de la corriente me tensiona los brazos y las piernas, y noto cómo la fuerza tira de mis músculos. De repente, una sombra del tamaño de una ballena se cierne sobre el horizonte.

El grupo nada hacia la criatura, pero es que en realidad no se trata de un animal.

Es una caracola gigantesca en forma de espiral, es de color gris y está medio fosilizada. Si no fuera porque se mueve por el agua girando sin parar y viene directamente hacia nosotros, me hubiese creído sin problemas que eran restos prehistóricos.

Cuando la caracola reduce la velocidad, una persona del grupo se acerca a la base y el resto parece seguirla. Una parte rugosa de la caracola se abre y aprovechamos la grieta para entrar.

Al pasar el umbral, siento un hormigueo como si hubiese pasado una barrera energética, como la primera vez que entré en El Laberinto. En su momento asumí que se trataba de una especie de membrana mágica para impedir el paso a los humanos; aquí me pregunto si es para no dejar entrar el agua al interior y evitar que nos ahoguemos todos.

Una vez dentro, todos nos quitamos las máscaras, y me doy cuenta de que todo el mundo en el equipo de Zaybet son brujas, con la excepción de un lobo de piel morena, hombros anchos y de melena rizada.

—Les doy la bienvenida a *La Espiral* —nos anuncia. Tiene la voz un tanto rasgada que oculta cualquier acento que pueda tener.

El interior de la caracola está impecable y los pasillos desprenden un brillo agradable. Las paredes curvas tienen un color perlado y el suelo es esponjoso y rosado, como una lengua. Avanzamos en espiral hasta que por fin llegamos a lo que entiendo es el centro de la caracola: una sala con un suelo circular y ahuecado que está cubierto con cojines blanditos de todos los tamaños y estilos. Alrededor hay una docena de sillas reclinables con respaldos a diferentes ángulos.

La única interrupción que hace mirar hacia el exterior del barco acaracolado es la ventana con vistas panorámicas. Detrás del cristal se ve el agua negra del océano y, justo delante, nos espera una bruja de piel de ébano y rizos perfectos.

—Bienvenidos a mi barco —nos saluda con un suave acento y se acerca a nosotros con un vestido de vuelo. Sus ojos son una tormenta de fuego—. Soy Laura.

Su voz tiene una entonación muy agradable y pienso para mis adentros que sería una estupenda narradora de audiolibros. De cerca, puedo ver que tiene el iris negro con chispas rojas, como rayos de fuego en el espacio. Me recuerdan a un ópalo negro.

Encendedora.

—Yo soy Enzo —dice el único chico de la tripulación, que se ha arremangado el traje hasta la cintura dejando al descubierto su torso.

—Y ellas son Rox, Ana, Nati y Uma —nos presenta Zaybet, señalando a las cuatro brujas que empiezan a quitarse los trajes y se sientan en las sillas y los cojines.

Unas asienten con la cabeza y otras nos saludan con la mano. Ninguna lleva la ropa a conjunto con el color de sus ojos.

Después de presentarnos, mis amigos se quitan los trajes. Yo los imito y doblo el neopreno y mi capa.

—De acuerdo, capitana, sácanos de aquí —le pide Zaybet, mientras se acerca al timón donde está Laura.

—¿Cómo es posible que te siga teniendo que recordar que la que da las órdenes es la capitana?

—Tienes razón —le contesta—. No volverá a pasar.

—Eso mismo le dijiste a tu profesor de tango cuando te dijo que tenías que dejar que el lobizón te llevase —apunta Enzo con su voz rasgada—, y nunca más volviste a clase.

—¿Qué insinúas?

—Que se te da fatal ser la número dos.

—Odio tener que darle la razón, pero el lobo te ha calado bastante bien —confiesa Laura.

En la pared, debajo de la ventana, se ven huellas de ceniza que parecen se han hecho a fuego y, al colocar las palmas sobre ellas, las chispas rojas de los ojos de la capitana se prenden como llamas.

La nave se pone en marcha y agarro a Cata para que no pierda el equilibrio cuando salimos despegados hacia las profundidades del océano. Pasamos por encima de coloridos arrecifes de coral, adelantando a cada pez que vemos, y no tardamos en entrar en mar abierto, donde el fondo queda tan lejos que ni siquiera se puede adivinar.

—¿Adónde vamos? —pregunta Tiago.

Zaybet y Laura fruncen el ceño, y me extraña porque no sé qué ha dicho de malo. ¿No han oído la musicalidad de la voz de Tiago?

—A un lugar seguro —le contesta Zaybet con vaguedad.

—A esas dos no les hacen mucha gracia los lobos —nos comenta Enzo a Tiago y a mí, y, curiosamente, me hace ilusión que me incluya en el club de los lobos.

—*Esta* loba es una excepción —aclara Zaybet, fijando sus ojos en mí—. Sabía que no eras una bruja. Tu color de ojos no crece en ninguno de los campos de Lunaris. Para hacerte la Huella, tuve que mezclar pigmentos de un montón de flores para conseguir algo parecido. Aún no tengo claro cómo lo conseguí.

Abre la palma de la mano y saco mi Huella del bolsillo. Zaybet la levanta para compararla bien conmigo.

—No acaba de ser lo mismo, no —comenta, y me la devuelve, decepcionada.

—¿Y dónde está el lugar seguro del que hablan? —les pregunta Cata.

—En el Mar Oscuro —le contesta Laura, a la que parece no molestarle dar respuestas si las preguntas las hace una bruja.

Vuelvo a hojear mi Huella antes de guardarla, así que tardo un poco en darme cuenta de que se ha creado un silencio incómodo.

—Lo dices de broma —dice Cata.

—No, ¡porque una capitana nunca miente cuando habla de su destino! —dice Zaybet mirando a Laura con emoción—. ¿Verdad? ¡Me he acordado!

—Pero no... No se puede entrar, es imposible —balbucea Cata—. Además, es peligroso, hay piratas, tormentas y el mercado clandestino...

—Y el *Aquelarre*.

Todos nos quedamos en silencio al escuchar la última palabra que pronuncia Zaybet.

—Primero, vamos a darles algo de comer a nuestros amigos y, luego, ya los asustaremos —dice Laura con su dulce voz, acercándose y dejando el timón atrás. Aún le siguen brillando los ojos y parece que ha dejado la nave en piloto automático—. Tomen asiento y relájense.

Nos acomodamos en las sillas y una de las brujas nos da una bandeja con bocadillos de miga. Cada uno toma unos cuantos y se la pasa al siguiente. No vuelvo a levantar la vista hasta que los he devorado todos. ¿Podría ser que nuestra última cena hubiesen sido los lomitos? La verdad es que no recuerdo haber comido nada más desde entonces.

Me recuesto en la silla y me doy cuenta de que Saysa es la única que casi no ha tocado la comida. Mueve incansablemente el pie y tiene la mirada perdida en el infinito. Después de demostrar su fe por el Aquelarre a pesar de las dudas y las burlas de los demás, estoy segura de que se muere de ganas de verlo con sus propios ojos.

Cuando aparto la mirada de mi amiga, me encuentro con siete pares de ojos centrados en mí. Los nervios hacen que el estómago me dé un vuelco.

—¿Cómo lograste que no te descubrieran durante todos estos años? —me pregunta Zaybet.

La miro fijamente a los ojos, con ese color metálico, e intento no pestañear:

—Supongo que igual que el Aquelarre.

Se me queda mirando un momento y luego se gira hacia Saysa, como si ella fuera a darle más respuestas:

—¿Se conocieron en la escuela?

—Manu huyó de su casa la última luna e intentó esconderse en El Laberinto —le explica Saysa, y aunque parece que le está contando la historia, está omitiendo adrede los detalles—. La iban a dejar quedarse en la escuela, pero, cuando los Cazadores empezaron a perseguirla en Lunaris solo por ser diferente, nos fuimos.

—Bien hecho —me felicita Enzo asintiendo con la cabeza.

—¿Y cuál es el plan? —vuelve a inquirir Zaybet y, por como lo dice, parece que se apunta.

—Una revolución, Z —le contesta Saysa, volviendo a recuperar su energía y su faceta de insurgente de siempre—. ¿Te quieres unir?

Zaybet sonríe de oreja a oreja:

—Obvio.

El agua que hay al otro lado del cristal se vuelve negra como el carbón y mis ojos se van hacia allí. Ahora mismo parece más que estoy observando el espacio que el mar.

Mis amigos se acercan también.

—El Mar Oscuro —susurra Saysa—. ¿Cómo hemos llegado aquí?

—Hay puntos de acceso en las profundidades del mar —le explica Laura—. Solo tienes que saber dónde buscar.

Diferentes objetos flotan en la oscuridad, algunos están suspendidos y otros se mueven. Navegamos por anillos interconectados que me hacen pensar en las Olimpíadas y después pasamos por arrecifes de coral que se mueven como campos de asteroides. Me llama mucho la atención un enjambre de insectos que brillan como bombillas y lo miro hasta que una oleada de burbujas tan grandes como islas los empuja y los reparte en todas direcciones.

—No sabía que era así —comenta Tiago, que parece tan ensimismado como su hermana.

—Nadie se lo puede imaginar hasta que lo ve —le asegura Zaybet—. Las imágenes que ven aquí no se quedan grabadas. El tribunal ha intentado buscar maneras de controlarlo, pero el Mar Oscuro es indomable.

Pasamos al lado de caracolas prehistóricas como nuestra nave y me pregunto cuántas serán lo que parecen ser.

—¿Qué es este lugar exactamente? —me aventuro a preguntar.

—Nadie lo sabe —me contesta Zaybet.

—El espacio entre mundos —me contesta Laura con una sonrisa misteriosa.

—Hay personas que creen que es lo único que impide que Lunaris y nuestra realidad colapsen entre sí —la voz rasgada de Enzo hace que las palabras adquieran más peso y, por un momento, todo el universo me parece frágil.

—Sea lo que sea —añade Zaybet—, para sobrevivir aquí necesitas un barco y una tripulación para poder hacer frente a las tormentas y a los piratas.

Esta es la segunda vez que alguien menciona a los *piratas*, y al final voy a pensar que lo dicen en serio.

Una piedra esférica cada vez se hace más grande en el horizonte, llena de golpes y cráteres, con escombros que forman una costra en su superficie. Esa especie de lona parece un imán para la basura del espacio, algo de lo que claramente te quieres alejar.

—Si no viramos el rumbo nos vamos a chocar con ese montón de mierda —avisa Cata, y yo empiezo a preocuparme de que esa piedra de verdad nos esté arrastrando con su magnetismo.

—Ese montón de mierda —anuncia Zaybet con una sonrisa pícara— es el Aquelarre.

—Nuestra base debe tener el aspecto de algo a lo que no te quieras acercar —nos explica Zaybet mientras la seguimos por un túnel sombrío de piedra—. Así no llamamos la atención.

—¿Desde cuándo existe este sitio? —quiere saber Cata.

—No hay registros que lo confirmen. Solo sabemos que siempre ha estado aquí y siempre lo estará. Proteger el Aquelarre es más importante que la vida de cualquier miembro, por eso cada nueva generación hace mejoras. Se dice que Fierro robó planos de los Cazadores...

—¿*Fierro*? —se me escapa preguntar.

—El mismo —me contesta, y en su mirada me parece percibir el mismo fulgor de fanatismo que en los de Pablo—. Dicen que le gustaba equilibrar la balanza. No hacía contrabando con armas porque no quería incitar a la violencia, solo quería darles poder a los más desfavorecidos.

En ese momento me viene a la cabeza la cortina de humo negro que nos ayudó a escapar del Coliseo y me pregunto si fue cosa de Gael. Miro a Tiago y veo que él también me busca como si hubiese tenido el mismo pensamiento.

—Pero, entonces —suelta Cata como quien no quiere la cosa—, ustedes saben quién es, ¿no?

—Ya me gustaría —confiesa Zaybet—. Enviaba sus secretos de forma anónima. Incluso si era el alter ego de algún miembro, no hay ningún tipo de prueba, así que nunca lo sabremos.

Se queda mirándome unos instantes, como si quisiera decir algo más, pero la luz de la luna baña el suelo un poco más adelante y el túnel se abre hasta convertirse en una especie de caverna.

Parece como si alguien hubiera metido un patio dentro de un bloque de edificios, si hubieran construido el bloque en una piedra enorme.

El aire tiene un color blanco con matices plateados y levanto la vista para admirar un techo salpicado de estrellas que proyecta una luna de cuarto menguante.

Los Septimus están repartidos bajo el cielo encantado. Algunos están sentados en mesas comunes de madera, otros, tumbados en sofás diferentes, meditando en esterillas de yoga o eligiendo libros de las estanterías. Los balcones de las cinco plantas que abarcan las cuatro paredes del espacio dan a la zona común y en las barandillas se ve que han colgado, sin mucha gracia, un montón de cortinas negras hilachudas. La verdad es que no parecen encajar demasiado ahí y, a veces, parece que se mueven…

—Ah, eso… —se fija Zaybet—. Es la única vida, una especie de planta, que crece en este mundo y la necesitamos para que nos dé oxígeno.

Aguzo la vista y confirmo que las cortinas son en realidad enredaderas que han plantado en la azotea de la quinta planta. Las más pequeñas solo llegan a ese primer balcón, pero las más largas prácticamente tocan el suelo.

Parecen la versión chamuscada de la hiedra verde que salvaguarda la Ciudadela, con la diferencia de que estas no están cubiertas de espinas puntiagudas… Estas directamente tienen *dientes*.

Las enredaderas negras abren una especie de rajas que tienen a modo de boca y muestran sus afilados dientes. Después de hacerlos rechinar un rato, la planta cierra sus fauces.

—Las llamamos vampiros —nos explica Laura con su apacible voz que contrasta aún más con esos seres perturbadores—. No se preocupen, su mordedura no es venenosa.

Cuando al final vuelvo a bajar la vista, me encuentro con decenas de Septimus delante de mí.

Han dejado de hacer lo que tenían entre manos para reunirse delante de nosotros.

Delante de *mí*.

—Es un honor conocerte... —empieza una bruja en español.

—*En inglés* —la corrige Zaybet.

—Es un honor conocerte. ¿Tienen hambre? —Y veo que sus ojos color melocotón se iluminan, como si estuviera invocando comida.

—Acabamos de comer en la nave, pero gracias —contesto y miro a Zaybet—. ¿Por qué le has pedido que hable en inglés?

—Siempre se ha hecho así en el Aquelarre. Cambiar de idioma nos ayuda a diferenciar nuestros mundos, para que así nos cueste más decir algo que no deberíamos cuando volvamos a casa.

—¿Tú estás al mando aquí? —le pregunta Saysa ahora, y me parece percibir un matiz amargo en su voz. ¿Puede ser envidia?

—No, aquí no hay líderes. Todo se hace por consenso, pero cada persona es responsable de los miembros que trae, así que ahora ustedes son mi responsabilidad.

—Vamos a ver cómo se transforma la lobizona —dice un tipo que lleva un jersey de Septibol a rayas.

—Se llama *Manu* —lo corrige Tiago, fulminando con la mirada al lobo.

Para rebajar la tensión, me animo a decir:

—Gracias por dejarnos venir hasta aquí. —Mi mirada se va a los pisos más altos y, por un momento, solo puedo pensar en colarme en una de esas habitaciones, darme un buen baño después de tanto tiempo y dormir en una cama de verdad—. Llevamos huyendo desde que nos fuimos de Lunaris, así que, si les parece bien, creo que nos vendría bien dormir un poco.

—Y una ducha —nos aconseja uno de los chicos.

Todo el mundo se echa a reír, pero yo me muero de la vergüenza.

—Me parecen peticiones razonables —responde Zaybet—. Podemos hablar mañana por la mañana.

—Yo los acompaño arriba —dice Enzo con su voz de fumador, que sigue sin camiseta y con unos pantalones de chándal.

Lo seguimos hasta llegar a un rincón con escaleras.

—Nos vemos en la cuarta planta —nos dice y, acto seguido, se sube a una plataforma de piedra y mueve una palanca que activa el sistema y desaparece.

Cuando subimos todos los pisos, Enzo está esperándonos y nos lleva a un balcón con sus respectivos vampiros. De cerca, la verdad es que son monstruosos.

Parecen mangueras hechas con piel negra en muy malas condiciones, y cuando abren la boca puedes ver sus dientes afilados manchados de rojo. El rechinar de sus dientes de acero suena como si estuvieran afilando espadas.

Visto lo visto, decido dirigir mi atención al movimiento de los músculos de la espalda de Enzo mientras dejamos atrás una hilera de pomos color carmesí. El lobo se mueve con un peculiar contoneo.

—Quizá solo nos quedan tres habitaciones vacías en esta planta, así que si quieren estar juntos, dos personas tendrán que compartir habitación. Aunque también tenemos más espacio libre en la quinta planta.

—Cata y yo podemos compartir —se ofrece Saysa.

—Mm... —responde Cata, que se tensa como si alguien le hubiese pedido que responda una pregunta en clase—. Sí, claro, eres mi mejor amiga, así que ¿por qué no?

Saysa le dedica una mirada no muy agradable y acelera el paso para alcanzarnos a Tiago y a mí, y dejar a Cata atrás.

Al girar la esquina para seguir por otro pasillo, un vampiro se estira desde el techo y, cuando me quiero dar cuenta, tengo sus fauces delante de las narices.

Suelto un grito y agacho la cabeza, creyendo que el corazón se me va a salir por la boca.

—Te acabas acostumbrando —me comenta Enzo, entrecerrando los ojos verdes, y Saysa me pone la mano en la espalda, en un intento por apoyarme.

—Ya pasó.

Enzo se para delante del primer pomo que no es carmesí, sino bronce.

—Aquí no tenemos cerraduras, pero nadie invadirá su intimidad —nos asegura. Gira el pomo ligeramente y, con un pequeño *clic,* el mango se torna carmesí—. Ahora la habitación está oficialmente ocupada.

Entonces abre la puerta para quien la quiera y me fijo en que tiene una extraña pulsera negra en la muñeca que le aprieta tanto que parece que se le está clavando en la piel.

—Gracias —dice Saysa, y entra en la habitación sin esperar a Cata.

—Hasta mañana —se despide Cata y suelta un suspiro mientras cierra la puerta.

Volvemos a ver un montón de pomos carmesí, hasta que encontramos dos en bronce que están uno al lado del otro.

—Gracias —le digo a Enzo mientras nos abre la puerta.

Tiago me guiña un ojo al entrar en su habitación, y yo por fin me cuelo en la mía.

Hay un montón de luz. Estoy en una pequeña cueva donde las paredes, el suelo y el techo están hechos de bandas brillantes de ágata blanco, plateado y negro. Hay espacio para poco más que una cama, una cómoda y un lavabo. Aunque es minúscula y temporal, es la primera habitación que he tenido para mí sola.

Abro los cajones y veo que están llenos de ropa bien doblada: neoprenos, índigos, pantalones cortos y camisetas de diferentes colores. No tienen tallas porque todas las telas de Septimus se ajustan a la figura del que la lleva.

Saco unos pantalones acolchaditos que se parecen a los que lleva Enzo, ropa interior y una camiseta blanca, y lo pongo fuera. En ese momento veo dos tiras de algodón que parecen calcetines y que entiendo que son zapatillas.

Me siento en el borde de la cama, con los pies colgando, y cuando el maravilloso colchón me abraza, se me escapa un suspiro de puro gozo. Es tan blandito y yo estoy tan cansada..., pero no bañarse no es una opción.

Tengo el cerebro frito y a la vez me va a mil por hora, estoy destrozada y al mismo tiempo tengo demasiada energía como para irme a dormir. Hoy ha sido un día tan largo e intenso como el que el ICE se llevó a Ma y yo descubrí la academia.

Me quito toda la ropa y me meto en la reducida ducha. El agua está fría y fresca, y empiezo a pensar en dónde estará Ma y qué le habrá parecido todo lo que le ha contado Gael. ¿Se creerá que soy una loba? ¿La habré decepcionado?

¿Me seguirá queriendo aunque soy un monstruo?

Me envuelvo en la toalla y, mientras me desenredo el pelo, me pregunto si Ma está bien con Gael o si se sentirá sola y tendrá miedo. ¿Por qué no quiso darme más detalles? ¿Y si me dijo lo que quería oír para que no hiciera ninguna locura?

¿Puedo confiar en él?

Tengo que volver a hablar con Gael. Necesito saber dónde está Ma y qué está haciendo él con los Cazadores. Debe de haber una manera de contactar con él. ¿Quizá si uso el Hongo? Mañana se lo preguntaré a los otros.

Me visto con la ropa que he dejado preparada encima de la cama y, justo cuando me empiezo a preguntar cómo apagar las luces, me llaman a la puerta.

—Pasa.

Tiago entra en la habitación y, de repente, me invade la vergüenza cuando noto que me examina con el pelo mojado, la cara limpia y el pijama puesto.

—Las paredes están insonorizadas, así que podemos hablar sin problemas —me dice cerrando la puerta—. ¿Te puedo besar?

Asiento con la cabeza y, en un abrir y cerrar de ojos, ya está junto a mí. Me pasa los brazos por la cintura mientras nos besamos y, cuando nos volvemos a separar, no me siento los labios y a los dos nos falta el aire.

—¿Estás bien? —me susurra aún cerca de mis labios.

—Sí, supongo… No lo sé. Será que necesito dormir.

—Claro, descansa. Yo voy a ver las chicas un momento. Nos vemos mañana por la mañana.

Vuelve a apretar sus labios contra los míos durante un rato y se da media vuelta para marcharse. Cuando ya está en la puerta, le digo:

—¿Tiago?

—*Solazos*.

Se acerca a mí a zancadas y me levanta del suelo en sus brazos y volviendo a besarme con pasión. Este beso final me ha arrebatado la última gota de energía que me quedaba y noto cómo me flaquean las piernas. Él me lleva en brazos hasta la cama y me tapa bien con las sábanas.

—Tiago… —vuelvo a decir, esta vez en un susurro.

Él se acerca a escasos centímetros de mi cara:

—Solazos.

—¿Cómo… cómo apago las luces?

Lo último que oigo antes de que el sueño se apodere de mí es su risa.

Me despierto tan descansada como después de mi lunaritis. Esta debe de ser la primera noche que duermo de verdad desde El Laberinto. De fondo noto como un ruido o una especie de temblor, que es lo que me ha despertado, pero, cuando me incorporo, todo parece estar en calma y en silencio.

Las luces se encienden en cuanto pongo los pies en el suelo de ágata. Después de ir al lavabo, me pongo los pantalones índigos y una camiseta negra, y salgo de la habitación, con ganas de ver a mis amigos.

Oigo saludos desde el patio, parece que soy la última en despertarse.

El cielo encantado está despejado y brilla, como un día soleado filtrado por hilos de nubes. Llamo a la puerta de Tiago, pero nadie responde.

Esta mañana no hay vampiros que oculten las vistas y me pregunto si serán seres nocturnos, haciendo honor a su nombre. Cuando me acerco a las escaleras, avanzo por el balcón pegada a la pared interior para que nadie que esté en la zona común me pueda ver antes de que yo me sienta preparada. De hecho, me encantaría ver una cara conocida antes de empezar a socializar con desconocidos.

Aun así, cuando llego a la planta baja, parece que mis deseos van a ser un poco más difíciles de cumplir de lo que esperaba.

Me quedo sin respiración cuando examino bien la zona: aquí tiene que haber por lo menos doscientos Septimus. Hay personas sentadas y otras de pie, pero la mayoría están hablando mientras beben mate y comen facturas; se respira un ambiente de nervios y agitación, como si estuvieran esperando con ganas a que empezara el espectáculo que han venido a ver.

El mate corre de un lado para otro por el Aquelarre y las pavas de agua se calientan en las manos de las Encendendoras, mientras los lobizones sacan más sofás y mesas de lo que parece ser una especie de almacén. Una suave brisa me trae volando un mate decorado con estrellas y, cuando lo tomo en mis manos, veo que la yerba ya está infusionando dentro.

La Invocadora con los ojos rosa melocotón que ayer me habló en español me saluda desde la distancia. Entonces me fijo en una cabeza azabache con puntas blancas.

—¡Buenos días!

Acepto el codo que me ofrece Zaybet y me lleva con ella a pasear. Mientras doy pequeños sorbos a mi mate, me doy cuenta de que lleva la misma pulsera estranguladora que Enzo. Mirándola de cerca, parece de goma, venosa y…

—Al final, con el reportaje de las noticias, ¡han venido Septimus de todas partes para conocerte!

Me alegro de estar entretenida con el mate y así no tener que contestar. Aunque esto era lo que mis amigos y yo queríamos, encontrar aliados que nos apoyaran, un lugar donde refugiarnos y una nueva manada, yo no soy Fierro. Lo único que quiero es sobrevivir.

Zaybet me lleva a las escaleras.

—¿Dónde vamos? —le pregunto mientras subimos una planta, y en ese momento veo a Tiago, Saysa y Cata junto a Laura y Enzo.

—¿Has acabado? —me pregunta Cata con la mano extendida pidiéndome el mate.

Me bebo lo que queda y veo que se le iluminan los ojos al enviarlo a una mesa en el piso de abajo.

—Cada vez que alguien recluta a un nuevo miembro —me dice Zaybet—, tiene que presentarlo al Aquelarre, pero que sepas que no a todos nos dan este tipo de recibimiento.

Sus ojos metálicos se iluminan al girarse hacia el público. Unas gotas de lluvia caen en el espacio, son tan finas que se evaporan nada más tocar nuestras cabezas, pero aun así consiguen llamar la atención de todo el mundo.

—¡Bienvenidos al Aquelarre! —Zaybet mueve la mano para saludar a todo el patio y la gente empieza a vitorear y a aplaudir—. Como saben, la discreción es de suma importancia, por lo que nuestra tradición siempre ha sido y siempre será de forma oral. La entrada a esta manada solo puede darse por invitación de Lunaris.

Mi mente me lleva hasta la Laguna de los Perdidos, cuando Lunaris reveló la identidad de mi padre. También me dijo que ya no tenía una casa… sino que tenía *dos*.

No me extraña en absoluto que haya sido ella la que nos ha traído hasta aquí.

—En sus orígenes, el Aquelarre era una manada solo de brujas —sigue explicando Zaybet—, pero, con el tiempo, Lunaris también ofreció su invitación a lobos solitarios. Las brujas aún superan en número a los lobos, habiendo tres brujas por cada lobo. Hay espacios secretos por toda Kerana como el calabozo donde los encontramos, y solo se abren ante determinados Septimus. Hasta ahora hemos podido localizar cuarenta y nueve, y las patrullamos con regularidad. Esto es lo que separa a la gente de a pie con la gente del Aquelarre.

En mitad de los nuevos vítores, Zaybet dice:

—Bienvenidos a la resistencia.

Una vez la multitud se calma y el silencio se extiende por el lugar, el nerviosismo de antes aumenta. En ese momento, Saysa da un paso al frente, como si instintivamente supiera qué es lo que debe hacer:

—Es un honor unirnos a todos ustedes. Soy Saysa Rívoli.

—¡Hola, Saysa! —corea la multitud, incluidos Zaybet, Laura y Enzo.

Cuando vuelve a su sitio, lo hace con una gran sonrisa, y entonces me muero del miedo porque me doy cuenta de que yo también voy a tener que presentarme.

Ahora se levanta Cata con la cara ojerosa y sin poder dejar de mover los dedos.

—Me llamo Catalina, *Cata*, de El Laberinto.

—¡Hola, Cata! —saluda de nuevo la gente.

El estómago me da un vuelco al ver a Tiago dar un paso adelante.

No sé cómo me llamo. No de verdad.

—Yo soy Tiago Rívoli.

—Hola, Tiago —vitorea la mayoría de la sala, pero algunos de los lobos, incluido Enzo, lo saludan como «Tiago el Invencible».

Zaybet mira a Enzo en desaprobación, pero ahora me toca a mí, y no sé qué decir.

Manuela Azul es el nombre de mi vida humana y ni siquiera es verdad porque el verdadero nombre de mi madre es *Liliana Rayuela*. El nombre en mi Huella, *Manuela de La Mancha*, también es inventado. Tampoco tengo una casa en el mundo de los Septimus ni una manada a la que pertenecer.

—Hola —digo y noto una descarga mágica, como si la tensión del ambiente hubiera llegado a su punto álgido—. Soy Manu...

Digo mi nombre y dejo una pausa con la intención de seguir con algo más, pero no me sale nada.

—¡Hola, Manu! —corean esta vez los miembros de la manada.

Y Zaybet añade:

—Manu la Lobizona.

Creo que solo lo ha hecho para equilibrar la presentación que Enzo ha hecho de Tiago, pero da igual, el peso de sus palabras cala en las brujas. La magia envuelve el Aquelarre, el suelo empieza a temblar, la temperatura sube y baja, todo lo que hay alrededor, desde los sofás a los mates, vibra y tiembla como si la caverna se estuviera desestabilizando y fuera demasiado grande para poder contenerla.

Sé que cientos de ojos me están mirando y el corazón me late tan deprisa que me parece que la sala late conmigo.

—¿Y ya está?

La magia desaparece. Tiago y Saysa le fruncen el ceño a Cata, y escucho que dos brujas al final de la sala preguntan que qué ha dicho.

—¿Qué quieres decir? —le pregunta Zaybet.

—¿No nos van a interrogar?

Quiero darle una bofetada. ¿Qué hace? Creo que Saysa tiene que estar pensando lo mismo porque le masculla entre dientes:

—*Cálmate.*

—Ese tipo de persecución tiene lugar *fuera de aquí* —contesta Zaybet mientras los lobos susurran las palabras que se dicen al resto de brujas—. Aquí hablarán y compartirán su historia si quieren y cuando quieran.

Cata se cruza de brazos como si esa respuesta que suena demasiado buena para ser cierta aumentara aún más sus sospechas. Su actitud me hace recordar a Pablo.

—¿Cómo sabes que pueden confiar en nosotros?

—Ya está bien —le gruñe Tiago, fulminándola con la mirada como le hizo al lobo la noche anterior.

—Déjenla que rete al mundo tanto como quiera —le espeta Zaybet a Tiago, sin inmutarse por su sentido de la autoridad—. El motivo por el que hemos conseguido mantenernos en secreto durante todo este tiempo es porque confiamos en Lunaris —le explica a Cata—. Si no tuvieran que estar aquí, no habrían llegado al calabozo. Otra cosa es que quieras o no unirte a nosotros.

Cata parece que está procesando la respuesta y me pregunto si también se estará acordando de lo que leyó en el Hongo: *si el Aquelarre existe de verdad, Lunaris tiene que ser partícipe.*

—¿Dónde creen sus manadas que están? —le pregunta Cata, volviendo a cuestionarla.

—Visitando a un amigo, trabajando en un proyecto, explorando o cualquier excusa que se nos ocurra. Como mucho, logramos estar aquí un par de días cada luna, por eso los grupos van rotando.

Suena bastante parecido a Lunaris.

—Manu —me dice Zaybet, y se me seca la garganta al notar que el foco vuelve a recaer en mí—, no te vamos a pedir que nos expliques nada de tu pasado hasta que te sientas preparada, pero hay algo que sí necesitamos saber…

—¿Quién es Fierro? —grita alguien entre la multitud, que se le adelanta.

Casi se me olvida que el truco de Yamila para atraparme fue usar la identidad de mi padre.

—Es mentira —contesta Saysa antes de que pueda responder—. Como también mintieron sobre mí.

Mi amiga se queda mirando a Zaybet y, al ver que ella asiente con la cabeza, me queda claro que Saysa tenía razón al creer que Yamila estaba difundiendo rumores por ahí sobre ella.

—Están persiguiendo a Manu porque se atreve a ser diferente y está harta de ir siempre con miedo. *Como todos nosotros*.

Los miembros del Aquelarre vitorean al escuchar estas palabras y Zaybet aplaude con fuerza con el resto.

—Podemos protegerte —me asegura—. Sabemos cómo abrir nuestro propio portal a Lunaris y contamos con la gente para conseguirlo. Aquí estás a salvo.

Me cuesta procesar lo rápido que ha cambiado nuestra situación. Mis amigos me miran con la misma expresión de incredulidad.

—Me están poniendo muy triste —nos dice Laura sacándonos de nuestro estado de *shock* con su melosa voz—. Respiren. *Todo va a salir bien*.

Así que le hago caso y tomo aire.

Inhalo profundo hasta que siento que cada una de las células de mi cuerpo se iluminan, incluso aquellas que crecen en la oscuridad, para que no se olviden de la sensación que aporta la calidez. Finalmente, dejo salir la luz.

Ese fue el ejercicio de respiración que me enseñó Perla la primera noche que Ma y yo pasamos en su casa y yo no podía dormir. Entonces tenía ocho años. Hacía muchísimo tiempo que no recordaba esas palabras, y ahora vuelvo a estar en una nueva casa con lo que podría ser una nueva familia. Si de verdad me aceptan.

Tal y como soy.

No Manu la Lobizona.

Manu la Ilegal.

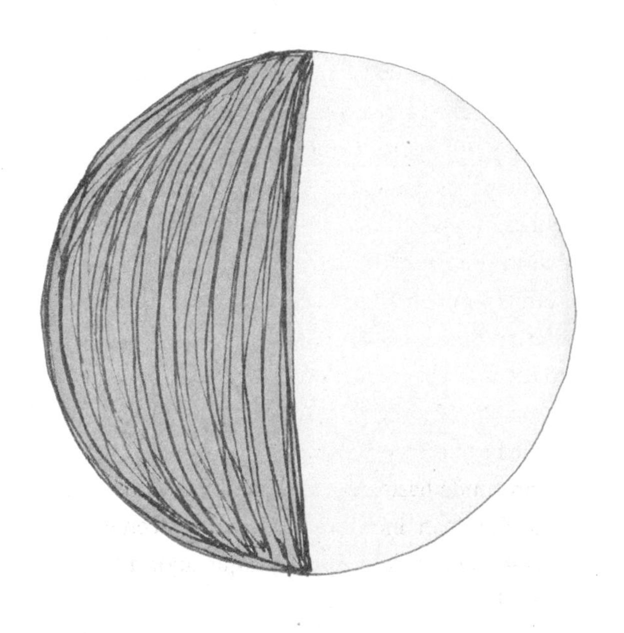

FASE II

Los siguientes días en el Aquelarre son un espectáculo de magia y música, de parrilladas y de presentaciones eternas.

Como ya dijo Zaybet, los miembros de esta manada vienen y van, se escapan cada vez que su agenda se lo permite. Aunque me parece que se quedan demasiados. Cada nuevo grupo que viene es más grande que el anterior y me da la impresión de que pronto vamos a poner a prueba la capacidad de este lugar.

Lo mejor de que llegue gente nueva es que traen comida y provisiones. Los alimentos frescos se los llevan a la cocina, donde las Encendedoras asan una pequeña muestra de las carnes y las verduras en el momento, y las Congeladoras congelan el resto para guardarlo. Una vez que las Encendedoras preparan las bandejas, las Invocadoras las envían flotando para que la gente lo pruebe todo.

Durante el día, las Jardineras suben hasta las cámaras que hay bajo el techo del Aquelarre, donde los nidos de vampiros hibernan mientras que el falso sol brilla, y los cuidan. Los lobos aprovechan el descanso de los vampiros para estirar un poco los músculos y se entretienen subiendo y bajando por los balcones.

Mientras los Septimus no dejan de llegar al Aquelarre, la energía de todos se cuela entre las rocas y vibra con nosotros, buscando una salida.

—Te presento a Oscar —dice Zaybet, señalando a un lobizón que se acerca despampanante con unos tacones de quince centímetros—.

Es la única reina que tenemos —me sigue explicando, pero, al ver mi cara, me clarifica—. Se ha coronado ella misma.

Pestañeo mientras Oscar me hace una pequeña reverencia y yo, sin saber muy bien qué hacer, hago lo mismo.

—Te daría un beso —me dice—, pero no quiero que se me corra el pintalabios.

A Zaybet y a mí se nos escapa una sonrisilla y, cuando busco con la mirada a Cata y a Tiago, veo que también están sonriendo. Mis amigos se están portando genial y se han quedado conmigo mientras yo tengo que enfrentarme a esta avalancha de presentaciones. A la única a la que me da la sensación de que le queda poca paciencia es a Saysa, a quien parece que la mandíbula se le va a caer al suelo directamente. Creo que está claro que necesita salir y empezar a socializar por su cuenta.

—Me encanta el maquillaje que llevas —le digo, fijándome en el cuidado que Oscar le ha puesto a su sombra de ojos.

—Gracias, cariño. Algún día pasearé por las calles de Kerana mostrando mi verdadera cara.

Recuerdo muy bien la sensación de tener que esconderme detrás de las gafas de sol en Miami y que también soñaba con el día en el que pudiera salir sin ellas, sin tener que preocuparme por las miradas o porque la gente me preguntara que qué era, así que le contesto:

—Y yo iré a tu lado.

En cuanto las palabras salen de mi boca, me planta un fuerte beso en la mejilla. Yo no podría moverme tan rápido ni aunque llevara puestas las zapatillas.

—Dentro de mí, siempre he sabido que era una lobizona —murmulla Oscar, y me fijo en que el maquillaje despampanante que lleva remarca aún más sus facciones—. Pero nunca me había atrevido a decirlo en voz alta… hasta ahora.

Como el resto de Septimus que he conocido, Oscar no me pregunta por mi pasado. No ha habido ni un solo miembro del Aquelarre que me haya hecho sentir como si le debiera algún tipo de explicación.

—Ella es Paloma —anuncia esta vez Zaybet, y veo a una bruja con una camiseta que dice: «*Séptima ≠ Bruja*».

Me acerco con la mejilla izquierda para darle un beso mientras me limpio la marca de los labios rosas de Oscar de la derecha.

—*Séptima* no es lo mismo que bruja —leo en voz alta—. Nunca había oído esa palabra —comento mientras le devuelvo a Cata la toalla que me había pasado, con la mejilla enrojecida.

—Obvio —me contesta Zaybet—. Por eso eres tan importante.

—A pesar de nuestros poderes, no todas nos sentimos identificadas con el término *bruja* —me explica Paloma.

—Yo tengo claro que no —le afirmo con una sonrisa, y mi respuesta hace reír a Tiago y a Zaybet.

Teniendo en cuenta que me he pasado toda la vida guardando secretos, lo que más me impacta de todas estas presentaciones es la facilidad con la que la gente me cuenta los suyos. Secretos que podrían hacerles mucho daño si salieran del Aquelarre. Me pregunto si es porque en esta manada lo que te hace diferente es lo que te hace encajar con el resto... O quizá es que el Aquelarre es el único lugar donde pueden enorgullecerse de quienes son en realidad.

Por lo que he visto hasta ahora, son personas con convicción, inconformistas con una infinidad de perspectivas de ver y entender el mundo. El único nexo de unión que creo que comparten es que todos parecen buscar la libertad para decidir la forma en la que quieren vivir.

La mayoría quieren separar la relación que hay entre poder y género. Las brujas, o Séptimas, quieren una representación equitativa en el gobierno, salarios dignos por el trabajo que hacen con su magia y más prioridad para curar la agotadora depresión posparto que se cierne sobre todas las nuevas madres. Aun así, me han sorprendido las otras razones por las que los Septimus se sienten excluidos.

Hay personas que sueñan con poder explorar el planeta más allá de las manadas de Lunaris. No ven justo que los humanos puedan ir allá donde quieran, mientras que los Septimus se tienen que conformar con un par de asentamientos; quieren dejar de esconderse.

Me cuesta imaginarme un mundo así, donde los humanos conviven con brujas y lobos que beben mate cada mañana y se ponen de mal humor si se quedan sin dulce de leche.

Aun así, hay algunas cosas que puedo anticipar.

A los humanos ya les cuesta convivir entre ellos, así que no me los imagino compartiendo de buena gana el mundo con los Septimus. Si la gente descubriera que la magia existe de verdad y que se pueden hacer pociones y pastillas para todo tipo de hechizos, ahí sí querrían meter mano.

Aun así, me pillo fantaseando en ese mundo y me pregunto: si los humanos y los Septimus tuvieran las mismas fronteras, ¿habría un lugar para mí entre ellos?

Es nuestra cuarta noche aquí y ya me duele la garganta de tanto hablar. Nunca he tenido una vida social tan activa. El cuarto menguante de la luna brilla en lo alto del cielo y los vampiros están colgados en los balcones, quitándoles el gimnasio a los lobizones.

—¡La loba! —grita un lobo llamado Ezequiel con alegría. Me ha llamado siempre así desde que lo conocí hace un par de días.

Le devuelvo el saludo y veo que se sienta a cenar, como me gustaría hacer a mí, pero me toca quedarme aquí con mis amigos como si fuesen la escolta de la realeza, mientras Zaybet le pide al siguiente Septimus que pase para conocerme.

—Esta es…

—¡No puedo más! —Saysa toma de la mano a Cata y nos informa—: Nos vamos a cenar.

Para mi sorpresa, Cata no se intenta deshacer de la mano de Saysa mientras esta la guía entre la gente. Es la primera vez que las veo mostrar algún tipo de afecto en público. Finalmente se sientan junto a un grupo de brujas que se ha pasado la noche saludando a Saysa.

—La verdad es que no me esperaba que aguantase tanto —confiesa Zaybet.

—Yo tampoco —coincide Tiago y se mete las manos en los bolsillos de sus índigos.

Como el grupo es tan grande, tenemos que ir haciendo turnos. Me viene a la nariz un olorcillo ahumado que me hace salivar y los ojos se me van a los platos con entrañas, mollejas, alas de pollo, papas a la provenzal y palmitos con salsa golf. Las tripas me rugen.

—¿Estás de broma? —grita un lobizón y le da un golpe a su plato causando un estruendo y lanzando la comida por los aires—. ¡Nos han borrado de la faz de la Tierra, como han hecho con casi el resto de las especies! ¿Te has olvidado de nuestros comienzos?

—Eso ya está en el pasado —le contesta otro lobo—. Ahora tenemos poder.

—¡Estás loco y eres un peligro si de verdad te crees lo que dices!

Frunzo el ceño y pregunto:

—¿Qué está pasando ahí?

—Es Joaquín, ¿te acuerdas? —me pregunta Zaybet y asiento con la cabeza cuando reconozco al lobo que se había puesto más violento. Quiere que los Septimus puedan vivir sin tener que esconderse—. Sergio, el hombre con el pelo rapado, lo saca de sus casillas porque quiere que nos apoderemos del mundo como los depredadores alfa. Ya lo conocerás en algún punto.

Se me ha pasado el hambre de golpe. Ahora me han dado náuseas.

—Bueno, como ya he dicho tres veces, *esta es Nuni*.

—Ay, sí. Hola —la saludo y le doy un beso en la mejilla a una bruja joven de pelo gris, mientras con el rabillo del ojo intento verle la cara a Sergio.

—Como quizá ya sabes, Nuni es una de las mejores, si no la mejor, bruja haciendo pociones ahora mismo —me explica Zaybet y miro a la muchacha de la misma altura que Saysa.

Sus ojos acaramelados transmiten cierta melancolía y, junto a su pelo canoso, la hacen parecer mayor de lo que es.

—Encantada de conocerte —le digo.

Por su piel y sus facciones diría que no puede tener más de veinte años, pero tiene el pelo seco y encrespado, y los ojos hundidos. Parece que algunas partes han envejecido más que otras.

—Te he traído algo —me dice y, en vez de contarme algo sobre ella, me da un frasco de cristal—. Es un hechizo de invisibilidad, es mi propia receta.

Soy muy consciente de la ironía de que ahora necesite cosas mágicas que me ayuden a hacerme invisible.

Los ojos de Zaybet se clavan en el frasco y Tiago lo mira por encima de mi hombro para verlo mejor.

—Es una de las Jardineras más poderosas del mundo —me dice Zaybet mientras Nuni se aleja; y me parece que no le gusta demasiado estar rodeada de gente—. Sus pociones son las más caras y mejor valoradas, y siempre tienen un regusto al final, es su sello. Una planta que nadie ha sabido encontrar ni replicar.

Agarro bien mi nuevo tesoro y me lo enfundo al fondo de mi bolsillo.

—Así que eres la primera lobizona.

La voz me pone la piel de gallina en la nuca y, cuando levanto la mirada, me encuentro con Sergio. Un hombre lobo enjuto con ojos color borgoña y la cabeza rapada al que le gustaría que los Septimus dominasen a los humanos, aunque los Septimus no llegan ni a la décima parte de la población humana.

Es más joven de lo que parecía cuando lo vi de espaldas. Tendrá veintipocos como mucho.

—Manu, te presento a Sergio —me confirma Zaybet.

Se acerca como para darme un beso, pero yo no me muevo ni un ápice, así que hace ver que en realidad se dirigía a Zaybet. Después me dice:

—A ver, déjame ver cómo te transformas.

En realidad me lo está exigiendo.

—Otro día —le contesto, como ya le he dicho a un incontable número de Septimus antes que él.

—¿Por qué?

Noto cómo Tiago se va tensando a mi lado, así que respondo antes de que se me adelante:

—Porque no me siento cómoda para transformarme ahora mismo.

—Es lo más natural para nosotros —me rebate Sergio, y viendo que él tampoco se mueve, parece que no se va a rendir fácilmente—, así que, dime, ¿cuál es el problema?

—El *problema* es que no hago trucos simplemente cuando la gente me lo pide.

Sus ojos borgoña se abren como platos, como si le sorprendiera que me resistiera tanto. Entonces, aparece Enzo y le dice a Sergio:

—Ven un momento, hablemos.

No me había fijado en que estuviera tan atento a lo que pasaba.

—¿Qué opinas tú sobre que los Septimus salgan a la luz? —sigue interrogándome Sergio, haciendo oídos sordos.

—No me gustan las fronteras —le respondo, y por el rabillo del ojo veo que Tiago tuerce el mentón, sorprendido—, pero tampoco me gusta la gente que quiere abusar de su poder.

La sonrisa de Sergio desaparece de su cara.

Mientras me presentan a otra bruja, no dejo de mirar lo que pasa entre Sergio y Enzo. Los dos se acercan a las escaleras, los pierdo de vista un momento y luego aparecen en el balcón de la quinta planta.

—Debes de estar muriéndote de hambre —me comenta Zaybet, y me doy cuenta de que ni siquiera he registrado las caras de los últimos miembros del Aquelarre que me ha presentado.

—La verdad es que sí.

—Pues vamos a comer.

—¿Por qué no bajan y yo les lleno los platos? —se ofrece Tiago.

—¿Cuántos mordiscos me vas a pedir por eso? —le pregunto, haciendo referencia al día en el que, estando en la academia, me ofreció usar su plato si le daba un mordisco de mi comida.

Tiago sonríe, pero Zaybet no entiende qué quiero decir. Me parece que se está peleando entre aceptar su caballerosidad o reivindicar su independencia, así que respondo por las dos:

—¡Ay, sí, gracias!

Las dos nos sentamos al final de una mesa que está a tope y los demás se nos quedan mirando. Me alegro de que no intenten forzarnos a hablar con ellos.

—No te preocupes —me tranquiliza Zaybet—. Nadie espera que te acuerdes de cómo se llaman.

—La verdad es que este sitio me confunde un poco. ¿Es un refugio o una base para rebeldes?

—¿No puede ser las dos cosas?

—No lo sé —le contesto y me quedo pensando—. Hay tantos que tienen ideas tan opuestas que tengo la sensación de que no podrían avanzar en una dirección.

—Me parece que estás mezclando los conceptos de progreso y política —me dice mientras se reclina sobre la mesa—. No tenemos una plataforma porque nuestro objetivo no es construir un nuevo sistema. Lo que queremos es derribar el que tenemos ahora.

Zaybet estira la mano para agarrar una bandeja con cubiertos y nos la acerca. Entonces toma unos cuantos cuchillos y empieza a unirlos con hielo, como si quisiera hacer una obra de arte con palos. Cuando acaba, encima de la mesa tenemos el símbolo Z de los Septimus y el metal brilla como sus ojos.

—Para construir algo, tienes que juntar muchas piezas. Eso significa que necesitas saber dónde va cada cosa y tener una idea del resultado final que quieres.

De repente le da un golpe al cuchillo del medio, la barra entre los sietes invertidos, y sin ese apoyo, el siete de arriba se derrumba encima de la mesa. Al final, lo único que queda en pie es un solitario siete del revés.

—Pero para destrozar algo no necesitas tener una visión clara. Solo tenemos que demostrar que el sistema que existe ahora mismo tiene fallos. Hay demasiadas piezas que no encajan en este diseño para que sea el correcto.

Me viene a la cabeza el as extra de cuando Ma y yo jugamos por última vez al chinchón. Zaybet me está diciendo que en cada partida siempre hay una carta que sobra, pero que si todos los que sobramos nos juntamos, podemos crear una mano ganadora.

La bruja ve en mi cara que por fin lo he entendido y continúa:

—Los vamos a obligar a representar un sistema más inclusivo.

—Así que son como un catalizador, una fuerza para el cambio…

—No, eres tú —me corrige con los ojos llenos de energía—. Tu simple existencia *es* el cambio. Eres la llave inglesa en esta máquina, Manu. Por eso le das esperanza a tanta gente: porque el sistema no puede ignorarte y eso implica que tampoco nos puede ignorar a *nosotros*.

Tiago nos coloca delante un par de platos que hacen de punto y final a la afirmación de Zaybet. Mientras se vuelve a ir para prepararse el suyo, busco a Saysa y Cata entre la multitud del comedor. Al fin las encuentro sentadas en un sofá, rodeadas por el grupo de brujas de antes.

—No me extraña que hayan encontrado a Saysa tan pronto.

Cuando me giro otra vez hacia Zaybet, veo que tiene la boca llena de patatas. Me espero a que acabe de tragar y le pregunto:

—¿Qué quieres decir?

—Emana poder. Solo hace unos días que están aquí, pero desde que Saysa empezó a cuidar de los vampiros han empezado a producir un cuarenta por ciento más de oxígeno.

—Ah —es todo lo que contesto.

—Me alegro de que los tenga a ustedes. No sé si funciona igual en tu manada, pero en Marina, hay Jardineras a las que veneran como si fuesen diosas porque solo con tocar a alguien pueden salvarlo de una muerte certera. Aun así, un poder así tiene un precio y, si sus emociones se desestabilizan, su magia se puede volver letal. No suele pasar, pero algunas pueden tener un giro tan grande en sus capacidades, que pueden drenar a un Septimus de su energía vital.

Me vienen a la cabeza imágenes de Nacho y de la bruja de la tienda en Kukú, con sus rostros grises mientras Saysa les sacaba toda su energía.

—Entonces… ¿con qué Septimus está hablando? —le pregunto para cambiar de tema.

—Forman parte de un movimiento por *la decisión de no tener hijos*. Son de las miembros más poderosas del Aquelarre y son bastante selectivas a la hora de elegir a gente para entrar a su grupo.

Algo en su voz me dice que ella, por ejemplo, no pasó ese listón.

Cuando por fin acabo el último trozo de carne y de verdura, estoy tan llena y a la vez tan cansada que no tengo nada claro que mis piernas me vayan a poder sostener.

—Creo que me voy a la cama —le digo al tiempo que una Invocadora envía nuestros platos vacíos a la cocina.

Cata y Saysa siguen sentadas con esas brujas, pero ahora el grupo se ha hecho más grande. Me gustaría acercarme para darles las buenas noches, pero veo los sofás demasiado lejos y tengo que guardar las pocas energías que me quedan para subir las escaleras.

—Yo también —me dice Tiago y, mientras los dos nos levantamos, Zaybet se sube a la mesa.

Veo rayos en sus ojos y una suave bruma nos roza las cabezas. De repente se hace el silencio y los Septimus se giran para mirarla.

—Me acaban de informar de que oficialmente no nos quedan más habitaciones. Si aún no tienen un compañero, es hora de que busquen uno: ¡hay que arrejuntarse!

De repente me doy cuenta de que tengo a Tiago justo al lado.

—Necesitamos más mantas y almohadas. ¿Quién puede ayudarme? —pregunta un lobo.

Unos cuantos lobizones, entre los que veo a Enzo, y unas pocas brujas siguen al tipo al almacén.

Mientras tanto, Tiago y yo subimos las escaleras. Ninguno de los dos dice nada mientras avanzamos por el balcón cubierto de vampiros y, cuando por fin llegamos a nuestras habitaciones contiguas, le digo:

—Bueno, dormimos el uno al lado del otro en Pampita.

—Es verdad.

—No pasa nada por dormir en la misma cama.

—Claro —dice mientras coloca la mano sobre el pomo carmesí de su habitación y me mira—. ¿Estás segura?

Asiento con la cabeza porque los doraditos que tengo en el estómago no me dejan hablar. Entonces Tiago gira el pomo y veo que se vuelve de color bronce otra vez.

Entra un momento para recoger un par de cosas antes de pasar a mi habitación. Quiero decir, *nuestra* habitación.

Vale, eso ha sonado raro.

—Puedo dormir en un sofá abajo —me dice no muy convencido y esperando en el pasillo—. No me importa…

—No seas tonto —le digo y me voy para que deje de leerme los pensamientos.

Miro la cama. Yo creo que será de 135 cm… Vamos a estar bastante pegaditos.

Agarro la camiseta enorme y verde que uso para dormir y entro al lavabo para asearme y cambiarme. Cuando salgo, las luces de la habitación son más tenues y Tiago, que ahora lleva unos pantalones de algodón y una camiseta blanca, está sentado en la cama leyendo un libro de bolsillo arrugado.

Me pongo detrás de él y me asomo por encima de su hombro para mirar el libro.

—¿Qué lees?

—*La guerra del chocolate.*

—Suena delicioso.

Mi hombro le roza el brazo cuando intento acercarme más para ver mejor el futbolista solitario que aparece en la portada.

—Se publicó en los años setenta —me dice y se gira hacia mí. Ahora nuestros brazos se rozan y tenemos las caras apenas a unos centímetros de distancia—. Lo he encontrado abajo. Lo acabo de terminar, por si te lo quieres leer.

Su voz aterciopelada me pone la piel de gallina, así que me quedo mirando fijamente el libro para que no se me vaya la cabeza a otro lado.

—¿Y de qué trata?

—Es un colegio solo para chicos dirigido por una sociedad secreta de unos sinvergüenzas. Básicamente, hay un chico que se niega a seguirles el juego y todos sus compañeros se ponen en su contra por intentar cambiar las cosas.

—¿Y por qué se niega?

—Por una cita que lee de T. S. Eliot —noto el brazo de Tiago pegarse más contra el mío y me pierdo en el mar de sus ojos—. *¿Me atrevo a perturbar el universo?*

Bajo la mirada hasta las sombras que se crean en sus pómulos.

—Parece instructivo —le contesto, pero entonces reparo en algo y añado—: Espera, ¿es otro libro humano como los que tenías en tu cueva o una edición remasterizada donde han sustituido a los humanos con Septimus?

—Todos los libros que hay aquí son humanos. Y no solo los que están en las estanterías, hay más guardados en cajas en el sótano, en todos lo idiomas, de todos los géneros… Hay hasta textos religiosos —me explica y me deja el libro en las manos.

Mientras Tiago se dirige al baño, me meto debajo de las sábanas y ojeo las primeras páginas, pero lo dejo a un lado en cuanto sale.

Tiago acaricia el ágata de las paredes con las yemas de los dedos hasta que la tenue luz da paso a la oscuridad y se mete en la cama conmigo.

Tenemos tan poco espacio que noto el calor que emana su cuerpo.

No puedo despegar los ojos del techo negro. Estoy acostumbrada a dormir de lado, pero apenas nos podemos mover. Además, la adrenalina de estar en la cama con él al lado me está quitando las ganas de dormir.

El pulso se me acelera y retumba en mitad del silencio de la noche.

Tiago me toma la mano y la calidez de su piel me ayuda a relajar mi respiración. Entonces me giro y él también se da la vuelta para mirarme de frente. Estamos tan cerca que puedo respirar su aliento mentolado.

Me roza la nariz con la suya y de repente nuestros labios se funden. Cuando abro la boca y nuestras lenguas se tocan es como si bebiera un ramo de flores de Lunaris y los colores entraran disparados en mi cerebro.

Mis dedos se pierden en su melena y apenas puedo reprimir un gemido cuando Tiago me aprieta contra su pecho. Me sujeta el cuello con los dedos y pasa la otra mano por debajo de las sábanas hasta que se cuela por debajo de mi camiseta.

Noto que algo se abre dentro de mí, como cuando Tiago me tocó en Lunaris, como si mi cuerpo estuviera listo para acercarse más al suyo.

Aunque yo no lo esté.

—Solazos —me susurra, dejando descansar la mano en mi cadera—, no tenemos que hacer nada. Solo besándote ya me transporto.

—Es que… —me aclaro la voz y continúo—, tú tienes mucha más experiencia que yo.

No me puedo creer que le haya dicho eso.

—Esto también es nuevo para mí —me dice y frunzo el ceño en señal de desacuerdo.

¿Se piensa que no sé que ha salido con todas las chicas de El Laberinto?

—Esta es mi primera relación.

Ahora parece que es él el que se ha sorprendido con lo que ha dicho.

—Perdona —se apresura a decir—. No tendría que haberlo dicho.

—Ah —el dolor se me clava en el pecho—. No te preocupes.

—Quiero decir que... —continúa y me acerca un poco más a él—, aún no te lo he preguntado.

Por un momento, me mira intensamente a los ojos, con tanta seriedad como si fuera a pedirme matrimonio, y creo que me va a dar un ataque.

—Manu... ¿quieres ser mi novia?

La pregunta parece tan pura e inocente después de todo lo que ha sacrificado por estar conmigo... Perdida en sus ojos de zafiro, aún me cuesta creer que esta no es la vida de Otra Manu, sino la mía.

Finalmente le contesto:

—Obvio.

Tiago y yo nos pasamos la noche besándonos hasta que caemos rendidos, con los brazos y las piernas entrelazados. Me parece que solo he dormido unos minutos cuando las paredes empiezan a retumbar a mi alrededor y noto que, detrás de mis párpados, la luz de la habitación se apaga y se enciende.

El sistema de alarma del Aquelarre. La alarma se activa en tres niveles por la mañana. Este ha sido un pequeño temblor, así que debe de ser la primera.

Pestañeo y al abrir los ojos me doy cuenta de que estoy cobijada bajo el codo de Tiago y estoy pegada a su cicatriz. El tatuaje de tinta de Pablo no puede capturar el efecto de la marca real ni de lejos. Los cortes gruesos y oscuros le sobresalen como escamas o piel de dragón.

Mi torso desnudo descansa contra el suyo y de repente recuerdo que en algún punto también me quité la camiseta.

—¿Cómo está mi novia esta mañana?

La boca aún adormilada de Tiago saluda a la mía antes de que me dé tiempo a comprobar que no me huele el aliento.

—¿Has dormido bien? —me pregunta mientras me acaricia el pelo.

Asiento y entierro la cabeza en su pecho, demasiado avergonzada para hablar porque su mano se le ha enredado con uno de los nudos de mi melena.

—Espera —me dice mientras se libera el otro brazo. Yo sigo sin levantar la cabeza de su pecho mientras él se entretiene en desenredarme el pelo, y yo lo observo trabajar de reojo—. Sé que no te gusta llamar la atención —me dice aún con el ceño fruncido de la concentración—, así que podemos bajar por separado.

—Sí, por favor —le digo, encantada de poder evitar los cuchicheos. Además, creo que voy a necesitar un buen rato para arreglarme el pelo.

Cuando Tiago consigue librarse, agarra las sábanas y las sube para taparme bien.

—Iré rápido.

Me da un beso en la frente y se mete en el baño. Me quedo mirando su torso esculpido hasta que desaparece.

Es mi novio.

La idea me parece tan loca como la de que *soy una lobizona*. Y de repente me invaden las ganas de hablarle de Tiago a Ma.

Quiero saber qué le parece, y Saysa y Cata, y los Septimus, y Gael... Y el hecho de que me transformo en loba. Le pregunté a Cata si podía enviarle un mensaje a Gael aquí en Kerana, y me dijo que era peligroso porque podían interceptarlo. Tiene la teoría de que, como era uno de los mejores rastreadores entre los Cazadores, lo han debido de poner al frente de mi captura.

También me dijo que, dado que compartimos sangre, quizá podemos establecer una conexión si nos conectamos al Hongo en el mismo momento.

Oigo que Tiago abre el grifo de la ducha. Tanteo el colchón con las manos en busca de mi camiseta y hago la cama. Cuando levanto la cabeza, tengo a Tiago delante con unos índigos, un jersey con capucha y el pelo seco y peinado. Parece que se ha preparado para hacerse una sesión de fotos.

—No has ido rápido, has ido a la velocidad de la luz.

Me lanza esa sonrisa pícara que le vi la noche en la que lo conocí y sé que tiene algo en la cabeza.

—Le he estado dando vueltas a algo. A ti te han criado como a una chica humana durante tanto tiempo que cuando no estás transformada en lobizona, tu loba está dormida —me dice y se acerca a mí a zancadas, con lo que mi cuerpo se yergue, alerta—. Me siento en el deber de ayudarte a encontrar a tu loba interior... Incluso aunque sea difícil para ti.

—¿Por qué dices difícil? —le pregunto, girando la cabeza para seguirlo mientras va de un lado para otro.

De repente la boca de Tiago está pegada a mi oreja:

—Tienes que saber cuándo dejar de pensar y permitir que el cuerpo te guíe.

Me echo hacia atrás hasta que vuelvo a notar su cuerpo contra el mío y me cuesta respirar.

—No pienses —murmura y cierro los ojos, esperando que me toque con las manos—. Simplemente siéntelo. ¿Qué oyes?

La voz melodiosa de Tiago.

—¿Qué hueles?

El olor embriagador de Tiago.

—¿Qué sientes?

El atlético cuerpo de Tiago junto al mío.

Un escalofrío recorre mi cuerpo y me giro para agarrarlo, pero, para cuando me doy la vuelta, Tiago ya ha salido por la puerta.

Espero a que suene la segunda alarma para bajar y, al descender por las escaleras, noto algo diferente en el ambiente de esta mañana.

Hay mucho silencio y no hay lobizones subiendo y bajando por los balcones.

Cuando llego a la planta baja, parece que casi todo el mundo se ha ido y solo quedan unos cuantos Septimus, la mayoría de los cuales están meditando en esterillas.

La bruja de los ojos color melocotón me trae el mate decorado con estrellas como hace cada mañana.

—Gracias, Rocío —le digo, mientras tomo el mate de calabaza.

Me la presentaron hace un par de noches y me contó que es estéril. Por lo que se ve, es una condición extraña entre los Septimus y muchas manadas son supersticiosas al respecto, por eso la excluyen en su hogar e intentan pasar todo el tiempo que puede en el Aquelarre.

Su situación me hace hervir la sangre, pero me alegro por ella de que haya encontrado su lugar.

Veo a mis amigos al final de una mesa larga y vacía, y, mientras me acerco a ellos, recuerdo lo que me ha dicho Tiago, así que en vez de escuchar con mis oídos humanos agudizo mi oído hasta que siento un velo de silencio que se extiende a los sonidos que tengo más cerca y me sintonizan con frecuencias más lejanas.

—Déjame que se lo diga *yo*…

—Chsst…

La voz de Saysa se corta y no vuelven a abrir la boca hasta que llego a la mesa. Enzo y Laura se apartan, y le dan una palmadita al hueco que han hecho para mí en el banco. Me siento enfrente de Zaybet, que no deja de mirarme.

—Buenos días, Manu.

—Hola.

Tiago está sentado a su derecha, parece sobresaltado, como si algo lo hubiese pillado por sorpresa. Al otro lado, está Cata con su cara habitual de desaprobación, pero cuando miro a Saysa, veo que sus ojos verde lima brillan tanto como cuando la conocí. Ya ni siquiera me acordaba de que tenía hoyuelos.

En el centro de la mesa hay una pila de platos y una bolsa marrón que está atada con una cuerda. Saysa, que no puede contener su alegría, me pasa un plato limpio y Enzo me pasa la cesta con facturas. Me da la sensación de que nadie va a decir nada hasta que no me acabe el mate, así que me lo bebo tan rápido como puedo.

El silencio que reina hoy en el lugar es un contraste abismal en comparación al ambiente de los otros días y ahora me parece que han enmudecido al mundo. Mientras bebo con la bombilla metálica, me acuerdo de lo que me enseñó Perla sobre la energía: que puede crease o destrozarse. No es posible que toda esa alegría haya desaparecido sin más. La vibración sigue estando aquí, pero es diferente; está concentrada.

Como si la hubiesen focalizado en algo.

—Estábamos preocupados por tu situación legal —empieza a decir Zaybet en cuanto acabo de beber mi mate y Cata lo envía fuera—. Estos días hemos estado hablando con los miembros de la manada que han venido y todos pensamos que la mejor manera de protegerte es dando un golpe preventivo. Si nos quedamos paralizados esperando a los Cazadores, estamos perdiendo tiempo que podemos aprovechar para ganarnos a la gente.

—Tu arma va a ser el apoyo masivo de la comunidad —anuncia Saysa, que se inclina sobre la mesa como si fuese una cerilla queriendo prenderse—. Tenemos que crear tanto revuelvo a tu alrededor que no les convenga tenerte como enemiga.

Aunque por supuesto tiene derecho a tener su opinión, me hubiese gustado que me preguntara antes qué me parecía a mí antes de apoyar este plan, sea cual sea.

Aún no he tocado las facturas que tengo en el plato.

—¿Y cómo lo conseguimos?

—Imitando la mejor arma de Fierro —declara Zaybet y el corazón me da un vuelco al escuchar su nombre—. *Con manifestaciones públicas*.

—Tenemos que pronunciarnos para que el tribunal no pueda evitar el tema como si nada —insiste Saysa—. Y tenemos que hacerlo *rápido*.

Sé que ahora no está hablando solo del hecho de que soy una lobizona. Saysa quiere que cuente el otro secreto mucho más importante.

—¿Qué quieren decir con *manifestaciones públicas*? —pregunta Tiago.

—Todos hemos escuchado la noticia de que eres una lobizona, pero en realidad pocos te han visto transformada —afirma Zaybet, mirándome a mí como si yo hubiese hecho la pregunta—. Así que… ¿qué pasaría si nos presentamos en uno de los sitios más concurridos de Kerana, el Centro Comercial del Bosque Blanco, y te transformases en mitad de toda la gente? Habrá un montón de miembros del Aquelarre entre la multitud para tenerlo todo bajo control.

—Me parece muy peligroso —sentencia Tiago.

—A mí me parece que eso tiene que decidirlo Manu. —La voz de Laura desprende un tono bastante desagradable.

Aunque me alegro de que hayan estado pensando en maneras de protegerme, no puedo evitar pensar que, una vez más, me he convertido en un peón en el juego de otros.

—¿Así que me planto en mitad de esa manada, me transformo delante de todo el mundo y luego salgo corriendo?

—No es tan fácil —me responde Zaybet con la expresión más seria con la que la he visto nunca—. El objetivo aquí es mandarles un mensaje a los Cazadores de que estás preparada para enfrentarte a ellos. De que no te avergüenzas de quien eres porque no has hecho nada malo. Les estarás demostrando a los Septimus que creen que el *status quo* depende de ellos que están equivocados.

Cuando lo explica así cuesta más decirle que no. Si voy a ser un Septimus, tengo que aprender a pensar como una unidad. El Aquelarre me ha acogido y ahora tengo que aportar mi granito de arena.

Un líquido oscuro empieza a salir de la base del saco marrón que hay en la mesa; parece sangre.

—Está claro que tenemos que encontrar una manera de ampliar tu identidad —sentencia Zaybet, juntando las manos como si fuese a orar—. Un grito de unión para tus seguidores. Algo que consiga magnificar el momento para que dure más.

—Podría tallar la F de Fierro —propone Enzo.

—Manu necesita *su propio* símbolo.

—Ya lo tengo —me oigo decir, y todos se giran para mirarme—. Una *M* hecha con dos sietes que no llegan a tocarse. Lo tallé en Lunaris antes de cruzar el portal hacia Kerana.

El silencio vuelve a reinar en la mesa, aunque esta vez es más porque la gente no sabe qué decir. Los ojos de Tiago brillan con admiración y me acuerdo de que me dijo que hacía mucho tiempo que Lunaris no había permitido hacerlo a ningún Septimus.

Cuando Tiago me mira siento mariposas en el estómago; en cambio, cuando lo hace Zaybet, es como si me tiraran un cubo de agua fría encima. La veo un poco como Morfeo en *Matrix*, y está convencida de que soy la Elegida.

—Cuando te transformes, haz la *M* con tus garras en la pared —me dice y en sus ojos veo un brillo con lo que se estará imaginando—. Y así es como una idea disidente se convierte en un movimiento.

Al decir esto me viene a la cabeza todo lo que me dijo Saysa antes del campeonato de Septibol. No me extraña que apoye el plan, claro; se basa en todo lo que cree. También sé que Tiago me apoyará decida lo que decida.

—¿Y qué te parece a ti? —le pregunto a Cata.

—Pues que es una locura y muy peligrosa —suelta con un suspiro—. Y no es que sea una mala idea, es que es *tu única* opción. A mí no se me ocurre otra mejor.

Por lo que parece, a Tiago y a mí nos pasa lo mismo.

—Nos quedan un par de días, así que organizaremos un plan y practicaremos —dice Laura, rebajando un poco la tensión con su melosa voz—. En cuanto estos vuelvan del Hongo, empezamos.

Miro a los lobos y a las brujas a los que está señalando y le pregunto:

—¿No están meditando?

—No —me responde Zaybet—. Están conectados al Hongo.

—¿Cómo? —pregunta esta vez Tiago.

Al ver que ni Cata ni Saysa se inmutan con esto, deduzco que ya habrán investigado el tema antes.

—Aquí en el Mar Oscuro no podemos abrir un punto de acceso a la red —nos explica Enzo—, así que tenemos que tomárnoslo.

Me parece que acaba de decir que comen setas.

—Tan solo unas virutas —aclara Laura, moviendo la mano de un lado a otro como para quitarle importancia—. En Kerana es ilegal comerlas ya que la red puede abrumar nuestra mente porque allí estamos enraizados a la tierra, pero aquí no puede pasar, así que corremos menos peligro.

—Pues quiero probarlo —le digo, pensando en la posibilidad de poder conectar con Gael.

—Por supuesto —me contesta Zaybet mientras alarga la mano para agarrar la bolsa marrón—. Pero antes, una última cosa.

Levanta el saco y veo que efectivamente gotea sangre.

—Quizá ya te has dado cuenta de que todos los que estamos aquí en el Aquelarre tenemos una —dice y levanta el brazo para enseñarme la pulsera negra que lleva en la muñeca—. Se llaman horarios. Es un ser vivo que crece aquí en el Mar Oscuro, como los vampiros. Es una planta-parásito que se alimenta de la sangre de su portador y forma una conexión simbiótica con él.

Intento ocultar el asco que siento al escuchar esta descripción, pero Cata ni lo intenta.

—*Qué asco* —dice, y Saysa hace una mueca de hastío.

—El horario solo necesita un poco de sangre, así que no duele nada —explica Zaybet—. A cambio los podemos utilizar para comunicarnos entre nosotros y avisarnos de dónde estamos o de si hay algún peligro. Además, es la única manera de localizar al Aquelarre, así que nos gustaría ofrecerles uno a cada uno si lo quieren.

Cata ha pasado a mirar el horario como si fuera una pulsera de diamantes. La verdad es que a mí me sigue haciendo poca gracia pegarme un parásito al cuerpo, pero tengo claro que es un salvavidas, así que lo tomo.

Zaybet le pasa la bolsa a Saysa primero.

Todos nos la quedamos mirando y ella saca una pulsera como de cuero que se retuerce, parecida a un cordón de zapato. Después se la coloca con cuidado en la muñeca y el horario empieza a subirle por el brazo como un gusano y Cata se aleja un poco. Unos segundos después, la planta-parásito vuelve a la muñeca de Saysa y allí se enrolla hasta ajustarse bien a la piel.

—¿Duele? —quiere saber Cata.

Saysa sacude la cabeza lentamente, como si estuviera en otra conversación. Sus ojos tienen un leve brillo y parece estar conectando con el horario porque la pulsera empieza a aclararse y pasa de negro a un marrón oscuro que encaja perfectamente con su tono de piel.

—Cuando no estén en el Mar Oscuro se camuflará —nos aclara Zaybet—, así que solo la verán cuando vuelvan.

Yo me quedo la última.

El horario me parece fino y como si estuviera hecho de goma. Se retuerce entre mis dedos y se me corta la respiración al ponérmelo en el brazo. A diferencia de lo que ha pasado con los demás, que todos los horarios les han subido por el brazo antes de aposentarse, el mío va directo a la muñeca y se agarra ahí con fuerza. Cualquiera diría que llevaba toda la vida esperando a unirse conmigo.

Noto cómo me estira la piel y un pequeño pinchazo cuando me saca sangre, pero no es nada en comparación con el soplo de aire que de repente me llena los pulmones, como si el horario acabara de llenarme las venas de oxígeno. No es que sienta como si tuviera una segunda conciencia o nada parecido, pero sí es cierto que me siento conectada a algo más grande.

Quizá soy yo la que llevaba toda la vida esperando esta conexión.

—Esta es la *única* manera de encontrar al Aquelarre —nos vuelve a recalcar Laura—. Sin ellos, no podrían volver.

El horario de Tiago adquiere un tono marrón un par de tonos más oscuro que el mío, y el de Cata empalidece para adaptarse a su piel más clara. Después, todos vuelven a recuperar el color negro original, ya que seguimos a salvo en el Mar Oscuro.

—¿Y el horario se quedará con nosotros para siempre? —pregunta Saysa, que parece entusiasmada con la idea.

—A menos que te exilien del Aquelarre. No suele pasar, pero si se da el caso, cae como una dura sentencia —explica Zaybet con tono solemne.

—¿Por qué? —pregunto.

Zaybet y Laura se toman un minuto para pensar en la respuesta, así que Enzo da el paso:

—Cuando el horario crea una conexión, no puede vivir sin ti —me dice con su voz ronca—. Si te lo quitan, el horario muere.

Hasta que todo el mundo se va a dormir, no nos quedamos solos para poder hablar tranquilamente. Nos reunimos en la habitación de Cata y Saysa.

Me he pasado el día transformándome una y otra vez, y luego hemos entrenado subiendo por los balcones. Zaybet dice que para que la manifestación deje huella, necesitamos imágenes que sean impresionantes y cinemáticas. Me transformaré en un punto alto, delante de una multitud de gente, así que tengo que ponerme en forma, y rápido.

Cata y Saysa están sentadas en la cama, apoyadas en las almohadas. Cata lleva el pelo recogido en un moño improvisado y lleva las gafas puestas para leer con atención un texto del Aquelarre. En ese momento, deja el libro encima de la pila que tiene al lado.

—¿Estás *seguro* de que las habitaciones están insonorizadas? —le pregunta a Tiago y yo me tiro, destrozada, a los pies del colchón.

—Ya te lo he dicho mil veces, *sí*.

Saysa está plegando un montón de camisetas y entre ellas veo la del diseño que dice «Séptima ≠ Bruja». Cuando vuelvo a girarme hacia Cata, me está mirando como esperando una respuesta.

—No he oído nada —le digo y echo otro vistazo al resto de la habitación.

—¿Por qué no te calmas un poco? —pregunta Saysa—. Cada día te pareces más a Pablo, así que ándate con ojo.

—Pablo... —añade Tiago con un suspiro—. Echo de menos a ese lobizón paranoico.

Solo llevamos aquí unos cuantos días, pero Cata y Saysa han hecho suyo este espacio. Han puesto velas y tazas de café en las estanterías, tienen libros en ambas mesitas de noche y la habitación huele a lavanda. Ni se me había pasado por la cabeza buscar entre las cosas del Aquelarre detalles para decorar la mía, como velas, cremas o libros...

Me pasó lo mismo en El Laberinto. Me pasé el mes que viví allí sin sacar mis cosas de mi bolso.

—A Yamila solo le queda una cosa que hacer —les digo para salir de mis divagaciones internas—: decirles a todos que soy una híbrida. Y por eso tengo que ser honesta y decirlo en el Aquelarre.

—*No.*

—Ni hablar.

Cata y Tiago tienen clara su postura. Me giro hacia Saysa en busca de apoyo, pero descubro que me mira con la misma desaprobación.

—Creo que no deberíamos hacer nada que pudiera estropear la energía que estamos creando.

—Pero Yamila va a decirlo igualmente...

—Puede... —rebate Cata—, pero también está loca por apresar a la primera híbrida y, si los demás también lo saben, se convertirá en la Cazadora que te dejó escapar. Ella *necesita* tanto como tú que tu secreto no se sepa.

—Aunque tuvieras razón, ¡la verdad siempre acaba saliendo! —le doy la espalda a Cata porque no está entendiendo lo importante y me dirijo a Saysa cuando digo—: Y cuando se sepa, ¿qué hará el Aquelarre?

Acaba de plegar una camiseta y luego me contesta:

—Eres una más de la manada, te apoyarán.

¿Son imaginaciones mías o se lo ha tenido que pensar?

—¿Y si no lo saben nunca?

Miro fijamente a Cata.

—Pero ¿qué dices?

—Si Yamila lanza la acusación, puedes negarla.

—Sabe quiénes son mis padres…

—¿Puede enseñarles a tu madre? ¿O a Fierro? ¿Qué *pruebas* tiene?

—Ella no es la única que sabe la verdad. Jazmín también lo sabe…

Cata se pone muy seria de repente, como si el ambiente se hubiese enrarecido.

—Mi madre no se lo dirá a nadie porque no puede arriesgarse a perderlo todo por haber guardado el secreto de Fierro durante todo este tiempo. Y nuestro equipo tampoco los traicionará. Nadie más lo sabe.

Tiago se acerca a la cama, se coloca a mis espaldas y me pone las manos en los hombros.

—¿Y qué pasa cuando el tribunal le pida a Manu su Huella? Con que hagan una llamada a La Mancha descubrirán que su documentación es falsa. Los Cazadores podrán decir que si miente sobre su pasado también puede mentir sobre su situación legal.

Su pregunta tiene tanto sentido que me enfado con Cata por no haberlo pensado antes, pero ella no parece rendirse y le contesta:

—Olvido.

Frunzo el ceño, no la entiendo.

Saysa se la queda mirando sorprendida, y Tiago no dice nada, así que Cata empieza a explicar:

—Es una planta prohibida que está entre las más peligrosas de Lunaris. Sus hojas pueden exprimirse para preparar un hechizo para olvidar y la persona que lo beba perderá sus recuerdos. Solo se administra en situaciones extremas porque los efectos son irreversibles. Y la idea es decir que te drogaron con ella y que por eso no recuerdas tu pasado.

Los dedos de Tiago recorren mis brazos hasta que finalmente se sienta a mi lado. Como Cata ve que seguimos sin decir nada, aprovecha el silencio:

—Piénsenlo. Aparece la primera lobizona, sin recuerdos y con una Huella falsificada y no hay testigos que la hayan visto antes, ni en el mundo de los Septimus ni en el de los humanos. ¿A qué les suena esa historia?

—Parece que me han tenido secuestrada.

—Y como si hubiera alguien intentando ocultar su rastro —remata—. Podemos inventarnos a un malo para echarle toda la culpa y tú te conviertes en la víctima a la que le robaron su infancia y cuya existencia se ocultó a las autoridades.

—Es una historia bastante intensa —apunta Tiago.

—Tiene que serlo si queremos esconder la verdad —contesta Cata con los ojos fijos en mí—. Por eso las manifestaciones del Aquelarre son importantes. Si le gustas al público, querrán creerte. Zaybet tiene razón, el peso de la opinión pública es tan importante como el de la justicia.

Me parece que es arriesgarse muchísimo, pero si Cata está llegando a estos límites para evitar contar la verdad, creo que no es una opción.

—¿Qué te parece a *ti*? —le pregunto a Saysa.

Al fin y al cabo fue ella la que me insistió para que jugara el partido de Septibol y la que les dio Septis a los humanos. Ella lleva mucho más tiempo que ninguno de nosotros siendo una revolucionaria. Si alguien en este grupo tiene claro lo que es priorizar la causa ante la precaución, es Saysa.

—Como diría la bruja más sabia que conozco —empieza, y le toma la mano a Cata—, *no es que sea una mala idea, es que es tu única opción.*

Y aunque sonrío con los demás, hay algo en su respuesta que confirma mis sospechas.

Saysa tiene dudas.

Dos días después, mis amigos y yo subimos a bordo de *La Espiral* con Zaybet, Laura y Enzo.

Cata y Saysa se acomodan en las sillas reclinables, mientras que yo me quedo al frente, al lado del timón con Tiago, fascinada por las vistas. Mientras navegamos por el Mar Oscuro, me imagino que viajamos por los oscuros bordes que delimitan los países en los mapas.

Pasamos por al lado de una bola rosa, una lluvia de estrellas de mar que no paran de girar, un remolino de pétalos de flor ondeantes, un gusano gigante que se come a sí mismo, una escuela de minilunas crecientes, hasta que la oscuridad se empieza a derramar desde la atmósfera y nos adentramos en un mar azul plagado de trozos de hielo.

La Espiral por fin emerge en un ensenado que está prácticamente congelado. Ruedas de niebla se enroscan por la superficie del agua y los ojos de Zaybet brillan al construirnos un paso helado hasta la orilla. Laura se queda en la nave mientras el resto nos aventuramos en la espesura blanquecina que se extiende en el horizonte. No cabe duda de que el nombre del Bosque Blanco tiene su origen en la gruesa capa de nieve que lo cubre.

—Hasta luego —dice Zaybet, y les doy un abrazo a ella y a los demás antes de irnos.

Tiago es el único que se queda conmigo. Como los dos tenemos muchas más posibilidades de que nos reconozcan, nos vamos a esconder en el bosque hasta que llegue el momento de actuar.

Los otros van hasta el Centro Comercial para asegurarse de que todo el mundo está en su sitio y, entonces, nuestros horarios nos avisarán de que podemos ponernos en marcha.

Me siento igual que cuando salté al camión del chico de la chaqueta de cuero. Aquí estoy otra vez: me he subido en la camioneta de alguien sin saber el destino.

—Podemos darnos la vuelta en cualquier momento. —Los ojos zafiro de Tiago son como dos mundos helados—. Solo tienes que decírmelo.

Un delicado polvo helado empieza a caer del cielo y se engancha en su pelo y en sus pestañas oscuras. Abro las palmas de las manos para ver mejor los copos de nieve.

—Nunca había visto nieve.

No sé por qué lo he dicho, parece un poco estúpido teniendo en cuenta dónde estoy. También es verdad que antes de venir aquí tampoco había visto lobizones, brujas ni magia, entonces... ¿por qué ver algo tan normal como la nieve me emociona tanto?

Me doy media vuelta para ver cómo cae sobre el ensenado. Siempre me había imaginado que la nieve sería como una especie de lluvia blanca, pero me equivocaba. Se mueve diferente. La lluvia es más uniforme y cae en una dirección, pero la nieve parece moverse en remolinos como si bailara. Aunque todavía es de día, la veo como una nebulosa que alguien espolvorea sobre nuestras cabezas y, mientras inhalo el aire frío, el pecho se me llena de alegría y me giro para mirar a Tiago.

Algo duro y helado me explota contra la cara.

Me limpio los ojos y veo a Tiago al lado de los árboles, preparando una segunda bola.

—Ni se te ocu...

Me la lanza tan deprisa que consigo esquivarla solo por los pelos. Cuando me ve que empiezo a amontonar nieve en mis manos como una loca, Tiago se pierde entre los árboles del bosque.

Aprieto la bola tanto como puedo para que esté bien compacta y crear un misil lo suficientemente contudente como para no dejar indiferente a una cabeza tan dura como la suya. Cuando me adentro en el bosque para empezar mi caza no me siento las manos.

Examino las huellas que veo en la nieve, pero Tiago ha previsto mi táctica y ha dejado huellas que se pierden en todas direcciones para confundirme; ha tenido que dar un par de vueltas. Me acuerdo de lo que me dijo, que soy demasiado humana, así que cierro los ojos e intento conectar con mis sentidos de lobizona.

Noto cómo se me tensan las orejas mientras me pierdo en el soplo del viento, el crujir de las hojas, las cuidadosas pisadas de un hombre lobo. Me centro en los movimientos de Tiago hasta que sé exactamente dónde está, entonces abro los ojos y salgo en su busca.

Mi campo de visión es más amplio que de costumbre y, después de un rato, también percibo su tentador olor. Esta vez, cuando echo a correr, no lo hago como una chica humana.

Los pies apenas tocan el suelo, el bosque a mi alrededor no es más que una mancha borrosa mientras mis músculos cambian de marcha y muevo las extremidades por instinto. Detecto los arbustos y las ramas que van apareciendo en mi camino más rápido de lo que los proceso. Cuando acelero aún más, me doy cuenta de que he perdido su rastro.

Pero la cosa es que no sé cómo frenar.

Ni siquiera estoy segura de si puedo hacerlo.

¿Qué pasa si me encuentro con alguien o si llego a la plaza o…?

Oigo un crujido y suelto un grito que me atraviesa el brazo del golpe que me he dado con un árbol en mitad del codo.

—¡Manu! —En un segundo, Tiago está mi lado para apoyarme, como si hubiese estado siguiendo mis pasos desde el principio—. ¿Estás bien?

—Sí —le contesto con un gruñido, doblando el codo dolorido.

—¿Te duele?

Lo doblo y hago una mueca de dolor.

—Un poco.

—Perdona por chincharte, no debería haber…

Por fin giro la mano que tenía escondida en la espalda y le aplasto la bola de nieve en la cara.

Tiago suelta una risotada y la bandada de pájaros que había en los árboles de alrededor sale volando. Se seca la cara con la manga del jersey, pero el flequillo se le ha quedado empapado. Se echa los mechones mojados hacia atrás y su olor irresistible me aturde cuando se acerca a mí y me aprieta contra él.

—Me gustas mucho, Solazos.

Una agradable calidez empieza a subirme por el cuerpo y le susurro:

—Tú a mí también me gustas mucho.

—Pero a mí es que me gustas mucho muchísimo.

Frunzo el ceño:

—¿Te crees que te gusto más de lo que me gustas tú a mí?

—No, quiero decir que...

El horario me aprieta levemente la muñeca, como un amigo que quisiera avisarme de algo y, como veo que Tiago también se ha callado, deduzco que él también lo ha notado.

Ha llegado la hora.

Una energía como la que sentí cuando Tiago y yo huimos del lunarcán me corre por las venas. Llamas azules se prenden en sus ojos y empiezan a brillar avisando de su transformación.

Noto cómo mi visión gana color mientras me transformo.

El dolor se apodera de mis entrañas, la boca se me abre en un grito ahogado mientras cada parte de mi cuerpo, de la piel a los huesos, cruje, se retuerce y ruge. El pelo me crece y se espesa, lo que me genera un cosquilleo en la piel, y las orejas me crecen y se estiran. Cuando el proceso termina, tomo una bocanada de aire para recuperar el aliento.

Aún puedes decir que no, me canta Tiago en mi cabeza y me quedo mirando a la imponente bestia peluda que tengo delante mientras sopeso mis opciones.

Estoy a punto de hacer lo contrario de lo que me enseñaron desde pequeña: hacer que todos me miren. Una vez me presente al mundo como *lobizona*, dejaré de ser invisible. Puede que nunca más vuelva a estar a salvo.

Pero mira lo que le trajo a Gael protegerse y ser invisible, tuvo que renunciar a Ma, a Fierro y a la paz personal que necesitaba para construir su vida. Nunca se recuperó. Y eso es lo que me habría pasado a mí también si me hubiese quedado con Perla y Luisita cuando Saysa me dio la oportunidad. Estaría viva, pero no despierta.

Ya he estado dormida demasiados días de mi vida.

Quiero hacerlo.

Seguimos el olor a fritanga y la nieve va acolchando nuestros pasos a medida que los árboles van desapareciendo. El Centro Comercial aparece ante nosotros, un edificio de siete plantas erigido delante de un mercado con un patio exterior. La plaza está repleta de Septimus, pero mis ojos se van directos a la enorme escultura de piedra que se ve en lo más alto del centro comercial.

La llaman *Las cuatro brujas*, y es como el monte Rushmore de las brujas. Las cuatro caras están talladas en arenisca marrón y los ojos están hechos con gemas, cada iris de un color diferente. Los ojos de la Encendedora están hechos de ópalo y rubíes; los de la Invocadora tienen amatista y cuarzo rosa; los de la Jardinera tienen ojo de tigre y esmeralda, y los de la Congeladora son zafiros plateados y azules. La nieve les cubre las cabezas, lo que hace que parezca que tienen unas melenas blancas.

Rastreo el gentío de Septimus que llena la plaza hasta que encuentro a Cata y a Saysa junto a un puesto de empanadas donde las atiende una agobiada Encendedora que usa una mano para recoger las semillas y otra para calentar empanadas. Sigo escudriñando el lugar y veo a Zaybet en una tienda vendiendo tónicos para la piel.

¿Preparada?, me pregunta Tiago.

Casi.

Me quito el abrigo y se lo doy. Él se ríe al ver la ropa que llevo puesta.

Estás perfecta.

Le he tomado prestada a Saysa la camiseta que anuncia «Séptima ≠ Bruja».

De acuerdo, le digo mientras mis nervios y emoción arremeten contra mi miedo. *Vamos allá.*

Salimos corriendo a toda velocidad por el mercado. Nadie más está transformado, así que los Septimus nos miran mientras pasamos volando por su lado.

No tardan mucho en empezar a reconocernos y a señalarnos.

Bordeamos a toda velocidad el centro comercial hacia donde se supone que están las escaleras de mantenimiento, barras metálicas atornilladas en la pared. Tiago me ayuda a tomar impulso para conseguir adelantarme. Entonces empiezo a mover los pies y las manos como hemos practicado en el Aquelarre, para escalar todo lo rápido que puedo, pero no me atrevo a mirar abajo.

El corazón me late con fuerza y noto las palpitaciones en las sienes. De repente, pongo el pie en un peldaño helado, me resbalo y se me corta la respiración.

Despacio, me pide Tiago dentro de mi cabeza. *No corras*.

Tiro de todo mi peso cuando llego arriba y, por fin, miro abajo. Nunca he estado tan alto en mi vida.

Cada vez más Septimus nos miran, y las enormes *pantaguas*, que hasta el momento mostraban anuncios, ahora tienen imágenes en directo: salgo yo en mi forma lobizona con mi camiseta rosa que dice «Séptima ≠ Bruja».

Me giro y miro la obra de frente. Es tan grande que es difícil verla bien al estar tan cerca. Alzo la vista para ver las piedras brillantes hasta que me coloco entre la Invocadora y la Jardinera, el cuarzo rosa y el ojo de tigre, y entonces levanto una mano con las garras abiertas.

Noto la tensión en los dedos mientras clavo mis uñas en la piedra y tallo mi *M* en el monumento.

Cuando termino, me giro para ver las pantallas y veo a cuatro chicas, sino a cinco, cada una representando un poder. Mi presencia rompe el paradigma.

Zaybet tenía razón.

El simbolismo importa.

—¡Manu la lobizona!

—¡Manu la lobizona!

—¡Manu la lobizona!

Los miembros del Aquelarre empiezan a corear, y tal y como me pidió Zaybet, espero a que otros Septimus se les unan. El grito cada vez gana más y más fuerza, y cuando llega a su punto álgido, mis ojos empiezan a brillar con la intensidad de dos soles.

Siento que mis huesos se tensan, mi cuerpo está en llamas mientras mi esqueleto se encoge, los órganos cambian y se recolocan, y la piel se tensa hasta que vuelvo a recuperar mi forma humana. Zaybet dijo que esta parte era igual de esencial: que los dejara verme transformarme delante de sus ojos, para que sepan que es real y no un truco de magia.

Parece que la multitud se ha quedado petrificada, incluso la gente del Aquelarre, al ver a la chica convertirse por primera vez. Observo sus caras y me fijo en que hay muchos niños y niñas con sus padres. Aquí muchos Septimus vienen a pasar el día con sus familias.

Cuando el gentío empieza a señalar al cielo, levanto la vista y veo que tenemos encima unos cuantos globos aerostáticos, y también empiezan a aparecer Cazadores en la plaza. Antes de que se acerquen más, salto del edificio.

La gente empieza a gritar, pero, tal como planeamos, siete Invocadoras dirigidas por Cata controlan el aire de mi alrededor para amortizar mi caída. Tiago ni se inmuta cuando aterrizo en sus brazos abiertos, y salimos corriendo como locos.

Zaybet y otras seis Congeladoras están posicionadas junto a la pantaguas que tenemos más cerca, y, cuando sus iris empiezan a moverse como si fuesen líquido, el aire sobre nuestras cabezas se espesa como si fuese vapor y nos oculta de las cámaras y de los globos que descienden en nuestra busca.

Los árboles del bosque están cerca, pero los Cazadores van a intentar cruzarse en nuestro camino. Tengo la poción de invisibilidad en el bolsillo como último recurso. Zaybet me explicó que está hecha con una planta muy difícil de encontrar y de sintetizar, y que se tarda muchas lunas para elaborarla, así que no es fácil conseguir más.

El suelo tiembla bajo nuestros pies y veo a Saysa y a otras seis Jardineras junto al inicio del bosque con un fulgor en sus ojos. El gentío empieza a darse empujones entre sí y consiguen ralentizar a los Cazadores, mientras Tiago y yo intentamos no caernos al correr hacia nuestro destino.

Envíale a Laura nuestra ubicación, le pido a mi horario mientras nos adentramos en el bosque y serpenteamos entre los árboles. No tengo ni idea de si ha funcionado hasta que noto un leve apretón en la muñeca, informándome de que mi mensaje ha llegado.

Tiago tira de mí para llevarme hasta un río helado.

—Un atajo…

—Quizá no aguante…

En cuanto damos dos pasos, el hielo empieza a romperse, así que Tiago y yo decidimos volver a la orilla. Justo en ese momento, siete Cazadores salen de entre la espesura del bosque.

Seis hombres lobo descomunales y una Jardinera.

—No se muevan o habrá consecuencias —nos dice la bruja, que lleva un arco de rama blanca.

Parece que las flechas están llenas de líquido. Quiere inyectarnos algo.

Tiago da un paso hacia atrás, tirando de mí, y escucho el hielo crujir bajo nuestro peso.

—Solo los voy a dormir —nos avisa la Jardinera, preparando una flecha y levantando el arco hasta el hombro—. ¿O es que prefieren morir congelados?

Suelto un grito ahogado al ver que las grietas en el hielo cada vez se hacen más grandes, cuando Tiago dice:

—Yo prefiero tener amigos.

La flecha sale disparada en nuestra dirección a la vez que el suelo se abre a nuestros pies y nos hundimos en el agua helada preparados para morir.

Los pulmones se me congelan y mi campo de visión se oscurece por completo. Esta vez no llevamos un traje de neopreno para insuflarnos oxígeno por la nariz o para protegernos del frío. Siento como si me estuviesen clavando mil dagas heladas por todo el cuerpo. Tiago me tira de la mano y hace que me dé la vuelta.

La Espiral está flotando a nuestras espaldas.

Cuando entramos, estoy tan congelada que no puedo ni hablar. Tenemos la ropa seca, el material es impermeable, pero el frío que siento en la cabeza, la cara y las manos ya me vale para preocuparme por si me va a dar una hipotermia.

La culpa la tienen los inviernos de Miami, por eso ahora soy tan débil.

—Al menos uno de los dos ha tenido la cabeza de enviarnos su ubicación —le reprocha Saysa a su hermano, sacudiendo la cabeza, pero aun así tira de él para darle un abrazo, contenta de verlo.

Frunzo el ceño. ¿Tiago no avisó a su horario? ¿No sabe cómo hacerlo? Intento mirarlo a los ojos, pero ahora está abrazando a Cata, así que no le puedo ver bien la cara.

—Gracias por arriesgarse a romper el hielo —dice Zaybet mientras me da un fuerte abrazo—. Me lo han puesto en bandeja para quedar como la heroína del día.

—Ha sido cosa de Tiago —le contesto, pegada aún a su melena negra azabache—. Sabía que iban a venir. Gracias por salvarnos.

—Pues claro. Somos una manada.

Me vuelvo a acordar de las dudas de Saysa y me pregunto si de verdad Zaybet y los demás se tomarían tan mal el hecho de que soy híbrida. Eso sí, luego me viene a la cabeza Sergio y me imagino cómo alguien así respondería si supiera que soy medio humana.

Salimos del pasillo rosado y esponjoso, y llegamos al centro de la nave, donde encontramos a Laura al timón y a Enzo escudriñando el horizonte. En cuanto nos ve, la bruja aparta las palmas de las huellas ennegrecidas.

—¡Tienen que estar congelados!

Se acerca corriendo con los ojos de ópalo todavía brillantes.

—¡Ha sido impresionante! —me dice Enzo, emocionado, e intento contestarle pero aún me castañetean los dientes.

En el momento en el que Laura nos toma del brazo a Tiago y a mí, siento que la calidez del sol me abraza cada poro de mi piel, como si estuviese tumbada en la azotea de El Retiro bajo el intenso sol de Miami. Es tan reconfortante que cierro los ojos de lo feliz que soy y, cuando los vuelvo a abrir, Tiago y yo ya estamos secos.

—¡Lo han hecho genial! —exclama Zaybet con una voz exultante—. El Aquelarre se va a llenar hasta los topes esta noche. ¡Todo el mundo va a querer vivir este momento! ¡Vas a salir en las noticias... *para siempre*!

—¡Ojalá hubiese podido estar allí! —dice Laura, que se vuelve al timón.

—Qué camiseta más genial —me dice Saysa con una gran sonrisa.

Cata y ella se toman de la mano con las caras brillantes y la ropa hecha polvo. Parecen estar contentas y cansadas, y me doy cuenta de lo bien que les ha ido estar en el Aquelarre para su relación.

—Ha sido más increíble de lo que me había imaginado —confiesa Cata, con la cara aún colorada y la voz entrecortada de la agitación.

—Te vas a convertir en un *símbolo* —añade Saysa.

—Nadie que haya estado en la plaza hoy va a poder olvidar lo que ha pasado —declara Zaybet—. Seguro que así era como se sentía la gente cuando se unía a una manifestación de Fierro.

Sus palabras me reconfortan tanto como la magia de Laura.

Tiago me planta un beso en la mejilla y me susurra:

—Eres una maravilla.

Pero cuando me abraza, no puedo evitar pensar que hay algo en la forma en la que me lo ha dicho que no quiere que lea.

Cuando llegamos al Aquelarre, me encuentro con miembros que no había visto antes, y gente que se había ido hacía días ha vuelto para celebrar juntos. Todo el mundo se felicita entre sí, como si hubiésemos ganado una batalla.

Sin embargo, lo único que hemos hecho ha sido declarar la guerra.

La enorme pantaguas vuelve a mostrar las imágenes en las que aparezco en la escultura y se me ve desde todos los ángulos. Es una experiencia muy extraña, como si estuviera fuera de mi cuerpo, porque no me reconozco en esa chica revolucionaria que veo en la pantalla. Me siento una espectadora más y no puedo negar el impacto de lo que estoy viendo: cinco brujas marrones que desafían la imagen del poder tradicional de las Séptimas.

Entrada ya la noche, Tiago y yo estamos tirados en el sofá viendo las noticias bajo la luna menguante. A nuestro alrededor, los Septimus están tirados por el suelo, borrachos, y a Tiago le pesan tanto los ojos que ni siquiera sé si sigue despierto, pero yo sigo haciendo *zapping*, ya que tengo demasiada energía en el cuerpo para dormir.

Estoy viendo la tele, una pantalla no muy grande, que hay enfrente del sofá y tengo el volumen bajito. Mañana iré al Hongo para ver si encuentro la manera de comunicarme con Gael.

«La respuesta es la obra nueva de Esteban Escolar».

«El tiempo está tranquilo, pero mañana se viene una tormenta».

«Sin saber que me engañabas con esa bruja…».

Todo, desde los concursos hasta la previsión del tiempo o la telenovela son en español, y no el español neutro al que estoy acostumbrada a escuchar en la tele en Miami, sino que detecto un montón de acentos argentinos. Estando aquí es la primera vez que puedo acostumbrarme y percibir las diferencias, y me pregunto si se habla diferente en cada manada.

Dejo el mando tranquilo cuando reconozco una de las caras en una mesa de debate.

—*Si existe una lobizona, ¿cómo impacta esto a la conexión que se establece entre poder y género?* —pregunta un tipo con una frondosa melena blanca—. *¿Deberíamos plantearnos si seguir usando los términos «brujas» y «lobizones» o sería más apropiado hablar de «Séptimas» y «Séptimos»?*

—*Yo creo que deberíamos usar la diferencia de géneros, entre femenino y masculino* —declara un Séptimo con pajarita.

La Jardinera que he reconocido se inclina sobre la mesa. La conocí aquí hace un par de noches.

—*Estamos hablando de las limitaciones del lenguaje ahora que nos vemos confrontados a una paradoja biológica, pero este problema transciende mucho más allá.* —Se llama Graciela—. *Hasta ahora, nuestro sistema había asumido que el sexo femenino que implicaba ser Séptima significaba que eras bruja, así que los términos se usaban indistintamente en el gobierno. Hay que reescribir la ley. Necesitamos renovar por completo este pensamiento binario que tenemos…*

—*Eso implica mucho trabajo para lo que yo veo como una mala mutación* —comenta un lobo con largas patillas que habla arrastrando las palabras.

El hombre hace una pausa y, viendo que el resto permanece callado, entiendo que es la persona con más poder en la mesa.

—*Es una deformidad, una anomalía y, posiblemente, un peligro para todos.*

Siento que la respiración se me atraganta, como un pájaro atrapado que aún así intenta batir sus alas.

—*Llegar a esa conclusión en este momento me parece un paso exageradamente prematuro* —rebate el lobo de la pajarita.

—*Un punto extremo* —coincide Graciela.

—*Es una hechicera, como la ladrona, y lo que quiere es manipularnos* —sentencia el de las patillas—. *Por eso está intentando mover a la gente a través de la ciencia o la curiosidad, pero no podemos dudar de lo que es correcto.*

Ladrona. Es el personaje de los cuentos del que me habló Saysa. Cuando vaya al Hongo investigaré un poco más sobre el tema.

—Cuando crecen, las niñas se convierten en brujas, y los niños, en lobizones —continúa el patillas—. *No necesitamos que venga alguien a darnos un mal ejemplo y que confunda a nuestros hijos. Tenemos que sacarla de nuestra reserva genética antes de que la ensucie.*

Si esta es la reacción que tienen al ver a una lobizona, está claro que nunca aceptarían a una híbrida.

Las palpitaciones cada vez me retumban con más fuerza en la cabeza y no es por lo que está diciendo, sino porque los demás han dejado de contradecirlo.

—La escena de hoy confirma mis sospechas de que supone una amenaza. Si se hubiese acercado y nos hubiese pedido ayuda, quizá se habría podido salvar. Pero recuerden lo que les digo: es un demonio de Lunaris que viene a dividirnos.

—Esta no es la manera de actuar de los Septimus.

Graciela se levanta de su silla y, un poco después, el lobo de la pajarita la imita.

—Creemos en la santidad de la naturaleza como la fuente de nuestra magia y nuestro poder —dice Graciela—. *Si Lunaris creyó oportuno darle a una Séptima el alma de una loba, entonces debemos aceptarla como es.*

El hombre con las enormes patillas la mira casi con pena:

—Por lo que veo ya te ha infectado. Si pensaras con claridad, me darías la razón... Al fin y al cabo, sos una Jardinera.

—¿Qué querés decir con eso?

—Pues que deberías saber que para cuidar tu jardín, a veces uno debe arrancar las malas hierbas.

A la mañana siguiente, Rocío se queda a mi lado unos segundos después de darme el mate de estrellas y veo que tiene los ojos más abiertos que otras veces.

—Gracias —le digo mientras acepto la bebida.

Me parece que va a decir algo, pero al final se va despacio, como si hubiese cambiado de opinión en el último momento, así que le digo:

—Oye, Rocío. —La chica se gira para mirarme—. Estaba pensando en ir al Hongo un poco más tarde.

Sus ojos se iluminan al usar su magia para mover el aire, y veo que un pequeño frasco viene disparado hacia ella tan rápido que le rebota en la mano y se cae al suelo. Justo en ese momento, alargo la mano y lo agarro antes de que el cristal se rompa.

Ahora Rocío tiene la boca tan abierta como los ojos.

—Gracias —le digo y le guiño el ojo mientras me guardo las virutas de setas en el bolsillo para más tarde.

Voy a desayunar con los demás para seguir planeando estratagemas, aunque esta vez unas cuantas caras nuevas se han unido a la mesa. Y, por lo que parece, un par de hermanos son los que llevan la batuta esta mañana.

—La siguiente manifestación tiene que ser explosiva —dice el que está lleno de tatuajes.

—No *literalmente* —aclara su hermano, que tiene las extremidades muy largas—. Lo que quiere decir es que sea exagerada e intensa, como él en este momento.

—No puedes conformarte solo con *mostrarte*.

—Tienes que demostrar que tienes más que el poder de una loba. Nos tienes que demostrar que tienes *corazón*.

—Tienes que hacer ruido, provocar y a la vez jugar —apunta el tatuado—. *Nunca* te deben ver como una amenaza.

—Lo que quiere decir es que rompas las leyes, pero sin romperlas *de verdad*.

Esta incomprensible pareja de hermanos que parecen estar sincronizados se hacen llamar Tinta y Fideo, lo que me hace pensar que son un dúo musical. Tinta es más joven, y el nombre le viene por la decoración que cubre su cuerpo. Fideo tampoco necesita mucha explicación porque realmente es que es delgado y estirado como un espagueti.

Según Zaybet, son dos estrategas muy codiciados, renombrados por su éxito asegurado para conseguir la victoria de los políticos a los que ayudan. Curiosamente, también son miembros del Aquelarre en secreto.

—Eso es más o menos lo que hicimos ya en nuestra primera manifestación —apunta Laura.

—Pero esta vez mejor evitar el vandalismo —aconseja Tinta, mirando a Zaybet—. Entiendo que esa idea fue tuya.

La bruja está con los brazos cruzados. Ha estado a la defensiva desde que nos hemos sentado.

—Simplemente queremos asegurarnos de que el arte tiene su lugar en todo esto. Ustedes es que no saben cómo funciona el arte.

Parece que Tinta se está aguantando la risa y el lobo que tiene tatuado en el cuello se tensa.

—Por lo visto no entiendo de casi nada, pero aun así me cuesta entender cómo el hecho de vandalizar una de las mejores esculturas y más antiguas…

—Te lo repito, *no es vandalismo*. La idea que queríamos transmitir era que el respeto que sentimos por el pasado no debería comprometer nuestro futuro. Y es que da igual, esa obra no tiene nada que ver con ustedes, habla de las Séptimas, y queríamos que reflejase la realidad…

—¿Qué sabrás tú de la realidad?

—No deberíamos esperar demasiado y así poder aprovechar la emoción del momento —salta Fideo, para cortar el choque entre su hermano y Zaybet—. ¿Quizá podemos reutilizar algún plan de los de Fierro?

—Manu está creando su propio camino —sentencia Zaybet, sin dejar de mirar a Tinta.

—Como las brujas ya lo tienen todo claro —gruñe—, creo que no necesitan nada de los lobos.

Zaybet por fin vuelve a colocar los brazos junto a su cuerpo.

—La verdad es que yo no lo habría expresado mejor.

Por un momento me desconecto de la conversación y pienso en cómo podría demostrar que soy una loba de verdad. Ya me he transformado delante de todos, podría aullar, pero creo que eso no es lo que buscan… Fideo quiere que les enseñe *mi corazón*.

No quiero abrirme y hablar de mí ni explicar nada personal, así que tengo que encontrar otra manera de conseguirlo. ¿Qué es lo que les gusta hacer a los lobizones? Correr, pelear, cazar, explorar, jugar…

—Septibol —exclamo. La idea me ha venido como un rayo.

No sé si alguien estaba hablando antes de que dijera nada, pero cuando he abierto la boca la mesa se ha quedado en silencio.

—Manu es una arquera increíble —afirma Saysa y le brillan los ojos al decirlo—. Al nivel de Tiago.

Todo el mundo se queda impresionado al escuchar el dato y yo miro a mi amiga, sorprendida; no sabía que me veía así. Seguramente lo está diciendo porque está motivada pensando en la próxima manifestación.

Sin embargo, en vez de contradecir el halago de Saysa, Cata asiente con la cabeza y añade:

—La mejor portera con la que he jugado.

Un orgullo como nunca he sentido me hincha el pecho y la verdad es que mi reacción me sorprende y me avergüenza a partes iguales. No me debería importar, no debería necesitar la validación de nadie, pero aun así no puedo negar lo mucho que me gusta sentirme admirada por algo en lo que, de alguna manera, tengo cierto control.

—¡Qué *maravilla*! —exclama Fideo, que está tan ilusionado como su hermano. De repente, mira a Tiago y lo anima—: Si tú también juegas, ayudarás a la credibilidad de Manu.

—Pues claro —asegura Tiago, y por la musicalidad que noto en su voz, sé que el plan le gusta.

—Necesitaremos un estadio —dice Fideo, que coloca sus largos brazos encima de la mesa—. Y jugadores.

—Ya me encargo yo —repone Tiago, asumiendo el papel de capitán al instante—. Sé lo que tengo que hacer.

Mi mente sale disparada de mi cuerpo.

En cuanto me siento en la esterilla de yoga y mastico un poco de las virutas de setas, *todo* a mi alrededor se desvanece. Ya no soy consciente de las sensaciones físicas. Es como si todo lo que tenía en mi cabeza hubiera desaparecido y me hubiese convertido en el Aleph de la historia de Borges; como si estuviese conectada a algo infinito, a un ordenador universal que me permitiera pensar en aquello que normalmente se me escapa.

¿Quién es Manu la lobizona?, me pregunto.

En vez de recurrir a mis recuerdos, me veo desde la

perspectiva de los Septimus. Hay imágenes en las que aparecemos Tiago y yo saliendo del Coliseo en La Rosada, después estoy en frente de *Las cuatro brujas* en el Centro Comercial. Después oigo varios canales de noticias y un montón de voces, la mayoría no son nuevas.

Algunas dicen que puedo ser el símbolo de la revolución o una mutación genética que nunca debería haber existido.

Hay una palabra que no deja de repetirse, pensaba que era lobizona, pero no.

¿Qué es ladrona?, pregunto.

De repente, imágenes de mujeres de aspecto grotesco me inundan la mente, como si fueran recuerdos de pesadillas de la infancia. Entonces, desde lo más profundo de mi mente, empiezo a escuchar una extraña nana, y la letra está en diferentes idiomas. Solo comprendo dos, pero con eso puedo entender perfectamente que solo hay una frase en la canción que se ha traducido una y otra vez:

Si la sangre se abandona,
se despierta la ladrona.

Al parecer, los Septimus tienen sus propias supersticiones y creen que, si uno de su especie procrea con un humano, la criatura será una abominación conocida como la ladrona. Parecerá un Septimus, pero en el útero ya crecerá con una maldición, un demonio que arrasará con la vida de todos.

No me extraña que mis amigos tengan tanto miedo. Su especie ha crecido pensando que los híbridos humanos son una puerta hacia el infierno.

Pero no puede ser que los Septimus crean que esta historia es cierta, ¿no? Sería como creer en el monstruo del lago Ness o en el Yeti en el mundo de los humanos…

O en las brujas y los hombres lobo.

Decido dejar a un lado la investigación por el momento porque no es el motivo por el que estoy aquí. He venido a por Ma, para asegurarme de que está bien, así que necesito hablar con Gael.

Cata me dijo que solo tengo que pensar en todo lo que sé sobre mi padre para invocar su presencia y, si por casualidad está conectado al Hongo y accesible, podré sentirlo. Tiago me explicó que se parece a la sensación cuando buscamos el canal telepático siendo lobos.

Me concentro y pienso en los ojos coralinos de Gael, su pelo castaño claro, su sonrisa sarcástica, intentando dibujar su imagen entre la oscuridad. Aun así, su aspecto físico es lo que menos me une a él. La verdad es que no veo demasiado de mi padre en mí.

¿Quién es Fierro?, le pregunto al Hongo.

Un montaje con diferentes momentos aparece delante de mis ojos y los recuerdos me hacen retroceder en el tiempo hasta las primeras manifestaciones de Fierro.

Veo a un lobizón enmascarado con un vestido de flores que corre en un campo de Septibol y deja huellas rosas a su paso en el césped. Después veo a una multitud de Septimus que observa el símbolo de Fierro que está tallado en un monumento de un lobo y una bruja que parece aún más antiguo que el de *Las cuatro brujas* y la inscripción dice:

«El Lobizón y La Bruja»

Las palabras están tachadas y ahora se lee:

«Séptimo y Séptima»

A medida que veo más de sus apariciones públicas, la calidad de las imágenes empeora, como si fueran fotocopias de fotocopias. Mi cerebro absorbe la información por osmosis y yo relleno los huecos. Incluso después de que los Cazadores castigaran a Gael por no conseguir capturar a Fierro y lo exiliaran en El Laberinto, las manifestaciones no pararon.

Como nadie sabía que el Fierro real había desaparecido, la gente tardó mucho tiempo en darse cuenta de que muchas de las revueltas inspiradas en su nombre las habían organizado imitadores. Me doy cuenta de que los alzamientos se intensifican, los Septimus desafían abiertamente a los Cazadores, vandalizan la propiedad pública e interrumpen eventos con las máscaras blancas.

Me pregunto cuántas de estas situaciones las encabezó el Aquelarre.

Las manifestaciones no acabaron porque los Septimus se dieran cuenta de que el verdadero Fierro había desaparecido, sino porque alguien murió.

Un Cazador de pelo caoba y rizado, casado y con dos hijos. Veo cómo dos lobos lo atacan, están como poseídos con la energía de la revuelta que se ha organizado temerariamente demasiado cerca del plenilunio, por lo que los instintos de vida o muerte de su parte animal se apoderan de ellos por completo.

Quiero apartar los ojos de tanta violencia, pero no sé cómo hacerlo porque las imágenes están en mi cabeza. Poco después, se empieza a formar una nueva imagen.

Se publican titulares de Cazadores que toman medidas drásticas en todas las manadas, sobre el tribunal imponiendo un toque de queda y cientos de Septimus acusados de desorden público. Los dos asesinos acuden a juicio, los declaran culpables y reciben una sentencia emitida solo en casos extremos: el *Olvido*.

Puesto que el número de su población es tan importante para los Septimus, las ejecuciones son una excepción. El tribunal decide borrar su memoria, lo que equivaldría a matar a las personas que fueron y dejarlos empezar una vida nueva.

No me puedo imaginar la culpa que debió de sentir Gael sabiendo que un Cazador murió en su nombre.

Me vuelvo a concentrar en mi padre, pienso en su cara, en su voz y en las nuevas partes de su historia. Cuanto más me concentro más conectada me siento a él, hasta que incluso siento que lo tengo a mi lado. Aun así no logro establecer la conexión telepática.

Lo vuelvo a intentar por la tarde.

Y al día siguiente.

Y al siguiente.

Entonces, en la cúspide de la luna llena, abordamos *La Espiral* en marcha hacia mi segunda manifestación.

Por primera vez desde hace mucho tiempo, los nervios que siento en el estómago no son de miedo, sino de emoción.

Nunca me había planteado cómo el equipo de Septibol del Laberinto jugaba contra las otras escuelas de la Argentina durante el resto de la temporada. No es que se subieran en avión y fueran de un país a otro en los aeropuertos humanos, sino que resulta que todos los partidos de Septibol se juegan en una manada llamada La Cancha.

Es un punto débil mágico lleno de mundos de bolsillo. Cata los describe como habitaciones con múltiples puertas y me dice que incluso ya he visitado uno, el bosquecillo de árboles violetas de Flora donde las brujas a veces tienen clase.

Cuando los equipos de Septibol se enfrentan a otras escuelas, acceden a un mundo de bolsillo dentro de Flora conectado con un estadio de La Cancha.

Dado que no hay un partido oficial programado, estamos a punto de entrar en el árbol maestro de El Laberinto.

Tiago le envió a Pablo una carta en clave que esperamos que haya podido descifrar. Si todo va bien, hoy nos reuniremos con nuestros amigos.

La idea me emociona muchísimo, así que he intentado no pensar mucho en ello por miedo a que no salga bien y llevarme una decepción. Me lo creeré cuando lo vea.

Vuelvo a estar nerviosa por Ma otra vez. Ya vamos por la mitad del ciclo lunar y no he sido capaz de contactar con Gael en el Hongo;

además, Yamila tampoco ha aparecido en las noticias, así que no hay ni rastro de él.

Necesito saber si él y Ma están bien, este tema me está comiendo por dentro.

La Espiral emerge en un mar que rodea un bosque otoñal, a las afueras de La Cancha. Después de dejarnos, Laura vuelve a sumergirse en el agua, desde donde patrullará en busca de Cazadores hasta que le avisemos con nuestros horarios.

La planta-parásito imita mi color de piel ahora que no estamos en el Mar Oscuro y la noto alrededor de mi muñeca. No me aprieta tanto como cuando quiere avisarme de algo, sino más como un leve apretón por la tensión y la emoción de lo que vamos a hacer. Eso o está bebiendo un poco de mi sangre.

Nos adentramos en una arboleda de troncos esplendorosos con hojas doradas, marrones y rojizas que forman un gran toldo sobre nuestras cabezas. Sin embargo, lo más impactante de todo es comprobar que los árboles no se tocan entre sí.

Parches de cielo azul bordean cada copa, como si fueran limpios riachuelos que le dan al follaje un aspecto inmaculado.

—La timidez de la corona —dice Saysa, echando la cabeza hacia atrás para verlos mejor—. A veces los árboles evitan tocarse, pero no sabemos por qué. —Se sacude las manos y añade—: Solo podemos hacer suposiciones.

Ya había leído sobre la supuesta *timidez de la corona*, pero me interesa más saber cómo está Saysa. Aún no ha hablado conmigo sobre lo que pasó con Nacho o la bruja de la tienda en Kukú. De vez en cuando me acuerdo de lo que Zaybet me explicó sobre las Jardineras que se van al lado oscuro, y sé que tenemos que hablar con ella, cosa que parece imposible porque siempre está rodeada de sus admiradores.

Supongo que ella debe de pensar lo mismo de mí.

Los árboles llegan hasta una ciudad deportiva construida alrededor de un estadio de Septibol imponente. La Cancha es *literamente* un estadio: un muro a cuadros blancos y negros rodea el campo con entradas repartidas uniformemente. Se puede percibir un olor a brasas y un leve humo en el aire que viene de las frituras, y, mientras

Zaybet nos guía, Tiago y yo avanzamos con las cabezas gachas, como nos han pedido.

Aun así, de reojo puedo apreciar todo el movimiento que hay. Hay tiendas por todas partes a lo largo de la calle con puestos de comida regentados por brujas que ofrecen de todo: desde bebidas hasta platos de comidas muy completos, corredores de apuestas aceptando postas para los próximos partidos, y Septimus mirando *merchandising* para los jugadores y los equipos. Más adelante hay pantaguas de todos los tamaños transmitiendo partidos de Septibol, aunque hay algunas que aún siguen mostrando las imágenes en las que se ve mi transformación.

Zaybet se para en una de las entradas del estadio y deposita las semillas en una ranura de la puerta. Por fin, la puerta se abre y entramos en un campo de césped recién cortado con gradas, donde ya hay cientos de miembros del Aquelarre sentados.

En un lado hay un grupo de veintiocho brujas, siete de cada elemento, todas tomadas de la mano y con los ojos brillantes; están abriendo un portal hacia Flora. Cuando su hechizo acabe, el puente se caerá y nuestros amigos se quedarán en El Laberinto y nosotros ya habremos vuelto.

Hay veintiocho lobos junto a las brujas para hacerles de apoyo en caso de que necesiten canalizar su energía.

Tinta y Fideo ya están en el campo.

—Solo nos faltan los jugadores del equipo —avisa Tinta, el hermano más joven y tatuado.

—Están a punto de llegar —le asegura Tiago.

Los Septimus que están en las gradas nos apuntan con los espejos.

—¿Qué van a hacer con las imágenes que graben? —pregunto.

—Si un árbol se cae en mitad del bosque y nadie lo ve, ¿tiene algún impacto?

—Lo filtrarán a la prensa de forma anónima una vez que estén de nuevo en el Aquelarre —nos traduce Fideo para que entendamos a su hermano.

—¿Esa que veo ahí es *la* lobizona? —oigo que pregunta una voz familiar y, antes de verlo, echo a correr hacia Pablo.

Una sonrisa de oreja a oreja se dibuja en su cara, sus ojos negros le centellean cuando abre los brazos para apretujarme contra su pecho y me da un sonoro beso en la mejilla. Javier, con su cara de niño, levanta a Saysa del suelo y Nico, con sus ojos plateados, abraza a Cata con fuerza.

Aun así, ninguna reacción tiene tanta emoción como la reunión de Tiago con sus amigos. El abrazo que se dan entre ellos dura al menos veinte segundos cada uno, pero el verdadero *bromance* es con Pablo, por eso Tiago lo deja para el último.

—Aún no me puedo creer que usaras el idioma que me inventé —escucho que le dice Pablo mientras se abrazan con un sonoro golpe—. Bien que se rieron cuando me lo inventé, pero ¡yo les *dije* que sería útil!

Es raro pero siento celos, y más raro aún es que no sé si es por lo mucho que Tiago quiere a Pablo o por la diferencia abismal que hay entre lo que siente Pablo por Tiago en comparación con el resto de nosotros.

Noto como si una piedra me diera un golpe y entonces Javier me levanta del suelo en sus brazos y me empieza a dar vueltas, lo que me corta la respiración.

—Mira nuestra amiga famosa —me dice, radiante—. Al final parece que no eres tan invisible, ¿no?

Se me escapa una sonrisa al escucharlo.

—Los echamos de menos —me dice Nico al saludarme.

No me había dado cuenta de la confianza que se tienen Diego y Cata, pero el abrazo que se dan dura casi tanto como el de Tiago y Pablo.

—¿Cómo estás? —me pregunta Diego después de darme un abrazo.

—Mejor ahora que están aquí.

Sus ojos violetas brillan.

—Creo que lo que estás haciendo es inspirador. Ganarse el cariño del público es una buena estrategia.

—Fue idea de Zaybet —le digo y se la presento a Diego y a los demás.

Gus me saluda el último. Se me acerca con la cabeza gacha y me da un beso en la mejilla con poco entusiasmo.

—¿Dónde está Bibi? —le pregunto.

Pablo sacude la cabeza como diciéndome que me calle.

—¿Qué pasó? —pregunta Saysa cuando Gus no responde y ninguno de los otros dice nada.

—Me pidió espacio —contesta finalmente—. Eso es lo que pasa.

Debajo de sus rizos, le veo los ojos bastante hinchados.

—Bueno —dice Tiago, haciendo un círculo con todo el grupo—. Vamos a hacer dos grupos de cuatro, nada de magia, solo goles. El objetivo es demostrar que Manu se sabe defender sola, así que este partido no es para lucirse.

—¿Quiénes son los Septimus de las gradas? —pregunta Pablo, su voz tiznada de sospecha.

—De la prensa —contesta Tinta, ya que no podemos decir nada del Aquelarre.

—¿Y quién eres tú? —quiere saber Pablo.

—Fierro.

Antes de que Pablo pueda rebatirle nada a Tinta, Fideo hace sonar el silbato y todos nos repartimos por el campo para asumir nuestras posiciones. Los hermanos se quedan fuera con Cata, Saysa y Zaybet. Es importante que las cámaras solo graben el campo, sin revelar ninguna identidad de los miembros del Aquelarre. Enzo es el único al que parece que no le importa que se lo vea y va a jugar en mi equipo.

Tiago, Gus, Nico y Diego van con camisetas blancas y pantalones negros, mientras que Pablo, Javier, Enzo y yo vamos todos de negro. Nos damos la mano para desearnos un buen partido y nuestro equipo saca primero.

Javier le pasa la pelota a Pablo, que luego se la pasa a Enzo, el único jugador que lleva pantalón largo. Este consigue esquivar a Gus y lanza el balón con la intención de marcar nuestro primer gol…

Pero Diego la para. Cata lanza un grito de alegría.

Diego le pasa la pelota a Gus, que deja atrás a Enzo y se la pasa a Nico. Pablo echa una carrera dándolo todo para interceptarlo, pero Nico lanza el balón al aire para que lo reciba Tiago, que salta y lo controla con el pecho. Javier se gira hacia él, pero Tiago corre más que nadie y no lo alcanzan, así que nos quedamos solos.

Mis ojos se centran en sus pies, cómo se mueven y juegan con la pelota a cuadros, que puede salir despedida hacia mí en cualquier momento.

La pelota sale disparada como una flecha, directa a por la red de la portería y salto hacia delante para agarrarla. Se oyen vítores desde las gradas y de mis compañeros de equipo, pero la parada parece un poco anticlimática, no me ha parecido uno de los mejores tiros de Tiago.

Le lanzo el balón a Javier, quien se lo intenta llevar al otro campo, pero apenas da unos pasos Tiago se le echa encima y se lo roba. De nuevo, Tiago echa a correr con el gol en mente y ahora el pulso se me acelera de emoción, mientras intento anticipar qué trayectoria seguirá la bola…

La pelota me viene directa a las manos, casi ni me tengo que mover. Ha sido otro tiro directo y la gente vuelve a gritar eufórica.

—Necesito un momento —les digo a Tinta y Fideo, que siguen al margen, fuera del campo.

No levanto demasiado la voz porque sé que pueden oírme sin problemas. Tinta pone las manos en jarras, molesto, pero Saysa y Cata asienten porque, como yo, ven lo que está pasando.

—¿Puedes venir un momento? —le pido a Tiago.

Los lobos del campo me van a escuchar sin importar lo flojo que le hable, pero al menos así puedo evitar que la gente de las gradas se entere también.

—¿Qué pasa? —murmulla segundos después, a mi lado.

—Me estás dejando ganar.

—No.

—Claro que sí…

—Sí, Tiago —dice Pablo desde el fondo del campo.

—Estoy calentando —se excusa Tiago encogiéndose de hombros.

—No te lo crees ni tú. O juegas bien o *no juegues*.

Alguien aplaude y apuesto a que es Pablo.

—No pensabas lo mismo cuando hicimos las pruebas —masculla entonces.

Me pilla desprevenida y me quedo sin palabras. Cuando hice las pruebas para entrar en el equipo de Septibol, paré dos goles, pero dejé que Tiago me marcara uno. Solo Cata y Saysa saben que fingí equivocarme y me tiré para donde no era, pero dudo de que ellas se lo hayan dicho. Se debió de dar cuenta y nunca me lo había dicho hasta ahora.

Como no lo niego, Tiago insiste:

—Me dejaste ganar, no sé cuál es la diferencia ahora.

No me entra en la cabeza cómo no puede ver la diferencia y escucho a Saysa gritar al fondo: «*¿En serio?*». Tinta y Fideo deben de estar siguiendo nuestra conversación.

—La diferencia es que *yo* lo hice para proteger tu frágil ego de machito —le gruño—, ¡y en cambio *tú* lo estás haciendo porque te crees que no voy a poder contigo!

Esta vez es Saysa la que aplaude, pero me muerdo el labio cuando caigo en que Diego también habrá oído lo que he dicho. La verdad es que fue tan generoso de querer compartir la posición de arquero conmigo que no me pareció bien conseguir más atajadas que él. Me pareció que era un gesto como de desagradecida.

Para cambiar de tema, le digo:

—Tampoco luchaste en serio cuando tuvimos que pelear en clase.

Tiago frunce el ceño, pero no puede negarlo. Lo he visto pelear de verdad desde entonces y sé que podía haberme ganado en medio segundo.

—Está bien —me dice finalmente con las cejas muy rectas—. Lo voy a dar todo.

Vuelve a su posición en el campo y algo cambia en la energía del partido. Pensaba que el plan era conseguir ganarme el cariño de los Septimus, así que no me había parado a pensar en que tenía que demostrar nada, solo que vieran un buen partido y demostrar mi pasión por el deporte. Qué inocente me parece ahora mi *yo* de hace apenas unos segundos.

El equipo de Tiago toma el balón.

Gus corre con la pelota hacia Nico, pero Pablo le entra por un lado y se la roba. Seguidamente le pasa el balón a Enzo, que apunta al arco, pero Diego lo para con las manos aunque no consigue atraparlo, lo que Enzo aprovecha para volver a rematar y lanza la pelota por encima de la cabeza de Diego y marca gol.

Empiezo a gritar de felicidad con todo mi equipo y Zaybet chilla feliz desde fuera del campo.

La pelota está tanto tiempo en el otro lado del campo que parece que todo el mundo se está esforzando al máximo por evitar que Tiago se haga con ella y retrasar todo lo posible nuestra confrontación. Aun así, sé por experiencia que no tardará mucho en conseguirla.

Javier le lanza el balón a Pablo, pero Nico se mete y se lo lleva.

En cuanto el equipo de Tiago se hace con la pelota, las piernas me empiezan a temblar y parece que la tensión del partido empieza a subir. Nico se la pasa a Tiago antes de que Pablo pueda interceptarla y noto cómo la atención de todo el estadio se va concentrando en nosotros.

Sin previo aviso, Tiago lanza la pelota con tanta potencia que crea un arco borroso, imposible de seguir. Veo girar la pelota mientras aparece y desaparece, como si hubiese interferencias, hasta que, antes de que pueda pestañear, el balón se acerca peligrosamente a la portería.

Lo único que me da tiempo a ver es una sombra y salto hacia la esquina izquierda estirando los dedos todo lo que puedo…

Y agarro la bola con las manos.

Me caigo al suelo con todo mi peso y oigo la ovación de las gradas. Tardo un poco en levantarme, pero cuando lo consigo, lo primero que hago es mirar a Tiago.

Tiene una sonrisa de oreja a oreja y esa expresión salvaje que me está empezando a volver loca. Parece que al final le está gustando bastante el reto y, sin levantar la voz, me dice:

—Ahora verás, Solazos.

A partir de este momento, el partido se convierte en una confrontación entre Tiago y yo. Me empieza a lanzar tiros a tal velocidad que oigo cómo la pelota corta el aire, pero cuanta más fuerza le da a su lanzamiento, más fuerte suena y más fácil me permite a mí percibir la trayectoria. Eso sí, cada vez tengo menos tiempo para reaccionar y pararla.

Sé que Tiago no se está cortando porque yo tampoco lo hago. No he dejado que me marque ni un gol.

Estamos concentrados en nuestro duelo con una intensidad que nunca había sentido y algo dentro de mí me exige perfección, dejándome claro que no puedo permitirme cometer ni un error. Incluso si Tiago intentara marcar cien goles y solo me marcase uno, las noventa y nueve paradas que hiciese no me servirían. En el resultado final yo solo vería mi error: la *única* que no paré.

Justo cuando Javier intenta robarle el balón a Tiago, el suelo empieza a temblar. Paramos de jugar y miramos a las brujas que están proyectando nuestra presencia aquí. El brillo de sus ojos parpadea, como si estuvieran teniendo problemas con su magia.

—¿Qué está pasando? —les pregunta Fideo, pero las brujas no contestan.

Los lobizones que están a su lado para protegerlas, les tocan los brazos para sacudirlas y despertarlas, pero parecen estar en un trance. Los miembros del Aquelarre que están en las gradas guardan los espejos y se ponen en pie, cuando una bruja que reconozco aparece de repente en el campo con un vestido lila a conjunto con sus ojos brillantes.

—¿De verdad creías que ibas a poder entrar en mi escuela usando la magia sin que me diera cuenta? —exige Jazmín, muy airada—. Vuelvan *ahora mismo* —les dice a mis compañeros—. Espérenme en el despacho.

No reaccionan de inmediato y, por la mirada amenazadora de Pablo, sé que va a negarse, así que le digo:

—Vete, por favor.

Se me queda mirando unos segundos y sé lo mucho que quiere confrontar a Jazmín y quedarse con nosotros, pero las cosas no funcionan así. En cuanto las brujas corten su magia, Pablo y los demás volverán al Laberinto.

—¡Estoy con ustedes, chicos! —nos dice mientras nos guiña el ojo y se va con Gus y Nico.

Nunca había visto la cara de niño de Javier expresar tanta pena como ahora mientras se da media vuelta para irse, y veo la misma expresión de disgusto en la expresión de Diego. Sus ojos brillan con fuerza en contraste con su piel oscura y, aunque no dice nada, la preocupación con la que me mira me avisa de algo.

Como un presagio.

La temperatura del ambiente ha bajado al menos diez grados, y tengo muy claro que a Jazmín no le ha tenido que gustar ver que sus alumnos solo le han hecho caso porque se lo he pedido yo.

—He avisado a los Cazadores de lo que está pasando aquí —anuncia a todos los que estamos en el campo y lanza una mirada a los lobos que aún siguen intentando despertar a las brujas.

Su magia es lo que retiene nuestra esencia aquí. Hasta que no cierren el hechizo no podemos irnos.

—Ya mismo llegarán a La Cancha en su busca —sentencia, y en su cara veo el profundo rechazo que siente hacia mí cuando me mira. Es difícil aceptar que mi propia tía me pueda tratar así.

Cata y Saysa aparecen a mi lado, y la tempestad helada que hay en los ojos de Jazmín pierde fuerza al mirar a su hija.

—Baja el campo de fuerza —le exige Cata.

—¿Por qué? —le pregunta Jazmín.

De repente, empieza a sangrar por la nariz y me doy cuenta de que ella es la que tiene a las brujas en trance. Está bloqueando su magia.

—Porque si no les contaré *todo*.

Jazmín parece un témpano de hielo, como si llevara una máscara para impedir mostrar cualquier tipo de indicio de que tiene corazón, si es que lo tiene. Ni siquiera se molesta en limpiarse el río de sangre que le cae hasta el labio.

—Disfruta del apoyo que tienes ahora, Manu —me dice y la intensidad de sus ojos amatistas baja por fin—, porque no sobrevivirá a los próximos ciclos.

—Tenemos que salir corriendo antes de que lleguen los Cazadores —nos apremia Zaybet.

Las brujas están despiertas y nuestra conexión con Flora se ha cortado. De golpe, se manifiesta una puerta, una salida de vuelta a La Cancha.

—Somos demasiados —dice Tinta—. Si nos vamos todos juntos sería como entregarles a Manu en bandeja.

—Deberíamos salir en parejas —sugiere Zaybet—. Enzo y yo iremos primero para ver cómo está la cosa. Les avisaremos si es seguro con los horarios.

Así que abren la puerta y salen. Segundos después, noto un ligero apretón en la muñeca.

—Todo bien —aviso.

—Cata y yo iremos después —dice Tiago.

Cuando se van espero otra vez el aviso de mi horario, y luego miro a Tinta y Fideo, y a los cientos de aquelarreros que tengo detrás y me despido con un:

—¡Nos vemos esta noche!

Los demás nos están esperando fuera del estadio. Divididos en parejas, cruzamos la calle y nos dirigimos al bosque.

En esta manada la mayoría son lobizones y la verdad es que parece bastante pequeña. Todo el mundo está mirando la pantalla y parece que no tienen ojos para otra cosa; no me parece que nadie esté buscándonos.

Quizá Jazmín no estuviese diciendo la verdad. Al fin y al cabo, no se arriesgaría a meter a su hija en problemas con la justicia, ¿no?

—Laura está en posición —nos anuncia Zaybet.

—¡A la izquierda!

Escucho el grito de Tiago justo cuando veo a un Cazador saliendo del bosque. Jazmín no ha avisado a cualquier equipo de agentes: Yamila es la que encabeza la patrulla con su hermano a su lado.

Nacho parece totalmente recuperado después de su encuentro con Saysa. Mientras escudriña la multitud, veo que su cara expresa el mismo odio que la de su hermana. No están aquí buscando justicia: lo que quieren es venganza.

Solo me doy cuenta de que vienen hacia nosotros cuando Tiago obliga a Cata a entrar en una de las tiendas con productos. Los demás los seguimos y nos mezclamos con el gentío de clientes que curiosea el *merchandising* de Septibol.

Finjo estar ojeando los pósteres firmados mientras observo a Yamila y a su hermano darles instrucciones a los otros Cazadores.

—En cuanto se muevan, saldremos hacia el bosque —murmulla Tiago mientras Cata y él me pasan por al lado, su voz apenas audible.

Tomo a Saysa del codo y la llevo al principio de la tienda, donde están los jerséis de los jugadores, así podemos ver mejor la calle. Los otros Cazadores se han dividido y han empezado la búsqueda, pero Yamila y Nacho siguen por la zona examinando las caras de la gente y las tiendas.

Se encaminan hacia esta parada.

Me entretengo mirando las pilas de camisetas que tengo detrás y pestañeo cuando reconozco el uniforme de Septibol azul claro del Laberinto.

También veo un nombre que conozco bien estampado en la espalda.

TIAGO

Me doy cuenta de que Saysa no se mueve cuando se le cae el brazo por el que la sujetaba. El sudor le cubre la cara y tiene los ojos muy abiertos y vidriosos. Me recuerda a *mí* misma cuando tuve que ponerme delante del agente fronterizo cuando cruzábamos hacia Kerana. El miedo la tiene paralizada.

Sigo su mirada y descubro que está mirando a Nacho, quien con esos hombros, el pelo rapado y los brazacos que tiene parece un soldado sacado de una película de ciencia ficción. Les saca veinte centímetros a la mayoría de lobizones.

—Está más fuerte que nunca —le susurro a Saysa—. ¿Ves? No ha pasado nada.

Aun así no parece escucharme. La zarandeo un poco, pero viendo que no consigo que deje de mirarlo, le clavo las uñas en la palma de la mano para que me haga caso y, sin querer, le rasgo la piel.

Saysa se encoge por el dolor inesperado y se le iluminan los ojos cuando me aprieta los dedos, como una especie de reflejo de la respuesta de lucha o huida mágico. Algo tira de mí en mi interior, pero no es como cuando me transformo, más bien lo contrario...

En vez del calor de la energía, tengo frío, como si estuviera perdiendo mi fuerza.

Me quedo mirando a Saysa, paralizada. Tiene los ojos vidriosos, no por la emoción, sino porque no transmiten ninguna.

Suelto un grito ahogado mientras noto cómo se me tensa la piel y la cabeza me explota de dolor...

Saysa me suelta la mano y sus ojos se apagan. Mientras el calor vuelve a mi cuerpo, mi amiga empalidece.

En ese momento me doy cuenta de que Yamila y Nacho han entrado en la tienda. No tenemos tiempo. Aprieto la mandíbula con fuerza y me acerco a Saysa de nuevo.

Se aleja como si la fuese a quemar, así que la agarro del brazo y la arrastro hasta la salida que hay al fondo. Por suerte, su magia no vuelve a contraatacar.

No me atrevo a mirarla y cruzo la calle. Intento caminar a un ritmo normal y cada paso que doy me parece el más lento de mi vida.

Por fin nos cobijamos en la sombra de los árboles que son demasiado tímidos para tocarse, y obligo a Saysa a echar a correr. No me detengo hasta que no estamos muy adentro y, en ese momento, se aparta de mí con fuerza. Sin mediar una palabra, echa a correr detrás de los otros.

Pero cuando echo la vista atrás, mi corazón se detiene.

Gael está en el borde del bosque, una pequeña silueta en la distancia. Sé que me ve porque no aleja su mirada coralina ni un segundo.

Levanto la mano para saludarlo y mi padre se gira, como si nunca me hubiese visto.

Esta noche hay luna nueva, así que la única luz que tenemos la desprenden los millones de estrellas que están esparcidas por el techo.

En el Aquelarre están de celebración mientras en las noticias ponen las imágenes de nuestro partido. Los reporteros debaten sobre las ramificaciones legales de mis acciones, mientras los periodistas deportivos analizan mis movimientos.

—¡La loba! —me llama Ezequiel—. ¡Menudo partidazo! A algunos aquí en el Aquelarre también nos gusta jugar. ¿Quieres unirte a mi equipo?

—Me encantaría —le contesto con una gran sonrisa.

—¿Dónde está Tiago? —pregunta un Séptimo llamado Horacio.

Como sé que iba a darse una ducha cuando he salido de la habitación, le respondo:

—Ahora viene.

—Seguramente le da vergüenza bajar después de la paliza que le has metido —apunta Ximena, la mujer oficial de Horacio—. Parece que ha encontrado la horma de su zapato en más de un sentido.

No me esfuerzo por reprimir la sonrisa.

—Ni siquiera eché de menos la magia de las brujas —comenta Angelina, con los brazos en la cintura de Ximena—. No hacía falta con la tensión que había en el campo…

—¡Vaya enfrentamiento! —la apoya su marido, Yónatan, que toma de la mano a Horacio.

Los cuatro son un grupo de mejores amigos y vecinos, aunque las verdaderas parejas no son las que la gente ve.

Zaybet me comenta que sospecha que uno de ellos es un Cazador porque suelen avisar a los miembros del Aquelarre si empiezan a vigilarlos. Como a todos nos va bien la protección, nadie les pide explicaciones. De manera informal, se los conoce como los cuatro jinetes, porque cuando se acercan sabemos que viene algo malo.

Zaybet parece especialmente contenta de tener un infiltrado entre los Cazadores.

—Me pregunto cómo reaccionarán los Cazadores ahora que Manu se les ha vuelto a escapar —dice, y sus ojos van saltando entre los cuatro, como si estuviese leyendo bien las posibles respuestas de un examen tipo test.

—¡Ha salido redondo! —exclama Fideo, que se acerca con su hermano y todos nos abrazamos. Bueno, todos menos Tinta y Zaybet, para dejarse las cosas claras.

—Es lo que tendrías que haber hecho la primera vez —comenta Tinta, mientras le brillan los ojos marrón cobrizo.

—¿Estás de broma? —le suelta Zaybet.

A pesar de sus palabras, su expresión no transmite enfado, no parece que le moleste.

—Voy a beber algo —anuncia Fideo, mientras Zaybet y Tinta se vuelven a enzarzar en una nueva discusión.

Agarro a Laura del brazo un momento y la aparto del resto.

—¿Qué pasa con estos dos?

—Z y Tinta fueron pareja. La cosa iba bastante en serio —me dice arrugando la nariz.

—Ah…

—Aquí tienen —nos dice Enzo, que viene con tres vasos, y Laura y yo tomamos uno cada una. Parece vino tinto.

—¿Es malbec? —pegunto, recordando el olor del vino favorito de Ma.

—¿Qué? —me pregunta Enzo—. ¿Una bebida humana? Estas son uvas de Lunaris, esto *sí* que es vino.

Me muero de la vergüenza por cometer ese fallo, pero antes de que pueda decir nada, empieza una nueva canción y Laura suelta un grito de felicidad. Acto seguido, agarra los vasos, sin haberlos catado siquiera, los deja en la mesa y me toma de la mano mientras empieza a mover las caderas.

Enzo también coloca el suyo allí para unirse. Esta noche lleva sus pantalones de algodón y una de las camisetas con el lema «Séptima ≠ Bruja». Desde la primera manifestación se han hecho bastante famosas y he escuchado que el eslogan está ganando fuerza cada vez en más manadas.

La pierna del pantalón de Enzo se le engancha en el gemelo y, por un segundo, veo algo verde, pero, cuando parpadeo para verlo mejor, ya se lo ha puesto bien.

Como el patio se ha convertido en una pista de baile, la manada se ha dividido en grupos y se ha repartido por los balcones en los pisos más altos. Laura y Enzo están tan entregados a la música que no se dan cuenta de que me voy en dirección a las escaleras.

Subo a la segunda planta, donde se está un poco más tranquilo, y veo a Cata y a Saysa rodeadas por un montón de brujas. Me acerco, pero me quedo lo suficientemente atrás para que no me vean.

Saysa está sentada en la barandilla y Cata se apoya entre sus rodillas, con los brazos apoyados en los muslos de su novia.

Esta noche los vampiros parecer estar en todo su esplendor, nuestros cuerpos expuestos para ofrecerles un festín. A diferencia de las otras brujas, que están sentadas en el suelo o apoyadas contra la pared para esquivarlos, Saysa deja que las plantas se le enrosquen por los brazos, como serpientes con colmillos, mientras las acaricia.

Viéndola así parece Cleopatra.

—Pensaba que eran salvajes por naturaleza, pero a ti te adoran —le dice una Séptima de ojos verdes, una Jardinera.

—Debe de ser por el cariñoso tacto que tienes —apunta otra bruja, que mira a Saysa con una tímida sonrisa.

—O porque las entiendes de verdad —añade una tercera.

Saysa intenta no demostrar demasiado su orgullo, pero se le marcan muchísimo los hoyuelos.

Parece que se ha olvidado de lo que pasó en La Cancha, y la verdad es que eso no me tranquiliza, sino que me preocupa aún más.

No está gestionando sus emociones en absoluto.

—Es el poder que tiene —afirma la bruja con el pelo rojo como fresas que estaba en el Aquelarre la misma noche que llegamos—. Ya lo noté, cómo emanaba de su cuerpo, desde que llegó. Lo desprende por cada poro de su piel.

A Cata parece que le gusta más esta respuesta porque levanta la barbilla en señal de aprobación. En cambio, la sonrisa de Saysa desaparece.

—¿Cómo se conocieron? —les pregunta la bruja de la sonrisa tímida, que mira a mis dos amigas.

A Saysa se le iluminan los ojos, supongo que igual que a mí cuando pienso en la noche que conocí a Tiago.

—Si le preguntas a Cata, te dirá que nos conocimos el primer día de la academia.

Saysa se inclina por encima del hombro de su novia para mirarla y confirmar lo que acaba de decir, y Cata le planta un beso inesperado en los labios. Las brujas silban y Saysa se yergue de repente con una sonrisa de enamorada en la cara.

No sé en qué momento Cata bajó la guardia y se ha abierto para demostrar el amor que siente por Saysa, pero me alegro sinceramente de verla por fin ser feliz después de todo lo que pasó en Lunaris. Cata salió del armario y se lo dijo a su madre, solo para descubrir que Jazmín ya lo sabía y se oponía *tajantemente*.

Fue mi tía la que envió a Yamila a la clínica de Ma, pensando que arrestarían a Saysa por traficar ilegalmente con Septis. Ese era su plan para separarlas, pero al final Yamila nos encontró a Ma y a mí.

El hecho de estar con Cata cuando descubrió la traición de su madre me tocó de cerca, conocía bien ese sentimiento. Sabía lo que significaba para mi prima dar su primer paso con convicción y desobedecer a su madre.

—Pero la verdad es que nos conocimos en Lunaris, un año y medio antes —explica Saysa mientras desliza los dedos por la melena castaña clara de Cata, que tiene los ojos cerrados—. Mi hermano no dejaba de hablar de su mejor amiga Cata de la academia. *Cata por aquí, Cata por allá…* Me moría de ganas de conocerla, pero aún no había cumplido los trece. Durante más de un año, estuve esperando a que me dijera que eran novios o que le gustaba, pero como parecía que lo que sentían no iba más allá de la amistad, acabé pensando que entonces no podía ser tan especial.

Un par de brujas se echan a reír y los labios de Cata se alargan para esbozar una amplia sonrisa.

—Tiago no había vuelto a Kerana desde que empezó la escuela, así que cuando por fin cumplí los trece, la ilusión por ver a mi hermano e ir a Lunaris me hicieron olvidar a Cata. En cuanto lo vi, salí corriendo como una loca y, entonces, me fijé en la diosa que caminaba a su lado... ¡y me caí de bruces en el césped!

—¡No! —exclama una bruja, y otro par de ellas se llevan las manos a la boca mientras se les escapa la risa.

—Me quería morir de la vergüenza, así que esperé a que Cata se fuera a ver a su familia. Cuando volvimos a Kerana, me había olvidado de todo mi primer plenilunio como bruja, la única maravilla que vi en Lunaris fue Catalina. —La voz de Saysa adquiere un tono aún más solemne cuando añade—: Y aún sigue siendo la cosa más preciosa que he visto en mi vida.

Todo el grupo corea un «Qué bonitoo», y Cata se gira para abrazar a Saysa. De repente noto una punzada en el hombro y le doy un manotazo al vampiro que acaba de morderme. Y antes de desaparecer me chasca los dientes, manchados de sangre, en la cara.

Lo único que quiero hacer ahora es meterme en la cama y esperar a que llegue Tiago, pero cuando llego a la habitación veo que las luces ya están encendidas.

—Oh, hola —le digo al ver a Tiago leyendo en la cama sin camiseta. Esta imagen es digna de estar en un póster de calendario.

Un mechón de pelo negro se le cae en la cara y le tapa un ojo cuando levanta la cabeza. Lo bueno de tener paredes insonorizadas es que la música desaparece cuando cierro la puerta tras de mí.

—Bienvenida a casa —me dice con su voz melosa y deja el libro en la mesita de noche.

Aunque llevamos una semana compartiendo habitación y siendo oficialmente novios, estos momentos me siguen pareciendo surrealistas.

Me siento en la cama con las piernas colgando para sacarme los zapatos y me quedo mirando la portada.

—¿Es…?

—*Casa de la alegría* —me dice, acercándose a mí y dándome un beso en el hombro, donde me acaba de morder el vampiro—. Dijiste que era uno de tus favoritos.

—¿Y por eso te lo estás leyendo?

Se encoge de hombros.

—También me gustó *Edad de la inocencia*.

Me parece un gesto tan bonito que ni siquiera lo corrijo para decirle que los dos libros empiezan con el artículo *"La"*, aunque al oírlo me ha empezado a temblar el ojo incontroladamente.

—¿Y qué te está pareciendo? —le pregunto mientras agarro el pijama y me meto en el baño para cambiarme.

Dejo la puerta un pelín abierta para poder escuchar lo que me dice.

—Me parece muy fácil enamorarse de Lily Bart —me dice con una voz tan suave que me da la sensación de que se está esforzando por no subirla. Me está obligando a escucharlo como lobizona—. Es única. Una persona en una sociedad que valora la comodidad, así que se encuentra en un dilema: ser quien es o quien cree que debería ser. Por eso el Selden este me está cabreando.

—¿Qué quieres decir? —le pregunto.

—Que no la ayuda —me dice mientras salgo del baño y guardo mi ropa—. Ella se ahoga y lo único que hace es soltarle una frase sosa: «Lo único que puedo hacer para ayudarte es quererte».

—¡Ay, has llegado a la fiesta de los cuadros! Es mi parte favorita —le digo y paso la mano con delicadeza por la pared para atenuar la luz—. Vale, pues a ver, ¿qué le hubieses dicho tú si estuvieses en su lugar?

Me subo a la cama y los ojos de Tiago se me clavan con una intensidad que va más allá de un crítica literaria. La cicatriz de su pecho se ensancha cuando inhala profundamente.

—Le hubiese pedido a Lily que se escapara conmigo.

—Eso no era realista en la época —le contesto, con la necesidad de defender a Lawrence Selden de repente, aunque, en el fondo, siempre he pensado que tendría que haber hecho más—. ¿Dónde podrían haber ido? ¿Cómo habrían conseguido sobrevivir?

—Son dos personas inteligentes, se las hubiesen arreglado. —En su voz noto demasiada frustración cuando habla del tema—. ¡O le tendría que haber pedido que se casara con él y olvidarse de las consecuencias! ¿Qué más da si luego la sociedad los margina? Me gustaría saber por qué Lily siquiera quiere encajar en una sociedad así...

Hay algo de su indignación que me escama, y me doy cuenta de que quizá he podido ver un poco de lo que Zaybet y Laura ven cuando miran a Tiago. Nos da su apoyo por empatía, no porque él lo haya vivido.

Tiago es un *aliado*, pero su punto de vista sigue naciendo desde una posición de privilegio.

—Me parece que es un comentario hecho desde una perspectiva privilegiada —le comento y veo que le duele, así que intento elegir mis palabras con cuidado—. Estás criticando a Lily por querer encajar en la sociedad en la que vive, que quizá sea un impulso natural si eres alguien que tiene la *posibilidad de elegir* si quiere formar parte de ella o no. Pero *encajar* adquiere un significado totalmente diferente cuando se te excluye por defecto.

Tiago se hunde un poco en la cama, como si se hiciera más pequeño, y le veo la mirada perdida. No sé si lo que le ha tocado ha sido a nivel personal, por el libro o por nosotros. Esto me muestra su parte de lobo indeciso: parece que por dentro hay algo que lo tiene dividido, pero no lo expresa.

—¿Por qué no usaste tu horario para enviarle nuestra ubicación a Laura en el Bosque Blanco?

Sé que he dado en el punto exacto cuando vuelve a entornar la mirada hacia mí y sus rasgos se relajan, como si lo hubiesen descubierto.

—No sé si estamos haciendo lo correcto.

—¿Para quién?

—Para nosotros.

Le brillan los ojos y su cuerpo empieza a irradiar más calor, como si la sangre volviera a fluir por su cara. La prioridad de Saysa es cambiar el sistema, la principal preocupación de Cata siempre ha sido nuestra seguridad, pero Tiago en lo que piensa es en nuestro futuro. Supongo que es un lujo que ni siquiera me he permitido explorar.

Supongo que por la misma razón por la que no me he molestado en crearme un espacio que me haga sentir cómoda aquí o en El Laberinto.

Desde que el ICE se llevó a Ma, no he podido imaginarme un futuro más allá del momento presente.

—Escaparnos por nuestro lado no es la respuesta —le contesto, acordándome de los recuerdos que sentí en el Lago de los Perdidos—. Confía en mí, que soy el resultado de una huida frustrada.

—Las brujas no pueden vivir sin Lunaris porque su magia es tan poderosa con la luna llena que las podría consumir —me dice—, pero es diferente para los lobos. Si no tomamos mate, simplemente nuestros sentidos no estarían tan agudizados durante el mes y, cuando hubiera luna llena, podríamos intentar encadenarnos.

—¿Me estás diciendo que *tengo que estar despierta durante mi dolor menstrual*?

Me frunce el ceño ante la intensidad de mi respuesta:

—Yo no entiendo de dolores menstruales.

Pues claro que no y no lo puedo culpar, así que respiro hondo y se lo explico:

—He tenido dolores menstruales muy fuertes desde que me vino la regla, el día que mis poderes de lobizona deberían de haberse manifestado. Creo que debe de ser una combinación de mi ciclo y el dolor de la transformación. Y por eso, Tiago, no puedo estar consciente cuando la tengo, perdería la cabeza. —Lo tomo de la mano para que sepa que no estoy enfadada—. Si crees que estaríamos más seguros si nos escondiésemos entre los humanos, te aseguro que esa no es una opción para mí. A mí no me pasa como a vosotros, a mí no me cambian los ojos cuando entro en el mundo de los humanos.

Tiago abre la boca como si tuviera más ideas, pero le coloco el dedo en los labios.

—Vamos a dejar el tema por ahora, ¿sí? Hoy ha sido un buen día, ¿podemos disfrutarlo un poco?

Él me toma la mano, me besa cada uno de los dedos y me dice:

—Es que... —por la manera en la que me mira parece que quiere decirme algo muy importante y el estómago me da un vuelco de los nervios—. Es que me gustas mucho pero *mucho*...

—Ja-ja —le digo y, al relajarme, se me dibuja una sonrisa en la cara—. Si sigues insistiendo al final voy a pensar que este lobo *protesta demasiado*.

Frunce el ceño como si le costara unos segundos entender la referencia de *Hamlet*, lo cual me extraña, pero después su expresión se relaja y la tensión desaparece de su cara.

—Vamos, que me estás diciendo —me dice y sus palabras ya vuelven a adquirir esa musicalidad que reconozco— que valen más los hechos que las palabras.

El corazón se me dispara al verlo que se acerca más y alarga una mano para tocarme el muslo.

—¿Así mejor? —susurra.

Yo me estremezco mientras él me besa con suavidad por la clavícula, el cuello, la mandíbula…

—Ajá… —acierto a decir mientras noto cómo su lengua bordea el cuello de mi camiseta.

En ese momento, levanta la cabeza para mirarme. Tiene los labios muy cerca de los míos pero sin llegar a tocarlos. Me acerco y él retrocede unos centímetros. Vuelvo a intentarlo y él vuelve a alejarse.

—¿Qué pasa?

—No estoy convencido de que me desees lo suficiente.

Me aguanto la risa.

—¿Me lo dices en serio?

—Sí.

La tenacidad con la que me mira me plantea un desafío.

Uno que sabe que voy a aceptar.

La parte salvaje que habita en mí se despierta, un impulso irrefrenable que nace de mi yo lobizona.

Lo agarro con fuerza por los bíceps para que no pueda moverse. Tiago forcejea hasta que consigue liberar un brazo que utiliza para sujetarme la cabeza y acercarme hacia él. El olor seductor que desprende me nubla la mente, pero antes de que nuestros labios se fundan, dejo la cabeza en peso muerto y consigo deshacerme de él.

A Tiago le brillan los ojos, un rayo azul de lobizón, alarga la mano para tomarme por la cintura y se vuelca sobre mí, dejando caer todo su peso para inmovilizarme. Estamos tan pegados el uno al otro que noto cada parte de su cuerpo.

Su olor me envuelve por completo, su pelo oscuro me acaricia la cara, sus ojos zafiro me observan más como animal que como hombre... Y ahora sí levanto la barbilla para unir mi boca a la suya.

Su lengua me transforma. Mientras nos peleamos por ver quién toma el control, creo que nunca me he sentido así de desatada. Cuando, al final, desisto con un gemido, Tiago desliza sus manos por debajo de mi camiseta.

Es como si la punta de sus dedos encendiera mi piel y pudiera sentirlo por todo mi cuerpo. Me toca de la misma manera en la que me besa: con seguridad y con urgencia, me hace vibrar de arriba abajo.

De repente Tiago se tensa y se yergue, como si se le hubiesen agarrotado todos los músculos y se deja caer de espaldas en la cama.

Pestañeo un par de veces, sin saber muy bien qué acaba de pasar. Vuelvo a recuperar la movilidad ahora que no lo tengo encima y tardo unos segundos en volver a pensar con claridad.

—¿Qué pasa? —le pregunto en voz baja, mientras veo cómo su cicatriz sube y baja a un ritmo frenético.

—No quiero —me dice entre respiración y respiración— perder... el control.

—¿Por qué no? —mi corazón sigue yendo a mil por hora.

Tiago tiene la mirada clavada en el techo y yo aguzo mi oído hasta que percibo claramente su corazón acelerado. Le va tan rápido que me pregunto si se le va a salir del pecho, pero no lo hace, sino que se calma.

Cuando por fin me vuelve a mirar, aún puedo ver al lobo en sus ojos.

—Ya lo verás.

El símbolo de mi *M* llega a todas partes.

Se hacen manifestaciones por toda Kerana para pedir a los Cazadores que dejen de perseguirme para que pueda salir a la calle sin miedo.

Ahora en el Aquelarre se respira más esperanza y hay más energía, pero aun así no consigo contagiarme del optimismo que impregna el ambiente. Sigo sin poder ponerme en contacto con Gael, no tengo noticias de Ma y cada día me siento un poco peor por mentir a los miembros de mi nueva manada.

Me acogieron con los brazos abiertos y se han abierto en canal conmigo. ¿Cómo se lo van a tomar cuando descubran que les he estado ocultando información?

Voy cambiando el canal de noticias en una pantaguas mientras espero a que empiece la reunión del día: veo a colegialas que se niegan a llevar vestido, Séptimas ocupando campos de Septibol, brujas manifestándose en La Rosada y exigiendo un aumento de sueldo por su magia…

Pero ni rastro de Yamila.

Ya hace una semana desde que jugamos el partido de Septibol y sigo esperando a que cuente mi secreto. ¿A qué está esperando?

Cuanto más alarga su silencio, más empiezo a creer que Cata tenía razón: Yamila no tiene ninguna prisa en compartir su caza con el resto de los Cazadores. Cuando descubran que además de lobizona soy *híbrida*, todas las autoridades querrán competir contra ella para atraparme; quizá incluso toda la especie.

Aun así, su silencio me inquieta por otros motivos. Llevo días acudiendo al Hongo y sigo sin poder contactar con Gael. Tampoco se me va de la cabeza el hecho de que me ignorara en La Cancha. ¿Qué hacía allí con Yamila y Nacho? *¿Y dónde está Ma*?

De repente, unos ojos tan rojos como la sangre aparecen en la pantalla.

Dejo el mando a un lado y noto cómo todo dentro de mí se contrae.

Un periodista le está haciendo una extraña entrevista a Yamila. Noto cómo las orejas me palpitan y miro a mi alrededor para ver si hay otros Septimus mirando la tele. Parece que yo soy la única, pero, por si acaso, bajo el volumen todo lo que puedo.

—*No estamos persiguiendo a nadie* —asegura Yamila en español—. *Simplemente se trata de una Septimus indocumentada. Queremos hacerle unas preguntas y comprobar su Huella para poder comprender por qué no la tenemos registrada en el sistema.*

—Se dice que ha tenido que huir de una situación familiar bastante traumática —comenta el periodista—. *¿Te podés imaginar cómo este tipo de lenguaje la puede asustar y hacer que no quiera acudir a las autoridades?*

—¿Quién te dio esa información?

—Fuentes anónimas.

O como a Zaybet le gusta llamarlos, *los aquelarreros que avivan las llamas de mi fama.*

—Si eso es verdad, déjame que aproveche esta oportunidad para dedicarle unas palabras directamente a la lobizona —dice ahora Yamila en inglés y gira la cara para mirar directamente a cámara, fijando sus ojos en mí—: *Nos gustaría saber más sobre tu situación familiar traumática para que así podamos ayudarte.*

La bruja pronuncia cada palabra lentamente, como si quisiera saborear cada segundo.

—Si tú no nos das respuestas, quizá tus padres puedan ayudarnos a entenderlo mejor todo.

—¿Ya saben quiénes son? —la interrumpe el periodista, salivando.

—Nos falta muy poco.

No puedo casi ni respirar.

Yamila vuelve a mirar a cámara:

—Te prometo que si te entregas a mí antes de la luna llena, me aseguraré de que tengas una audiencia justa.

Ahora que ya no tiene que mentir más, su voz suena más profunda cuando dice:

—Si no recibimos noticias tuyas antes, nos veremos obligados a concentrar todos nuestros esfuerzos en llevar a juicio a todas las personas que te han ayudado y a todos tus cómplices, incluidas sus familias. Y hablando de familias... A partir de la próxima luna dejaré de buscarte.

Frunzo el ceño justo cuando el periodista le pregunta:

—¿Cómo?

—El objetivo principal de nuestra investigación será localizar a tu madre.

La reunión me parece una tortura, no puedo estarme quieta. No dejo de darle vueltas a lo que ha dicho Yamila. Si me amenaza con ir en busca de Ma, significa que todavía no la ha encontrado, ¿no?

Tengo que hablar con Gael.

—¿Estás bien? —me pregunta Zaybet, y me doy cuenta de que he hecho un boquete en la mesa con las uñas.

—Sí —le contesto y me cruzo de brazos, colocándome las manos en los codos.

—¿Alguien tiene algo más que comentar antes de que nos vayamos? —les pregunta a los demás.

Como todo el mundo ha pasado tanto tiempo aquí esta luna, el Aquelarre se retira para dejar que los Septimus se dejen ver por sus manadas un tiempo antes de Lunaris. Como mi cara aparece sin parar en las noticias, nadie se puede permitir el lujo de levantar ningún tipo de sospecha.

—Solo una cosa —dice Tinta, y me tenso al ver que me mira—. Tenemos que hacer otra manifestación antes de la luna llena.

—Mala idea —le contesta su hermano, y yo suspiro, aliviada.

—No deberíamos parar ahora…

—Y no lo estamos haciendo. Seguimos ganando fuerza cada día.

—Y justo por eso deberíamos aprovechar para…

—*Después* de la luna llena —insiste Fideo, y le da una patada a la pata de la silla que Zaybet me puso para presidir la mesa.

Ella está sentada a mi lado, junto a Laura, Enzo y Tiago, mientras que a la derecha tengo a Fideo, Tinta, Saysa y Cata.

—Perdona, Manu —murmura Fideo, estirándose para recoger sus prolongadas extremidades—. Ahora mismo los Cazadores están desesperados. Es demasiado peligroso.

—¿Y si hacemos algo en Lunaris? —sugiere Tinta.

—Es una locura. Ni siquiera Fierro lo intentó.

—Fierro estaba *solo* —le rebate su hermano pequeño, golpeando la mesa y haciendo que la pelota de Septibol que tiene tatuada en el dorso de la mano se mueva con él—. Manu nos tiene *a nosotros*.

—¿Y qué tienes en mente exactamente? —le pregunta Zaybet.

Tinta me clava sus ojos marrón cobrizo, iguales a los de su hermano ya que los lobizones heredan los ojos de sus madres.

—Tu historia.

Al escuchar sus palabras me da un escalofrío y miro a Tiago, que se muestra impasible. Ojalá a mí se me diera tan bien ocultar mis miedos.

—¿Qué carajos? —le suelta Zaybet a Tinta.

—Ni pensarlo —sentencia Cata en mi lugar.

—Debe ser Manu quien decida cuándo quiere abrirse —añade Saysa, intentando ser un poco más diplomática.

—Lo siento, Manu, pero en realidad mi hermano tiene razón —admite Fideo con un suspiro de resignación—. Ahora mismo eres la novedad, algo increíble, pero la emoción del momento desaparecerá y lo que perdura es una *historia* potente.

—Debe de ser muy fácil ser tan genial y vivir sin preocupaciones cuando tú no te arriesgas a perder nada —arremete de nuevo Zaybet, mirando a Tinta y no a Fideo—. Te plantas aquí, le pides a Manu que asuma el verdadero peso que supone cambiar el sistema y luego te vuelves a tu casa con tu estupenda manada donde los políticos te cubren de semillas para ganar las elecciones…

—¡Andate a la mierda! —explota Tinta, dando un puñetazo a la mesa—. Yo también lucho por el cambio ayudando a *buenos* políticos a que ganen, cuando vos estás acá escondiéndote de la realidad, así que, decime: ¿quién intenta aparentar de verdad *que es muy genial y que no tiene preocupaciones*?

—¡Vos! Dando vueltas por la sala en los eventos para recaudar fondos, obligándome a ir colgada de tu brazo como si fuese una cara bonita que no sabe hacer nada más…

—¡Era parte de la estrategia, Bet! Pero te perdés en los detalles y sos incapaz de ver el objetivo final…

Mientras se pelean, me doy cuenta de que no tengo opción. Yamila me lo ha dejado bien claro en la tele: hasta que no alce la voz, seré ese paquete en la parte trasera de la camioneta del tipo de la chaqueta de cuero, sin saber quién conduce o hacia dónde voy.

Yamila sabe quién es Ma y va a ir a por ella pase lo que pase. Yo sola no puedo protegerla. Todavía no, y no sin la ayuda de Gael.

Lo que sí puedo hacer es dejar de esperar a que Yamila ataque y tomar las riendas de mi propia historia.

—*Lo haré.*

No grito al decirlo, pero mis palabras acallan a Zaybet y a Tinta, que ahora mismo están de pie y prácticamente volcados encima de la mesa para comerse la boca o destrozársela a puñetazos, no lo tengo muy claro. Pero al escucharme, se sientan de golpe.

—Perfecto —dice Fideo sin sorprenderse de que haya accedido—. Vamos a prepararnos para la siguiente fase de la luna. Será dentro de tres días, justo antes de Lunaris.

—Maravilloso —dice Tinta.

Aunque ha luchado por mi libertad con uñas y dientes, Zaybet también sonríe. La bruja hubiese defendido mi derecho a elegir hasta quedarse sin voz, pero está claro que esta era la opción que ella quería también.

En cambio, Cata, Tiago y Saysa parece que echan *humo*.

A la hora de cenar, en el Aquelarre solo quedamos nosotros siete.

Noto cómo mis amigos me clavan sus miradas mientras cenamos. Estoy segura de que están esperando el momento de agarrarme a solas para decirme un par de cosas, pero hasta entonces tengo un objetivo claro: evitarlos.

—El agua se me ha calentado —le dice Enzo a Zaybet acercándole el vaso.

—He hecho un montón de hielo.

—Anda, toca el vaso.

—Si quieres ya lo hago yo —se ofrece Laura con un hilo de humo saliéndole de la yema de los dedos, y Enzo se rinde, frustrado.

—¿Cómo han conseguido quedarse en el Aquelarre todo este tiempo? —les pregunto a los tres mientras devoramos los finos bistecs que Laura ha sellado hasta dejarlos rosaditos, en su punto.

—Mi familia cree que estoy dando clase en nuestra manada de México, Cabrera, así que solo nos vemos en Lunaris —me dice Zaybet.

—Soy capitana de un barco, así que tiene sentido que esté en el mar —responde Laura—. Mientras que cada uno contribuya a su manada con los beneficios que les corresponde, no le damos razones a nadie de sospechar nada.

—¿Cómo ganan semillas estando aquí?

—Transportando a Septimus o cargamento que están intentando ocultar de la ley, así que está bien pagado.

—Tú me contrataste para que te hiciera la Huella, ¿verdad? —me dice Zaybet como ejemplo—. Nos las arreglamos.

Enzo es el único que no me ha respondido y, cuando se da cuenta de que lo estoy mirando, me dice con su voz ronca:

—Nadie me pregunta dónde estoy.

Zaybet y Laura bajan la mirada y, cuando Enzo se levanta para traer más carne, veo un brillo metálico en los ojos de Zaybet mientras le da un toque al vaso del lobo, que lo enfría al segundo.

Hasta que todos se van a la cama, mis amigos y yo no podemos hablar con tranquilidad, de nuevo en la habitación de Saysa y Cata. Antes de que Cata se me eche encima, les explico lo que Yamila dijo en las noticias.

—Si cuenta mi secreto antes que yo, perderemos la confianza del Aquelarre.

—Pero ¡entonces yo tenía razón! —exclama Cata—. Quiere cazarte ella, lo que significa que no va a decir nada porque es lo único que tiene.

—Me ha dado siete días…

—Sigue lanzando amenazas vacías —rebate Cata, como si no me estuviera fijando en lo importante—. Si hubiese querido usar la información, ya lo habría hecho. Estará esperando a ver si puede atraparte en Lunaris…

—¡No puedes saber lo que va a hacer! ¡Solo son suposiciones!

A veces de verdad creo que Cata se olvida de que no es la narradora omnipresente de nuestra historia.

—Lo que sí sabemos —interviene Tiago— es que te empeñas en actuar justo como Yamila quiere. Te envió ese mensaje para que te asustaras y reaccionaras así.

Dicho de otra manera, se pone del lado de Cata.

—Creo que Manu tiene razón. No puede estar callada mucho más tiempo.

Miro a Saysa, sorprendida. Desde lo que pasó la semana pasada en La Cancha, me ha estado evitando y, siendo sincera, yo tampoco me he esforzado demasiado para buscar un rato para hablar.

Me he debatido entre si contarle a Tiago o a Cata que empezó a drenarme la energía o no, pero ya saben perfectamente que Saysa no está bien. He visto a Tiago intentar buscar un rato entre hermanos para acercarse a ella, pero Saysa siempre le da una excusa. Al menos me da un poco de esperanza saber que ahora las dos estamos en el mismo bando.

—¿Cómo crees que van a reaccionar? —le pregunto porque aún recuerdo sus dudas la última vez que hablamos del tema.

—Se lo creerán si tú también lo haces —me dice y asiente con la cabeza, intentando animarme, pero la verdad es que no la entiendo muy bien.

—Si seguimos adelante con esto —dice Cata, que por su voz parece que se lo está replanteando—, tenemos que repasar tu historia hasta que quede perfecta.

—¿Mi historia?

—Ya lo hemos hablado, Manu —me contesta y hace una pausa para respirar hondo—. No se te da bien mentir y esta vez no se trata de convencer a la directora del colegio, sino a toda *nuestra especie*.

—¿Te refieres a la historia del Olvido?

—A menos que se te haya ocurrido una mejor…

—Bueno, pensaba que quizá…

—No puedes decirles que eres una híbrida —me corta Tiago sin miramientos—. No están preparados.

—¡Pues dale las gracias a Yamila por ponerme la cuenta atrás! —le suelto.

—Por eso te vas a memorizar una nueva historia —me repite Cata con un tono de superioridad que me enerva—. Y será tu palabra contra la suya.

—¿Y qué pasa si el Aquelarre se la cree a ella? Entonces seré una híbrida *y* un fraude. —Busco a Saysa con la mirada para que me vuelva a apoyar—. No nos perdonarán si los traicionamos.

Al menos parece que esta idea la entiende, parece que le ha llegado. De los cuatro, ella y yo somos las que más tenemos que perder si el Aquelarre nos da la espalda.

—Tienes razón —me dice mirándome con decisión—. Por eso tienes que dejar que Cata te entrene. No puede haber *cabos sueltos*.

Me despierto con el temblor de las paredes, pero no es la alarma de las mañanas.

—Algo va mal —dice Tiago y se incorpora como un resorte.

Se levanta de la cama, se pone la camiseta y sale de la habitación descalzo.

Yo me pongo unos pantalones y lo sigo, aún llevo mi camiseta verde porque anoche no hubo besos apasionados entre las sábanas. La conversación que tuvimos con Cata y Saysa nos siguió hasta la cama y se colocó estratégicamente entre los dos.

El balcón se tambalea mientras las paredes tiemblan de nuevo y los vampiros se escabullen molestos. Todavía es de noche.

Saysa y Cata salen corriendo de la habitación y bajamos todos juntos. Zaybet, Laura y Enzo también están fuera. Se encuentran en la zona de los sofás con los ojos fijos en las pantaguas, que ofrecen una vista de 360 grados del Mar Oscuro que tenemos a nuestro alrededor.

Todos los ángulos están borrosos, como si el objetivo de la cámara estuviese sucio. Una nube de escombros nos asfixia.

—¿Qué está pasando? —pregunta Tiago.

El Aquelarre tiembla de nuevo, pero esta vez se oye algo… Ha parecido un trueno.

—¿Qué es eso?

—Una tormenta —contesta Enzo.

Los golpes resuenan en las paredes de piedra una y otra vez, como si un monstruo estuviese aporreando la puerta queriendo derribarla.

¿Una tormenta?

—¿Y qué hacemos? —quiere saber Saysa.

—Podemos intentar crear un escudo —propone Zaybet y las brujas se ponen una frente a la otra y crean un cuadrado.

Los ojos se les iluminan con sus elementos, metal para el agua, cuarzo rosa para el aire, verde lima para la tierra y ópalo negro para el fuego.

En cuanto el hechizo empieza, la nube estranguladora se aleja de todas las pantaguas, como si no pudiese acercarse más, pero no se disuelve, solo se queda flotando, acechante.

—Por supuesto esto tenía que pasar justo cuando todo el mundo se va —ruge Enzo—. Si hubiese más brujas, la barrera sería más potente.

—¿Qué pasa? —pregunta Tiago al ver que las paredes vuelven a temblar.

—En tierra, los fenómenos meteorológicos ocurren en el exterior, pero en esta dimensión las tormentas quieren entrar. Son seres abstractos violentos que se alimentan del oxígeno de los vampiros, así que, si entra, somos nosotros o la tormenta.

—¿Y qué se supone que tiene que hacer el escudo? —le pregunto.

—Si conseguimos que aguante, con el tiempo, la tormenta perderá interés o fuerza y se irá. Normalmente funciona, pero el ciclo lunar tiene un efecto en las corrientes del Mar Oscuro, por lo que las tormentas en luna creciente son más volátiles. Tendríamos más posibilidades si hubiese más de una bruja de cada elemento.

—¿Y qué pasa si su magia cede? —demanda Tiago viendo que el temblor aumenta y el Aquelarre empieza a bambolearse de lado a lado.

—Tendremos que luchar.

Los ojos de las brujas siguen brillando con intensidad, todas con el ceño fruncido por la concentración. Saysa es la primera que se cae de rodillas; hoy ha cuidado a los vampiros, así que seguramente esté más débil por la pérdida de sangre. Enzo salta al cuadro y le ofrece sus manos para darle energía.

Saysa no lo toca.

Laura es la siguiente en caer, pero ella sí toma la mano que le alarga Enzo. Al cabo de unos instantes, vuelve a levantarse con un nuevo golpe de energía fluyendo por su cuerpo. Veo que a Enzo se le hincha una vena en la sien, pero no muestra ningún signo de estar sufriendo, es más, intenta alargar el brazo para tocar a Saysa…

En ese momento, ella da un paso atrás y rompe el hechizo.

—¡Saysa! —chilla Zaybet, sus ojos metálicos centellean antes de caerse al suelo.

Saysa se da cuenta de lo que ha hecho y vuelve a su posición, pero ya es demasiado tarde. Cata y Laura se derrumban, como pétalos marchitos y el brillo en sus ojos se extingue.

En las pantallas se ve que la nube sigue envolviéndonos pero no se acerca ni un centímetro.

—Tenemos que arriesgarnos y atravesar un túnel —anuncia Laura mientras Enzo la ayuda a levantarse—. Es nuestra única opción, la manada es demasiado pequeña para luchar.

—No tenemos ni idea de dónde nos llevará —rebate Zaybet—. ¡Podríamos salir delante de una patrulla de Cazadores!

—Esa es una *posibilidad* —argumenta Laura—, pero si nos quedamos aquí, ¡tenemos la *certeza* de que nos quedaremos sin aire!

Zaybet cierra los ojos como si no quisiera votar.

—De acuerdo —es todo lo que dice.

El Aquelarre zarandea a las brujas a medida que la tormenta se va desatando. Laura toca un par de teclas en una pequeña pantalla, pero todo sigue temblando a nuestro alrededor.

—¡Creo que es demasiado tarde! —nos dice—. No puedo…

El Aquelarre sale despedido hacia adelante y todas las pantaguas se quedan en negro.

—¿Qué ha pasado? —pregunta Cata.

—Tenemos que entrar en un túnel —sentencia Zaybet—. Hay agujeros de gusano por todo el Mar Oscuro, pero no hay manera de saber dónde saldremos. Nuestra órbita no cambiará, lo que podría traernos problemas.

Mientras esperamos a aparecer en algún sitio, noto cómo la tensión me oprime el pecho. Una vez las pantallas vuelven a encenderse, veo que vamos derechos hacia un banco de estrellas de mar multicolor.

Finalmente se dispersan en nuestra estela y yo aguanto la respiración mientras examinamos las pantallas buscando cualquier señal de movimiento en el exterior.

No vemos nada y Laura abre como una especie de radar con líneas rojas. Parece que no detecta actividad a nuestro alrededor. Después de respirar hondo un par de veces, Enzo al fin dice:

—Eso estuvo cerca…

Sus últimas palabras quedan silenciadas por una alarma estridente que retumba en todo el Aquelarre.

—¡Carajo! —maldice Zaybet, en cuanto aparece un punto rojo en el radar.

Laura cambia el modo del dispositivo a cámara y vemos una bola roja y negra con pinchos que se abalanza sobre nosotros a una velocidad pasmosa.

—Es un barco pequeño —nos informa Laura—. Debe de haber una base cerca.

—Crucemos los dedos para que pase de largo —dice Enzo.

—¿Quién creen que es? —susurra Cata mientras el barco cada vez se hace más y más grande.

La bola es negra, las púas, rojas, y tiene un par de brazos metálicos que acaban en unas enormes garras.

—Piratas.

17

Ni siquiera la cálida voz de Laura puede hacer que esa palabra suene menos aterradora.

—¿*Piratas*? —exclama Cata, horrorizada.

—Parece que reducen velocidad —anuncia Zaybet.

Nadie media palabra mientras vemos cómo los brazos con garras se sujetan a nuestra superficie y el barco atraca; el miedo impregna el ambiente con un sabor metálico. Al ver la paralización que sienten Zaybet, Laura y Enzo, me parece que es la primera vez que han tenido que defender al Aquelarre de estos enemigos.

—¿No hay un protocolo o algún tipo de sistema de defensa? —pregunta Tiago mientras un Septimus, enorme y corpulento, sale de uno de los pinchos rojos con un traje de neopreno.

—No puede ser la primera vez que alguien haya estado tan cerca.

—Te sorprendería saber lo improbable que es —dice Zaybet.

Van saliendo más piratas fornidos, hasta que cuento ocho en total, pero quizá aún haya más adentro. Se mueven por el oscuro espacio como si fuese agua y me pregunto cómo será la consistencia del Mar Oscuro.

No veo que les salgan burbujas de la boca y los Septimus parecen flotar sin tener que hacer mucha resistencia. Aun así, veo que plantan los pies en la superficie, como si el Aquelarre ejerciera cierto nivel de gravedad.

—El sistema radar alimenta los controles de navegación del Aquelarre —nos explica Laura— y cambia la ruta de nuestra órbita para evitar problemas. La mayoría de piedras como esta ejercen una atracción magnética que destrozaría a los barcos que se acercaran demasiado, por eso los Septimus suelen mantener las distancias…

—A menos que estén desesperados —dice Enzo con su voz rasgada, enfatizando la última palabra—. Pero en respuesta a tu pregunta —le dice a Tiago—, sí tenemos medidas de seguridad. Podríamos lanzar una bomba de humo negro…

—No —rechaza Tiago—, eso nos confundiría a nosotros tanto como a ellos.

—Podemos dispararles para asustarlos —sugiere Laura.

—Quizá eso les haría pedir refuerzos —rebate Zaybet— o volver a por nosotros más tarde. No parece que vengan con brujas, podemos esperar a ver lo que hacen y, si encuentran una manera de entrar, podemos usar la dormilona.

—¿*La dormilona*? —pregunto sin entender.

—Un tranquilizante que se administra por el aire y que podemos esparcir por el Aquelarre sin que se den cuenta.

—¿Una poción aérea? —pregunta Cata, maravillada—. Eso lo ha tenido que hacer una Invocadora con *mucha* experiencia.

—La bruja que la elaboró murió hacer un par de décadas —explica Zaybet—. La última vez que los piratas estuvieron tan cerca fue hace mucho tiempo, mucho antes de que yo estuviera aquí. El somnífero se mezcla con una pizca de Olvido, lo justo para hacerlos olvidar los últimos días y desorientarlos, pero para que funcione se tienen que quitar las máscaras.

Justo en ese momento, volvemos a ver la silueta de un pirata en la pantalla, como si estuviera mirando fijamente la cámara. Toca algo y veo, horrorizada, cómo encuentra la entrada secreta. Algo me dice que tiene experiencia abriendo todo tipo de cerraduras y sabe perfectamente dónde mirar y qué hacer.

Enzo me da algo y me doy cuenta de que es una máscara de neopreno. Todos los demás se la han puesto ya. Ya no podemos arriesgarnos a decir nada más, por si los lobos nos escuchan.

Laura agarra una pantaguas portátil y subimos por las escaleras hasta el primer balcón, donde nos colamos en la primera habitación. Allí formamos un círculo alrededor de Laura mientras ella toquetea un par de botones para desactivar las pantallas de abajo y activar las imágenes para ver qué está pasando.

Ocho lobizones avanzan por el espacio donde hace apenas unos segundos estábamos nosotros. Hay uno más bajito que el resto, pero sus músculos no se quedan atrás. Debe de ser el más joven.

Se mueven sin hacer ruido mientras inspeccionan la zona, examinan nuestra comida, nuestros libros y nuestros muebles. Me gustaría saber si se están comunicando telepáticamente.

Un par de ellos señalan a los vampiros, emocionados, y, cuando uno parece que se va a quitar la máscara, otro lo agarra del brazo y sacude la cabeza. No están seguros de poder respirar tranquilos.

Adiós a nuestro plan.

Antes de que podamos detenerlo, Enzo se saca la máscara. La puerta de la habitación se abre y se cierra con un leve ruido. Laura hace el intento de ir tras él, pero Zaybet la retiene.

Ahora ya no podemos hacer nada más que esperar a ver lo que hace desde la pantalla.

Enzo baja por el balcón que está lleno de vampiros hasta la planta baja. Y en cuanto aterriza, echa el brazo hacia atrás para tomar impulso y le atiza un puñetazo al tipo que tiene más cerca, el que quería quitarse la máscara, en la barbilla.

El lobizón ruge y se quita la máscara. Ya está transformado.

Se abalanza sobre Enzo, que por alguna razón no se transforma, y queda aplastado bajo el peso del pirata. Los demás corren a apoyar a su amigo y Tiago empieza a transformarse.

El cuerpo le empieza a crecer y a expandirse, el pelo le crece y se espesa por toda su piel y las garras se abren paso entre sus dedos. Yo también siento el instinto en mi interior y, cuando va a abrir la puerta, ya estoy junto a él, pero Tiago no la abre.

Tú te quedas aquí.

Me cruzo de brazos.

Soy una loba como tú.

Lleva la máscara puesta así que no puedo ver qué cara pone.

Si crees que estás preparada para luchar contra lobos piratas, adelante.

Entonces, abre y cierra la puerta con todo el cuidado que puede y desaparece. Agarro el pomo para seguirlo, pero dudo.

Aún no sé luchar y si me hacen daño lo único que haré será distraerlo. Desanimada, me vuelvo a transformar en humana y me uno a las brujas que observan con los ojos muy abiertos lo que está pasando en la pantalla.

Tiago es un monstruo.

Tres lobizones se tiran encima de él y arremete contra ellos él solo: los desgarra, les propina patadas y les corta por todas partes como si estuviera haciendo un baile de artes marciales. Enzo no lo está llevando tan bien porque lo tienen sujetado, pero el lobizón, de repente, se aparta de Enzo como si le quemara.

Tengo la sensación de que si Laura no llevara la máscara, vería chispas rojas brillando en sus ojos.

El lobizón vuelve a arremeter contra Enzo, pero esta vez su pie se queda congelado en el suelo y no puede moverse. Debajo del tejido oscuro, los ojos de Zaybet deben de estar centelleando como espadas.

Para entonces, solo quedan dos piratas con las máscaras puestas, el que pelea contra Tiago y el más joven. Tiago se agacha para esquivar un puñetazo y embiste al lobo con la cabeza, golpeándole en el estómago. El lobo cae al suelo y, por fin, se quita la máscara.

En ese momento, Tiago fulmina con la mirada al único intruso que aún lleva máscara y que parece hacerse cada vez más pequeño, buscando refugio contra la pared.

Cuando da un paso más hacia él, el joven pirata se quita la máscara. Una larga mata de pelo negro queda al descubierto, junto a un par de ojos brillantes color fucsia.

El traje de la Invocadora se desinfla para ajustarse a su verdadera figura mientras crea campos de fuerza para atrapar a Tiago, que aún lleva la máscara, y a Enzo, que está al descubierto. O al menos es lo que me parece, ya que ninguno de los dos se mueve.

Me giro hacia Cata para que los ayude, pero niega con la cabeza. No puede arriesgarse a que la Invocadora sepa que está aquí.

—¿Quién más está aquí? —exige la bruja.

Los piratas se empiezan a levantar, y ahora todos están en su forma humana. Mientras se limpian las heridas, el lobo al que Zaybet le congeló el pie al suelo dice:

—Aquí hay brujas.

—Hazlo —le dice Zaybet a Laura, con la voz amortiguada por la máscara.

—Pero Enzo…

—¿Escuchan algo? —pregunta uno de los lobizones.

—*Chiiiiist* —les digo a Zaybet y Laura.

—Está protegido por el campo de fuerza, el hechizo no le hará efecto —rebate Zaybet a pesar de mi protesta.

—¡He oído a alguien! —exclama el lobizón justo cuando Laura pulsa el botón—. Salgan, salgan de donde estén o tendremos que ir a…

Uno a uno los piratas se caen al suelo.

Sin embargo, la Invocadora ha debido de notar la poción en el ambiente y soltar los campos de fuerza de Tiago y de Enzo para protegerse a sí misma porque ella sigue en pie.

En cambio, Enzo está inconsciente.

A Laura y Zaybet se les escapa un grito ahogado al verlo derrumbarse en el suelo con el resto de lobizones. Los únicos que han salido ilesos son Tiago, porque lleva la máscara, y la bruja.

—Hagan algo —les pido a Cata y a Saysa.

—Ha levantado un escudo para protegerse —me contesta Cata—. Nuestra magia no le va a hacer nada.

Una ráfaga de viento golpea a Tiago en el estómago y lo manda volando al otro lado de la sala hasta que se estrella contra la pared. Un montón de piedrecitas le caen encima mientras intenta volver a ponerse en pie, pero parece que está desorientado. Se ha dado un buen golpe en la cabeza.

Antes de darme cuenta de lo que estoy haciendo, salgo corriendo y salto desde el balcón hasta aterrizar sin hacer ni un ruido detrás de la bruja.

Como si pudiese notar el cambio que ha habido en el aire, la Invocadora se gira y veo cómo sus ojos fucsia centellean avisándome del inminente ataque, pero su fulgor pierde fuerza cuando me ve.

—¿No me vas a mostrar tus ojos, hermana? —me pregunta.

Una niebla se forma a nuestro alrededor y nos cubre, hasta que nadie más puede vernos, ni siquiera las cámaras. Supongo que debe de pensar que hay más brujas y no quiere que nos abalancemos todas sobre ella. La *hermandad* también tiene sus límites, supongo…

—Pues nada, tendré que adivinar tu elemento —se contesta ella misma.

Noto cómo la tensión crece en el ambiente justo cuando me dispara otra ráfaga de viento y la apunta también a mi estómago, como hizo con Tiago.

Y, como haría si estuviésemos en un campo de Septibol, la esquivo.

A la bruja se le desencaja la mandíbula y, a mí, aunque no se me ve porque llevo la máscara, también.

A mi cabeza viene el recuerdo de la cueva de Lunaris con Yamila y cómo conseguí esquivar sus ataques mágicos. No eran imaginaciones mías: *puedo esquivar la magia*.

La Invocadora vuelve a la carga y sus ojos rosas brillan con intensidad al lanzarme otra bola de aire, esta vez a mi pecho, pero yo me tiro al suelo y ruedo para esquivarla.

Tiago se abre paso entre la neblina y me ayuda a levantarme. Justo en ese momento noto que el aire se comprime a nuestro alrededor, como si nos hubiesen metido en un ataúd invisible.

La pirata nos ha encerrado en un campo de fuerza.

—Nos vemos —dice antes de volver a ponerse la máscara, seguramente para poder soltar su campo de protección.

Si consigue volver a su nave para buscar refuerzos, estamos jodidos.

El ataúd mágico me oprime todo el cuerpo; no puedo moverme ni un ápice. Aun así, me concentro en las capas que forman mi cuerpo intentando sentir sobre todo con mayor intensidad la más externa, *mi piel*. Pongo toda mi atención en las sensaciones físicas, por muy leves que sean, hasta que puedo sentir dónde el muro de aire empieza a tocar el vello que recubre mi cuerpo.

Parece que la zona está dormida.

Recuerdo que Zaybet dijo que era más fácil derrumbar algo que construirlo de cero, así que me concentro en un punto concreto: mi pulgar derecho. Canalizo toda mi energía ahí con la intención de doblar el dedo, sacando fuerzas de mi poder de transformación, de mis ganas de sobrevivir, de cualquier rincón de mi interior para…

que…

se…

MUEVA.

Mi pulgar se dobla y el campo de fuerza que me retiene desaparece.

Como Tiago aún lleva la máscara puesta no puedo ver su reacción, y seguramente ya me va bien así. Entonces echo a correr hasta que alcanzo a la Invocadora en el túnel rosa y acolchado.

Está muy cerca de la salida, cuando oye mis pasos y echa la vista atrás. Casi se cae al verme. Noto que va a lanzarme un nuevo torbellino de aire, y va a ser más potente que los otros…

Pero antes de que llegue a hacerlo, le propino un puñetazo en la cara, la atrapo al vuelo antes de que se caiga al suelo y le quito la máscara.

La llevo en brazos con el resto de sus compañeros. Ahora que la Invocadora está fuera de combate, la niebla se disipa y Tiago vuelve a quedar libre. Sale corriendo en cuanto me ve, toma él a la pirata y la coloca junto a su manada.

Mis amigas bajan las escaleras corriendo, pero nadie se quita la máscara porque la poción de la dormilona sigue flotando en el aire. Laura pulsa un par de botones en la pantaguas portátil y de repente sentimos como si cruzásemos una de esas barreras mágicas. Después ella y Zaybet se sacan las máscaras y van en busca de Enzo.

—¿Podemos despertarlo? —pregunta Tiago, sacándose también la suya.

Zaybet niega con la cabeza.

—Tenemos que esperar hasta que desaparezcan los efectos.

—Pero no le pasará nada, ¿verdad? —pregunta Laura, aunque nadie contesta.

Tiago levanta a Enzo en brazos y lo lleva a su habitación. Cuando vuelve, él, Laura y yo salimos del Aquelarre con los trajes de neopreno para devolver a los piratas a su nave.

En cuanto pongo un pie fuera, me siento ligera como una pluma. La oscuridad que nos rodea es tan densa que hasta parece una sustancia.

Cada vez que inhalo, la máscara se encarga de insuflarme oxígeno en los pulmones y noto cómo mis pies avanzan por el suelo de piedra con una ligereza inverosímil. No se puede decir que flote ni que nade, ni que esté caminando, es algo completamente nuevo. Es como si la atmósfera no estuviera sujeta a la gravedad ni a la ausencia de ella, sino a una cualidad que aún no soy capaz de identificar.

Nos acercamos al barco recubierto de pinchos con cuidado, por si hay más piratas abordo. Laura se detiene y, aunque no puedo verle los ojos, sé que está usando su magia para buscar señales de calor. Cuando nos mira y asiente, Tiago se pone delante y tira con fuerza de una de las púas rojas para abrirla.

En el interior, hay una ventana panorámica enorme, como la de *La Espiral,* y los asientos están atornillados al suelo. Voy a sacarme la máscara, pero Laura me agarra del brazo para que no lo haga.

—Aquí no hay oxígeno —la escucho que me dice tras la malla oscura.

—Entonces, ¿cómo respiran? —le pregunto, sintiendo las cosquillas que me hace el neopreno al rozarse con mis labios.

—Vuelan con las máscaras puestas.

No me extraña que los piratas se alegraran al ver los vampiros.

Las paredes están plagadas de armarios, y Laura empieza a abrirlos. Además de comida y ropa, encuentra piedras preciosas y sacos llenos de todas las variedades de semillas, como si los piratas hubiesen estado saqueando. Mientras ella sigue rebuscando en el almacén, Tiago y yo volvemos a *La Espiral* para traer a la tripulación que sigue inconsciente.

La atmósfera del Mar Oscuro nos facilita el trabajo para arrastrar los cuerpos hasta allí. Una vez los piratas están a bordo, Laura me pasa nuestro botín (un par de sacos de yerba para mate) y ella se mete en el bolsillo una figurita de un lobo de plata con el hocico roto. Cuando desembarcamos, pone las manos en el exterior, aprieta con fuerza y la bola puntiaguda sale despedida hacia la oscuridad.

La seguimos con la mirada hasta que la corriente invisible la hace desaparecer.

Para cuando lleguemos a nuestras habitaciones, apenas tendremos un par de horas para dormir antes de que amanezca. Zaybet nos dijo que el Olvido que tiene la poción de la dormilona hace olvidar los últimos días para desorientar a la persona, y yo no dejo de pensar en cuántos recuerdos habrá perdido Enzo por lo que ha pasado esta noche.

¿Cuánto tardará en despertarse? ¿Estará bien? ¿Nos perdonará?

Aún siento la adrenalina recorriendo mi cuerpo cuando Tiago cierra la puerta de la habitación. Nos quedamos mirándonos y espero a que comente algo de lo que he hecho, cómo he conseguido romper el campo de fuerza de la pirata.

Espero a que me haga la misma pregunta que me hizo Yamila y la madre de Ariana:

¿Qué eres?

No estamos transformados, pero aun así hay una energía lobuna flotando en el ambiente. Estoy molesta con él, pero no sé por qué.

Se quita la camiseta y en sus ojos no hay ni rastro de cordura.

No sé quién de los dos tira al otro a la cama.

Nos besamos y nos fundimos en el otro, nuestros cuerpos se entrelazan como lo hacen nuestras lenguas. Tiago me clava las manos en la espalda y me la masajea, bajando cada vez un poco más, colocando más y más presión sobre mi piel hasta que mis músculos se relajan de tal manera que parezco de goma. Le paso una mano por el pelo mientras que con la otra le araño la espalda.

Reprime un jadeo y me pasa la lengua por el cuello mientras me recorre la parte interior del muslo con la mano.

El deseo se apodera de mi mente como una droga, nublándome la vista y haciéndome que todo el cuerpo me arda. Tiemblo de la cabeza a los pies. Me agarro a los hombros de Tiago y, mientras me estremezco, le rasgo la piel.

Me asusto y le quito las manos de encima.

He sacado las garras y tengo los dedos manchados con la sangre de mi novio. Siento un tirón en mi útero, como si la transformación estuviera a punto de tener lugar…

Me aparto y me tumbo bocarriba, intentando recuperar la respiración y refrenando el impulso. Cuando Tiago se me acerca, me alejo, asustada de transformarme si me toca.

—No pasa nada —me dice con ternura—. No te vas a transformar.

Se tumba a mi lado un buen rato mientras yo respiro hondo una y otra vez. Cuando consigo calmarme un poco, le pregunto:

—¿Te he hecho daño?

—Para nada. ¿Estás bien?

—No entiendo qué ha pasado.

—Por eso el otro día intenté bajar un poco la intensidad… —Se queda callado un momento, como si estuviese nervioso, y no sé por qué se siente incómodo—. Hasta ahora solo he estado con brujas. No sé lo que pasa cuando dos lobos se acuestan.

Abro y cierro los ojos.

No sé cómo, pero me ha pillado totalmente desprevenida.

—Pero por lo que he escuchado —sigue diciendo, un poco indeciso—, los instintos son tan fuertes que pueden hacer que te transformes.

—Ah… —espero unos segundos y no puedo evitar preguntarle—: ¿Y cómo es con brujas?

—Las brujas se pueden contener porque pueden usar la magia. A veces también les gusta jugar con ella. Y, para los lobos que no pueden controlar su transformación, hay pociones que les ayudan. Por eso hay tanta gente que tiene tantas ganas de ir a Lunaris.

—¿Qué quieres decir?

Ahora parece que está intentando no sonreír.

—Bueno… porque allí podemos dejarnos llevar por completo sin miedo a hacernos daño.

—¿Y…?

—Digamos que… —continúa, y por fin se le dibuja una sonrisa en los labios— a la mayoría nos concibieron bajo la luna llena.

Mañana haremos mi anuncio. Se grabará en Juramento, un lugar que se supone que es un confesionario sagrado para los Septimus.

Estos dos días, Cata ha estado escribiendo guiones y obligándome a practicarlos sin parar, siempre interrumpiéndome para hacerme correcciones del estilo: *¡Tienes que decirlo con más pena! ¡Cuando digas esto, sube la cabeza! ¡Parece que estás leyendo un guion!*

No me digas…

Hoy por fin hemos decidido lo que voy a decir. Después de descartar un centenar de propuestas, hemos acordado que lo mejor es que diga lo mínimo en este primer acercamiento, cosa que me parece bien. Al final consigo escaparme de su habitación haciendo ver que bajo un momento a por algo de comer, pero lo primero que hago es llamar a la puerta de Enzo.

—Adelante —me dice con su voz rasgada de siempre.

Está sentado en la cama, viendo su telenovela favorita (y la de Zaybet) en una pantaguas portátil.

—¿Cómo estás? —le digo y, sin querer, al intentar apoyarme en el colchón, le pongo la mano encima de la pierna y escucho cómo se le entrecorta la respiración del dolor. Rápidamente aparto la mano.

—Ya no me duele tanto el cuerpo —me dice mientras se recoloca en los cojines—. Ni la cabeza. Si estoy en la cama es porque están todos como locos y no me dejan salir.

Estuvo inconsciente un día entero y perdió mucha más memoria de lo que pensábamos en principio. Laura nos dijo que lo último que recuerda es la manifestación en el Centro Comercial. Eso significa que se ha olvidado de que jugó con nosotros a Septibol y que marcó el único gol del partido.

—Solo queremos que recuperes fuerzas por si tienes que arriesgar tu vida otra vez por nosotros.

—No sé de qué hablas —me dice mientras hunde la cuchara en un tarro de dulce de leche que seguramente le haya traído Laura—. Simplemente les hago caso porque no puedo contra todos ustedes.

Aun así la verdad es que no lo veo mal o enfadado, lo están cuidando bien. Al lado de la cama, veo los libros y la comida que Zaybet y Laura han debido de traerle. Normalmente no suelen demostrar lo mucho que lo quieren y me pregunto cuándo fue la última vez que alguien cuidó de Enzo o lo hizo sentir querido.

—Oye —le digo mientras me levanto—, siento mucho que te hayamos borrado tantos recuerdos así. No estuvo bien.

—No pasa nada —me contesta y dice algo más, pero lo masculla tan rápido que no lo entiendo.

Deja el tarro en la mesita de noche y sube el volumen de la pantaguas como si diera por terminada nuestra conversación. Entonces me fijo en algo plateado dentro del tarro de dulce de leche.

Enzo se da cuenta, agarra el lobo roto que Laura les quitó a los piratas:

—Lau sabe que me gustan los juguetes rotos —me dice, encogiéndose de hombros.

Justo cuando cierro la puerta mi cerebro consigue poner en orden el murmullo incomprensible de antes:

«Ojalá me los hubiesen borrado todos».

Antes de ir a ningún sitio, cierro los ojos y me concentro en el olor a lavanda de Cata, hasta encontrarla en las escaleras, seguramente buscándome.

Así que subo las escaleras, hasta arriba del todo, al recinto oscuro donde duermen los vampiros durante el día. Aquí es donde tienen plantadas las raíces, por lo que el suelo está cubierto de tierra. Saysa está llena de hiedras, como en la alucinación que tuve con mate la mañana de mi primera transformación.

Excepto que, a diferencia de la hiedra verde de la Ciudadela, los oscuros vampiros no le hacen daño. Estos dejan que Saysa les limpie los dientes e incluso muerden las hojas de menta que les pone en la boca.

El espacio tiene más o menos la misma altura de Saysa, así que tengo que agacharme un poco para pasar.

—Hola —la saludo mientras inspiro el olor a tierra.

Me siento a medio metro de distancia para alejarme lo suficiente de esos dientes afilados.

—Hola. Oye, Cata te está buscando.

—Sí, ahora iré. —Me abrazo las rodillas y me las acerco al pecho al ver que un par de vampiros se me acercan—. ¿Cómo va la cosa por aquí?

—Bien —me contesta, mientras sigue poniéndoles la menta dentro de la boca—. A punto de acabar.

—Encajas bien aquí —le digo y Saysa me mira inquisitivamente, y le aclaro—: No aquí en concreto, quiero decir *en el Aquelarre*.

Mi amiga suelta las plantas y se encoge de hombros mientras la hiedra negra serpentea alejándose.

—Llevo soñando con este sitio desde que era pequeña. Siempre he sabido que era real y que un día lo encontraría.

—Qué maravilla.

Noto un leve resquemor en mis palabras y me doy cuenta de que me da un poco de envidia. Cuando miro a Saysa veo que ha encontrado ese hogar con el que lleva soñando toda su vida, su lugar en el mundo.

Es lo que siempre he querido.

Y si las cosas siguen así, nunca lo encontraré.

—Me duele que últimamente casi no hablamos —le digo y me aclaro la garganta—. Parece que desde Lunaris me has estado evitando...

—Estábamos huyendo...

—Creo que nos estamos centrando mucho en mí y no hemos tenido un momento para hablar de lo que te está pasando —me fuerzo a decirle sin tapujos—. No hablas de lo que pasó con Nacho o con la Congeladora de Kukú.

Prefiero no mencionar lo que me hizo a mí en La Cancha, pero me parece que las dos lo estamos pensando.

Saysa alarga la mano para llegar a una enredadera negra con un par de espinas. Agarra una pequeña cuchilla para sacárselas y el vampiro se queda quieto y la deja hacer.

—No tienes que hablar conmigo si no quieres, pero por lo menos déjame que te dé las gracias. Por protegernos.

Saysa me mira fijamente cuando me dice:

—*¿Cómo puedes decirme eso?* Ya viste lo que te hice, que casi…

—Por eso lo digo —le contesto con dulzura—. Lo que te está pasando es muy fuerte. Nos pasa a *todos*.

Saysa baja la mirada y se concentra en podar la planta.

—Pero ¿te paraste a pensar en lo que nos hubiese pasado a todos y *a mí* si no llega a ser por ti?

Mi amiga sigue sin mirarme a la cara.

—En mi primer día de clase, la señora Lupe nos pidió que consiguiéramos una docena de pétalos con magia, pero no pudiste hacerles daño a las flores —le digo, sin perder de vista a los vampiros para que no se me acerquen demasiado—. A la mayoría de brujas les costó conseguir ese nivel de control, pero para eso era el ejercicio, para que practicásemos. ¿Intentaste alguna vez investigar sobre el lado oscuro de tu magia curativa?

Saysa por fin deja la hoja a un lado y me mira, le brillan los ojos mientras sacude con la cabeza.

—Todo el mundo quiere pensar que las Jardineras somos princesas de cuento que hablan con las plantas y les cantan a las criaturas de los bosques. La gente no quiere aceptar la otra cara de nuestro poder…

Decido arriesgarme y acercarme un poco más a pesar de los vampiros, y la tomo de la mano:

—Quizá hay alguien con el que puedes hablar…

Saysa me suelta la mano y agarra un vampiro que tiene enrollado en el cuello. Se lo quita de encima y toma de nuevo la hoja para podarlo.

—Cuando una Jardinera... hace daño a otro Septimus —murmura—, hay que avisar para que le hagan un informe.

Los vampiros se empiezan a deslizar sobre mi regazo y me echo un poco hacia atrás.

—Pero no parece que Yamila haya dicho nada...

—No es cosa suya —me dice, con una cara totalmente inexpresiva, como si un fantasma la hubiese poseído—. La mayoría de lobos no querrían admitir que una bruja les ha dado una paliza, sobre todo un Cazador como Nacho. Seguro que le pidió que no dijera nada porque...

—Quiere encargarse él del asunto —acabo la frase por ella, y Saysa asiente.

—Todo el mundo le teme a una Jardinera poderosa. Incluso las otras brujas.

—Pero reprimir tus miedos no es la solución —le digo mientras me quito una enredadera de la rodilla—. A mí también me dan ataques de pánico. Creo que es lo que te pasó cuando volviste a ver a Nacho, y la otra noche, cuando hubo la tormenta...

—¡No necesito a nadie para solucionar mis mierdas, Manu!

Al decir esto le tiembla la voz y la mano, lo que hace que corte demasiado hondo la espina del vampiro y le haga sangrar.

—¡Mierda!

La enredadera sale corriendo y se aleja de Saysa, y se enrolla en sí misma como una serpiente.

—Lo siento —le dice, pero la planta se niega a dejarla acercarse de nuevo y le enseña los dientes—. *¿Lo ves?* —me dice—. Ya sé que dentro de mí tengo la misma oscuridad que destruye a algunas Jardineras, pero no puedo hablar del tema porque, si no, no podré ocultarlo. Es como si tuviera una masa volcánica de rabia en la boca del estómago que siempre está amenazando con hacer erupción. Sé que en el fondo crees que soy una buena bruja, pero ¡te equivocas!

Al decir esto los ojos se le iluminan con su poder, como carteles de neón, y el recinto empieza a temblar a modo de aviso. Los vampiros se encogen y se esconden en el suelo, asustados.

—El Aquelarre es el único mundo en el que he estado que tiene sentido para mí —afirma y el temblor se detiene—. Si salgo al exterior, explotaré.

Por lo que me está diciendo, no parece que quiera acabar sus estudios.

—¿Has hablado con Cata sobre lo que quiere hacer ella?

—Lo único que importa ahora mismo es tu programa —me dice. Eso es un *no*—. Todos necesitamos que te lo tomes en serio.

Ya se parece a Cata y Tiago.

Algunas enredaderas se me han colgado en los brazos y empiezo a quitármelas de encima poco a poco con hastío. Veo cómo bocas dientudas se cierran con rabia delante de mis narices y noto unos cuantos pinchazos en la muñeca y el hombro. Me pego a la pared hasta que llego a las escaleras, donde ya llega la luz del día y no pueden seguirme, y por fin soy libre de las caricias no tan agradables de las plantas.

—Sí *eres* una bruja buena —le digo antes de irme—. Antes incluso de conocerte, el Septis con el que traficabas me salvó la vida. Además, cuando descubriste quién era, fuiste la primera persona que me aceptó. No sé cómo reaccionarán los otros miembros del Aquelarre, pero yo sé que *tú* no dudaste. Lo tengo tan claro como que la verdadera Saysa nunca comprometería sus valores para encajar *en ningún sitio*.

No me quedo esperando para ver su reacción y siento cómo la tristeza me llena el pecho cuando salgo de ese rincón oscuro y la luz artificial de fuera me baña por completo. Entre que Cata me sobreprotege, que Tiago tiene la mente muy cerrada y que Saysa está demostrando lealtad hacia dos bandos, no puedo confiar en mis amigos para que me ayuden a tomar esta decisión.

Les falta objetividad para que vean las cosas desde mi postura.

No se dan cuenta de que no me están pidiendo solo que mienta… Me están pidiendo que me convierta en una mentira.

Salto por los balcones para bajar en vez de usar las escaleras y, cuando llego abajo, me choco con Zaybet y la tiro al suelo.

—¡Ay, perdona!

Alargo los brazos y la agarro antes de que se dé con la cabeza en el suelo. Nos chocamos de pleno contra el pecho y, cuando la ayudo a incorporarse, veo que tiene los ojos abiertos como platos del susto.

Sonrío de pura vergüenza.

—Aún sigo puliendo mis habilidades de lobizona...

—No... pasa... nada... —me dice con la respiración entrecortada.

Mi olfato detecta que se acerca una bomba de lavanda.

—Oye, quería visitar el Hongo, pero me he quedado sin...

—Claro —me contesta Zaybet mientras me lleva a las esterillas y me ofrece un vasito con virutas de setas secas.

La bruja vuelve a mirarme sorprendida cuando ve la velocidad con la que me las meto en la boca. Como siempre, la textura del Hongo es seca y chiclosa. Cierro los ojos justo cuando aparece Cata corriendo y dice:

—Dime que no acaba de hacer lo que creo...

¡Es que eres demasiado lista! Has acertado de pleno.

Mientras me adentro en las profundidades de mi mente, por fin puedo pensar con libertad. Últimamente este es el único ratito para mí que tengo. Como hago cada día, intento enviarle un mensaje a Gael.

¿Estás ahí?

No siento ningún tipo de conexión. Es como descolgar el teléfono y que no haga tono.

Soy la reina de las hipócritas, le pido a Saysa que se abra cuando yo estoy guardándoles secretos otra vez. Aún no les he contado a mis amigos que puedo combatir la magia. Y no es que no confíe en ellos, es que quiero descubrir qué significa antes de que nadie lo decida por mí.

Estoy harta de ser el bicho raro.

Tengo miedo de seguir metamorfoseándome hasta que un día me despierte siendo una cucaracha a lo Gregorio Samsa. Pasaré una fase más de la que toca y ni siquiera yo podré reconocerme.

Me pasa lo mismo cuando pienso en mañana, saber que tengo que contar la verdad me da muchísimo miedo, pero mentir me asusta aún más. Da igual lo que diga, a partir de ese momento mi identidad cambiará y no tengo clara qué dirección quiero tomar.

Y luego está la amenaza de Yamila de ir en busca de Ma. Cuando haga estas declaraciones, va a hacer todo lo posible por destrozarme.

Si aún no la ha encontrado, doblará sus esfuerzos para conseguirlo. Necesito saber que está a salvo con Gael, que *los dos* están bien.

¿Me oyes?, intento preguntar otra vez.

Nada, no hay conexión.

Me distraigo leyendo los últimos titulares. La palabra *ladrona* cada vez aparece más y más en mis búsquedas, y, como no tengo ninguna prisa por volver con Cata, vuelvo a zambullirme en la leyenda popular.

La inquietante nana vuelve a sonar en mi cabeza y descubro que toda la canción es una estrategia para infundir miedo. La ladrona es un cuento inventado que sirve de advertencia para reforzar la separación entre Septimus y humanos; una manera de convencer a la gente de que tener híbridos como yo es una mala idea.

Mientras profundizo en la mitología, encuentro cinco dogmas que se aplican a la ladrona:

Se colará en Lunaris.
Robará el poder de los lobizones.
Será capaz de afrontar la magia de las brujas.
Será el fin del mundo.
Solo podrás reconocerla por los engañosos ojos que tiene.

Se me va a salir el corazón del pecho. Cualquiera de estas descripciones podría decirse que hablan de mí, sobre todo la última. La historia de mi vida no se puede explicar sin poner en el centro a mis ojos.

Será capaz de afrontar la magia de las brujas.

Ahora sé por qué Tiago no dijo nada cuando rompí el campo de fuerza de la Invocadora; seguramente sabe que si alguien descubre que puedo zafarme de la magia, estaré más jodida de lo que ya estoy.

Pero Yamila sí lo sabe. Y también sabe lo de Ma. Yamila sabe todos mis secretos y la única manera de protegerme es si yo ataco primero.

Necesito tomar las riendas de mi historia antes de que lo haga ella.

¿Estás ahí?, vuelvo a insistirle a Gael. *¡Necesito hablar contigo, de verdad!*

Sigo sin notar su presencia y, llegados a este punto, dudo de que consiga hablar con él antes de mi presentación. Da igual, al menos voy a decir lo que tengo que decirle, aunque solo me esté escuchando el universo.

Seguramente nunca lo escuches, pero hicimos lo que me dijiste: nos pusimos en contacto con el Aquelarre. Supongo que ya te habrás dado cuenta, y también que estoy siguiendo tus normas, más o menos.

Mañana por la mañana vamos a hacer mi última manifestación. Voy a hacer una declaración para los Septimus. Cata se ha inventado una historia para que la repita diciendo que me obligaron a tomar Olvido y que no recuerdo mi propia historia.

¿Es lo que a Ma y a ti les gustaría que hiciera? Una vez la comparta con el mundo, me convertiré en un secreto para siempre. Y en esta familia sabemos muy bien que los secretos se ponen en riesgo cuando hay posibilidades de que los saquen a la luz. Siempre estaré a un paso de perderlo todo.

Supongo que es mi maldición, lo fue desde que nací. Parece que tengo que repetir la historia de mis padres: esconderme como Ma o convertirme en una mentira como tú.

La rabia que noto en mi voz me sorprende, pero sigo hablando porque necesito tirar del hilo hasta deshacer el nudo que tengo en el pecho.

En Lunaris nos dijiste que plantásemos un nuevo jardín. Incluso vi que te decepcionaste al ver que entraba en el vestuario de las brujas en vez de en el de los lobizones en el campeonato. Debes de querer que diga la verdad, sin importar las consecuencias, ¿verdad? ¿Aunque eso signifique mi muerte?

¡Nos has mandado en una misión suicida! *¿No viste lo mal que lo teníamos? ¿Por qué no nos ayudaste?*

¿Por qué no me protegiste?

¿Por qué nunca *me has protegido?*

De repente me entra claustrofobia: necesito salir de aquí, necesito volver a mi cuerpo.

Abro los ojos tan rápido que, al volver a la realidad, todo el Aquelarre me da vueltas. Respiro como puedo hasta que me estabilizo, aliviada de haber soltado ese discurso en mi cabeza.

Nadie más necesita escucharlo.

—Otra vez.

—Cata, el discurso es corto —dice Saysa—. Manu se lo sabe.

—Lo tengo tan grabado en mi cabeza que ya creo que es lo que pasó de verdad.

—Perfecto, a lo mejor así consigues convencer al mundo —me contesta Cata.

Es tarde y los cuatro volvemos a estar en la habitación de Saysa.

—¿Es porque se me da mal mentir? —pregunto.

—Es porque tu vida *depende* de ello —me responde Tiago esta vez.

Cierro los ojos y suelto una larga exhalación para liberar la frustración que siento al comprobar que siempre se pone de parte de Cata.

Entonces me levanto, miro a la pared que tengo delante y digo:

—Hola, me llamo Manu y soy una lobizona. Hasta la última luna, me había pasado la vida escondida porque soy diferente. Mis poderes estaban reprimidos y no podía alzar la voz.

Muestra que estás afligida, pero también que eres fuerte, me dirige la voz de Cata que ya forma parte de mí.

—No quiero seguir escondiéndome y pasarme la vida huyendo, pero es difícil saber en quién puedo confiar más allá de los amigos que me protegen. Ellos son mi manada.

En este punto es cuando dejo aflorar mis emociones. Dado que los lobizones creen que las brujas son demasiado emocionales para liderar, Cata cree que cuanto más vulnerable parezca, menos me verán como una posible amenaza.

Pero tampoco te pases, me dice siempre Saysa, porque si no me arriesgo a que mis seguidores me vean como una persona demasiado débil.

—La pasada luna fue la primera vez que recuerdo haber estado en Lunaris.

Se supone que aquí tengo que hacer una pausa porque este punto es muy importante, Cata dice que esa afirmación *ES MUY IMPORTANTE* y que los Septimus quizá necesitan unos segundos para procesarlo.

—La primera vez que me atreví a existir. No podía presentarme ante todos ustedes porque…

Trago saliva.

—No sé nada de mi pasado. Me drogaron con Olvido.

Por la mañana, hay nuevos miembros dando vueltas por el Aquelarre y, cuando el mate con estrellas se acerca flotando hacia mí con una ligera brisa, se me dibuja una sonrisa en la cara porque eso significa que Rocío ha vuelto.

—¿Cómo estás? —le pregunto en español, en un intento de hablar con ella. Sé que en casa no tiene una situación fácil.

—Mejor —me dice sonriendo, sorprendentemente—. Desde que apareciste, me siento más aceptada en mi manada. Tu presencia lo cambió todo.

—¡En inglés! —nos recuerda Zaybet, que se acerca por detrás cuando estoy a punto de contestar—. Nos tenemos que ir —me dice mientras me obliga a irme con ella.

—¡Me alegro mucho por ti, Rocío! —le grito.

Me bebo el mate y lo dejo en la mesa mientras salimos.

Una vez los siete estamos a bordo de *La Espiral*, la tensión se asienta en mis cuerdas vocales. Juramento es una montaña a la que se puede acceder por tierra, aire o mar, donde cualquier persona puede hacer cualquier tipo de confesión. Y la persona decide si quiere que su alegato se haga público o que sea un asunto privado entre las partes afectadas.

Según Cata, en una especie con manadas, los secretos son como un veneno. Juramento es tan sagrado para los Septimus que no se permite que haya Cazadores trabajando en la zona porque los Septimus se deben sentir seguros para decir su verdad.

Cata, Saysa y yo nos debatimos muchísimo entre si debo llevar ropa que vaya con el color de mis ojos para esta declaración o no. Saysa creía que no porque no soy una bruja, pero Cata insistía en que el gesto me ayudaría a ganarme al tribunal. Al final, decidí ponerme un jersey dorado.

—No con la intención de encajar, sino para demostrar que, aunque cumpla las normas, sigo siendo diferente en el sistema —les explico y mi argumentación pareció convencerlas a ambas.

—La prensa busca confesiones públicas para escribir sus artículos —me explica Enzo mientras él, Tiago y yo miramos a través de la ventana de *La Espiral*—. La tuya saldrá en la portada de todas.

—¿Puede venir alguien conmigo? —pregunto, y no es la primera vez que lo hago.

—*No* —sentencia Enzo—. Solo los vínculos de sangre directa pueden entrar en el mismo confesionario.

Me esfuerzo por no mirar a Cata cuando digo:

—¿Como una prima?

—Eso ya es demasiado lejano —responde Enzo sin apartar la mirada del frente—. Pero si tú y Tiago tuvieseis un hijo, los tres podríais entrar juntos.

—Gracias por poner un ejemplo tan incómodo —comenta Laura con las manos pegadas a la nave.

Me giro para mirar a Tiago pero tiene toda la atención puesta en el exterior, o en sus pensamientos.

La oscuridad lo cubre todo hasta que llegamos a un océano de aguas claras.

—Cata y Saysa te llevarán hasta la entrada —me informa Zaybet. Me insistió en que me pusiera su capa plateada de Marina para que no me reconocieran—. Cuando termines, avísanos con el horario.

Asiento con la cabeza, ya que tengo la boca demasiado seca para mediar palabra.

Una pared enorme se levanta desde el fondo marino. La base de la montaña se extiende hasta donde puedo ver y, a medida que nos vamos acercando, veo agujeritos que parecen poros en la tierra. La nave-caracola succiona uno de ellos.

—Te acompaño —me dice Tiago y me toma de la mano.

Zaybet, Laura y Enzo se quedan atrás, mientras mis amigos y yo avanzamos por el pasillo rosado y acolchado para salir. Cata y Saysa desembarcan primero para darme un momento con Tiago.

—¿Estás segura de lo que vas a hacer? —me pregunta.

Vuelvo a asentir, ya que sigo sin poder mover la mandíbula.

De repente, su mirada se vuelve dulce y me dice:

—Manu, te… te *adoro*.

La palabra me atraviesa el corazón como una flecha, pero, antes de que pueda decirle que yo también, veo que Tiago cambia la expresión y ahora parece insatisfecho o molesto. Como si al decirlo en voz alta no le hubiese gustado.

Adorar aún me queda muy lejos de lo que llego a sentir por él.

Cata da unos golpecitos en la coraza de la nave y Tiago me besa antes de darme un empujoncito para que me vaya.

Me uno a Cata y Saysa, y avanzamos por un camino de tierra que desemboca en una caverna subterránea donde aparece una larga fila de Septimus que esperan respetando las distancias a lo largo de una sinuosa pared de piedra que no parece tener fin. Avanzamos en la fila en silencio, y me doy cuenta de que algunos Septimus han venido solos, mientras que otros parecen necesitar el apoyo de sus familiares y amigos.

La tensión se palpa en el ambiente, tanto que nadie se para a mirarnos. No somos las únicas preocupadas de que nos reconozcan; parece que aquí todo el mundo lleva puesto algo para cubrirse: una capucha, un velo, un sombrero… Supongo que la vergüenza nos pone a todos en el mismo nivel.

El suelo tiembla y me acuerdo de mis pesadillas en la montaña de piedra cuando se abre una grieta en el muro, delante de un grupo de adolescentes.

Ellos no se asustan, sino que le dan un abrazo a uno de ellos por turnos. Cuando la grieta de la montaña se abre y crea el espacio justo para una persona, el chico infla el pecho un par de veces y, luego, entra.

El muro de piedra se cierra a sus espaladas.

Por los chasquidos molestos y las quejas de las personas de otros grupos, entiendo que cada persona tiene un tiempo de espera diferente.

—Me ha parecido que Tiago estaba enfadado —me comenta Cata mientras seguimos buscando un espacio amplio y libre de pared.

Arriba, los argentinos no entienden el concepto de distanciamiento personal, pero aquí abajo parece que cada grupo tiene muy claro la distancia que necesita.

—¿Están bien? —insiste.

—No tengo ni idea —le confieso, contenta de poder centrarme en otra cosa—. Hace una semana me repitió mil veces lo mucho *mucho* que le gustaba, y ahora me acaba de decir que me *adora*. Pero en cuanto lo ha dicho le ha cambiado la cara, como si no lo sintiera.

Como si se estuviera intentando convencer a sí mismo, pienso, pero no me atrevo a decirlo en voz alta. Quizás al fin se ha dado cuenta de que ha renunciado a demasiadas cosas por mí.

—Pero tú sabes lo que te quiere decir, ¿no? —me pregunta Cata.

—No.

A Saysa se le escapa la risa.

—No te hagas la boluda.

—Si Tiago te ha dicho algo...

Cata me agarra del brazo y por un momento creo que es un Cazador, pero lo único que hace es mirarme fijamente con sus ojos rosas.

—Va en serio —dice, como confirmándoselo a sí misma, y sacude la cabeza—. Vaya dos... Están hechos el uno para el otro.

Saysa vuelve a reírse.

—Una mente prodigiosa para la lectura, pero no tanto para la vida real.

Por fin veo un trozo vacío en el muro y me dirijo hacia allí antes de que nadie nos lo quite. Está claro que Cata y Saysa no me van a ayudar...

La piedra empieza a temblar.

Unos segundos después de que mis amigas me alcancen, se abre una grieta en la pared. Todo el mundo se gira a mirar lo que pasa, pero no lo hacen con un leve interés como cuando pasó lo mismo con el otro adolescente. La gente que me mira a mí parece indignada.

—¿Qué sucede?

—Pero ¡si acaba de llegar!

No les parece justo que no haya tenido que esperar.

—¡Vete! —me apremia Saysa, que me da un abrazo a toda prisa—. Tú puedes.

Este gesto de cariño me da esperanzas de que la conversación que tuvimos ayer no la ha dejado indiferente. Cata me da otro tipo de ánimo, a su estilo, mientras me empuja para que entre a la montaña:

—No la cagues.

En cuanto doy el primer paso hacia el sombrío pasillo, la salida que tengo detrás se cierra.

Otra vez me acuerdo de la montaña de piedra de Lunaris y un escalofrío me recorre la espalda. Miro a las paredes esperando que aparezca mi sombra lobuna y, cuando veo que no viene, me siento más sola que antes.

De repente, noto un apretón en la muñeca y me acuerdo de que tengo a mi horario. Está camuflado pero lo siento conmigo, como si un amigo me estuviera dando la mano.

No sé si funciona, pero le pongo la mano encima con cuidado y espero que lo sienta como un abrazo.

Aquí el aire no huele a tierra ni es húmedo, sino que es frío y fuerte, como si alguien hubiera puesto el aire acondicionado. El pasillo que se abre ante mí no parece tener fin y, después de un rato, me aburro de caminar, así que echo a correr. La velocidad me llena de energía y me dejo ir hasta que me transformo.

Un grito me fuerza a abrir la boca de par en par mientras noto cómo mis huesos crecen, mi pelo se espesa y mi contorno se endurece... Cuando me transformo en lobizona, una luz se enciende delante de mí y salto hacia un espacio abierto e iluminado.

Aterrizo de pie, con las rodillas dobladas y las garras preparadas, hasta que me doy cuenta de que estoy... *en un estudio de grabación.*

Hay un sofá enfrente de un gran espejo, que ahora ya sé que es una cámara. Aun así, ahora mismo el espejo está totalmente oscuro. Me fijo en que hay un botón rojo justo al lado y que entiendo que será el que tengo que apretar para empezar.

A un lado, hay una zona más pequeña con un baño, un tocador enorme lleno de productos y accesorios, y, además, un estante con ropa limpia. Me quito la capa de Zaybet y la dejo en el sofá. En ese momento siento una punzada en el útero.

El dolor me recorre todo el cuerpo mientras los huesos vuelven a encogerse, los colmillos y las garras se esconden y el pelo va desapareciendo, hasta que al final, vuelvo a ser humana.

Pero ahora ya no estoy sola. Alguien ha llegado mientras me transformaba.

Alguien que desprende un olor inconfundible a almendras...

—*¿Mami?*

Ella no responde. Las lágrimas me inundan los ojos mientras se me escapa un llanto con una sola sílaba:

—*¿Ma?*

No me lo puedo creer: está aquí, está bien y la tengo delante.

Sé que Gael está detrás de ella, pero no puedo dejar de mirar los ojos marrones de mi madre. Los tiene vidriosos, como si estuviese en *shock*. Ni siquiera ha pestañeado.

Porque me acaba de ver como *lobizona*.

Al darme cuenta me quedo tan paralizada como ella. Me quedo quieta para no asustarla más de lo que ya está. ¿Qué pasa si sale corriendo? ¿Qué pasa si le doy asco? ¿Qué pasa si…?

Ma sale corriendo hacia mí y me estrecha entre sus brazos, que ahora noto huesudos. Las dos rompemos a llorar mientras nos abrazamos con fuerza. Hundo mi nariz en su cuello para olerla, y ella me sujeta ahí como lo solía hacer, hasta que me siento segura otra vez.

—Te quiero tanto, mami —le digo al oído, mientras le tiemblan los hombros por las sacudidas del llanto.

—Mi nena, mi nena hermosa —solloza ella y me acuna de un lado para otro.

—¿Te ha contado…?

—Todo —me contesta, levantando los brazos y sujetándome la cara con las manos para estudiarme con sus ojos llorosos y rojos—. Ahora quiero que me lo cuentes tú.

Llevo a Ma al sofá y nos sentamos tan juntas que nos conseguimos meter las dos en un solo cojín. Entonces le empiezo a explicar mi viaje a El Laberinto en la parte de atrás de la camioneta de Nacho, cuando descubrí a los Septimus, le hablo de mis amigos... Durante todo el rato, ella mantiene una expresión neutral, como si fuera una jugadora de cartas profesional.

Curiosamente me resulta más fácil decirle a Ma que soy una lobizona que hablarle de mi relación con Tiago. Justo en ese momento, mi madre pierde su cara de póker:

—Pensaba que me lo habías contado todo —le dice a Gael, fulminándolo con la mirada—. ¿Sabías lo del Tiago este?

—Tiene buen corazón, no tienes que preocuparte por él.

Todavía no he podido apartar los ojos de Ma, no porque quiera evitar a Gael, sino porque tengo miedo de que, si miro a otro lado, desaparezca. Aun así, me he dado cuenta de que mi padre aún tiene que salir de la entrada.

Una vez acabo mi relato, noto cómo me hundo en el sofá, contenta de que por fin haya acabado. Y aun así, Ma me mira como si fuese una desconocida. Me parece que es como yo la veía a ella cuando la encontré en la casa de doña Rosa vestida de azul hace mil lunas.

—¿Yo no te dije que le hicieras caso a Perla?

Me lo dice con voz seca, y reconozco más a esta versión que empieza a aflorar. Aunque me acaba de ver transformarme en una loba, lo que más le ha chocado y lo que quiere remarcar es que no le he hecho caso.

—¿En qué estabas pensando para irte con un desconocido a los Everglades? ¿Y si te hubiese matado? La gente pensaría que soy una mala madre por no educarte mejor...

Pestañeo.

Segundos después, Ma y yo nos echamos a reír como locas. Como hacíamos cuando nos quedábamos hablando hasta tarde y viendo capítulos antiguos de *El Chavo del 8*. Incluso Gael se ríe y, en ese momento, lo miro por primera vez. Parece que delante de nosotras pierde fuerza.

—Estoy muy orgullosa de ti, Manu —me dice Ma, lo que hace que me entren ganas de llorar otra vez.

—¿Y cómo has estado *tú*? —le pregunto, con ganas de que me cuente ella.

La tomo de las manos y la examino con mucha atención. A excepción de los cinco kilos que parece haber perdido, parece que no le falta nada. No veo heridas ni cicatrices visibles.

—¿Qué pasó en el centro de detención después de que el ICE te apresara?

—Gael me rescató.

Es obvio que cuando dice su nombre, Ma usa un tono cariñoso, como si me estuviera contando un secreto. Por un momento lo mira y él aprovecha para acercarse con bastante timidez. Nunca lo había visto tan dócil; sin esa sonrisa irónica, sin retos ni palabras.

Gael se sienta en el cojín, al otro lado, dejándome en el medio.

—Lo más difícil fue localizar dónde tenían retenida a *Soledad Azul*.

Él también dice su nombre como si fuera una broma que tienen entre los dos, y ninguno de los dos intenta esconder las sonrisas que se les dibujan en la cara.

De repente me doy cuenta de que ambos se conocieron con otros nombres. Gael conoció a Ma por su *verdadero* nombre.

—Y entonces me sacó de allí.

—¿Cómo? —le pregunto.

—Me colé en el centro de detención la misma noche que volví de Lunaris —me contesta Gael, y luego mira a Ma—. Menuda cara se te quedó cuando te despertaste al día siguiente y me viste en tu habitación… Tenía claro que me ibas a dar un puñetazo.

Y sus ojos vuelven a mí.

—Y no me equivoqué.

Ma se echa a reír y me la quedo mirando con los ojos como platos.

—¿Le pegaste?

—Ni la mitad de lo que se merecía.

Gael agacha la cabeza como aceptando el golpe.

—Tiene razón. Después fuimos a ver a Perla a casa de Luisita, y dejé a tu madre allí mientras yo iba a ver qué pasaba en El Laberinto. Los Cazadores me dieron la oportunidad de borrar mi expediente si te localizaba, es lo que mejor hacía cuando trabajaba para ellos.

—Pero ¿cómo lograron llegar a la Argentina? Te vi en La Rosada un par de días después.

—Los Cazadores tienen una flota privada de aviones para situaciones de emergencia. Los pilotan una Encendedora y una Invocadora para que ningún radar humano nos pueda detectar. Tuve que meter a tu madre entre el equipaje.

—¿Y no te pasó nada? —le pregunto con un apretón de manos.

—Lo que no te ha dicho es que el viaje duró un par de horas. No me dio tiempo ni a echar una siestecita.

—¿Pudiste ver a tus padres cuando llegaron?

Ma mira a Gael.

—Decidimos que podría ser peligroso involucrarlos, ya que ahora mismo los Septimus están tan obsesionados con nuestra familia.

—¿Y cómo está Perla? —pregunto y le doy la espalda a Gael, creando como un muro.

—Está mejor ¡y también ha recuperado un poco la vista! Sus doctores no se lo creían. Al final la van a incluir en los libros como un caso excepcional —añade Ma riéndose.

Sonrío, pero pienso en el refuerzo de inmunidad que Saysa le dio a Perla cuando se conocieron. ¿Será normal que las brujas usen su magia con los humanos? ¿Hay efectos documentados? Me gustaría hablar con Gael, pero ahora no es el momento.

—Aún está muy débil para vivir sola, así que se ha mudado con Luisita —sigue explicándome mi madre—. Cada vez que llamo, las dos se ponen a hablar a la vez y se pisan la una a la otra, ¡y al final no me entero de nada!

Sonrío de oreja a oreja, sobre todo por ver a Ma tan feliz, radiante.

—¿Y qué ha pasado con Julieta, la mujer de la clínica? ¿Y la mujer con el bebé?

—Todas teníamos la misma abogada de oficio. Parecía buena, como si supiera lo que estaba haciendo. —Ma pierde la sonrisa cuando añade—. Todo pasó tan rápido y, como yo solo podía pensar en estar contigo, no…

—Las ayudaremos —la interrumpo—. ¿Cómo sabían que estaba aquí?

En cuanto Gael empieza a hablar me giro para mirarlo:

—Cuando dijiste que ibas a hacer una declaración, supe que iban a venir a Juramento y, como somos de la misma sangre, sabía que era la mejor oportunidad de reunirlas.

Tardo unos segundos en procesar lo que me acaba de decir.

—Entonces… ¿escuchaste lo que te dije en el Hongo?

Gael asiente con la cabeza y, de repente, me empiezo a sentir fatal.

—Manu —me dice con un tono paternal que me es totalmente desconocido—. Te juro que me mantuve alejado porque pensaba que así protegía a tu madre. Creía que la única manera de ayudarla era desapareciendo de su vida.

—¿Y por eso haces lo mismo conmigo?

No puedo evitar lanzarle el reproche, y me siento más segura cuando Ma me toma de las manos con fuerza, como en señal de apoyo.

—No sabes lo mucho que me gustaría protegerte del mundo —me dice con voz ahogada, y Ma me suelta una mano para poder tomársela a él—. Daría cualquier cosa por poder cambiar el pasado y darte una vida en una casa feliz —me dice, y con la mano que tiene libre agarra la mía, y así los tres estamos unidos—. A las dos. Ojalá hubiese tenido más claro lo que estaba haciendo, pero estoy tan perdido como el resto o seguramente *más* jodido…

—Esa lengua.

Ma mira a Gael con reprobación y él me mira a mí como para saber si lo dice en serio.

—En realidad —dice Ma—, ninguno de los dos lo hicimos demasiado bien. Quizá yo fui egoísta al retenerte conmigo —continúa y veo que la tristeza la embarga cuando me mira, lo que hace que se me remuevan las tripas—. Cuando vi tus ojos supe que no eras parte de mi mundo, pero no quería perderte.

—Ma, ni se te ocurra —le digo, horrorizada con la sola idea de que me hubiera abandonado de bebé y de no tenernos la una a la otra.

—Vamos a intentar aprovechar el tiempo que hemos perdido —añade Gael y algo en su voz me recuerda a su sobrina cuando tiene un plan—. Los Cazadores quieren readmitirme y yo voy a pedir que me posicionen en la manada de Madrid, donde podré esconderlas mejor. ¿Qué les parece? ¿Lo probamos juntos?

Noto cómo se me relajan los músculos de la cara, los hombros y que mi columna se encorva para formar una *C*. Es como si todo mi cuerpo estuviera exhalando, soltando el aire que había retenido dentro demasiado tiempo.

Miro a Ma y veo un brillo especial en sus ojos marrones.

—Yo ahora mismo estoy en un piso en Buenos Aires. Podemos quedarnos allí hasta que dejen de buscarte y den luz verde al traspaso. Lo primero que haremos será llamar a Perla: ¡se va a poner tan contenta cuando hable contigo!

Sonrío tanto que por un momento creo que me voy a tocar las orejas con las comisuras de los labios. Esto es tan surrealista que me parece que estoy borracha de felicidad.

Hace un par de meses lo que más deseaba en este mundo era conseguir el visado, no me atrevía a pedir más. Ni se me había pasado por la cabeza que podría reunir otra vez a mi familia.

—¿Y qué haré cuando haya luna llena? —le pregunto a Gael.

—Hay una inyección que te dejará en un coma mágico durante un par de noches. *Anestesia*. No es fácil de conseguir, pero puedo hacerlo gracias al contacto con los Cazadores. —Parece que rezuma esperanza por cada poro de su piel—. Ya puedes dejar de preocuparte. Dejen que por fin tome las riendas y cuide de ustedes.

Cuando lo observo bien, me doy cuenta de que tenemos la misma nariz: recta y, aunque no es grande, destaca.

—Buenos Aires ha cambiado muchísimo, Manu —me dice Ma y vuelvo a girarme para mirarla—. Me muero de ganas de enseñártela. El apartamento tiene un balconcito maravilloso desde el que se puede ver una zona muy transitada. Te encantará quedarte allí mirando a la gente. Es mucho mejor de lo que podrías ver desde El Retiro.

Ma y Gael siguen sonriendo, como si todos estuviésemos afectados por el mismo aire que nos llena de euforia, pero sus efectos parece que se empiezan a disipar como la niebla de Lunaris.

Lo siguiente que veo me resulta demasiado familiar: Miami, Buenos Aires, Madrid... todos los sitios son iguales porque siempre me tendré que quedar en la habitación. Sin amigos, sin ir a la escuela, sin poder hacerme fotos ni tener ningún tipo de vida social. Mi vida se reducirá a ver telenovelas con Ma, a esperar a que Gael vuelva con noticias y a esconderme detrás de mis gafas de sol.

Parece que la montaña de piedra no era la peor pesadilla que iba a tener como humana.

La verdadera pesadilla era despertar.

—Ya he vivido esa vida. —Cuando me doy cuenta de que lo he dicho en voz alta, me vienen arcadas—. Quiero decir... No quería...

Carraspeo otra vez para aclararme la voz y vuelvo a intentar explicarme:

—No quería decir...

Pero da igual cómo lo quiera poner, ya no puedo desdecirme. No puedo mentirle a Ma, así que en vez de buscar una excusa, le aprieto la mano y la miro con la esperanza de que me entienda, aunque ella está paralizada:

—Ya no lo necesito. He pasado página.

Ella pestañea un par de veces y hace que sus lágrimas salgan disparadas.

—¿Qué quieres decir?

—Estoy viva, Ma —le digo, y me muerdo el labio por dentro para que no me tiemble la barbilla—. Gracias a *ti*. —Las lágrimas empiezan a rodar por mis mejillas—. Estoy aquí por ti. Me has protegido de los lobos, de las brujas y del ICE. En mi vida tú eres la superheroína.

Ma empieza a sollozar, su llanto se hace eco por la sala y daría cualquier cosa por poder dejarlo aquí, por ser la niña obediente que Ma conocía, que siempre hacía lo que le pedían. Pero, cuando intento ser esa Manu, no me reconozco; sé que esa ya no soy yo.

—Lo sacrificaste todo para que un día yo misma pudiera tomar mis propias decisiones y es lo que estoy haciendo ahora.

—No puedo protegerte en Kerana —me dice Gael con un tono solemne y, cuando lo miro, me sorprendo por la emoción que transmiten sus ojos coralinos—. No lo conseguirás sola...

—Es que no estoy sola, tengo al Aquelarre —intento decirlo con más confianza de la que siento—. Tengo a mis *amigos*. —Al pronunciar esta última palabra noto cómo la fuerza recorre mis venas y sé que no estoy sola—: Voy a cambiar las cosas, como me dijiste.

—Vas a venirte con nosotros, Manuela —consigue decir Ma con su voz autoritaria, la que hacía que me irguiera y bajara la cabeza por el peso de la culpa aunque no hubiese hecho nada malo.

Me aprieta la mano con tanta fuerza que veo que se le están poniendo los dedos morados. Con cuidado, le suelto la mano y se la froto suavemente para ayudar a que le vuelva a circular la sangre.

—Cuando me pediste que te dejara con doña Rosa, lo hice yendo en contra de todo lo que quería hacer. Ahora necesito que hagas lo mismo por mí. Te prometo que iré a buscarte cuando esté a salvo.

Ma mira a Gael con desesperación, como intentando decirle que haga algo para que entre en razón.

—No puedes protegernos a las dos —le digo mientras lo veo afectado, derrotado—. Ahora lo entiendo.

—No, no, no, no —vuelve a la carga Ma, sacudiendo la cabeza con fuerza, y la agarro para darle un fuerte abrazo, apretándola contra mi pecho y resistiendo sus protestas.

Después de un buen rato, por fin relaja los brazos y le acaricio el pelo mientras ella se apoya en mi hombro.

—¿Sabes lo que vas a decir en tu declaración? —me pregunta Gael con calma.

Dejo de lado el discurso de Cata y recuerdo la fiesta que hicimos en el Aquelarre después del partido de Septibol, cuando dije que el vino de los Septimus era *malbec*. Siempre tengo esos fallos porque crecí en el mundo humano. Por mucho que intente ocultar esa parte de mí, adaptarse a una nueva cultura no hace que la anterior desaparezca por arte de magia, sino que acaban entrelazándose.

Ma vuelve a erguirse y me mira con la cara roja, manchada y empapada:

—Lo siento, lo siento muchísimo, Manu, te he fallado...

—No, Ma...

—Siempre he sabido que no podía darte lo que necesitabas —dice entre sollozos.

—Te equivocas —la corrijo, y tomo su cara entre mis manos para mirarla fijamente a sus ojos marrones, anegados ahora por las lágrimas—. Mami, me lo has dado *todo*.

Parece que han pasado horas hasta que ha llegado el momento de sentarme delante del espejo negro. Respiro profundamente un par de veces y me preparo para hacer mi declaración pública.

Separarme de Ma ha sido una verdadera tortura. Gael prácticamente la ha tenido que arrastrar para sacarla de la sala e, incluso cuando ya estaban fuera, yo me he debatido entre si salir en su busca para irme con ellos.

No sé cuándo volveremos a estar juntos.

Después de derrumbarme en el sofá, me obligué a ir al tocador para conseguir espabilarme y recomponerme. No tengo ni idea de si he tomado la decisión correcta; lo único que tengo claro es que no quiero volver a esconderme. Aunque eso signifique arriesgarlo todo.

Tomo aire y le doy al botón rojo.

PÚBLICO

PRIVADO

Las dos palabras aparecen en el cristal oscuro, pulso la opción «público» y el espejo de repente muestra la imagen que tiene enfrente.

—Hola a todos. —*¿Qué acabo de decir?*—. Me… me llamo Manu y soy una lobizona.

Me aclaro la voz porque tengo la boca seca. Tendría que haberme traído una botella de agua.

—Hasta la última luna, me había pasado la vida escondida porque soy diferente. Mis poderes estaban reprimidos y no podía alzar la voz.

¿Esta es la parte en la que me tengo que mostrar arrepentida o vulnerable? *Mierda mierda mierda*. Supongo que por esto se me da tan mal mentir… Abro y cierro los ojos ante mi reflejo y parece que me han puesto en pausa.

—No… no quiero seguir escondiéndome y pasarme la vida huyendo, pero es difícil saber en quién puedo confiar más allá de los amigos que me protegen. Ellos son mi manada.

La certeza de estas palabras me cala hasta los huesos. El mayor cambio que ha tenido mi vida desde que vivo entre Septimus no son mis superpoderes, sino el hecho de tener una *manada*.

Todo esto lo hago por ellos, son mi esperanza. Y dependen de mí y de que convenza al público con mi historia.

—La pasada luna fue la primera vez que recuerdo haber estado en Lunaris. —Hago una pausa como me dijo Cata—. La primera vez que me atreví a existir. No podía presentarme ante todos ustedes porque…

Tengo la palabra *olvido* en la punta de la lengua.

Una palabra y ya está.

Pero… pero si miento en este punto sería lo mismo que aceptar la oferta de mis padres. Puede parecer diferente porque esta cárcel sería emocional y no física, pero aun así estaría enjaulada en una caja que no tiene el espacio suficiente para que quepan todas mis partes.

Cata y Tiago tienen tanto miedo que quieren encerrarme en una cárcel y que me quede allí toda mi vida. Como Ma y Gael. Así que me centro en Saysa, porque sé que en el fondo no está de acuerdo.

Simplemente está tan harta de sentirse excluida que no quiere perder su sitio. Está tan desesperada porque el Aquelarre cumpla todas sus expectativas que no quiere afrontar la situación y plantear las preguntas difíciles. Pero no sabremos si es nuestra verdadera manada si no lo hacemos. Si Saysa no puede pensar con claridad ahora mismo, tengo que ser fuerte por las dos.

—No soy como ustedes —veo que mi imagen dice ante el espejo.

Y en ese momento, no sé si para bien o para mal, por fin me libero:

—Soy una híbrida humana.

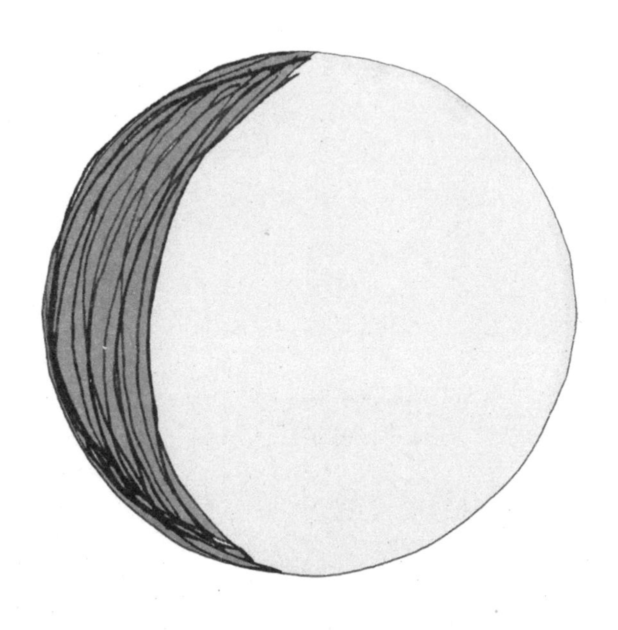

FASE III

La tensión nos acompaña en el viaje de vuelta en *La Espiral*. No he hablado desde que me he subido, pero nadie me presiona para que lo haga. Todos me tratan como si pudieran ver un aura a mi alrededor que nadie se atreve a penetrar, ni siquiera Tiago.

Me alegro de que me den espacio porque me cuesta mucho respirar, así que no puedo imaginarme lo que pasaría si intentase hablar.

Me concentro en pensar en Ma para escapar de las miradas que Cata me está lanzando y que me fulminan. Todavía no me puedo creer que acabo de estar con ella y ya la echo de menos.

Sus lágrimas ya se han secado en mi jersey y aprieto la tela, deseando que todavía oliese a almendras. Me pregunto cómo sería para mis padres volverse a ver después de estar casi dieciocho años separados. Es difícil saber con certeza cómo se sienten después de verlos solo un rato; pero sin duda aún había una conexión entre ellos... Lo que no sé es si es por amor o por nostalgia. O quizá solo los une el plan.

Noto un rayo de ilusión cuando nos acercamos al Aquelarre. Una vez estamos dentro de las paredes de piedra, una sensación de seguridad fluye por mis venas y me pregunto si este lugar por fin se está convirtiendo en un hogar de verdad.

Hay más naves atracadas en la superficie que cuando nos fuimos y, cuando llegamos a la zona común, me parece que tengo las piernas hechas de plomo de lo que me pesan. Habrá unos cien aquelarreros ensimismados mirando a la pantaguas más grande.

Me da bastante impresión verme ahí en medio de la oficina en mitad de mi discurso. Mi confesión deberá de haberse publicado en la red momentos después de haberla hecho. Los programas de televisión no pierden el tiempo, está claro.

«No quiero seguir escondiéndome y pasarme la vida huyendo, pero es difícil saber en quién puedo confiar más allá de los amigos que me protegen. Ellos son mi manada. La pasada luna fue la primera vez que recuerdo haber estado en Lunaris», me escucho decir, y trago saliva a la vez que lo hago en la pantalla. Además, como predijo Cata, se oyen gritos ahogados entre la gente.

«La primera vez que me atreví a existir. No podía presentarme ante todos ustedes porque...»

Inhalo profundamente.

«No soy como ustedes».

Al exhalar, todo cambia.

«*Soy una híbrida humana*».

Cada una de las caras presentes en el Aquelarre se giran hacia mí con tal sincronía que no puedo más que admirarlo. A Cata parece que se le van a salir los ojos del desconcierto que tiene, y Saysa tiene cara de estar asustada y enfadada a partes iguales. En ese momento Tiago me aprieta la mano con fuerza.

De repente, en la pantalla aparece una reportera que parece tan atónita como el resto y dice:

—Lo acaban de escuchar poco después que nosotros, así que estamos igual de confusos —les asegura a los espectadores—. *Muy pronto recibiremos noticias del tribunal...*

La cara de la reportera se desvanece y en su lugar aparece otra en la pantaguas.

Cata toma aire, asustada, y parece que esta noche está llena de sorpresas.

Es su padre, Bernardo.

Justo debajo se ve su puesto oficial: *Fiscal Alfa*. Lleva una toga negra, pero lleva algo colgado en el cuello... Parece una bandera... Es el emblema de la Z.

—*Buenas noches,* Septimus —dice, y no sé si enfatiza la palabra o son cosas mías—. *Acabamos de recibir una alarmante confesión. Siguiendo la ley, el tribunal tramita una orden de arresto contra la híbrida. Todos actúan como representantes de la ley para ayudarnos a capturarla. Si se cruzan con ella, solo les pedimos que la detengan y que se pongan en contacto con sus Cazadores locales. Muchas gracias.*

La reportera vuelve a aparecer, pero su cara vuelve a torcerse y la pantalla se oscurece en cuanto el agua se cae creando un charco en el suelo. Alguien la ha apagado.

Los miembros del Aquelarre se acercan, pero nadie parece que quiera pedir explicaciones. Por sus caras, parece que ya han tomado una decisión.

Entre las reacciones detecto algunas de perplejidad, otras de miedo y otras simplemente de asco. Zaybet, Laura y Enzo se apartan del resto, pero tampoco se unen a mis amigos y a mí. Como si no supieran dónde colocar su voto.

La mirada de Zaybet es tan intensa como la de los demás:

—¿Te criaron como… *humana*?

El desconcierto en su voz se ve atenuado por lo que parece un atisbo de compasión.

—Sí, pero me he pasado la mayor parte de mi vida escondida. —Mi voz llega a todos los rincones gracias a los rumores que propagan los lobos—. Nunca formé parte de ese mundo. Hasta que los descubrí a ustedes mis poderes no se manifestaron. Me transformé por primera vez esta última luna.

Otra vez se oyen gritos ahogados, pero esta vez vienen acompañados de bufidos y más preguntas mientras mis palabras llegan a los oídos de todos. Entonces, Laura suelta:

—¿Cómo puede ser?

—¿Cómo puede ser *nada* de todo esto? —le digo, pues es lo único que me viene a la cabeza—. Me dijiste que crees que el Mar Oscuro es literalmente el espacio entre mundos, ¿esa verdad es menos impactante que la mía?

Veo destellos de curiosidad en los ojos metálicos de Zaybet.

—Qué mundo tan extraño te tiene que parecer este… —me comenta al darse cuenta.

Entonces, se gira para afrontar al resto de los miembros de la manada y cruza los brazos, desafiante. Cuando Enzo la imita, me doy cuenta de lo que están haciendo.

Me están apoyando.

Laura se les une también después de unos momentos de duda. Entre el gentío parece que se abre una grieta y de ella emergen Tinta y Fideo. Sus ojos marrón cobrizo destilan una indignación absoluta.

—¡Nos lo tendrías que haber dicho! —me escupe Tinta—. ¡Nos has hecho retroceder siglos!

Zaybet salta para defenderme:

—¡No lo sabes!

—¡Lo que sé es que acaba de darle credibilidad al partido conservador! —ruge, sin dejarla exponer sus argumentos—. Los Septimus van a empezar a escuchar a esos locos que siempre iban amenazando con la ladrona. ¡Acaba de hacer que nuestros tres candidatos pierdan las elecciones, mierda!

—Tenemos que comprobar el impacto que ha tenido esto —dice Fideo, mientras le pone los finos y largos dedos en el hombro a su hermano—. Si se tiene que hacer una votación, avísennos a nuestros horarios —le dice a Zaybet, y me mira con pesar antes de despedirse—. Lo siento, Manu. Mucha suerte.

No son los únicos que se van.

Una tercera parte de los Septimus se marchan en señal de protesta y la mayoría ni siquiera me mira al pasar por mi lado, excepto un par de ojos color melocotón.

Rocío me mira como si fuese a atacarla en cualquier momento. Como si me hubiesen salido cuernos y rabo desde que me vio esta mañana.

Se adelanta entre la multitud para alejarse lo antes posible de mí y no me entra en la cabeza cómo ha podido pasar de admirarme a despreciarme así, solo por tener más información sobre mi nacimiento. Me parece tan horrible que no sé quién está más ofendida.

—Manu no ha hecho nada malo.

Cata da un paso al frente, como si por fin hubiese encontrado su voz.

—Nadie puede controlar quiénes son sus padres. Ella solo está intentando encontrar un sitio al que pertenecer. Hasta hace un momento la admiraban por haber defendido al Aquelarre de los piratas mientras ustedes estaban fuera. ¡Deberían darle las gracias en vez de preocuparse tanto por un prejuicio sexista y anticuado!

—¡Cata tiene razón! —declara Zaybet, mientras mi prima se une al grupo con los brazos cruzados debajo del pecho—. No me puedo creer que a nadie de esta manada le parezca bien castigar a alguien por haber nacido de cierta manera.

Surgen murmullos entre la multitud hasta que se escuchan gritos desde el fondo:

—¡No es una Septimus!

—¡El Aquelarre no es para humanos!

—¡No sabemos ni siquiera *qué* es!

Intento levantar un muro para protegerme de la cascada de réplicas, pero empiezo a notar cómo mi cuerpo se empieza a encorvar, destrozado de descubrir que las amistades que había hecho no eran reales. Al final parece que esta no es mi manada.

Una Séptima cruza la separación y se pone junto a Zaybet. Se llama Ana y estaba en el grupo de Zaybet que nos salvó en La Isla Malvada.

—Si Manu llegó a nosotros, Lunaris debe querer que la ayudemos.

Sus amigas Rox y Uma también se unen. Y Ezequiel. Al cabo de poco, también se acercan Horacio, Ximena, Angelina, Yónatan y Oscar.

Cuando Saysa da un paso al frente para irse con ellos, parece que se hace el silencio para escucharla.

—Siempre había pensado que el Aquelarre existía de verdad. Eso era lo que me ayudaba a que el mundo no pudiera hacerme daño, porque en mi interior sabía que mi sitio estaba aquí. Pero, si no aceptan a Manu, significará que el Aquelarre no existe. Si no somos capaces de luchar por los derechos de todo el mundo, no luchamos por ninguno.

El séquito de brujas que siempre estaba alrededor de Saysa se ponen al frente de la multitud. La pelirroja se pone en primera fila, delante del resto de aquelarreros, seguida de la Jardinera de ojos verdes y la bruja con la sonrisa tímida, con la diferencia de que ahora no sonríe.

—A nosotras nos importan los derechos de las *brujas* —dice la pelirroja—. Y punto.

—Pensaba que éramos *Séptimas* —contraataca Saysa.

—*Nosotras* sí —le contesta, pero entonces me fulmina con la mirada y añade—: pero *eso* no.

—¡Es la ladrona! —dice la Jardinera—. Ha fingido ser uno de nosotros, pero era parte de su plan.

—¡Seguramente quiere hacer un ejército con otros como ella! —grita alguien más.

—¿Cómo podemos confiar en ella? —pregunta la pelirroja, clavando los ojos en Saysa, desafiándola.

Mi amiga está destrozada. No se molesta ni en contestar porque no tiene sentido; este grupo la decepciona y pasa página. Sé que lo que le rompe el corazón no es perderlas a ellas, sino perder su fe en el Aquelarre.

A mí me pasa lo mismo.

A medida que va llegando más gente, todos piden explicaciones y, antes de que nos demos cuenta, estamos en mitad de lo que parece una manifestación. Intento sondear los murmullos e identifico las etiquetas que me ponen por todas partes. Tienen el mismo efecto que si me bombardearan con restos de comida.

Ladrona.

Antinatura.

Abominación.

Mutación.

Engendro.

—¡Seguro que es una espía de los humanos!

La voz de Sergio retruena en el espacio, acallando a los demás.

—¡Seguro que saben que existimos, joder! ¿A que sí? —me chilla, y lucha por acercarse a mí.

Tiago se pone delante de mí, mientras que Zaybet y los demás se interponen creando una frontera.

—¡No es una *espía*! —grita Zaybet para afrontarlos con la misma intensidad—. Es una excluida, como todos nosotros. No tiene otro sitio al que ir. No es peligrosa, está *en* peligro…

—¡No puedes asegurarnos que no sea peligrosa! —chilla alguien.

—¡Puede tener poderes que no sabemos!

—¡Tenemos que entregarla!

—¡No! —ruge Sergio—. Aquí no traicionamos a nadie. Además, sabe demasiado. Nos encargaremos de ella nosotros mismos.

La mirada que me dedica hace que me estremezca de la cabeza a los pies.

—No vamos a llegar a ninguna solución —anuncia Zaybet—. Manu nos ha contado su situación, ahora tenemos que deliberar y obviamente su presencia no está ayudando.

Entonces se gira para mirarme a mí y a mis amigos, y me dice bajando la voz:

—Vayan a comer algo y descansen. Esta noche no van a escuchar nada de lo que les digas.

No pasamos por la cocina. Por mi parte, pocas veces en mi vida he tenido el estómago más cerrado, así que los cuatro desaparecemos por las escaleras. Cata se viene conmigo y con Tiago a la habitación, pero Saysa ni siquiera me mira, sino que se va directa a su habitación y da un portazo al cerrar.

Una vez dentro, Cata se apoya en el armario, agacha la cabeza y el pelo le tapa la cara. Esperaba que se enfadara conmigo, pero lo que veo es peor: parece derrotada.

Tiago se mueve de un lado para otro y, dado que la habitación es muy pequeña, parece que da vueltas sobre sí mismo.

—¿Qué pasó en Juramento? —me pregunta Cata con un hilo de voz.

—Vi a mi madre.

De repente, alza la mirada y Tiago se detiene. Entonces les explico todo lo que sucedió, desde el momento en el que entré en la montaña hasta que hice la confesión.

—Lo siento, la he cagado.

Siento cómo las lágrimas ruedan por mis mejillas y aprieto los puños hasta que me dejo las marcas de mis uñas en las palmas.

Por un momento, por muy estúpido que me parezca ahora, pensé que estaba haciendo lo correcto.

Debería de haber sabido que es más difícil cambiar las creencias que las leyes.

Cuando Cata se va, me meto debajo de las sábanas sin quitarme la ropa ni siquiera y me encojo en posición fetal con la mirada fija en la pared de ágata. La luz se atenúa y noto el peso de Tiago en el colchón. Me rodea la cintura con sus brazos y dejo que las lágrimas caigan en silencio sobre la almohada.

Lo último que oigo es un susurro. Parece la letra de una canción, pero estoy demasiado cansada para entenderla.

Esta noche les he mostrado a todos mi verdadera cara.

Y me han rechazado.

Como habían predicho todas las personas que sí me han visto.

—*Vamos.*

Abro los ojos cuando noto que Tiago me quita los brazos de encima.

—¿Qué pasa? —acierto a preguntar, y me tapo los ojos para protegerlos de la luz.

—Recojan sus cosas —susurra Zaybet—. Nos vamos. *Ya.*

Tiago ya se ha levantado y está metiendo toda la ropa en una mochila. Sale corriendo al lavabo para recoger nuestras cosas, y luego salimos sin hacer ruido y seguimos a Zaybet en la oscuridad por el balcón lleno de vampiros.

Enzo sale de la habitación de Cata y Saysa con un bolso lleno de ropa, velas y otras cosas. Me llega el olor a lavanda.

Cata sale segundos después con el pelo despeinado y los ojos aún entrecerrados. Todos nos quedamos ahí unos minutos, como si estuviésemos esperando a que alguien nos indicara el camino y algo me dice que Saysa no viene con nosotros.

En ese momento, sale de la habitación, pero pasa por nuestro lado y se va a las escaleras como si ni siquiera nos hubiese visto. Suspiro contenta de verla al menos y la seguimos hasta llegar a *La Espiral*. Laura ya nos debe de estar esperando dentro.

La puerta está abierta, así que entramos y recorremos el pasillo de lengua que nos conduce hasta el centro de la nave-caracola. Laura está junto al timón y lleva un collar negro en el cuello que me recuerda a un candado de bicicleta. Sin embargo, nuestra capitana no está sola.

Un lobizón que conozco bien está a su lado, y agarra a la Encendedora acercándola hacia sí demasiado... No entiendo por qué no lo quema con su magia.

—¿Se van a algún sitio? —pregunta Sergio.

Hay un forcejeo a nuestras espaldas y, cuando Tiago, Enzo y yo nos damos la vuelta, vemos cómo tres lobos transformados les colocan unos collares parecidos a Zaybet, Cata y Saysa. Además, las sujetan con fuerza por el brazo y las amenazan acercándoles los colmillos al cuello.

Tiago ruge con los ojos brillantes y el dolor se expande por todo mi cuerpo al notar cómo me desgarro la piel. La columna se alarga, me crece pelo por todas partes y enseño los colmillos. Sergio se queda ahí parado y con la boca abierta sin poder creerse que me acabo de transformar delante de él.

¿Qué está pasando?, le pregunto a Tiago.

Tengo un pitido de baja frecuencia en los oídos, pero es demasiado débil para saber de dónde viene.

Los collares bloquean su magia, me dice mientras da un paso hacia los tres lobizones que tienen presas a nuestras amigas. Ellos, en respuesta, sacan las garras para que no intente rescatarlas.

—Creo que hay un dicho humano —dice Sergio, y me giro para mirarlo a la cara. Aún sigue con los ojos bien abiertos para inspeccionarme con detalle ahora que estoy transformada en lobizona—. «Puede que el león y el tigre sean más fuertes, pero el lobo no actúa en el circo». Las pobres brujas se creen que las escuchamos..., pero esto es cosa de *lobos*.

Ya sean humanos, las brujas o yo... Parece que este hombre aprovecha cualquier oportunidad para volcar su odio en algo.

—La verdad es que preferiríamos no luchar contigo, Tiago —sigue hablando Sergio, pero el fulgor borgoña que le veo en los ojos me dice que no le importaría lo más mínimo—. Como entendemos que son tus amigas, estamos dispuestos a hacernos los locos y olvidar todo esto. Ni siquiera le contaremos a los demás lo que la traidora de Zaybet quería hacer. Eso sí, *la ladrona se queda con nosotros*.

Tiago da un paso al frente y se acerca a Sergio, que ahora, transformado en lobo, lo mira desde arriba. Aun así, el despreciable Septimus parece estar más motivado que asustado. Sé que su monstruo interior puede explotar en cualquier momento.

—Vete al carajo antes de que te destroce.

Enzo aún no se ha transformado y parece que le está traduciendo a Sergio el lenguaje corporal de Tiago.

Parece que el ruido de baja frecuencia cada vez es más intenso y se me empiezan a taponar los oídos. Trago saliva un par de veces para intentar que se me pase.

—¿Así que Tiago va a luchar contra cuatro lobizones a la vez con su inestimable ayuda? —ataca Sergio, metiéndose el dedo en la oreja como si él también pudiera oír el molesto pitido—. ¿Creen que un par de lobos de segunda pueden con un grupo de verdad?

—Se olvidan de alguien —le corrige Enzo.

—¿Te refieres a las cuatro brujas que no sirven para nada? —pregunta Sergio, mientras el pelo le empieza a poblar el rostro y los colmillos le sobresalen de la boca.

Aprovechando la transformación, Laura logra liberarse y dice:

—No, *a mi nave*.

Ahora el pitido se hace tan agudo que es lo único que puedo oír y empiezo a sentir que me vuelvo a transformar en humana hasta caerme al suelo y me tapo las orejas con las manos. Se me nubla la vista del dolor y no sé si empiezo a chillar porque no oigo nada ni veo lo que está pasando…

El sonido y el dolor desaparecen en cuanto Zaybet me pone un casco. Veo a Saysa haciendo lo mismo con Tiago, mientras que Laura se encarga de Enzo.

Dejamos que Sergio y los otros se retuerzan de dolor mientras que Tiago le rompe el collar a su hermana y Enzo lo imita para liberar a Zaybet y Laura. Yo, por mi parte, agarro el de Cata y hago acopio de toda mi fuerza de lobizona para abrirlo.

—Gracias —consigue decir cuando la libero, tocándose el cuello.

Zaybet nos hace señas para que nos quitemos los cascos y, cuando le hago caso, compruebo que el ruido ha cesado. Todos los compinches de Sergio se han desmayado del dolor, pero él sigue abriendo y cerrando los ojos en el suelo como una cucaracha que está bocarriba sin acabar de morirse.

Saysa cruza la sala y le rodea el cuello con su delicada mano. Segundos después, sus ojos se iluminan con un color lima radioactivo.

El color empieza a desaparecer de las facciones de Sergio y los ojos se le salen de las órbitas del miedo.

—Saysa, no lo hagas…

—¿Cómo se siente al estar indefenso? —le pregunta, haciendo caso omiso a la petición de Cata.

A Sergio se le empiezan a hinchar las venas de la cara y el cuello, y la piel empieza a empalidecer tomando un tono grisáceo, casi cadavérico.

—¿Dónde están tus fuerzas de macho alfa ahora, eh?

—Tú no eres así, Say —le dice Tiago—. Suéltalo.

—No —le contesta ella sin apartar la mirada de los ojos de Sergio, que cada vez pierden más su luz—. Sí soy así, y es por lobos como él: cerrados de mente, arrogantes, egoístas… Cabrones asustados que hacen del mundo un lugar como el que tenemos hoy. No debería de estar en el Aquelarre…

—¿Eso es lo que piensas de mí? —le pregunta Tiago—. ¿Que yo tampoco debería de estar en el Aquelarre?

—No me hagas chantaje emocional con el rollo de que eres mi hermano. Cada vez que puedes, intentas mejorar nuestras vidas… Pero no me digas que el mundo no sería mejor sin alguien como Sergio.

—Hay Septimus que dirían lo mismo de mí —le digo en un susurro.

La luz en los ojos de Saysa parpadea, pero solo por un momento. Sergio pone los ojos en blanco y parece que le queda un último suspiro.

—*¡Para!* —le chilla Cata.

Sin embargo, Saysa ya está tan ida que no escucha las súplicas de Cata ni las de Tiago ni las mías.

Está a punto de cruzar una línea de la que no podrá volver y ninguno de nosotros podemos hacer nada para impedirlo...

—No me digas que te salvé la vida para que ahora tú se la quites a otro.

Zaybet no alza la voz al decir estas palabras, pero tienen la fuerza suficiente para que Saysa aparte la mirada de Sergio. Cuando por fin se encuentra con los ojos asustados de su amiga, Saysa vuelve en sí y su cara vuelve a mostrar algún tipo de expresión. Acto seguido, aparta la mano de Sergio.

Enzo se acerca de un salto y le toca el cuello en busca de pulso:

—Está vivo, pero tiene el pulso muy débil.

—¡Cúralo! —le demanda Laura a Saysa.

La Encendedora tiene los ojos vidriosos y su mirada transmite verdadero horror.

—Es un lobo —contesta Saysa con un hilo de voz, de nuevo con una expresión impasible y sin color en las mejillas—. Se puede curar él solito.

—Saquémoslos de la nave —nos pide Zaybet, así que Tiago, Enzo y yo agarramos a Sergio y a su grupo, y los llevamos fuera.

Cuando volvemos, los cuatro collares están apilados y parece que todas las brujas, menos Saysa, que está tirada en una silla, están debatiendo sobre qué hacer con ellos.

Tiago se sienta a su lado y yo examino con atención esos extraños artefactos.

—¿Qué son? —pregunto.

—Maldición —me contesta Zaybet—. Una piedra que bloquea nuestra magia. Antes del movimiento de liberación de brujas, algunas manadas permitían que los lobizones construyeran casas con maldición para que sus mujeres no pudiesen usar magia en el hogar. Otros directamente les ponían estos collares. Ahora solo se usan en las cárceles, pero está claro que los lobos siguen teniendo acceso a ellos.

—Entonces mejor que se los queden ustedes —les digo, y ella y Cata asienten.

—¿Cómo supo la nave que tenía que activar el pitido de alta frecuencia? —le pregunta Tiago a Laura.

—Tengo un detector de maldición que activa una alarma de alta frecuencia para paralizar a los lobos con dolor, en caso de que los piratas intentasen subir abordo.

—¿No deberíamos marcharnos antes de que venga alguien más a intentar detenernos? —sugiere Enzo.

—Aún no —dice Zaybet, y saca una pequeña bolsa de su bolsillo—. Antes de irnos, tenemos que hacer algo. Es la única manera de marcharnos sin miedo a las represalias del Aquelarre.

—No —se le escapa a Laura.

Si antes parecía asustada, ahora está directamente desencajada.

Es como si Zaybet le acabara de pedir que sacrificara a su mascota.

—Son las normas —nos recuerda, pero eso no calma a la capitana, que entonces se toca la muñeca con cariño.

—No puedo…

Nuestros horarios. Ahora lo entiendo. Los tenemos que dejar aquí.

—Dijiste que sin nosotros morirían —añade Cata.

El estómago me da un vuelco en señal de protesta y bajo la mirada hacia la banda negra que llevo en la muñeca. Estamos en el Mar Oscuro, así que el horario está visible porque se supone que aquí está a salvo.

—¿No hay otra solu…?

—No —me corta Zaybet—. No la hay. Si seguimos conectados a la red de horarios del Aquelarre, sabrán dónde estamos en todo momento y nosotros dónde están ellos. No lo permitirán.

—Pero estoy segura de que no nos van a perseguir —responde Laura, que sigue acariciando su pulsera con cariño.

—¿Cómo puedes decir eso después de lo que acaba de hacer Sergio? —le espeta Zaybet—. Podrían avisar a los Cazadores de forma anónima. De hecho, cuando se den cuenta de que nos hemos ido, seguramente algunos lo intentarán.

Sé que es una pregunta estúpida, pero la lanzo a la desesperada:

—¿No podemos apagarlo durante un tiempo o algo así?

Enzo agarra su horario y arranca la planta de su muñeca, que se retuerce como loca intentando volverse a enganchar a su piel, pero el lobizón lo deja en la bolsa que ha sacado Zaybet. Tiago lo sigue y lo hace tan rápido que casi ni lo vemos. Después se lo quita Zaybet, que se acerca a Saysa, quien parece que nos mira a todos en una especie de trance.

Cuando Zaybet ve que Saysa no responde, le quita el horario ella misma. La Jardinera ni siquiera pestañea, pero cuando Zaybet se aleja, veo que a Saysa se le han humedecido los ojos.

Ahora me acercan la bolsa a mí y en mi cabeza le digo a mi horario: *Lo siento, lo siento muchísimo*. Y sin más, lo agarro.

Intentando reprimir las lágrimas, me saco la banda y siento el picor y el dolor en mi piel cuando el horario se separa de mi muñeca. Al acabar la matanza, Tiago deja la bolsa al lado de los cuerpos de los lobizones para que el resto de la manada los vean. Ahora sí hemos roto nuestros lazos con el Aquelarre y nos sumergimos en el Mar Oscuro.

El instinto que me hacía saber cuándo estábamos cerca de casa parece que ya empieza a desaparecer. En ese momento me doy cuenta de que la emoción y la sensación de estar a salvo y en casa que sentí cuando nos acercamos a la roca nunca fueron mías.

Eran del horario.

Eran sus *emociones*.

22

A pesar de que ya hace mucho rato que la oscuridad no nos envuelve, el ambiente sigue siendo pésimo en *La Espiral*. Saysa y Cata están dormidas en las sillas reclinables, tapadas con una manta hasta el cuello, mientras que Enzo y Tiago, uno a cada lado de Laura, están junto al timón con la mirada perdida al frente.

Navegamos por las profundidades del océano, dejando atrás bancos de peces y arrecifes de coral. Laura no ha dejado de emitir calor en la nave desde que salimos del Aquelarre, ya hace muchas horas.

—Tienes que descansar —le vuelve a repetir Zaybet, que está sentada a mi lado.

—Ni siquiera sabemos adónde vamos —le suelta Laura.

—Más razón para que duermas un poco y dejes la nave flotando. Nadie sabe dónde estamos y no tienen manera de localizarnos.

—Estoy bien —declara Laura, mientras los rizos de su melena le caen sin fuerza en la cara, que a su vez no brilla como siempre. Aun así, su apariencia no es nada comparado con las sombras que se proyectan en su voz.

Echo de menos la luz que desprendía.

—Puedes utilizar mi energía si quieres —me ofrezco, irguiéndome en la silla.

En ese momento se separa de la pared, *La Espiral* empieza a aminorar la marcha a la vez que el fuego de sus ojos se va apagando y se nos acerca.

Parece que Laura pierde un poco el equilibrio, pero se apoya en la espalda de la silla de Zaybet para tomar fuerzas y se sienta en la que está vacía a su lado.

—La nave tiene una conexión simbiótica con la magia de fuego de Laura, por eso la energía va fluyendo entre las dos —me explica Zaybet mientras la capitana se echa una manta por encima—. A las Invocadoras les pasa lo mismo, ya que los globos están hechos con una tela que flota y que lo que quiere es estar en el aire. El transporte no nos drena tanto como crees, a menos que te sobreexcedas.

Este último comentario lo dice clavando los ojos en Laura, que se limita a fruncirle el ceño.

Ahora que Zaybet sabe que no me crie en este mundo, se toma la molestia de explicarme las cosas, lo cual me va genial, la verdad.

—Según el hechizo se necesita un nivel de energía diferente —me dice siguiendo con la clase—. Por ejemplo, a mí me es muy fácil cambiar el estado del agua de líquido a sólido o a gas, pero necesito más energía si tengo que conseguir agua cuando no está cerca. Por eso los hechizos tienen más fuerza cuando se realizan en grupo.

—No podemos continuar así, no nos queda mucho oxígeno —interrumpe Laura, cobijada en su manta—. Pronto tendremos que salir a la superficie y eso sin hablar de que dentro de cuatro noches saldrá la luna llena…

—Ya lo sé —le responde Zaybet, que alarga el brazo y le pone la mano en el hombro—. Buscaré un lugar seguro y, cuando estemos preparados, me pondré en contacto con los miembros de la manada que defendieron a Manu para que puedan unirse. Abriremos nuestro propio portal a Lunaris —dice y se gira para mirarme—. Aún no está todo perdido. No estás sola.

Al verla con esas ganas y energía, la presión que me oprime el pecho se afloja un poco. Tiago y Enzo apartan la mirada del exterior por un momento para mirarla. A mi novio le brillan los ojos con la misma admiración que veo en los de Enzo.

—Deberíamos dormir un poco —sugiere Enzo—. Yo hago la primera guardia.

Acto seguido, atenúa las luces del barco y Tiago se sienta en la silla que queda libre a mi lado.

Aunque todo el mundo ya ha cerrado los ojos, yo tengo los míos como platos. Cuanto más intento relajarme, más alerta me siento.

—¿Necesitas un relevo?

Enzo da un brinco, como si mi voz lo hubiese sorprendido.

—¿No puedes dormir?

—Pues no, así que si quieres aprovechar tú…

Me pongo a su lado y asiente con la cabeza, pero no se mueve.

—Has sido muy valiente —me dice—. Te has priorizado y te has plantado delante de todos.

—Gracias, pero ahora mismo me siento como una idiota.

—Pues no deberías. Si no te aceptan como eres, ellos son los idiotas.

En ese momento me acuerdo de su comentario deseando que la poción de la dormilona le hubiese borrado todos sus recuerdos, y con una voz más vulnerable le digo:

—Gracias por no ser uno de los idiotas.

Enzo me dedica una gran sonrisa y eso me da fuerzas para preguntarle:

—Oye, ¿cómo es que nunca te he visto transformarte?

—Porque no puedo.

—¿Qué quieres…? —le pregunto frunciendo el ceño.

De repente, Enzo levanta la pierna, la apoya contra el ventanal y se sube los pantalones hasta la rodilla. No tiene hueso, sino una especie de trenza hecha con ramas verdes; el implante parece que imita la forma de los músculos y tendones, y se ven finas tiras que los unen como si fueran venas oscuras.

—¿Qué te pasó? —le pregunto con un hilo de voz.

—Me lo arrancaron de un mordisco.

—¿De un mordisco?

—Fue una criatura de Lunaris. Las Jardineras no pudieron atenderme a tiempo y perdí una parte de mi pierna. Una sanadora logró crearme una especie de prótesis de Lunaris para que al menos pueda moverme como un lobo…, pero no puedo transformarme.

—Ah… —le contesto notando que me faltan las palabras. Quiero decirle algo que lo haga sentir mejor, pero no me sale nada—. Pero ¿se sabe por qué?

Enzo se encoge de hombros.

—Algunas sanadoras creen que es un efecto colateral del veneno que me inyectó la criatura al morderme. Otros dicen que el problema está en mi cabeza. Así que no sé… ¿sigo siendo un lobo? —me pregunta con su voz rasgada—. Mi familia tiene claro que no.

—Lo siento mucho, Enzo. —El corazón se me encoge. Sentir que el mundo te rechaza es horrible, pero saber que ese rechazo viene de tu propia familia debe de ser muchísimo peor—. Eres uno de los lobos más valientes que conozco y siento muchísimo que tu familia no sea capaz de verlo.

Veo un fulgor en sus ojos verdes mientras sacude la cabeza, moviendo sus rizos de arriba para abajo.

—No te sientas mal por mí, no me quejo —me contesta y apunta con la barbilla a Zaybet y Laura—. He encontrado a mi familia de verdad.

—Te quieren mucho —le digo por si aún no lo sabe—. Cuando perdiste el conocimiento por la poción de la dormilona, estaban muy preocupadas por ti.

—Lo sé —admite con una sonrisilla—. Quizá desde fuera nuestra amistad pueda parecer rara, pero la verdad es que me gusta que me traten como a cualquier otro lobo.

Entonces mira en dirección a mis amigos.

—Como ellos, que te ven como si fueras una Séptima más.

¿Qué le voy a hacer?

El lobo tiene razón.

Cuando me despierto, *La Espiral* está en la superficie.

El sol de media tarde baña el océano con una luz anaranjada, y el horizonte se extiende en todas direcciones menos una. Tenemos La Boca justo enfrente, una isla boscosa erigida detrás de un volcán activo.

—Repíteme por qué es una buena idea —pide Cata mientras la miramos desde el ventanal.

—Aquí no vendrán a buscarnos. La Boca ha estado abandonada durante décadas, desde la última erupción, y está tan perdida en mitad del mar que la mayoría de Septimus ni se acuerdan de que existe —contesta Zaybet—. Piénsalo: ¿tú habías oído hablar de esta isla?

Cata frunce el ceño, seguramente molesta porque la acaban de dejar en evidencia.

—Me suena de algo… —dice Saysa en voz baja, como si estuviera probándola. Ha estado bastante ausente y casi no nos ha hablado—. He oído hablar de ella una vez.

Entorna los ojos como intentando recuperar un recuerdo borroso.

—¿Quizá fue en el colegio?

—No, porque entonces yo también lo sabría —responde Cata, más molesta aún.

—Si conseguimos reunir a una manada con suficientes Septimus —nos recuerda Zaybet—, dentro de tres noches podremos abrir nuestro propio portal a Lunaris.

Noto cómo mis oídos se agudizan al escuchar esta información y pregunto:

—¿Cuántos Septimus necesitamos?

—El número más potente es siete por siete, así que cuarenta y nueve como mínimo. Necesitamos a siete brujas de cada elemento, así que necesitamos a otras veinticuatro brujas y a un lobo por cada una. Y tendremos que seleccionar a nuestra manada con mucho cuidado —nos avisa, y mira a Laura y a Enzo, como si ya estuviese repartiendo funciones.

Agarramos las bolsas con nuestras cosas y Laura ancla el barco en el mar. Zaybet congela una parte del agua para crear un camino que nos permita llegar hasta la costa.

Tiago y yo llegamos a tierra los primeros, y ayudamos al resto a subir la polvorienta pared de roca hasta llegar a la entrada del bosque.

—No tendrás un globo aerostático en tu nave para situaciones de emergencia, ¿no? —pregunta Cata, resoplando mientras avanzamos entre los árboles.

—Movernos por el aire llamaría demasiado la atención —aclara Zaybet, pero me pregunto si en realidad lo que tiene en mente es la última experiencia que tuvimos en la que volamos con Cata en Lunaris.

La cuesta del volcán no es muy pronunciada, pero el follaje que tenemos que atravesar es frondoso y salvaje. Tiago está al frente de la manada, abriéndonos paso a golpes con un palo de madera que ha encontrado en el suelo. Las ramas serpentean sobre nuestras cabezas y se enredan con las de otros árboles formando algo parecido a una celosía, y la maleza que cubre el suelo nos araña los tobillos. Cuando llegamos al margen de la línea de árboles, formamos una fila uno al lado del otro y contemplamos lo que tenemos delante.

El pueblo es gris y cenizo. Parece como si estuvieran grabando una película después de que hubiera estallado una bomba. Esto sí que es una ciudad fantasma.

Hay grietas en el suelo, como cortes, y trozos de metal fundido. Si alguna vez hubo edificios altos, ya no quedan pruebas de ello. Entre tanta destrucción, solo hay una cosa que se mantiene en pie, un edificio de piedra de una sola planta.

Todo lo demás está cubierto de hollín y medio enterrado en la burda tierra.

—¡Es perfecto! —exclama Zaybet, como si tuviera ante sus ojos un jardín esplendoroso en vez de uno sin vida.

Entonces se gira para mirarnos y la imagen de la desolación absoluta queda a sus espaldas como una broma de mal gusto.

—Los miembros del Aquelarre estaban en *shock*, pero cuando se calmen nos abrirán las puertas de nuevo. Hasta entonces, nos quedaremos a salvo aquí, a menos que Saysa desate un terremoto sin querer, así que no la hagan enfadar, por favor se lo pido.

Esta es la primera vez que Zaybet habla de Saysa desde lo que pasó con Sergio, y esto hace que la mire más animada. Al ver que Zaybet no aparta la mirada, mi amiga parece más tranquila.

Aunque no se puede decir que Cata tratara con mucho cariño a Saysa durante el viaje, tampoco ha sido tan fría como cuando atacó a la bruja en Kukú. De hecho, parece que nadie le reprocha lo que hizo, como si el ataque de Sergio hubiese cruzado una línea para todos y no hubiese espacio para la piedad.

—Exploremos la zona para ver qué hay por aquí y saber cómo podemos hacer habitable este lugar antes de que caiga la noche —anuncia Zaybet.

Dejamos que nos dirija mientras nos separamos para inspeccionar los restos que quedan de esta manada. Mientras las brujas investigan la solitaria estructura que sigue en pie, Tiago, Enzo y yo nos adelantamos para ver qué hay más abajo.

Corremos entre los restos, atajando por un cráter seco y más metal fundido, y mientras siento que un nuevo golpe de energía me recorre el cuerpo con la velocidad, noto mi pecho expandirse. Sin embargo, cuando veo que Tiago se detiene un poco más adelante, el peso vuelve a entumecerme los músculos.

Nunca sabremos lo que existió más allá de este punto. Todo el paisaje ha quedado reducido a un mar seco de remolinos de lava. El volcán se tragó a esta manada y no dejó nada.

—Espero que la gente se salvara —digo en un susurro mientras recorremos la zona.

—Sí, lo consiguieron —me contesta Enzo, que se me acerca con la respiración entrecortada.

—¿Qué han encontrado? —nos pregunta Zaybet cuando nos volvemos a reunir con las brujas.

—Solo un cráter en mitad del suelo —le informa Tiago—. El resto está cubierto en lava seca... Esto es lo único que queda.

La musicalidad de su voz me vuelve a sorprender y entonces me doy cuenta de que esta es la primera vez que habla desde que nos fuimos del Aquelarre.

—Necesitamos una brisa de aire fresco para empezar con buen pie —le dice Zaybet a Cata.

Mi prima asiente y sus ojos rosas se iluminan.

—Cierren los ojos —nos pide— y agárrense.

En cuanto nos tomamos de las manos y cerramos los ojos, se levanta una fuerte ráfaga de viento que hace sacudir nuestra ropa como si fueran látigos. Se aleja de nosotros y va en dirección al cráter, y me arriesgo a abrir un poco los ojos.

El polvo, la ceniza y los otros restos flotan y se arremolinan en el aire, creando un tornado de suciedad que se aleja de nosotros. Cuando el centelleo en los ojos de Cata se calma, la zona está mucho menos gris que antes.

—Y ahora a limpiar un poco —sigue Zaybet.

Como seguimos tomados de la mano, al iluminársele los ojos siento un bombeo de energía y un manto helado nos envuelve. De repente, el edificio de piedra queda recubierto de una capa de hielo, como si lo hubieran cristalizado. La escarcha dura un segundo, antes de derretirse y dejar que el agua caiga al suelo.

Ahora que el espacio está aún más limpio, se ven unas letras grabadas en la piedra que dicen: *Patio de comidas*.

—Yo me encargo de desinfectarlo —apunta Laura.

Un explosión de calor nos golpea a todos y sin querer nos soltamos las manos para protegernos la cara.

—Ay, perdón —nos dice con los ojos encendidos—. Supongo que la lava aquí tiene mucha fuerza.

Una vez que la temperatura vuelve a bajar, Zaybet mira a Saysa.

—Quizá mientras estemos aquí nos iría bien alguna vacuna.

Saysa se mira las manos como si estuvieran contaminadas.

—Cuando te veas con fuerza —añade Zaybet, y Saysa le responde con una sonrisa—. Bien, escuchen —nos pide de nuevo—. Vamos a tener que traer mantas, cojines y provisiones de la nave. Y también hay que limpiar el patio de comidas por dentro.

Tiago y yo vamos a por las cosas, mientras que Enzo se ofrece como fuente de energía para que las brujas puedan limpiar bien el edificio. Quiero hablar con Tiago, pero la verdad es que cruzar una y otra vez el bosque me tiene agotada, y creo que no me quedan fuerzas para sostener también el peso emocional de una conversación como la que nos espera.

Cuando el sol empieza a ponerse, Zaybet, Laura y Enzo están en el Hongo. Se ve que han encontrado rebozuelos debajo de un árbol en forma de paraguas. El patio de comidas es un espacio amplio lleno de mesas de madera volcadas y bancos destrozados. También hay una cocina y se ven los símbolos del lavabo: *lobizón* o *bruja*.

Saysa y Zaybet han reactivado el sistema de cañerías de la isla. Y, ahora, Cata y Saysa están sentadas en una mesa haciendo una cortina con una cuerda fina y flexible y un montón de hojas y flores. La idea es colgarla para dividir el espacio y separar la zona común de los dormitorios.

Tiago y yo estamos tirando los muebles y las cosas que ya no sirven, y dejándolos fuera en una pila amontonados. Cuando acabamos, la estancia se ve muy vacía, pero al menos parece más habitable. Tiago me pasa una botella de agua y, luego, bebe él un poco.

Cata y Saysa no apartan los ojos de su trabajo, y Tiago se sienta al final del banco donde están ellas con la mirada perdida. Hay demasiado silencio como para no aprovechar el momento y preguntar:

—¿Qué piensan de todo esto?

Saysa se encoge de hombros.

—¿De qué? —me pregunta Cata, sin mirarme.

—Bueno... pues de toda esta situación. —Miro a Tiago, pero él no aparta los ojos de la botella—. ¿De lo que ha dicho Zaybet de reclutar a un montón de Septimus para abrir un portal a Lunaris? ¿También piensan que el Aquelarre cambiará de opinión?

—¿Importa realmente lo que pensemos? —vuelve a preguntar Cata con una voz parsimoniosa, casi parece aburrida.

—Pues claro que sí. Si les preocupa algo, tienen que decírmelo...

—¿Para qué? Si al final vas a hacer lo que te dé la gana.

Finalmente me mira y me clava sus ojos rosas.

—Cata...

De repente, deja la cortina en la mesa:

—¿Tú crees que me lo pasé genial dedicando todo ese tiempo a buscar la combinación perfecta de palabras para que pudieras decir y mantenerte a salvo? ¡Lo hice porque creí que te estaba salvando la vida!

—Pero es que a veces no me parece que sea *mi* vida —le contesto.

—*¡Pues entonces deberías habérnoslo dicho!*

Este último comentario no es de Cata, sino de Saysa.

—Intenté explicárselo —replico—. Todos se negaron muy rápido...

—¡Eso te debería haber dejado claro lo mala idea que era! —exclama Cata.

—Yamila les iba a decir la verdad igualmente...

—Sí y por eso preparamos un plan. Quizá no era perfecto, pero era algo. Y lo más importante, *es en lo que quedamos todos*.

Al decir esto último, Tiago por fin levanta la cabeza para mirarme.

—¿Quieres decir algo más? —le pregunto cuando no abre la boca.

—No parece que quieras escucharlo.

Así que todos están en mi contra.

—Al menos ya tienen algo en lo que están todos de acuerdo —les digo, y salgo de allí a toda prisa y dejo atrás a Zaybet, que estaba en la puerta.

No sé cuánto tiempo llevaba ahí ni cuánto habrá escuchado, pero la verdad es que no me importa.

Me adentro en el bosque y, aunque ya ha oscurecido, Tiago y yo hemos hecho este camino tantas veces que el follaje ya no se me resiste como antes. Cuando llego al borde de la pared de piedra, me quedo mirando el reflejo fantasmal de *La Espiral* en el mar.

Laura dijo que la hundiría en el fondo del mar para que nadie pudiera verla. El océano rodea la antigua caracola y, sobre ella, se ve la luna en su cuarto menguante; ya le queda muy poco para brillar totalmente en su plenitud.

Oigo pasos delicados y detecto un olor salado y frío que viene de la dirección opuesta. Cuando está bastante cerca la saludo:

—Hola, Zaybet.

Se sienta a mi lado junto a las rocas y veo que tiene una bolsa vacía en el regazo. Después de disfrutar de un rato en silencio, me dice:

—Tú, Cata y yo tenemos algo bastante importante en común. —Cuando ve que no contesto, añade—: Viene en un recipiente de metro y medio más o menos.

Como sigo sin mediar palabra, decide seguir hablando:

—Saysa nos ha cambiado la vida a todas.

La curiosidad me puede y al final le digo:

—Nos dijo que le salvaste la vida en La Isla Malvada.

Zaybet asiente con la cabeza.

—Cuando la conocí, era una renacuaja que había manipulado a su hermano para que la llevase a la isla y luego se las había ingeniado para escaparse de él para poder explorar sola uno de los lugares más peligrosos del mundo. Y eso que aún no tenía sus poderes, lo hizo porque se atrevía sin más.

La mirada de Zaybet se ilumina bajo la luz de las estrellas y sigue diciendo:

—Era demasiado pequeña para su edad, pero demasiado imponente para ese cuerpecito. Y ahí estaba yo, con quince años y un grupo de amigas, que nos habíamos escapado de nuestros acompañantes lobos porque nos lo pasábamos bien haciendo a los chicos ir detrás de nosotras. Al lado de Saysa, nunca me había sentido tan infantil.

»Después de ese momento, se convirtió en una especie de talismán para mí: cuando me daba miedo encararme a mis padres, pensaba en ella. Era mi modelo, la persona que quería ser cuando tuviera un par de ovarios. A veces me pregunto si hubiese descubierto el Aquelarre, incluso *a mí misma*, si no hubiese sido por ella.

El agua del mar salpica la piedra en la que estamos sentadas y Zaybet juega con las gotas dibujando círculos con los dedos. Los ojos se le iluminan y las gotas empiezan a bailar por la piedra como diminutos diamantes. Yo sigo sus divertidos movimientos con la mirada mientras pienso en lo que me acaba de decir.

¿Qué me hizo llegar hasta los Septimus? ¿Fue cuando el ICE arrestó a Ma? ¿Cuando me enteré de su traición? ¿Cuando vi el símbolo de la Z y la estela de humo rojo? Si no hubiese sido por Yamila, ¿habría descubierto este mundo?

Es imposible saberlo.

Solo hay una cosa por la que tengo claro que estoy aquí y fue mi decisión de subirme a la camioneta del tipo de la chaqueta de cuero.

—No tengo muy claro que tengamos un destino —le digo mientras me viene el pensamiento—. Creo que la vida nos ofrece diferentes opciones sin más y, si a la hora de tomar la decisión somos más honestas con nosotras mismas, acabamos creando una vida más acorde con quienes somos.

—Vaya… —me contesta Zaybet, como si estuviera sopesando la idea—. Deberías hablar así más a menudo, desde el corazón, y no dejar que Cata te escriba los discursos.

Ahora que me ha contado cómo conoció a Saysa, me apetece saber cómo Zaybet se convirtió en Zaybet.

—¿Cómo acabaste en el Aquelarre?

Después de darme la bolsa que tiene en el regazo, se levanta y empieza a bajar por las rocas hasta el mar. Sin saber muy bien qué hacer, opto por seguirla.

—Quédate ahí —me pide cuando estamos a punto de tocar el agua.

Apenas unos metros nos separan, pero el rugido de las olas es fuerte y ensordecedor.

Zaybet se coloca en una piedra que sobresale por encima de la superficie del mar, y me meto en un hueco húmedo que se ha creado entre las rocas del acantilado para resguardarme.

—Laura me reclutó para el Aquelarre después de la graduación —me dice sin alzar la voz, ya que sabe que la oigo sin problemas—. Cuando estaba en la academia de Marina organicé una huelga de brujas. Quería que nos negásemos a usar nuestra magia para que se diesen cuenta de que el mundo funciona gracias a nosotras. La cosa llegó a oídos del Aquelarre y…, eso. Laura me encontró.

Algo me dice que podría tirar más del hilo, pero ella nunca me ha presionado, así que la dejo. Zaybet mete los dedos en el agua del océano y, de nuevo, empieza a dibujar círculos como hace poco lo hacía con las gotas de agua en la piedra. Veo cómo cada vez los ojos le brillan con más intensidad a medida que acelera el movimiento de las manos.

—¿Y Enzo? —vuelvo a preguntar.

—Dentro de la guardia joven es el que lleva más tiempo en el Aquelarre. A veces hasta bromeamos diciendo que nació allí. —Por fin, Zaybet saca la mano del agua—. *¡Toma!*

De repente, una ola enorme se abalanza sobre nosotras y por un momento creo que nos va a engullir. En ese momento veo los peces y entiendo lo que está pasando.

Me pongo de pie de un salto y abro la bolsa mientras me preparo para que el agua me empape entera, pero Zaybet evapora el líquido y lo único que me cae encima es una cascada de peces que consigo meter en la bolsa. He atrapado un montón.

—¡Pues ya tenemos la cena! —exclama.

Mientras deshacemos el camino por el bosque, no puedo evitar preguntarle:

—¿Qué pasó contigo y Tinta? No tienes que contármelo si no quieres.

—Lo conocí poco después de llegar al Aquelarre y fue amor a primera riña. En cuanto empecé a pelearme con él, supe que estaba coladita por sus huesos: era tan ambicioso, revolucionario e impaciente como yo. Cuando empezamos a salir juntos, nos inventamos una historia para contarles a nuestros amigos y familia cómo nos conocimos: les dijimos que nos conocimos en la campaña de un juez, pero la verdad es que Tinta me consiguió un trabajo allí solo para que fuera más creíble.

»De cara al mundo, parecíamos una pareja empoderada y ambiciosa que estaba mejorando el nivel del sistema y todo el mundo se alegraba por nosotros, pero, de puertas para dentro, éramos parte de la resistencia y nos pasábamos el día preparando altercados y pensando en cómo conseguir un nuevo orden en el mundo. Me encantaba la doble vida que llevábamos, parecía un acto de rebelión sincero, ¿sabes? Como si estuviésemos plantándoles cara de verdad. Hasta que llegó el día en el que Tinta decidió arruinarlo todo.

—¿Qué hizo?

—Me pidió que me casara con él —me dice mientras sacude la cabeza—. Pensé que éramos cómplices preparando la misma batalla, pero pensó que podíamos empezar una familia y luchar por la resistencia en nuestro tiempo libre. Ese era el problema: para él, nuestra vida de cara a la galería era la verdadera y el Aquelarre era la fantasía, y en cambio para mí era el contrario.

—Lo siento —le digo—. ¿Cuánto tiempo hace que rompieron?

—Un par de lunas —me contesta y ahora que sé que hace poco, entiendo mejor la tensión que hay entre los dos—. Mi familia está destrozada y por eso no me gusta ir a casa, están deseando que conozca a alguien. El objetivo de una Séptima es reproducirse, y a estas alturas para mí ya ha empezado la cuenta atrás. No hay espacio para nada más.

Zaybet me recuerda a las protagonistas sobre las que me gusta leer en las novelas de aventuras, tan independientes y libres que de alguna manera las hace intocables. Yo antes creía que era así porque quería ser una astronauta y viajar a las estrellas, pero en realidad la idea de explorar el espacio exterior me gustaba porque me permitía fantasear con encontrar un mundo donde poder encajar.

—¿Les pasa lo mismo a las mujeres? —me pregunta—. En el mundo de los humanos quiero decir.

—Cambia un poco según la cultura, pero en general la mayoría de mujeres tienen que vérselas con el patriarcado y también existe la expectativa social de que deberían tener hijos.

—Al menos los humanos tienen palabras como *divorcio* o *aborto*, porque aquí directamente no existen. Como *gay* o *lesbiana* o *bisexual* o *queer* o *asexual*...

—Me suena este tema de no encontrar las palabras para describirte —le comento, a lo que me responde con una sonrisa burlona.

Ya casi hemos llegado donde están los demás y vislumbro el patio de comidas entre los árboles. Sin embargo, antes de que avancemos más, Zaybet me toma del brazo.

—Verlos a Tiago y a ti me ayuda —me dice en voz baja, mirándome a la cara—. Ver cómo se miran... Tinta y yo nunca nos miramos así.

Aun así, su expresión me recuerda a la de Diego después del partido de Septibol. Como si ellos vieran algo que a nosotros se nos escapa.

—Manu, no dependas de él —me dice y me cambio la bolsa de pescado de una mano a la otra—. No importa lo mucho que se quieran, eso no cambia las cosas: *a ti* la gente te va a juzgar, mientras que *a él* lo aceptarán.

—Me parece que Laura es una de las Septimus que me juzga —se me escapa decirle—. No siento que quiera estar aquí realmente.

—Creció en una manada mucho más tradicional en la que se creía que la ladrona era un demonio de verdad que lo destruiría todo —me explica—. Aun así, Laura nunca ha seguido la fe de la manada porque sabe que no es cierto. Le da vergüenza saber que le están saliendo sus prejuicios culturales. Dale un tiempo.

—¿Y tú? ¿Qué piensas?

No he querido hacerle la pregunta hasta ahora porque me daba miedo descubrir que solo estaba aquí por obligación, ya que fue ella la que nos llevó al Aquelarre, o simplemente por vivir una aventura o porque... La verdad es que la opinión de Zaybet me importa. *Y mucho.*

—Yo solo sé que inventarse historias sobre mujeres independientes es algo muy común en cualquier tradición desde siempre —me contesta con firmeza—. Y creo que ya va siendo hora de que seamos nosotras quienes contemos nuestra verdad.

23

Cuando me despierto, veo que ha llegado un grupo de aquelarreros y nos han traído yerba y facturas recién hechas para desayunar.

Saludo a las Séptimas que acaban de llegar; son ocho brujas, dos de cada elemento. Rápidamente me fijo en que Zaybet, Laura y Enzo les miran las muñecas, donde deberían de tener sus horarios. De momento, ni rastro de ningún lobo sin contar a Tiago, Enzo ni a mí.

Algunas brujas se pasan la mayor parte del día en el Hongo, intentando conseguir que otras se unan a nuestra causa, mientras que los demás trabajamos para hacer esta manada más habitable. Hemos sacado todas las mesas fuera para convertir el patio de comidas en los dormitorios, y ahora Enzo nos está enseñando a construir camas. Nunca había conocido a alguien tan autosuficiente, la verdad.

Los ánimos empiezan a mejorar a medida que van llegando más miembros del Aquelarre, incluidos algunos lobizones, y van trayendo comida, ropa de cama y otras provisiones. Me fascina comprobar lo rápido que nos acostumbramos a una rutina, como lo hicimos en el Aquelarre, y me hace pensar en lo mucho que nos aferramos y la importancia que le damos a un trozo de tierra en concreto cuando en realidad lo que le da sentido son las semillas que plantamos en ella.

Cuando paramos para comer, Zaybet me hace señas para que vaya a sentarme con ella. Tiago y Enzo están en la mesa de los lobos, de momento solo somos nueve, y Saysa y Cata están enfrente de Zaybet y de mí.

Anoche, cuando Zaybet y yo volvimos al patio de comidas, mis amigos y yo no nos dirigimos la palabra. Ayudé a Tiago a colgar las cortinas que cosieron Cata y Saysa, mientras que Enzo preparaba el pescado y Laura lo cocinaba. Después de cenar, estábamos tan cansados que cada uno agarró una almohada y una manta, y se echó a dormir. Las brujas y yo dormimos en la zona separada por la cortina, pero Tiago y Enzo decidieron dormir fuera. Él y yo no hemos hablado desde entonces.

Supongo que si estaba buscando una razón por la que romper conmigo, ya la tiene.

Evito mirar hacia mis amigas para que no haya un cruce de miradas incómodo. Me resulta más fácil centrarme en el trabajo físico para no tener que pensar en el futuro que no tengo.

—Tenemos dieciocho brujas y nueve lobizones —anuncia Zaybet después de volver a contar a la gente para confirmar que es así—. Necesitamos seis brujas más, y tres deben ser Jardineras, y quince o dieciséis lobos. ¿Cómo va la cosa?

—El equipo de Sara llega mañana —dice Laura—. Natalio no viene y no sabemos nada de Antonio.

—Solo quedan dos noches para la luna llena. Si hay que ampliar la red de búsqueda, tenemos que saberlo.

—¿Quieres decir reclutar a gente *fuera del Aquelarre*? —le pregunta Laura, con sus ojos negros entrecerrados en señal de desaprobación.

—A Manu la apoya mucha gente. No todos le han dado la espalda desde que su anuncio salió en las noticias. Deberían de ser fácil de encontrar ya que no suelen callárselo.

Laura deja su empanada mordida encima de la mesa.

—Es muy diferente defender una causa de manera ideológica que presentarte voluntario y poner en riesgo tu vida.

—No nos queda otra opción —ataja Zaybet, con un tono más seco—. Si no conseguimos abrir nuestro propio portal desde aquí, arrestarán a Manu.

—¿Por qué estás tan segura de que ni siquiera es posible?

—¿Por qué crees que elegí este lugar? Aquí se juntan todos los elementos: el magma, el océano, el bosque y la brisa marina. Es un punto crítico para conjurar una magia muy potente. Solo necesitamos reunir a un buen grupo de Septimus para canalizarlo.

—¡Lo sabía! —exclama Saysa, dando un golpe en la mesa—. *Sabía* que había oído hablar de este sitio porque me acuerdo de haber leído o escuchado justamente eso, pero ¿dónde…?

De repente me levanto como un resorte, al igual que Tiago, Enzo y los otros lobos.

Pasos.

El aire se llena de magia y el suelo se calienta bajo mis pies debido a que la anticipación de las brujas activa los elementos.

Hoy no esperamos a nadie más.

—Menudo recibimiento, ¿no?

Tinta llega con su larguirucho hermano, Fideo, y diez lobos más. Todo el mundo se levanta para saludarlos y el ambiente se relaja.

—¡No me habías dicho nada! —suelta Zaybet, y no sé si la alegría que noto en su voz es por el alivio o por algo más.

—No hay que dejar pruebas, ¿no te acuerdas?

—Ahora tenemos que tomar más precauciones, si cabe —añade Fideo—. Los Cazadores están investigando a todo el mundo. No podemos levantar sospechas.

Por fin se gira para mirarme con sus dulces ojos cobrizos:

—Siento haber sido duro contigo.

—Sí —coincide Tinta, con una mirada tan amable como la de su hermano para variar—. A veces la política nos nubla la mente y nos convertimos en unos idiotas.

—No pasa nada —les digo, y seguidamente me dan un abrazo cada uno.

—¡La loba! —grita Ezequiel, que viene con ellos.

Él también me da un abrazo y creo que nunca me había hecho tanta ilusión que me llamaran así. Él y los hermanos se sientan con nosotros y se sirven empanadas.

—El tribunal le ha dado poder a toda la especie para actuar, una jugada que, por supuesto, les ha salido cara porque ahora todo el mundo ha aprovechado la oportunidad de investigar para dejar de cumplir con sus obligaciones —nos explica Tinta con una sonrisa perversa, igualita a la que tiene Zaybet—. Además del nerviosismo que siempre se crea antes del plenilunio, ahora con estas noticias la gente está muy emocionada y las cosas se están poniendo feas, lo que nos permite dejar de esforzarnos tanto en ser geniales y vivir sin preocupaciones.

Cuando dice esto es como si la retase con la mirada, y en los ojos de Zaybet veo reflejado eso que cree que no existe entre ellos. Se equivoca al hablar de lo que siente. Está enamorada de él, lo que pasa es que me parece que tiene miedo de lo que eso implica, porque, si ninguno de los dos cede, es imposible que la cosa llegue a buen puerto.

Ahora que contamos con más lobizones, avanzamos mucho más rápido y, cuando acabamos de preparar todas las camas que necesitamos, el cielo está teñido por un intenso manto naranja que nos avisa de que ya está atardeciendo. Al menos ya no tendremos que dormir en el suelo.

Hoy ha bajado la temperatura, así que para merendar pasamos el mate y nos reunimos alrededor del fuego que Laura y otras Encendedoras controlan todo el tiempo para que no alteremos el magma que fluye bajo tierra.

Aún tuvimos otra llegada sorpresa: la de Nuni, la bruja que me dio la poción de invisibilidad. Ahora está sentada a mi lado.

—¿Usaste mi regalo? —me pregunta, y veo las llamas reflejadas en sus ojos color caramelo.

—Aún no.

Cata, Saysa y Tiago están sentados juntos, justo enfrente de nosotras y noto cómo nos miran.

Ezequiel coloca un recipiente con una masa al lado de una piedra que parece estar al rojo vivo.

—Loba, te voy a preparar el mejor panqueque que te has comido en tu vida —me avisa mientras vierte un poco de la mezcla en la piedra.

Lo deja un segundo, le da la vuelta y, cuando está listo, lo tira al fuego.

—La primera siempre sale mal —me dice, entonces toma la cuchara y prepara el segundo, que finalmente lo pone en un plato y me lo da.

He visto a Ma hacerlo miles de veces, pero por alguna razón me ha molestado que tirara el primero, ni siquiera lo ha mirado y quizá estaba bueno igual.

Las tortitas argentinas son finas, casi como una *crêpe*, así que las hace rápido y en poco tiempo todo el mundo las está devorando. Yo unto la mía con una generosa cantidad de dulce de leche y la doblo imitando al resto.

El calor me recorre el cuerpo con el primer mordisco que le doy a este postre dulce y esponjoso, y todo el mundo sin excepción repite tres veces. La calidez que siento en mi interior no es solo por la comida: miro a mi alrededor y me doy cuenta de que es la primera vez que estoy sentada con amigos que saben quién soy de verdad, que soy medio humana, y me aceptan.

Ya no tengo más secretos. Me he quitado todas las máscaras y ya no llevo mis mentiras a cuestas.

El ojo me sigue temblando, aunque con menos fuerza. Una señal que siembra la duda. Hay *una* cosa que aún no he comentado, pero que pueda luchar contra la magia me parece mucho menos importante que el hecho de ser una híbrida.

—Yo sigo esperando mi cuarta ronda —dice Tinta levantando el plato en dirección a Ezequiel.

—No vas a cenar —lo regaña Zaybet, y se lo quita, lo que hace que a Fideo se le escape la risa—. Deberíamos darlo todo con el reclutamiento. Aún nos faltan un par de Septimus y unas cuantas Jardineras.

Cuando el fuego se extingue y los Septimus se van para seguir con sus quehaceres, Tiago y yo por fin nos miramos a los ojos. Sus pupilas azul zafiro hacen que me dé un vuelco el estómago.

Él se levanta y sacude la cabeza señalando hacia el bosque, haciendo que se le caigan un par de mechones de pelo oscuro en la cara. Supongo que ya ha tomado fuerzas para acabar con esto.

—Oye, ¿y cómo ha sido eso de crecer rodeada de humanos?

Nuni sigue sentada a mi lado y no parece que tenga ninguna intención de irse.

—Pues… la verdad es que no tuve una infancia muy normal.

Cuando vuelvo a mirar a Tiago ya no está y me desinflo como un globo. Vuelvo a girarme hacia Nuni para responderle con más entusiasmo.

—Mi madre tenía miedo de que ustedes me descubrieran, así que me escondió.

—¿Y qué pasó con tu papá? —pregunta.

Aquí ni me planteo decir la verdad y le contesto:

—No lo conozco.

—Lo siento.

El pesar que veo en su mirada me transmite tanta compasión que me entran ganas de contarle más:

—Éramos ilegales donde vivíamos, así que la policía arrestó a mi madre y ella me pidió que me mantuviera a salvo, escondida. Supongo que no podía aguantar más, necesitaba saber quién era realmente.

—¿Y quién eres? —me pregunta Nuni, y en su voz no hay ni una pizca de sarcasmo o drama, solo interés sincero.

—Elige la etiqueta que más te guste —le digo soltando un resoplido—: lobizona, ladrona, híbrida, bicho raro... Sea lo que sea, nunca encajo.

Mi respuesta me resulta tan triste que me doy repelús a mí misma, así que le lanzo la pelota a su campo:

—¿Y tú? ¿Qué te trajo a ti al Aquelarre?

La veo tan paralizada que me apresuro a decirle:

—Perdona, he sido un poco brusca. No me tienes que contar nada si no te sientes cómoda...

Pero sus labios dibujan una pesarosa sonrisa.

—No es eso, es que es extraño encontrarme con alguien que no sepa mi historia. —Nuni se mira las manos, que descansan en su regazo—. Me quedé embarazada cuando tenía trece años.

Me estremezco un poco, por lo que me dice pero también por cómo me lo dice. Su voz es casi robótica, exenta de emoción. Como si le hubieran abierto la misma herida una y otra vez hasta que ya es incapaz de sentir el dolor.

—Las brujas no suelen ser fértiles hasta que cumplen los quince, y quedarse embarazada antes de los veinte es muy poco común. A esas edades nuestra magia no tiene tanto poder. Yo fui la primera excepción y tuve el parto más peligroso hasta la fecha. La misma luna en la que heredé mi magia fue en la que... en la que pasó todo.

Esa pausa que hace me dice que esa herida sí la siente, así que la dejo que se tome su tiempo.

—Mi madre me descubrió intentando preparar una poción para acabar con mi embarazo y me entregó a los Cazadores. Me presenté delante del tribunal y supliqué clemencia, pero me obligaron a tener a la criatura.

Vuelvo a recordar las palabras de Zaybet: «Los Septimus no tenemos palabras como *divorcio* o *aborto*».

—Apenas logré sobrevivir el parto —me sigue explicando, de nuevo con un tono más apático—. Y mi bebé nació muerto.

Las canas prematuras de Nuni y sus ojos envejecidos ahora tienen mucho más sentido.

—Y luego vino la depresión posparto.

Pestañeo al descubrir que su tormento no acabó con el parto.

—Perdí mi magia durante más de un año y estuve encerrada en una casa que odiaba, rodeada de una manada que sabía que me despreciaba y a la vez sentía lástima por mí. Eso sí, por el otro lado, no tardaron mucho en mover los hilos que hicieron falta para enviar al lobizón que me hizo pasar por todo esto a otra manada y, antes de que yo recuperara mis poderes, él ya estaba prometido.

Nunca me había sentido así, como si nada de lo que pudiese decir tuviese sentido. No hay palabras de consuelo para alguien que ha sufrido tanto.

—Lo siento mucho, Nuni —acierto a decir, aunque sé que mis palabras no significan nada ante una historia tan cruda.

—Yo también, pero como tú, yo también aprendí quién soy. —Le brillan los ojos, como si de las cenizas de su infancia hubiese resurgido una nueva Nuni—. Aunque estuve mucho tiempo sin magia, pude seguir haciendo pociones, así que estudié el arte y practiqué hasta que preparé la cura que me liberó.

—¿Y tu cura podría curar el posparto de otras brujas?

—Es... complicado. Ninguna bruja ha conseguido conjurar una fórmula que funcione para todo el mundo. Uno de los problemas es que, para que la mezcla tenga un mayor efecto, se necesita la sangre del padre, lo que significa que se necesitan un par de gotas cada luna para preparar nuevas pruebas y no todos los lobos están dispuestos...

—¿Y eso por qué? —La rabia hace me hierva la sangre—. ¡*Nosotras* sangramos una vez al mes!

La mirada que me dedica me hace sentir millones de años más joven de lo que soy, y me pregunto lo ingenua que le debo parecer.

—No todo el mundo ve la depresión posparto como algo malo. Ni siquiera entre las brujas.

—*¿Cómo puede ser?* —es todo lo que puedo decir.

—Como nos deja sin poder usar nuestra magia, no podemos ir a Lunaris, con lo que nos quedamos aquí para cuidar de nuestras criaturas. Si no la tuviésemos, tendríamos que dejar a nuestros bebés con los niños y niñas de doce años. Hay algunas manadas donde a las madres se les prohíbe tomar Felifuego antes de que sus hijos cumplan los dos años.

Me acuerdo de la hoja roja y negra de Felifuego que parece que está chamuscada. Es lo que me protegió de la Sombra de mis sueños. Cuando la encontré en la clase de la señora Lupe en El Laberinto, me dijo que era la única cura que se conocía para la depresión posparto, y es muy difícil de encontrar, así que las brujas dependen de la agudizada vista de los lobos para buscarla.

—Toma —me dice Nuni y me ofrece una botella de pastillas que parece Septis, aunque esta es más pequeña y, en vez de ser azul, es rosa.

—¿Qué es?

—Protección. Tómate una antes de tener relaciones.

El rubor me enciende las mejillas.

—Uy, no... yo no...

—No tienes nada de lo que avergonzarte —me dice mirándome fijamente—. Solo tienes un cuerpo, así que cuídalo.

Después de la densa conversación con Nuni, sigo el olor de Tiago que me lleva hasta los árboles.

Allí lo encuentro sin camiseta y con una capa de sudor recubriéndole el torso. Con los pies aún en el suelo, se agarra a una barra de acero que está clavada en uno de los troncos; parece un trozo de una antigua puerta. Tiago tira de ella, tensionando los músculos, hasta que el metal sale del árbol y él retrocede unos pasos de la fuerza que ha hecho.

Entonces me mira.

—Hola. —Los ojos se me van y recorro las perfectas ondas que se forman en su torso—. Vamos —me dice y, al segundo, se gira y desaparece entre los árboles.

Salgo corriendo detrás de él y, sin transformarme, aprovecho mis poderes de lobizona para conseguir acelerar a toda velocidad y correr casi tan rápido como lo haría si me transformara en loba. Busco el olor de Tiago, como una bestia salvaje en busca de su presa, y llego hasta el final del bosque.

El cielo que nos cubre está gris, pero, a lo lejos y detrás de las nubes, se intuye que el atardecer ha hecho que el sol adquiera su tono rojizo. Estamos en un precipicio y, en la línea del horizonte, el mar se extiende como si no tuviera fin, mientras que detrás tenemos unas vistas completamente diferentes, y me queda claro por qué Tiago me ha traído aquí por el bosque en vez de por la aldea.

De repente me fijo en un trozo de tierra carbonizada y deduzco que seguramente fue el punto donde se dio la erupción. Está en una pendiente, lo que debió de hacer que la lava bajara directamente hacia el centro de la manada y lo destruyera todo, desencadenando más explosiones y deteniéndose justo antes de llegar al patio de comidas.

—No estoy enfadado contigo —me dice por fin Tiago y me obligo a mirarlo a la cara cuando me toma la mano y me la pone en su pecho, justo al lado de su cicatriz—. Tengo *miedo* de lo que te pueda pasar.

El corazón le va a mil por hora. Tiago me toma la otra mano.

—Todo va a ir bien —lo tranquilizo—. Zaybet cree que podemos conseguir a los Septimus que necesitamos antes de la luna…

—¡No lo digo por esta luna, Manu! —la voz se le rompe al pronunciar mi nombre y me aprieta las manos con más fuerza—. Van a ser *todas* las lunas. Ahora que saben que existes, que hay una híbrida en este mundo, no pararán hasta encontrarte.

No lo entiendo muy bien, pero oírlo decir la palabra *híbrida* me duele, aunque es lo que soy.

—Contra eso yo no puedo hacer nada —le contesto, y dejo las manos muertas, aunque él no me las suelta—. Nací así y no hay más.

—No quería decir eso —me responde con un suspiro—. Lo siento... Es que no quiero que tengas que pesar por esto...

—¿Y crees que yo sí?

—¡Tú decidiste anunciarlo delante de todo el mundo!

—¡Antes de que Yamila se me adelantara! No podía esconderme para siempre y la historia que se inventó Cata no iba a aguantar mucho. *En una especie que vive en manadas, no hay secretos*, tú fuiste el que me lo enseñó.

—Qué curioso que formemos parte de la misma manada cuando más te conviene...

—¿Qué quieres decir con eso?

—¿Por qué no hablaste con nosotros primero?

—¡Ya sabía lo que me iban a decir! Y no se hacen a la idea de lo mucho que les agradezco todo lo que están arriesgando por mí, pero no es a ustedes a los que están amenazando con *exterminar*. Si quieren matarme, al menos moriré siendo yo misma.

Con este discurso final, noto cómo la voz se me desgarra y me empiezan a picar los ojos, así que me apresuro a darme la vuelta para que no vea mis lágrimas.

Me he esforzado muchísimo por aguantar, por mostrarme fuerte, pero no tengo *nada* mío, por eso no decoré mi habitación en el Aquelarre ni saqué mis cosas de la mochila cuando llegué a la academia. No existe un lugar en este mundo donde me sienta segura.

—Tienes razón —dice por fin Tiago, que se acerca un poco, pero sin llegar a tocarme—. Lo siento mucho. Perdóname.

Cuando vuelvo a mirarlo, sus ojos azules me dicen que está tan perdido que no podría enfadarme con él ni aunque quisiera. Lo dejo que me tome de la mano otra vez y Tiago aprovecha para estrujarme contra su pecho y susurrarme:

—*El necio se cree sabio, pero el sabio se sabe necio.*

Acunada en su tibia piel, se me dibuja una sonrisa, y cuando por fin nos separamos le respondo:

—*Prefiero a un necio que me alegra a una experiencia que me amarga.*

Ahora es él quien sonríe y le pregunto:

—¿Por qué te afecta tanto recibir tanta atención cuando estás en Kerana? A veces pienso que, si lo que quieres es pasar desapercibido con todo el tema del Lobo invencible, ¿por qué eres la estrella del equipo de Septibol que ha ganado el campeonato?

—Porque esa reputación me la he ganado yo, la otra no.

—¿No crees que el hecho de sobrevivir el ataque de un demonio de Lunaris con trece años sea digno de admirar?

—¿De admirar? —se le va la voz al repetírmelo—. Lo único que hice fue separarme de la manada y perderme después de que anocheciera. Era la primera vez que iba y rompí la única norma de Lunaris.

Tiago resopla de nuevo.

—No vi al demonio antes de que me atacara. Si no me mató, fue de pura *casualidad*. Lo único que hice fue conseguir esconderme de él todo el tiempo que pude y por eso, cuando por fin me puso las garras encima, el sol ya estaba saliendo y tuvo que huir. Lo que me salvó fue literalmente la luz.

—Pero *sobreviviste* —le digo y le tomo la cara en mi mano.

En ese momento, Tiago me mira fijamente y me dice:

—Manu... llevo tiempo queriéndote decir algo.

Me pregunto si por fin va a decirme lo que lleva tanto tiempo en su cabeza, y bajo las manos.

Creo que sigue peleándose por encontrar las palabras y entonces me doy cuenta de que tiene los ojos clavados en otra cosa, como si hubiera algo detrás de mí.

Al girarme veo una criatura en la superficie del mar: algo enorme y oscuro, como una ballena en busca de una bocanada de aire fresco. Sin embargo, allí donde debería de estar el espiráculo se abre una escotilla y veo que emerge una cabeza.

El pelo caoba de la Séptima ondea al viento mientras sondea la isla y el corazón se me cae a los pies.

Yamila me ha encontrado.

Salimos disparados de vuelta al campamento, donde las Encendedoras están haciendo otro fuego.

—¡Parad! —exclama Tiago.

—¡Nos han encontrado! —anuncio a trompicones. Me falta el aire—. Los Cazadores…

—Solo hay un barco —me interrumpe él—. Quizá solo están explorando y no saben que estamos aquí.

—Pero Yamila va con ellos.

Con solo pronunciar su nombre la temperatura baja en el grupo.

—*La Espiral…* —empiezo a decir.

—Está escondida —me asegura Zaybet.

Miro a Laura, desesperada, pensando que la última vez que la vi estaba en la superficie.

—Se ha escondido en las profundidades —me asegura—. No la encontrarán.

—*Tú eres* a quien buscan y no podemos dejar que te encuentren —me dice Zaybet—. Y lo mismo va por ustedes tres, Yamila sabe que viajan juntos.

—¿La poción de invisibilidad será suficiente para los cuatro? —le pregunto a Nuni.

Ella niega con la cabeza.

—Solo hay para una persona.

—¿Y qué hacemos nosotros? —pregunta Tinta—. No nos pueden encontrar aquí con Manu, ¿te acuerdas, no?

Al decir esto se toca la muñeca como si le señalara su reloj a Zaybet, pero ahí no hay nada más que su piel morena.

—Todo el Aquelarre estará en peligro si los Cazadores descubren quiénes somos y encuentran nuestros horarios.

Nadie podría quitarles los horarios porque es imposible hacerlo si no están en el Mar Oscuro, pero estoy segura de que eso no impediría que una Jardinera con experiencia se diera cuenta de que los llevan puestos y que intentara descubrir el paradero del Aquelarre, y aprovechara también para localizar a los demás miembros de la manada.

Pienso en todo el tiempo que la resistencia ha conseguido mantenerse a salvo y me doy cuenta de todos los sacrificios que habrán tenido que hacer los Septimus para hacerlo posible. La mentalidad *colectiva* en vez de *individual* que han necesitado para que el Aquelarre siga existiendo. No puedo consentir que todo su trabajo se vaya a la mierda por mí.

—¡No nos podemos quedar aquí parados! —dice Fideo—. ¡Tenemos que escondernos!

—¿Dónde? —pregunta Ezequiel.

—¡Somos demasiados! Sentirán nuestra presencia.

—Pues *vámonos*...

—¿Crees que no nos verán bajando la colina? ¿O si una flota de barcos sale de la isla?

—Una flota sí —repito, y todo el mundo se calla—, pero no si solo sale *uno*.

Me giro para mirar a Zaybet y Laura a la cara.

—¿Qué pasaría si nos vamos nosotros siete y los Cazadores encuentran a los demás aquí? ¿Qué harían? —ahora me doy la vuelta para preguntarles a Tinta y Fideo—. No pueden demostrar que he estado con ustedes. ¿Creen que sospecharían?

—Les pedirían las Huellas —contesta Zaybet con el ceño fruncido. Parece que está valorando mi propuesta.

—Podrían relacionarnos con el Aquelarre...

—¿Cómo? —vuelvo a preguntarle a Tinta—. Pensaba que la mayoría de Septimus ni siquiera creen que existe de verdad. Podrían decir que son parte de una secta rara donde los miembros adoran a la luna o algo así.

Parece que los dos hermanos se quedan bastante desconcertados con la idea, pero Cata me ha entendido.

—Están aquí haciendo un retiro —les intenta explicar para convencerlos—. Son lunáticos.

—¿Qué es eso? —le pregunto.

—Se llama así a los Septimus que creen que la noche antes del plenilunio se crea una energía lunar especial que pueden aprovechar. Vamos, lo que estabas diciendo tú básicamente —me contesta moviendo la mano.

—Si encuentran a Tinta y Fideo aquí, hará que el movimiento se convierta en una moda interesante de jóvenes ricachones —comenta Zaybet, asintiendo convencida—. Pero tienen que venderlo bien: no podemos perder este sitio. No encontraremos otro lugar así de remoto donde podamos abrir un portal, al menos no a tiempo...

Tinta y Fideo asienten al unísono.

—Por lo que hemos visto, parecía que iban a atracar cerca de *La Espiral* —les dice Tiago—. No podemos arriesgarnos a hacer ni el más mínimo ruido y que nos oigan así que no iría por el bosque. Creo que la opción más segura es cruzar la isla atravesando el volcán y luego bajar desde allí.

—Pero tendremos que atajar por tierra para llegar a la nave —se queja Zaybet—, y allí estaremos más desprotegidos.

—No si me acerco con el barco —repone Laura.

—*No* —le corta Zaybet sacudiendo la cabeza.

—Si vamos todos y cruzamos el bosque nos oirán, pero no si solo va *uno*. Si voy sola, no me oirán, seré muy sigilosa. Además, acuérdate de que controlo el *fuego*, así que si intentan hacerse con esta isla, seré la última que quede en pie.

—Seré sus ojos y sus oídos —añade Enzo, y mira a Laura par ver su reacción. En vez de rechazar su caballerosidad, asiente, y eso hace que al lobo se le infle el pecho—. De todos modos, yo solo los molestaría ya que van a hacer el doble de recorrido—le dice a Zaybet—. Laura y yo iremos con cuidado, es mejor. Así yo podré oírlo todo.

Zaybet no parece estar convencida del todo, pero aun así dice:

—Nos recogerán al otro lado de la isla.

—Aquí es donde podemos encontrarnos —les dice Tiago.

Mientras se pone a deliberar con el resto, yo me acerco a Nuni.

—¿Quieres venir con nosotros?

Sacude la cabeza.

—Si me encuentran aquí, la reunión de *jóvenes excéntricos y ricos* será aún más creíble. Además, tengo las pociones necesarias para sobornar a los Cazadores si la cosa se pone tensa.

—Cuando se vayan, les avisaremos por el Hongo para que puedan volver —nos dice Fideo.

—Aún nos faltan algunos Septimus...

—Ya nos preocuparemos de ese problema *después* de resolver este —le dice a Zaybet, un tanto molesto—. ¡Ahora, dense prisa! Y caminen en silencio, no podemos arriesgarnos a que nos oigan.

Todos asentimos y nos damos media vuelta para marcharnos cuando, de repente, Tinta susurra:

—¡Esperen!

El corazón me da un vuelco y por un momento creo que los Cazadores nos han tendido una emboscada, pero no. Lo que hace Tinta es precipitarse hacia Zaybet, tomarle la cara y darle un beso de esos que solo se ven en las películas.

Cuando al fin se separan, parece que ella va a decir algo, pero él le acerca el dedo índice a los labios, recordándole las instrucciones de su hermano.

Laura tiene que tirar a su amiga del brazo para conseguir que se mueva.

Los siete nos adentramos en el asentamiento desierto, atravesando el cráter y en dirección al mar de magma seco lleno de olas de roca negra. Oigo a nuestros amigos armar jaleo al fondo, en el campamento, para llamar la atención de los Cazadores y ayudarnos a escapar.

Los pasos cada vez se oyen con más claridad y aceleran el ritmo, como si los Cazadores hubiesen encontrado su ubicación. Si no hubiese sido por el ruido, los hubiesen detectado por el olor. Al menos así dará la impresión de que los *lunáticos* no tienen ninguna intención de esconderse.

Laura y Enzo nos hacen señas para avisarnos de que se dirigen al bosque, y Zaybet les da un abrazo a cada uno. Un aura de vapor blanco se crea cuando las brujas se abrazan y, cuando se vuelven a separar, les veo los ojos encendidos con sus respectivos poderes: fuego y hielo. Después, nosotros cinco corremos por el terreno rocoso y nuestros pasos quedan amortiguados por el polvo.

Vamos en dirección al precipicio donde Tiago y yo vimos a los Cazadores, pero esta vez avanzamos por los restos de la desolada manada. Mientras pasamos por los remolinos de piedra, parece que estamos recorriendo la espalda de un monstruo furioso que podría despertarse en cualquier momento.

Cuanto más avanzamos más enredos vemos a nuestros pies, y el ambiente cada vez es más cálido. Empiezo a ver chispas a mi alrededor, como si hubiera brasas debajo de la tierra que pisamos, pero cada vez que miro a un sitio concreto descubro una roca negra como el carbón. Sin Laura a nuestro lado, no tenemos a nadie que pueda controlar el fuego si la cosa se pone fea.

A medida que la noche se va oscureciendo, nuestros ojos se iluminan como si fueran estrellas en el cielo.

Cata aminora el paso y la tomo del brazo para guiarla. Por fin alcanzo a ver la figura retorcida que descubrí cuando estuve aquí antes con Tiago. El precipicio está justo al otro lado.

Cuando lleguemos, Tiago y yo podremos examinar el mar y estar atentos por si aparece *La Espiral*. En cuanto Laura nos avise de que todo está bien, nos encaminaremos hacia allá.

—Ya casi hemos llegado al punto de vigilancia —les digo en voz baja para animarlos ahora que hemos hecho un círculo—. Está justo...

—¿Lo ven?

Esa voz ronca me paraliza por completo como un potente hechizo: dejo de hablar, de moverme e incluso de respirar al encontrarme delante de una Encendedora flanqueada por un par de lobizones.

—Estos cuatro siempre van un paso por delante —dice Yamila, mientras el oxígeno aviva el fuego de sus ojos—. Bueno, iban... —se corrige, y sus ojos rojos brillan encendidos.

—Bien hecho —la felicita su hermano, que mira a Saysa con tal intensidad que me entran ganas de interponerme entre los dos.

En ese momento veo que Tiago se acerca a su hermana, apretando con fuerza los puños.

—Parece que la alumna ha superado al maestro, tío —dice Nacho alejándose un poco de Yamila para darle un puñetazo en el brazo a otro lobizón.

Mi padre abre y cierra sus ojos coralinos y por fin deja de mirarme.

Se acerca a Cata, la única persona con la que comparte parentesco, y le da un abrazo.

—¿Cómo estás? —le pregunta y los celos me hacen revolverme por dentro, aunque sé perfectamente que a mí no puede dármelo porque se delataría.

—Parece que ahora son uno más —comenta Yamila, mirando de arriba abajo a Zaybet. Las dos brujas son igual de altas—. ¿Quién eres tú?

—Una periodista, y la ley establece que los periodistas somos testigos neutrales que no pueden ser juzgados por el hecho de observar un evento si no interfieren en él.

—Me parece que estamos en una situación un tanto extrema, ¿no te parece? —le rebate Yamila, ladeando la cabeza. Su voz casi un juguetón ronroneo.

Está disfrutando el momento. Seguramente es el día más feliz de su puñetera vida.

—La ley sigue aplicando.

—Pues vas a tener que enseñarme tus credenciales.

—Me las dejé en casa cuando salí a correr.

Zaybet es buena improvisando, pero a Yamila no le gusta jugar con la comida para que no se le enfríe. Necesitamos un plan… una *salida*.

Me quedo mirando un momento a mi padre, que sigue junto a Cata. Él también me está mirando, pero su cara no muestra ningún tipo de emoción. Tiene ojeras y el blanco de sus ojos está lleno de diminutas venas rojas, como si llevase días sin dormir. Parece que el pobre está al límite de sus fuerzas. El hecho de tener que proteger a Ma y seguir protegiendo su tapadera con los Cazadores, sin contar que también se preocupará por mí… Parece que todo este estrés le está pasando factura.

—¿Cómo nos has encontrado? —le pregunto a Yamila para entretenerla un poco.

Ahora mira a Saysa y, al reconocerla, abre los ojos sin acabar de creérselo.

—La verdad es que me sorprende que hayan venido aquí, sabiendo cuál es la fuente de Saysa…

—Venir aquí fue idea *mía* —dice Zaybet.

—¿Te acuerdas de aquel día? —le pregunta Yamila a Saysa, ignorando completamente a la Congeladora—. Estuvimos bebiendo flores en Lunaris y yo empecé a enumerar todos los lugares abandonados que quería explorar cuando me convirtiese en Cazadora. Tú aún eras demasiado pequeña y te emborrachaste enseguida, así que te quedaste dormida en algún momento y no los escuchaste todos. No estaba segura de si te ibas a acordar de esta isla, ya que a la mayoría de Septimus no les gusta estar en tierra quemada. Creen que lo que está quemado está muerto, pero se olvidan de que el fuego renace.

Nacho se saca del bolsillo lo que parece un trozo de cuerda.

—Entonces ¿qué pasó, tío? Pensabas que estarían en un lugar clandestino como Kukú, intentando conseguir un pasaje a Lunaris, pero resulta que Yamila tenía razón.

—Deja al tío en paz —le dice Yamila—. Aunque no estaba de acuerdo con nosotros, ha seguido a nuestro lado y no nos ha abandonado.

No entiendo muy bien por qué siguen llamando a Gael «tío»; Cata me lo hubiese dicho si estos dos fuesen familia.

Mi padre le pasa el brazo por encima a Yamila y una de dos, o es el mejor actor del mundo o de verdad le importa porque le dice:

—Nunca los abandonaría.

Se me corta la respiración, pero finalmente acierto a preguntar:

—¿Ustedes... se conocen?

—Entré a la academia de El Laberinto por él —me contesta Yamila, deleitándose al ver la reacción que están provocando en mí sus palabras—. Él y mi padre trabajaron juntos como Cazadores. Quizá es tu maestro, pero para mí es *familia*.

Me quedo un segundo mirando a Yamila y a Nacho, y de repente recuerdo las noticias que leí en el Hongo: un par de niños agarrados y escondidos en la falda de su madre en el funeral de su padre. El hombre era un Cazador joven de pelo caoba y ojos amables.

Su padre es el agente que murió en las manifestaciones de Fierro.

—¿Te sorprendes de ver a tu profesor traicionarte? —se burla de mí Nacho—. Pues imagina cómo sería si la amiga de tu hermana te intenta asesinar.

En cuanto dice eso los cuatro nos acercamos más a Saysa. Gael frunce el ceño y espero que su reacción no lo delate.

—Esperaba encontrarte cuando estuviera sola —me dice Yamila—. Tío Gael nos ha estado hablando mucho de la piedad, pero si te digo la verdad no sé si la idea va mucho conmigo...

Está tan cerca de mí que noto el calor que emana su piel; la ingente cantidad de magma que hay bajo nuestros pies es una fuente de energía inagotable para ella. Esta vez no tiene miedo de perder porque aquí ninguno de nosotros supone un digno rival.

Cuando la tengo tan cerca que siento su respiración en mi cara, su voz se convierte en algo íntimo entre las dos, casi en una confesión:

—Me pregunto qué pasaría si te prendo fuego delante de ellos.

Las dos pensamos en la última vez que nos encontramos y tuvimos que luchar en Lunaris.

—¿Arderías?

Sus ojos parecen fogatas en mitad de la noche, y antes de que pueda decir nada más, doy un paso atrás y me transformo. Grito de dolor mientras mi esqueleto cambia su estructura y oigo a los demás transformarse también.

—Lo siento, chicas —dice Yamila, mientras veo aparecer un muro de llamas delante de mi cara que me separa de Saysa, Cata y Zaybet—. Parece que esta vez también se quedarán al margen.

El fuego ilumina la oscuridad de la noche y Nacho y Gael se nos quedan mirando a Tiago y a mí. Cuando Nacho adquiere su forma lobuna es casi tan grande como Javier y da siete veces más miedo que él.

—Quedas arrestada —dice Yamila—. Puedes oponer resistencia si quieres —continúa y veo un centelleo especial en sus ojos con la provocación—, pero no te lo recomiendo.

¡Tenemos que correr!

El grito de Gael retumba en mi cabeza. La desesperación que tiñe su voz contradice la mirada enfurecida que me está dedicando, mientras él y Nacho se nos acercan amenazantes. Como el otro Cazador, mi padre tiene una cuerda en la mano y su mirada es fría como el hielo. La única señal que demuestra su agitación es el hilo de sudor que empapa su frente.

Recogeremos a tu madre y nos iremos.

Tiago le clava a Nacho el codo en el pecho en cuanto el Cazador intenta acercarse para atarle la muñeca, y empiezan a repartirse puñetazos. Para evitar que Yamila se dé cuenta del reparo de Gael, lo ataco y él espera al último momento para esquivar el golpe.

No quiero vivir así, le explico mientras nos peleamos.

No importa, ¡no puedes quedarte aquí!

Gael me embiste y me giro para zafarme.

—Venga, tío, ¿por qué estás tan parado? ¡Atrápala ya! —le grita Yamila, justo cuando Tiago y Nacho caen al suelo forcejeando.

Te voy a arrestar y esta noche nos escaparemos, me avisa Gael.

¿Y qué pasa con mis amigos?

No les pasará nada. Todos son Septimus brillantes que se dejaron llevar por el momento, pero el tribunal no los castigará.

Nacho aúlla de dolor cuando Tiago le clava las garras en el brazo, y ahora parece que estamos ganando, ya que Gael sigue sin atacarme.

El muro de fuego desaparece y puedo volver a ver a mis amigas. De repente, Saysa grita y cae de rodillas al suelo: tiene fuego en las manos.

Los ojos de Zaybet se iluminan y crea una capa de hielo alrededor de la piel de mi amiga, con lo que consigue apagar el fuego. Tiago aúlla lleno de dolor por su hermana, y aprovechando que se gira un momento hacia ella, Nacho le clava las garras en un costado.

Cuando Tiago grita desgarrado, una rabia que nunca antes había sentido se apodera de mí por completo. Sin pensarlo dos veces, me abalanzo sobre la espalda de Nacho y le clavo los colmillos en el cuello.

El contacto con su piel caliente y salada me da muchísimo asco, pero todo merece la pena al oír su aullido de dolor. Segundos después, Gael me separa de Nacho y Tiago vuelve a ponerse en pie. Los ojos de Yamila echan chispas.

Quiero que dirija su rabia hacia mí, pero ahora sabe dónde atacar si quiere hacerme daño de verdad.

Y no tarda ni un segundo en usar su magia.

Es imposible que Tiago o yo lleguemos a tiempo para proteger a Saysa.

Los ojos rosados de Cata centellean y apenas me da tiempo a ver la débil línea plateada del campo de fuerza que se crea alrededor de Saysa. En ese momento, la llamarada de Yamila rebota inesperadamente en la barrera y explota como si fuera una bomba.

Una ola de ardiente lava aparece en la oscuridad de la noche y Zaybet la congela antes de que toque el suelo.

De repente se oye un sonido como de bocina de niebla que viene de algún lugar bajo nuestros pies y la tierra empieza a temblar. Miro a Saysa a los ojos y veo que le brillan, pero no es por el fulgor de su magia.

Es el volcán.

El miedo me oprime el pecho al sentir que los temblores son cada vez más fuertes, como un terremoto. Las grietas que separan las espirales de roca a nuestros pies se ponen al rojo vivo, como si el monstruo que dormía en el interior de la isla al fin se hubiese despertado.

—¡Haz algo si no quieres matarnos a todos! —le exige Cata a Yamila, pero los ojos de esta ya están encendidos, como si ya lo estuviera intentando.

—¡No puedo controlarlo!

Por primera vez detecto miedo en la voz de Yamila.

Los cuatro lobos volvemos a recuperar nuestra forma humana, ya que como lobos gastamos mucha más energía. El magma empieza a buscar un camino hacia la superficie y todos empezamos a dar saltos para evitar que nos toque.

Zaybet intenta congelar el suelo, pero el calor de la lava funde su hielo una y otra vez.

—¡Tenemos que salir de aquí ya! —grita Saysa, y los demás la seguimos hacia al bosque.

Nacho toma de la mano a su hermana y Gael toma la mía con muchísima fuerza.

Tiago tira de Saysa y Cata, mientras que Zaybet corre a nuestro lado y nos protege a todos del fuego. Sus ojos metálicos se iluminan cada vez que la lava se nos acerca para congelarla al instante.

Ya estamos muy cerca del bosque, y vemos un humo negro, como si los árboles también se estuvieran quemando.

Tiago va el primero junto a Cata y Saysa, cuando la tierra se abre delante de nuestras narices.

Zaybet crea bloques de hielo entre las grietas que van apareciendo en un intento por impedir que la isla se desquebraje por completo, pero está usando demasiada magia.

—¡Déjame intentarlo a mí! —le dice Yamila con los ojos tan brillantes como la lava.

Un hilo de sangre empieza a brotarle de la nariz, pero, en vez de estabilizarse, las grietas solo se hacen más grandes y profundas.

—¡Lo estás empeorando! —le dice Zaybet con un hilo de voz tan débil que me suelto de Gael.

—¡Usa mi energía! —le grito mientras corro hacia ella.

Hay una explosión tan impactante que sacude la parte de la isla donde estamos de arriba abajo. La boca del volcán dispara a propulsión una ola de ardiente lava y no puedo evitar lanzar un grito cuando me doy cuenta de dónde va a caer.

A Tiago solo le da tiempo de empujar a Saysa y Cata, de tirarlas al suelo y luego ponerse él encima a modo de escudo para protegerlas de la ola que arrasará con ellos…

Zaybet congela la lava cuando ya está a apenas unos centímetros de Tiago.

Nadie se mueve por lo que parece una eternidad. En mitad del caos, no podemos dejar de mirar la marea roja sin acabar de creérnoslo.

Parece que la luz de la luna ha cristalizado la ola asesina.

—Pues ya van dos —dice Saysa y suelta una fuerte carcajada una vez se pone en pie.

La Congeladora le lanza una de sus más amplias sonrisas y le contesta:

—Acuérdate la próxima vez que…

El trozo de tierra donde está Zaybet se empieza a agrietar y ella vuelve a contraatacar con su magia para formar más hielo a su alrededor. Aun así, la lava los funde casi al instante. El volcán es demasiado poderoso para que una sola bruja de agua pueda controlarlo.

La grieta que separa a Zaybet del resto de nosotros se empieza a hacer cada vez más grande y Tiago y Gael se lanzan a por ella. Yo también salgo corriendo tras ellos.

Zaybet sale a nuestro encuentro, pero no le queda mucha energía. Tanto es así que está a punto de caerse al vacío, pero una fuerte ráfaga de viento de Cata la recoge.

—¡Espera! —le grita Tiago.

El lobizón está a punto de saltar junto a la Congeladora cuando de repente se oye un grito que nos hiela la sangre a los demás.

El suelo bajo sus pies se ha convertido en lava y el monstruo de magma la engulle por completo.

El tiempo parece detenerse e incluso respirar se me hace insoportable. Entonces aparece un destello de luz plateada en el sitio donde ha caído Zaybet...

La tierra vuelve a abrirse bajo nuestros pies, como si ahora nos fuese a tragar al resto, pero, en lugar de convertirse en cenizas, un chorro de agua helada nos arrolla y nos empuja hacia el acantilado.

Se me escapa un grito cuando siento cómo el agua helada del océano se me clava por todo el cuerpo como cuchillos. Cuando consigo sacar la cabeza otra vez a la superficie, toso y tomo una bocanada de aire mientras levanto la vista para contemplar La Boca. Veo humo, pero la lava no se aprecia desde aquí. Es solo cuestión de tiempo que llegue al agua. Espero que los miembros del Aquelarre hayan podido escapar a tiempo.

Me muevo un poco por el agua y, un poco más allá, veo a Tiago que sujeta a Saysa y a Cata, ambas con náuseas y sin aliento.

Ni rastro de Gael, de Yamila ni de Nacho.

Ni de Zaybet.

Poco a poco recupero la respiración...

Un estruendo hace que me dé la vuelta al instante y, de las profundidades del mar, veo emerger una gigantesca nave mientras gira mostrando su entrada. Sin esperar ni un minuto más nadamos hacia *La Espiral.*

Enzo nos recibe en la entrada.

—¿Dónde está Zaybet? —nos pregunta una vez estamos todos dentro.

La tristeza me hace un nudo en la garganta y aún me resisto a darla por perdida. Nadie le contesta mientras avanzamos y llegamos al centro de la nave, donde encontramos a Laura junto al timón. Nos mira a todos uno por uno y pregunta, exaltada:

—¿Dónde está Z?

Al igual que yo, mis amigos parecen no encontrar las palabras. Nos quedamos ahí, callados, con la ropa seca y el pelo chorreando de agua salada del mar.

Laura y Enzo no han visto la erupción. No tienen ni idea de que lo hemos perdido todo, en todos los sentidos.

—Digan algo —dice Enzo mientras se atusa el pelo con una mano temblorosa—. ¿La han capturado?

¿Cómo les decimos que Zaybet, el corazón del grupo, ya no está con nosotros?

Cuando Enzo se da cuenta de que no vamos a responder, se gira hacia Laura, que está que echa humo.

—¿Por qué no te arrestaron a *ti*? —me pregunta—. Déjame adivinar... ¿Z hizo algo para distraer a los Cazadores y conseguir que todos pudieran escapar? Pues se lo digo bien clarito: no nos vamos a ir de esta isla sin ella, aunque tengamos que entregarlos a todos ustedes para conseguir que la suelten...

—No la han arrestado —dice Cata sin emoción en la voz—. El volcán hizo erupción y Zaybet se cayó al vacío.

La catástrofe que implican las palabras que acaba de pronunciar Cata se queda suspendida en el aire, hasta que el sollozo de Saysa rompe el silencio. Cata la abraza mientras ella llora y las dos se arrodillan en el suelo. Noto cómo las lágrimas también empiezan a rodar por mis mejillas, pero Laura y Enzo no pueden hacer otra cosa que mirarnos boquiabiertos.

—Tenemos que salir de aquí antes de que los Cazadores nos vean —dice Tiago, con una voz lúgubre que transmite su duelo.

—Pero Zaybet... —dice Laura.

—La hemos perdido —le contesta Enzo, pero no estoy segura de si es una afirmación o una pregunta.

Parece que los dos están en una especie de trance cuando deciden volver al timón, y Laura coloca las manos en las huellas quemadas de la pared mientras Enzo se queda mirando el horizonte. Ninguno de los dos vuelve a abrir la boca.

No tengo ni idea de adónde vamos y creo que ellos tampoco lo tienen muy claro. Laura se limita a navegar por el océano sin apartar los ojos de la vista panorámica que se abre frente a ella.

—¿Qué ha sido eso? —le pregunto a Tiago y me siento junto a Cata y Saysa en el suelo.

—Cuando una bruja muere, desata su elemento mágico —responde Cata—. Es lo que nos queda, supongo, nuestra herencia. Solo podemos realizar un último hechizo y la mayoría de veces responde a las necesidades de la manada, como crear una tormenta que lance un hechizo a la tierra y ayude a que crezcan mejores ingredientes para hacer pociones.

Saysa sigue llorando y Tiago la toma de la mano. No necesito que me digan que Zaybet utilizó su último hechizo para ponernos a salvo. Creó la ola que nos arrastró a los cuatro y nos llevó al mar.

Intento tragar saliva pero no puedo y Tiago me arrima a su pecho en cuanto rompo a llorar desconsoladamente yo también. Después de lo que parece una eternidad, pero realmente quizá solo hayan sido minutos, escucho que Saysa dice:

—No… no me lo puedo creer.

—Nunca había conocido a nadie con un don así para liderar.

No soy la única que se queda mirando a Tiago cuando nos dice esto. Su voz aterciopelada transmite muchísima vulnerabilidad y las lágrimas empiezan a caerle a él también.

Enzo se acerca como un rayo hasta nosotros y agarra a Tiago por el cuello de la camiseta con toda su rabia. Parece que sus ojos verdes se le van a salir de las órbitas, como si el *shock* del momento se le hubiese pasado de repente.

—*¿Dónde está?* —le ruge.

Tiago no se resiste, pero su pasividad se lo dice todo. Enzo se aleja, como si hubiese cambiado de opinión y ya no quisiera saberlo.

Laura nos mira con los ojos entornados, recelosa. Todavía no ha procesado la información. Ninguno de los dos puede aceptar la realidad.

—Después de que nos separásemos, Yamila nos encontró —empieza a explicarles Cata mientras le acaricia el pelo a Saysa. Les cuenta cómo la Cazadora atacó a Saysa con su magia justo cuando Cata creó un campo de fuerza y el choque de energía hizo que el volcán se activase—. Zaybet nos salvó de la lava, pero el volcán era demasiado poderoso para una sola Congeladora. Al final, la tierra se abrió bajo sus pies y la engulló...

Laura se tapa la cara con las manos y Enzo la acuna en su pecho cuando empieza a sollozar. Él también llora y sus lágrimas caen encima de los rizos de la capitana. Por fin nos creen, seguramente porque les parece que es algo que haría Zaybet.

Vivía la vida como una heroína, ¿por qué su muerte iba a ser diferente?

—Tenía que haber estado ahí —le dice Laura en un susurro a Enzo, agarrándolo con fuerza—. Es mi culpa.

—Los dos nos fuimos —le murmura con la boca pegada a su pelo.

—Tú viniste a protegerme, pero yo no la protegí a ella. Necesitaba a su Encendedora...

A Laura se le rompe la voz mientras llora y Enzo le acaricia la espalda y la ayuda a respirar.

Siento que no deberíamos estar aquí mientras lloran su pérdida, sabiendo que Zaybet dio su vida por nosotros. Si no hubiese congelado esa marea ardiente, ahora sería yo la que estaría llorando por Tiago, Saysa y Cata.

No podíamos hacer nada para salvarla. Fue como si hubiese pisado un hongo: un segundo estaba ahí y, al siguiente, había desaparecido. El volcán nos la arrebató.

Ni siquiera hay un cuerpo que enterrar, no hay una prueba que demuestre que ha muerto. ¿Quién se lo dirá a su familia? ¿Y *Tinta*? Ahora recuerdo el beso de película que se dieron antes de marchar y todo me vuelve a parecer irreal. Es como cuando al escribir una historia, la trama se aleja demasiado de la idea principal. Este no puede ser el texto final.

—Tienen que marcharse.

Laura está plantada delante de nosotros. Ella y Enzo ya no lloran; están tomados de la mano y nos miran a los cuatro.

—No voy a entregarlos a las autoridades porque eso significaría que su muerte habría sido en vano —dice con la barbilla temblorosa—, pero no pueden quedarse en esta nave, así que díganme dónde quieren que los deje.

Saysa mira a su hermano y anuncia:

—En casa.

Laura no se despide de nosotros. Solo le da un abrazo a Saysa y otro a Cata. Yo sigo a los demás mientras Enzo nos guía por el pasillo de lengua, y noto un calor en la mitad de mi columna.

Cuando me giro, veo que Laura tiene algo entre las manos.

Me acerco a ella tan rápido que parpadea sorprendida.

—Zaybet lo estaba haciendo para vos. No está acabado. Me lo dio para que grabara unos detalles en el oro, pero no me dio tiempo.

Tomo el medallón que me da y la fina cadena se entrelaza entre mis dedos. El centro dorado del medallón está lleno de agujeritos que parecen estrellas y se intuyen unas líneas, como un halo solar alrededor de la estrella. Parece el principio de un diseño que no se acabó de hacer. Me recuerda un poco a mis ojos.

Entre los agujeritos se ve una luz que los hace brillar como si fueran estrellas de verdad, así que abro el medallón.

En vez de encontrarme una foto, dentro hay una bola de hielo. Mientras la miro, el bloque desaparece, dejando una neblina que forma dos sietes que se unen y crean mi símbolo *M*. Después se vuelve a endurecer y a convertirse en hielo.

—Gracias —le digo con voz temblorosa.

Laura se limita a asentir y se aleja, como si mi sola presencia le hiciera daño. Así pues, me cuelgo el medallón, lo oculto bajo mi capa y salgo corriendo por el pasillo. Cuando llego a la puerta, los demás ya han desembarcado y solo queda Enzo esperándome.

Enzo, cuyos padres lo ven como una persona rota y es alguien que ha vivido tanto tiempo en el Aquelarre que la gente cree que nació allí. Ahora también ha perdido su casa y a su mejor amiga por mi culpa.

—Lo siento —empiezo a decirle, pero él simplemente sacude la cabeza como diciéndome que no quiere escucharlo y me da un abrazo—. Tienes que odiarme —digo en un susurro al separarnos—. Por mi culpa has perdido a Zaybet, el Aquelarre y a tu horario...

—No ha sido así —me dice con su voz ronca mirándome fijamente con sus ojos verdes—. Hemos puesto nuestra vida en juego porque la tuya también importa. Así es como debería tratar una manada a los suyos. Es lo que mis padres deberían haber hecho por mí.

Sus palabras me hacen pensar en aquel día cuando el ICE separó a aquella madre de su bebé en la casa de doña Rosa y yo me enfadé tantísimo al comprobar que las fronteras que crea el propio hombre importen más que las personas.

—Ojalá todo el mundo pensara como tú —le contesto.

—Yo no era más que una sombra cuando Zaybet entró en el Aquelarre —me confiesa con su voz rasgada—. Ella fue quien me enseñó a quererme y nunca la había visto creer en alguien como la vi creer en ti, así que prométeme una cosa.

Asiento con la cabeza porque las lágrimas me impiden hablar.

—Cuando no te queden fuerzas para luchar por ti..., lucha por ella.

En mitad de la noche, nos encontramos en la orilla de una isla, sin maletas, solo con las capas cortavientos que nos compramos en Marina. Estamos entre las sombras de un puerto donde tienen amarrados un montón de barcos. Echo la vista atrás mientras nos acercamos a los árboles, pero *La Espiral* ya ha desaparecido.

El bosque debe de tener un espacio en el interior porque veo destellos de luces más adelante. Al otro lado de los árboles hay un foso alrededor de una construcción opalescente diez veces más grande que el Coliseo.

Rívoli es una manada que se ha construido en el cielo.

La ciudad está protegida por una reluciente piedra blanca que me recuerda al mango de ópalo de la Ciudadela. Además, refracta la luz en rayos de un azul glacial, que acaban creando un efecto prisma muy místico. Levanto la cabeza y miro la serie escalonada de jardines, siete pisos en total; cada balcón rebosante de verdor y cascadas.

Una vez Perla me enseñó una postal de un cuadro que le encanta: la representación de un artista de los jardines colgantes de Babilonia. Es la única de las siete maravillas del mundo antiguo que no tiene una ubicación exacta porque ni siquiera se puede confirmar que existió. No se han encontrado pruebas arqueológicas.

Quizá es esto.

—Es piedra de la luna —me dice Saysa al ver cómo examino cada detalle del lugar—. Es la piedra más difícil de encontrar en Lunaris y se cree que tiene propiedades protectoras especiales, lo que la convierte también en la más preciada.

—Su manada es…

—*Muy pero que muy rica* —dice Cata, acabando la frase por mí. Ella parece tan impresionada como yo—. Es uno de los dos sitios más ricos de toda Kerana.

Hay diversos puentes de cristal construidos con hielo por toda la superficie del agua, pero se supone que en un sitio así de lujoso nos pedirán las Huellas.

—¿Cómo conseguimos entrar?

—Síganme.

Saysa vuelve al cobijo de los árboles y los demás la seguimos como nos ha pedido.

—Lo primero que hace una Jardinera cuando recibe sus poderes es plantar una puerta secreta en su habitación.

Mientras nos dice esto, Saysa camina con mucha seguridad entre los árboles como si estuviese buscando uno en concreto, y me acuerdo de la mañana en la que me guio por los Everglades para ir a ver a Perla.

—Nosotros vivimos en el Barrio Norte, que es una de las plantas más altas…

Saysa se cae de bruces al suelo.

Se ha caído tan rápido que ni siquiera a Tiago ni a mí nos ha dado tiempo a atraparla a tiempo. La raíz que sobresale de la tierra y la que la ha hecho tropezar no estaba ahí hace un segundo.

—Yo también te he echado de menos, Catatree —dice Saysa mientras se sienta y se sacude los pantalones.

—*¿Catatree?* —repite Tiago y tira de su hermana para ayudarla a ponerse en pie.

De repente, Saysa se concentra muchísimo en una mancha inexistente que intenta limpiar concienzudamente de la manga.

—Empecé a estudiar más inglés cuando conocí a Cata en Lunaris, ¿vale? Solía venir aquí y sentarme junto a Catatree y ella movía sus ramas para protegerme del sol y sorprenderme con alguna fruta si veía que hacía tiempo que no comía nada. Le quería poner un nombre y al final no sé por qué se quedó con ese.

Cata le da un beso en la mejilla.

—Me parece que necesitan un rato a solas para ponerse al día...

Saysa se gira para mirar a su amiga árbol.

—Oye, ya te dije que me iba al colegio y no volvería en un par de años, así que no sé por qué estás tan...

La raíz que la ha hecho tropezar empieza a meterse bajo tierra como un gusano gigante que vuelve a su guarida.

—¡Espera! ¡Lo siento! —le dice ahora Saysa, rectificando—. Tienes razón, debería haber venido a verte más.

La raíz se queda quieta durante tanto tiempo que empiezo a pensar que es imposible que se haya movido antes, hasta que, de repente, doy un brinco hacia atrás porque sale disparada en el aire y forma un arco. Saysa lo cruza y nosotros la seguimos, y descubrimos que nos estamos adentrando en un pasadizo de tierra.

—Gracias —le dice Saysa, colocando con cariño las dos palmas en el tronco de Catatree.

Sus ojos se iluminan por su magia y los tres esperamos para dejarlas que hablen tranquilas.

—Solo necesitamos un segundito más —nos dice mirándonos con los ojos brillantes—. Cata, quiere conocerte.

—Ah... —contesta ella, y parece que le hace ilusión.

Enseguida pone las manos sobre la pared y sus ojos rosas lanzan un destello.

Tiago y yo nos miramos.

Me parece que es la primera vez que lo hacemos desde que salimos de La Boca. Si en aquel momento estaba preocupado por lo que pudiera pasarme, lo que veo en su mirada ahora sobrepasa cualquier límite. Como si ya me hubiese perdido.

—Vamos —dice finalmente Saysa, y avanzamos por el estrecho pasadizo hasta que vemos unos rayos de luz al fondo y salimos a una habitación.

Cuando estamos todos fuera, la pared ya se ha cerrado y se ha convertido en un fuerte y sólido tronco.

El espacio es grande pero está a rebosar de plantas de todos los tamaños y variedades. Una cortina de hojas cubre una de las paredes, como la que Saysa y Cata hicieron en La Boca. El suelo es irregular, el techo, abovedado y con una forma extraña, y de las grietas salen pequeños brotes verdes.

Saysa descorre la cortina y descubrimos un ventanal que va del techo al suelo con una panorámica increíble desde la que podemos ver el mar y las estrellas. El cielo ya no parece tan oscuro, como si el día estuviera empezando a despertarse. Mi amiga acaricia a sus plantas mientras se acerca a la puerta y cruzamos con cuidado un pasillo hasta llegar a una casa increíble.

La casa-árbol no está precisamente dividida por niveles, más bien es un laberinto retorcido y parece que se ramifica creando diferentes rincones y arterias. Al llegar a un espacio amplio con mesas de madera con sofás y sillas aparentemente muy cómodos, encontramos a los padres de Tiago y Saysa en un sofá color oliváceo junto a otro ventanal panorámico y los dos están mirando una pantaguas enorme.

Mis ojos se quedan clavados en la imagen que hay en pantalla.

Zaybet.

—¡Los chicos! —exclama Miguel y Penelope se pone en pie de un salto y empieza a llorar de alegría.

Sus padres abrazan con fuerza a Tiago y Saysa, acunándolos en su pecho, y me sorprendo cuando veo que también me abrazan a mí.

—En las noticias han dicho que estaban con la pobre Congeladora que ha muerto —nos dice Penelope, mirándonos a todos de uno en uno—. ¿Cómo consiguieron salir de allí?

—Zaybet usó su magia muerta para salvarnos.

Las palabras de Saysa vuelven a crear un duro silencio, que Miguel rompe diciendo:

—Deben de estar muriéndose de hambre.

No sé si hablan en inglés por mí o lo suelen hacer así, pero la verdad es que lo hablan muy bien. Han debido de pasar un tiempo en otra manada en el extranjero.

Nos acompañan hasta una mesa alargada y, en cuanto nos sentamos, nos ofrecen un montón de bocadillos de miga, recalientan empanadas y, de postre, nos traen lo que parece ser un yogur de vainilla con trocitos de fruta. Empezamos a picotear, pero parece que todos tenemos el estómago bastante cerrado.

—¿Cuál era el plan en La Boca? —nos pregunta Penelope.

Siento que los ojos de ambos padres se clavan en mí mientras rebusco en mi yogur en busca de un trozo de fresa.

—Habíamos conseguido reunir a un grupo de Septimus para abrir un portal a Lunaris —les contesta Tiago.

—¿Y cuál era la idea a largo plazo? —pregunta Miguel.

—Claramente no llegamos tan lejos.

—¿Cómo estás, Manu? —me pregunta Penelope y, por fin, dejo de resistirme y la miro a esos ojos zafiros, tan parecidos a los de su hijo.

—Estoy bien —le contesto, y voy mirándola a ella y a Miguel—. Sé que soy una fugitiva y que estarán preocupados por sus hijos. Si no quieren que me quede en su casa, me…

El brazo de Tiago sale disparado hacia mi mano a tal velocidad que llama la atención de todo el mundo.

—No tenemos ningún problema en que te quedes —me dice su madre, que no puede apartar la mirada de nuestras manos, ahora fuertemente entrelazadas.

—La madre de nuestra especie, *Kerana*, era humana —dice Miguel, dejando aflorar los hoyuelos que heredó Saysa—, así que, desde mi punto de vista, todos somos medio humanos.

Penelope no parece que piense lo mismo pero tampoco que esté en contra. Cuando me mira no veo el menosprecio de Jazmín ni el juicio de Yamila. De hecho, lo que siento es que yo no soy lo que le importa.

—¿Y qué pasa con el plenilunio? —pregunta Tiago—. Solo quedan dos noches.

—Encontraremos una solución, hijo.

Penelope le extiende la mano y él entrelaza sus dedos con los de su madre, que lo mira con tristeza. Es la misma emoción que no podía identificar en los ojos de Diego y de Zaybet.

Penelope quería una vida más sencilla para su hijo, solo deseaba que fuera feliz.

—El duelo de Zaybet empieza en unas horas —nos avisa Miguel—. Hace muchísimo tiempo que no perdíamos a alguien tan joven y en su honor todas las manadas han declarado luto oficial. Su madre y yo saldremos para ver cómo está la situación y veremos si pueden salir con nosotros. Hasta que no volvamos, *quédense aquí y ocúltense bien para que nadie los vea.*

—Les aconsejo que duerman un poco —dice Penelope. Saysa ha sido rápida cortando el bostezo, pero su madre lo ha sido aún más y se ha dado cuenta—. Está a punto de amanecer.

Miguel vuelve a darles un abrazo a sus hijos, mientras Penelope nos acompaña a Cata y a mí por un pasillo que conduce a otra ala de la casa.

—Elijan la habitación que más les guste. Al final del pasillo, hay una biblioteca y ya saben dónde está la cocina si luego les entra hambre.

—Gracias —le contesto y antes de irse nos da un beso a cada una.

Cuando nos quedamos solas, Cata y yo aprovechamos para explorar la zona y curioseamos las habitaciones de invitados: hay cinco diferentes. Cata elige la más grande y yo me quedo con la que tiene un tragaluz.

—¿Cuánto crees que van a tardar en venir? —me pregunta con una sonrisa pícara, pero me fijo en que la comisura de sus labios se caen cuando se gira, y creo que sé por qué.

—Si me han aceptado a *mí*... —le digo con cariño mientras se va a su habitación.

—Es diferente —me contesta—. Tú le puedes dar nietos...

Y en cuanto cierra la puerta, me quedo pensando en lo que ha dicho.

¿Puedo?

Que yo sepa, dos lobos nunca han tenido hijos. ¿Qué pasa si no es una posibilidad para nosotros?

La duda de mi capacidad para tener hijos me sacude el cuerpo como si hubiera recibido un fuerte golpe. Creo que hasta este momento no era consciente de hasta qué punto quería tenerlos. ¿Qué habría pasado si nunca hubiese descubierto que era una lobizona y me hubiese casado con un humano? ¿Podríamos haber tenido hijos?

Llevo casi una hora tirada en la cama contemplando las estrellas y pensando en mi fertilidad, cuando lo oigo.

—¿Qué haces aquí? —pregunta Tiago.

—Eso no importa, la pregunta es —le contesta Miguel—, ¿qué haces *tú* aquí?

Tiago hace una pausa y contesta:

—Quería un libro.

—¿A estas horas?

—¿No puedo dormir? —parece que lo pregunta.

—¿Qué te parece si te lo leo yo? Funcionaba de maravilla cuando eras pequeño.

—Olvídalo, papá.

—¡Vamos, hombre, será divertido! Aún tengo tus libros infantiles…

Se me escapa la risa, resguardada entre mis sábanas, mientras su riña va desapareciendo y espero con todas mis fuerzas que no me hayan oído.

Empiezo a relajarme y a dejar mi peso sobre el colchón y siento un alivio que hacía tiempo que no sentía. Tardo un poco en darme cuenta de por qué, pero una vez lo entiendo, el sueño se apodera de mí de una vez por todas.

Esta noche es la primera vez que duermo en la *casa* de Septimus.

Unas horas más tarde, mis amigos y yo vamos llegando a la cocina, bastante seguidos uno del otro, aún con el pijama y el pelo despeinado, gracias al sonido metálico de las campanas. Suenan para anunciar el inicio del duelo de Zaybet.

Penelope y Miguel ya se han ido, pero la verdad es que nos animamos al ver el esponjoso arrollado de dulce de leche al lado del mate. El bizcocho está decorado con una cobertura de azúcar glas y han aprovechado el espolvoreado para dejarnos un mensaje: NO SALGAN.

Después de devorar hasta la última miguita del pastel, Saysa nos dice:

—No quiero perderme el duelo de Zaybet.

—No puedes ir —le dice Cata—. Es tu manada, todo el mundo te reconocerá. Tiago, díselo.

—Cata tiene razón —dice—. Pero también es cierto que somos unos genios del disfraz.

—*¡Sí!*

Tiago sonríe al ver que Saysa se levanta de un salto y sale corriendo, mientras que Cata y yo nos miramos sin acabar de entender qué está pasando. Saysa vuelve arrastrando una maleta y, cuando la abre, el color nos ciega: ahí dentro hay pelucas, gorros, guantes, capas, vestidos, tacones y un montón de cosas más.

—¿Qué es todo esto? —pregunta Cata, que ahora tiene una tiara de cristal en la mano.

—Cuando éramos pequeños, Tiago y yo solíamos preparar espectáculos para nuestros padres. Obligábamos a nuestros amigos a participar y al final acabábamos haciendo grandes actuaciones, así que ahora tenemos un montón de disfraces y accesorios —nos explica y a la vez me pasa una peluca rubia y de pelo largo.

Arqueo las cejas:

—No —me niego.

—Ya es la bruja más alta de todas ¿y encima quieres que se ponga de rubia? —Cata le quita la peluca—. ¿Quieres que le pongamos un letrero de neón también?

—No me ayudes —le pido a Cata.

—Prueba con esta —sugiere Tiago, acercándome una peluca de pelo corto y moreno.

La piel se me pone de gallina cuando sus dedos me tocan la cabeza para ocultar mi pelo y conseguir remeterlo todo debajo de la peluca. Cuando queda satisfecho, me da media vuelta para ajustármela bien; apenas unos centímetros separan su cara de la mía mientras él se asegura de que no hay ningún pelo que se escape por la frente y me recoloca el flequillo.

Parece que sus labios me llaman y sin querer me inclino hacia él.

—Listo.

Da un paso atrás para admirar su obra maestra y Saysa y Cata levantan la vista de la maleta.

—Perfecto.

—Pasable.

Me miro al espejo. El corte *bob* y el pelo oscuro acentúan mis facciones y el contraste de colores hace que mis ojos llamen la atención aún más.

—Y para rematar la jugada… —susurra Tiago, que vuelve a acercarse a mí por atrás.

Desde el espejo veo que, con cuidado, me coloca unas gafas de sol oscuras.

—Cuando estamos en duelo es el único momento en el que podemos ocultar nuestros ojos.

26

Curiosamente, mis ojos parecen relajarse al volver a ver a su captor; debe de ser una especie de síndrome de Estocolmo ocular.

Cuando salimos por la puerta principal, veo que estamos en una calle sin salida llena de casas de árbol. Hay siete ramas enormes, cada una con una gran apertura que lleva a una casa diferente, y todas se unen en un nudo central. Cada rama está decorada con un estilo diferente. Una tiene una acera de piedra con esculturas, en otra se ve un tobogán de hielo, y la de la familia de Tiago es escalonada y está flanqueada por una tira de hiedra enroscada con flores azules tan resplandecientes como el agua del mar.

Bajamos las escaleras corriendo hasta llegar al nudo central antes de que nos vea ningún vecino. Hay una entrada al tronco y, en cuanto accedemos por ella, la corteza se cierra a nuestro alrededor y me da la impresión de que bajamos.

—Es un ascensor —me dice Tiago.

Él se ha puesto lo que parece un casco de polo de tela azul, que le cubre bien la parte de atrás y, por delante, tiene una amplia visera. Al final, Saysa se ha quedado con la peluca rubia.

—No sé cómo pueden llevar el pelo largo… —nos dice a las dos y se aparta el pelo, molesta. Es un choque verla con este aspecto de muñequita sabiendo que es ella.

Cuando salimos estamos en un parque enorme delimitado por unos setos altos, donde miles de Septimus están separados y sentados en mantas. Nosotros nos quedamos a la sombra de la gigantesca estructura de piedra de la luna, con sus siete plantas. Su altura es tan imponente que las coronas de los árboles en los que estábamos hace unos minutos ahora me parece que están tan lejos como las nubes.

La gente se ha repartido por el espacio como si estuvieran haciendo un picnic en la manta más grande que he visto en mi vida. Deben de ser enormes para que quepan todos los miembros de la familia que se han reunido aquí. En cada manta, cuento al menos veinte Septimus. Los niños corretean de aquí para allí, y sus padres se mueven para ir a ver a algunos amigos o se quedan cerca hablando con otros, así que la gente no se fija demasiado en nosotros.

Tiago me dijo que lo primero que debía hacer era identificar a los Cazadores, ya que iban a buscarme en cada duelo que se hiciera en Kerana.

Nos quedamos en el perímetro exterior del parque y caminamos a la sombra del cercado de setos, mirando a la gente haciendo ver que estamos buscando a nuestras familias. Entonces me fijo en un par de lobizones pasando entre la gente, de manta en manta, escudriñando la cara de todo el mundo, y le doy un golpecito a Tiago con el codo; parecen policías.

Aceleramos un poco el ritmo hasta que nos hemos alejado de ellos bastante y, de repente, mientras caminamos, Saysa da un paso al costado y desaparece en el seto.

Segundos después, se abre un agujero a nuestro lado y Cata se mete.

Cuando aparece el siguiente, lo hago yo.

Al otro lado del muro verde y acolchado me encuentro un estadio de Septibol vacío. No dejamos de andar para no perder a Tiago, y Saysa está un poco más adelante. En ese momento se le iluminan los ojos y aparece otra apertura en el arbusto y Tiago la atraviesa.

Nadie dice nada, ya que los lobos que están haciendo el picnic más cerca de nosotros nos oirían, al igual que cualquier Cazador que estuviese patrullando la zona. Nos apoyamos en fila contra el seto, pero incluso con mi aguda visión, lo único que alcanzo a ver son hojas verdes.

Los ojos de Saysa vuelven a centellear y pequeños agujeritos aparecen entre el espesor de la planta, lo suficientemente grandes para que podamos ver lo que hay al otro lado. Me quito las gafas de sol para ver mejor.

Hay una fuente termal en el centro del parque, de la que sale una nube de vapor. Brujas vestidas de rojo y negro caminan en fila hacia allí y, después de saludarse las unas a las otras, las Encendedoras forman un círculo alrededor del agua. En cuestión de segundos, cientos de brujas se han reunido y, cuando se toman las manos, siento la fuerza de su magia en mi piel.

Se escucha una explosión. *Bum*. Y una ráfaga de calor me golpea la cara cuando la fuente expulsa el agua caliente a toda propulsión y se convierte en una bruma roja que se entremezcla con el aire y tiñe el cielo de una luz crepuscular. Entonces, oigo una voz familiar que susurra en la oscuridad:

—Yo fui Zaybet.

Cata me dijo que las brujas de cada elemento ofrecerían su propio tributo de magia, pero no esperaba oír la voz de Zaybet otra vez. Esto me hace pensar en que, cuando aún estaba viva, su vida quedaba definida por su magia y su género, pero ahora que ha muerto tenía la libertad de ser solo un nombre. Su voz tarda un buen rato en desvanecerse en mi cabeza.

Mientras que las Encendedoras vuelven con sus familias, las brujas de marrón y verde se empiezan a juntar, y examino las mantas, que están rebosantes de padres, tías, tíos, abuelos y bisabuelos... Mientras observo las diferentes reuniones, lo que más quiero es encontrar la manta de la familia de Tiago.

Me imagino el día en el que le pueda presentar a Ma a Penelope, a Miguel, a Cata, a Saysa, pero sobre todo, a Tiago, y me doy cuenta de que no estoy fantaseando sobre un sueño abstracto, no: *este* es el futuro que quiero.

La tierra empieza a temblar bajo nuestros pies. Las Jardineras que rodean la fuente termal se han tomado de la mano y cada vez el suelo tiembla con mayor intensidad hasta que el géiser vuelve a expulsar agua. Millones de hojas se escampan por el aire y llueven sobre los asistentes del parque; todas tienen forma de corazón. Unas cuantas caen más allá del seto y agarro una. Son de un color oliváceo precioso, casi como el color de la piel de Zaybet.

No, no casi.

Exactamente igual.

Inhalo el olor a tierra de la hoja, y Saysa rompe en un llanto ahogado. Mientras llora en el pecho de Cata con la hoja en la mano, Tiago le aprieta el hombro y yo la tomo de la otra mano. Las lágrimas me ruedan por las mejillas.

No estamos solos en nuestro dolor. Muchas personas entre la multitud se están consolando unas a otras aunque no conocieron a Zaybet.

Nunca había vivido de cerca la muerte de un ser querido, sin contar que la mayor parte de mi vida había creído que mi padre estaba muerto, pero el hecho de vivir entre humanos me ha hecho distanciarme y perder realmente el sentido de lo que significa. En las noticias no dejan de decirnos la cantidad de muertos que hay cada día, por lo que sería demasiado intenso sentirlas todas.

En cambio, los Septimus parece que valoran cada vida. Puede que las telenovelas que tienen sean tan violentas y melodramáticas como las de los humanos, pero los medios de comunicación aquí son más como una vía de escape del mundo real, no un reflejo de la realidad. Nunca había oído hablar de ninguna especie en el mundo animal que sintiera la pérdida de cualquier individuo a un nivel tan profundo.

Y me llena de esperanza.

Si la muerte es tan importante para los Septimus, quizá el tribunal hará todo lo posible por buscar una razón para no tener que llegar a ese punto. Y yo solo tengo que dársela.

Mientras las Invocadoras empiezan a rodear la fuente, yo cuento a los Septimus que hay en la manta que tenemos más cerca. Hay cincuenta y nueve, ya que sus ocho brujas de viento se acaban de ir. Las Jardineras tienen lágrimas en los ojos mientras vuelven con sus familias y las otras brujas las reciben con los brazos abiertos. Todas están llorando.

Un frío nos envuelve a todos y me quedo mirando la fuente de agua termal: una nube sale disparada y desata una fuerte ráfaga de viento que recorre el parque entero. La brisa desprende un aroma salado como el mar y percibo el aroma de Zaybet.

Parece que la tenemos a nuestro lado y me giro, esperando verla acercarse a mí, como en La Boca.

—Mierda...

El hechizo se ha llevado el gorro de Tiago por el seto. Antes de que Cata pueda recuperarlo con una ráfaga de aire, un par de botas se acercan a por él.

Los Cazadores que había visto antes.

Nos quedamos quietos mientras inspeccionan la zona, intentando averiguar de dónde ha venido el gorro. El más bajito se queda mirando el seto, como si viera algo, o como si se le acabara de ocurrir que pudiera haber alguien detrás.

Se acerca un poco más a nosotros.

—Ay, gracias —dice una Séptima con una voz grave, interponiéndose entre el seto y los agentes.

Lleva el pelo negro recogido en un moño bien prieto.

—Una Invocadora que pierde su gorro cuando hay un poco de viento, ¡vaya imagen debo de estar dando! —dice en español y suelta una risa musical.

Cuando los Cazadores se alejan, se gira y clava sus ojos de acero en el seto, como si supiera que estamos ahí. Entonces me doy cuenta de que es Marilén, la bisabuela de Tiago y de Saysa.

Saysa abre una grieta en el matorral y Tiago tira de Marilén tan rápido que la pobre incluso cierra los ojos y su bisnieto la tiene que ayudar a recuperar el equilibrio.

—Perdón —se disculpa en un susurro casi imperceptible.

Por fin se endereza y se le iluminan los ojos mientras una ráfaga de viento nos rodea y crea un campo de fuerza.

—Ahora podemos hablar sin miedo —nos dice y seguidamente toma a sus bisnietos para abrazarlos con fuerza.

Después nos da otro abrazo a Cata y a mí, y de nuevo me sorprende comprobar que la familia de Tiago y Saysa me acepta.

—¿Cuándo volvieron? —pregunta.

—Anoche —le contesta Saysa—. Mami y papi están preparando un plan para Manu para mañana por la noche.

Marilén me mira fijamente y me preparo para una declaración que me deje claro el resentimiento que me tiene por poner a su familia en peligro. Sin embargo, me sonríe y nos mira a todos, deteniéndose un poco más en Tiago y Saysa.

—Estoy muy orgullosa de ustedes.

Creo que es lo último que nos esperábamos que nos dijese, y todos nos miramos con cara de incrédulos.

—Les voy a decir algo que nadie más sabe, ni siquiera sus padres ni sus abuelos.

Saysa y Tiago se acercan un poco más, deseosos de enterarse del secreto familiar.

—El amor de mi vida no fue su bisabuelo —dice con la voz llena de sentimiento—. Fue mi profesora de tango.

A Cata se le escapa un grito ahogado y Saysa da un paso al frente para tomar a su bisabuela de la mano.

—Cuando éramos jóvenes, mi marido y yo éramos una pareja de bailarines profesionales —nos explica a Cata y a mí—. Claribel nos entrenaba.

Marilén se queda mirando la mano de Saysa y la toma con la otra que tiene libre:

—Su bisabuelo se enteró de nuestro romance, nunca sabré cómo, y me dio un ultimátum: tuve que decidir entre ella o mis hijos.

Cuando por fin levanta la vista, tiene los ojos anegados en lágrimas.

—Así que tomé la única opción que tenía. —Se gira para mirar a Tiago y luego a Saysa—. Espero que no les duela lo que les voy a decir, pero siempre ha sido algo de lo que me arrepentí.

La confesión es tan dura que, por un momento, eclipsa la belleza del duelo. No se trata de una revelación espectacular o llena de flores: es la cruda realidad y es más real que cualquier otro tributo que se le pueda hacer a Zaybet.

—Estoy orgullosa de ustedes —vuelve a repetir Marilén, y está vez le toma la mano a Cata y la junta con la de Saysa—, por hacer lo que yo no pude.

Una corriente eléctrica las recorre. Lo veo en las chispas de los ojos de las dos.

Lo que parecía imposible hace unos minutos ahora se ha hecho una realidad: un miembro de la familia sabe que están juntas *y les da su bendición*.

—Esto está a punto de terminar. Vuelvan a casa.

Antes de que su bisabuela desactive el campo de fuerza, Tiago la toma del brazo:

—¿Cómo supiste que estábamos aquí?

Marilén lo mira con amor:

—¿Quién crees que les dio a sus padres todas esas pelucas y disfraces cuando se los pidieron?

El campo de fuerza desaparece y Saysa vuelve a abrir el seto para que Marilén pueda volver con la familia.

Miramos por los agujeros para comprobar si es seguro salir y ahora son las Congeladoras las que están alrededor de la fuente termal. Sin embargo, esta vez, las brujas no hacen magia, sino que las demás se les acercan para darles el pésame. Zaybet era una de ellas.

Penelope debe de estar ahí con ellas.

Mientras observo a las familias en las mantas, siento que las ganas que tenía antes de colarme entre una de ellas se ha calmado. Como lo que antes fue una ardiente hoguera y ahora se va extinguiendo, siento que una brisa de aire frío se abre paso.

Ahora que me imagino mi futuro junto a Tiago, me pregunto cómo encajan Saysa y Cata en nuestra manta. Después de la confesión que nos ha hecho Marilén, todo lo que veo a mi alrededor son hijos sin la posibilidad de elegir porque ningún adulto es capaz de defenderlos.

El agua sale disparada hacia el cielo como si la fuente fuera el espiráculo de una ballena, y millones de gotas de agua se congelan en el aire y forman unos ojos metálicos que reconocería donde fuera.

Los ojos de la Congeladora Zaybet brillan en el cielo durante un instante increíble y los rayos del sol los iluminan como si estuvieran llenos de magia. Y, mientras disfruto perdiéndome en su mirada revolucionaria por última vez, sé muy bien qué voy a hacer.

Zaybet ha lanzado su último hechizo.

27

Llegamos a casa antes de que Penelope y Miguel vuelvan del duelo, así que cuando regresan estamos sentados en la mesa con el pijama puesto, como si aún no hubiésemos salido de casa.

Se quedan un buen rato abrazando a Saysa y a Tiago, y no los culpo porque acaban de asistir al duelo de una joven bruja que en su momento final decidió salvar la vida de sus hijos.

—Tenemos buenas noticias —anuncia Penelope, mientras Miguel se agacha para atarse bien los zapatos. Creo que lo he visto secarse los ojos.

—¿Qué pasa? —le pregunta Tiago.

—Hemos conseguido Anestesia.

Penelope saca una jeringuilla de uno de los bolsillos de su vestido azul y la deja encima de la mesa.

—*¿Cómo?* —vuelve a preguntarle su hijo.

—He dicho que la necesitaba para ti, en caso de que alguno de ustedes volviera a casa para poder mantenerlos a salvo en casa durante el plenilunio. Todo el mundo se ha preocupado mucho por nosotros desde que los vieron en las noticias, así que nos han querido ayudar.

La Anestesia induce a cualquier Septimus en un estado comatoso medimágico, y solo lo pueden usar las sanadoras o las autoridades, lo que significa que acaban de infligir la ley por mí.

—Muchísimas gracias, pero no puedo aceptarlo. No quiero traerles más problemas con la ley.

—Manu…

—Tiago, tú mismo lo dijiste. Ahora que el tribunal sabe que hay una híbrida en su mundo, nunca dejarán de perseguirme. ¿Qué crees que les pasará a aquellas personas que capturen y me hayan ayudado?

Miro a Penelope y a Miguel, y la desesperación se filtra en mi voz cuando les digo:

—Una cosa es quedarnos aquí en secreto, no se lo vamos a contar a nadie, pero si empiezan a involucrar a otras personas, ellas podrían delatarlos…

—Nadie de nuestra manada nos va a traicionar —asegura Miguel, y su voz desprende una certeza absoluta—. La ley es importante, pero nuestra comunidad va primero. Aquí priorizamos proteger a nuestros vecinos antes que acatar órdenes.

Le agradezco que me lo diga, pero conozco a Yamila y sé que no va a dejar de perseguirme. Y al igual que lo hace un demonio de Lunaris, si se aburre de mí, sé que se buscará una presa más fácil: como el Septimus que más me importa en este mundo.

—Gracias por preocuparte por nosotros, Manu —me dice Penelope, y veo cariño en sus ojos—, pero déjanos ayudarte. No queremos que las actuaciones impulsivas de los Cazadores nos arrebaten la vida de más niñas. Déjanos ayudarte a pasar esta luna llena y, cuando volvamos, buscaremos una solución de verdad.

A Tiago parece que se le van a salir los ojos y pregunto:

—¿Y qué pasa con Tiago? Los Cazadores saben que está conmigo, y Saysa y Cata también han quedado expuestas.

—Diremos que después de la muerte de Zaybet se asustaron y, en cuanto entendieron lo que era correcto, te abandonaron y volvieron a casa.

—*¿Qué?* —les suelta Saysa.

—¡Ni hablar! —añade Tiago.

Yo, en cambio, asiento convencida:

—Entonces sí acepto.

Tiago abre la boca para seguir luchando, pero Cata le dice:

—Manu ha aceptado, déjalo estar.

—Bien dicho —dice Miguel para cerrar la conversación y aligerar un poco el ambiente—. Y ahora que esto está solucionado, ¿quién quiere comer?

El ambiente se relaja e incluso Cata sonríe.

Mientras nos pasamos trozos de carne y platos de ensalada, es como si un aura protectora nos rodeara en la mesa. Parece que mis amigos se han quitado la armadura porque ahora sus padres son los que están al mando y saben que todo irá bien.

Pero es difícil apreciar la magia de estos momentos, delicados como burbujas, porque sabes la rapidez con la que pueden explotar y desaparecer.

Se acerca la luna llena.

Lo siento en mi útero.

Después de pasarme horas mirando las estrellas desde el tragaluz de mi habitación, creo que ya ha pasado suficiente tiempo para salir de la cama. Rebusco entre la ropa del armario para invitados hasta que encuentro el vestido blanco que descubrí esta mañana. Desde que lo vi, me imaginé llevándolo en una cita con Tiago.

Es el típico vestido que llevaría una chica de película para ir a dar un paseo nocturno por la playa: con tirantes finos, con escote y de un material delicado que realza la figura sin llegar a ser ajustado. Intento domar mi melena lo mejor que puedo e incluso me pongo un poco de pintalabios rojo que encuentro en el mueble del lavabo.

Me quedo mirando el medallón de Zaybet y pienso en si debería quitármelo, pero me parece feo, así que en vez de eso, me lo escondo en el fondo del escote, para que solo se vea la fina cadena de oro.

Cuando me miro en el espejo, me pregunto si de verdad soy la chica que veo delante. Al fin y al cabo, no soy ni una bruja ni una humana, soy una mujer loba. Quizá lo mejor sería que me pusiera unos vaqueros y una camiseta.

Pero, cuando voy a quitarme el vestido, noto cómo se me retuercen las tripas, así que lo tomo como un *no* y me lo dejo puesto.

Avanzo con mucho cuidado al pasar por la cocina y giro en el pasillo por el que vi desaparecer antes a Tiago. Veo una luz que se enciende un poco más adelante y me choco con el pecho de alguien.

¿Su padre?

Mierda…

Respiro aliviada al percibir notas de cedro, tomillo y ese tercer ingrediente tan embriagador.

—Justo ahora iba a tu habitación —me dice Tiago, que abre los ojos al verme bien—, pero ahora me parece que no voy vestido para la ocasión.

Su habitación tiene un toque más rústico que el resto de la casa. Las paredes no están pulidas, así que se sigue viendo que están hechas de corteza de árbol, y me fijo en que hay un cráter en el techo. El agujero es igual de grande que su cama, que es enorme, y está justamente encima, como si estuviera calculado al milímetro.

El tragaluz de mi habitación no es comparable con las vistas de Tiago. Él duerme bajo el manto de la noche.

Hay un nudo de raíces que sale del suelo justo al lado de un agujero en la pared que parece conducir a otro rincón más escondido. Me encamino hacia allí, pero me giro para mirar por encima de mi hombro por si acaso:

—¿Puedo?

Tiago me contesta con una de sus sonrisas y me dice:

—Puedes cotillear todo lo que quieras.

Trepo por las raíces y entro en lo que sin duda es la mejor parte de la habitación. Es un balcón redondeado cercado por un muro hecho de finas ramas, lo que le da un aire de jaula. Entre las ranuras se puede ver el cielo y el mar. Alrededor del perímetro hay un cojín circular y, cuando Tiago se acomoda, me lo imagino allí de pequeño leyendo.

Estoy a punto de sentarme junto a él, pero de repente me fijo en algo que hay apoyado entre dos de las ramas: parece una guitarra pero tiene el doble de cuerdas.

—¿Sabes tocar? —le pregunto mientras la levanto.

Nunca había tenido una guitarra entre mis manos, pesa mucho menos de lo que me esperaba.

—Un poco —me contesta y se encoge de hombros sin mirarme a los ojos.

Ese gesto me recuerda al comentario que hizo Saysa, de que tiene el don de hacer que un talento parezca un castigo.

Le acerco el instrumento.

—¿Puedes tocar un poco para mí?

Levanta la mirada apartando la vista de la guitarra con la misma cara que pondría yo si me pidiera que le leyera mi diario.

—No soy muy bueno —me avisa mientras agarra el instrumento.

Me echo hacia atrás y lo veo encorvarse en el borde del asiento con la guitarra en las manos como si hiciera mucho tiempo que no lo hacía y la hubiese echado de menos. Con suavidad, afina las cuerdas como si estuviera volviendo a reconectar con un ritual que le era muy familiar. Frunce el ceño de pura concentración y, con el primer rasgueo, oigo un sonido muy diferente al que me esperaba.

Es más rico, más profundo; parece más una mezcla entre una guitarra y un piano.

Cuando acaba de afinarla, empieza a tocar una melodía que transmite tanta intensidad, emoción y sensibilidad que me cuesta creer que pueda salir de un solo instrumento. Es como si fuese una orquesta portátil. La melodía parece una pieza completa en sí misma, como si no necesitara nada más…

Ella sola ilumina la noche,
como una gota de día perdida,
un rayo de sol que no sabe dónde ir.

La voz sensual de Tiago me desarma.

No sé muy bien cómo mis pies me llevan hasta el cojín y me siento a su lado, pero intento moverme lo mínimo porque no quiero que este hechizo se rompa. La infusión de su voz es tan perfecta que no me puedo creer que me hubiese gustado la canción sin ella.

Ella cambia el orden de las estrellas,
crea nuevos caminos a su paso.
Es la razón que hace latir mi corazón.

Al decir esta última frase me mira y, a mí, paradójicamente, se me para el corazón.

Ojos de oro,
eres lo que más adoro.
Te quiero en mis brazos,
mi querida Solazos...

La música se para de golpe. Como si alguien le hubiera arrancado un acorde. Tiago deja a un lado la guitarra y murmura:

—Solo es una idea. Aún no está terminada.

Ahora al oírlo hablar me parece que su voz ya no tiene musicalidad. Ya no importa si habla en inglés o en español, el verdadero idioma de Tiago es *la música*.

El corazón me late a mil por hora y me cuesta hablar.

—La empecé a escribir la noche que nos conocimos —me dice mirándome a la cara para ver mi reacción—. Tomé prestada una de las guitarras del colegio y la practicaba en mi habitación. Pablo no estaba muy contento, la verdad...

—Me encanta —le contesto con la garganta aún seca.

La cara de Tiago se relaja.

—No la había tocado desde que nos fuimos de la Argentina. Cuando nos mudamos pensé que había perdido mi conexión con la música, pero cuando te conocí volví a sentirla. Me ayudaste a recuperar mi voz —me dice y me toma la mano—. Voy a hacer todo lo que esté en mi mano para que tú encuentres la tuya.

Siento que toda la emoción se me ha concentrado en los ojos, así que hago lo único que puedo hacer: me acerco a él y lo beso.

Él me lo devuelve, me levanta para colocarme en su regazo y desliza su mano por mi espalda.

—Hay tantas cosas que quiero enseñarte —me susurra en el cuello.

—Pues enséñamelas.

Me levanto y Tiago parpadea, sorprendido.

—*¿Ahora?* ¿Por qué no esperamos a la vuelta?

—Pues porque me he puesto guapa.

Pongo uno de los brazos en jarras con la mano en la cintura y a él inmediatamente se le dibuja una sonrisa pícara.

—La verdad es que *sería* una pena desperdiciar ese vestido.

—¿Así que te gusta el cambio? —ahora he perdido confianza.

—Pues sí. —Se levanta y me vuelve a mirar de arriba abajo, pero esta vez lo hace a cámara lenta.

—¿Te gustaría que me vistiera más como una bruja?

De repente me mira fijamente a los ojos y el azul ya no es suave como el mar, sino intenso como un zafiro.

—Te escribiré otra canción mejor.

—¿Cómo?

—Por si no te ha quedado claro —me dice mientras me sujeta por la barbilla—. Me gustas de *todas* las maneras, Solazos.

Me rodea con sus brazos y nuestras bocas se vuelven a fundir. Mi pulso se acelera y un cosquilleo me recorre el cuerpo entero…

—Me he dejado llevar —me dice sin aliento.

Le brillan los ojos y parece que no se afeita desde hace unos días.

—Vamos.

La verdad es que me gustaría quedarme y acabar lo que hemos empezado, pero ya no tiene sentido decírselo porque Tiago ya está en la puerta.

Lo sigo hasta que salimos de casa y, cuando me encamino hacia las escaleras en dirección al ascensor, me agarra la mano y sacude la cabeza. Y sin previo aviso, se transforma.

En cuanto su cuerpo se libera y adquiere su forma, siento una punzada en mi útero y yo también dejo atrás mi piel humana. Cuando termina la agonía, Tiago se acerca a una rama baja y trepa por ella hasta llegar a una más alta. Una vez allí me extiende la mano, pero no se la tomo.

Lo que hago es retroceder un poco y coger carrerilla para saltar a la rama. Cuando consigo agarrarla, me impulso hacia arriba como lo ha hecho él.

Seguimos subiendo, rama a rama, recorriendo la copa del árbol. Siento los cortes que me va haciendo la corteza al avanzar y los arañazos de las hojas en la cara, pero no me importa. Este cuerpo está hecho para moverse así, y cuanto más ritmo tomamos más segura me noto. Al principio siento que confío en mis músculos para moverme de un lado a otro, pero es que ahora me parece que puedo con cualquiera que se me ponga por delante.

En este cuerpo, siento que puedo hacer cualquier cosa.

Salimos de la copa y nos subimos a una plataforma de madera que se extiende por encima de la cima de los árboles. Sobre nuestras cabezas, el cielo está plagado de estrellas que envuelven a una luna enorme, a punto de llegar a su plenitud total.

La plataforma donde estamos está llena de globos aerostáticos de color. Cuando miro a Tiago me doy cuenta de que, incluso en esta forma, hay algo precoz en su expresión. El brillo que le veo en esos ojos zafirinos me hace pensar en la noche en la que nos conocimos, cuando sobrevivimos al lunarcán.

¡Salta!

Sin esperar, Tiago se lanza de la plataforma hacia el verde mar de hojarasca.

¡Tiago!

Me tapo la boca con mis garras, asustada...

Pero no se ha caído.

Está agarrado a una especie de red invisible y empieza a trepar como si estuviera intentando llegar al cielo. A estas alturas, he visto tantas cosas en el mundo de los Septimus que sé que si salto algo me sujetará, así que me lanzo al vacío.

Vuelo por los aires hasta que noto que unos finos hilos de seda me acarician la piel y puedo meter los dedos y los zapatos por la red. Ahora que estoy cerca, veo que brilla con la luz de la luna.

Telarañas, me dice Tiago.

Levanto la cabeza y veo que está un par de metros más arriba.

A ver si me alcanzas. Y al decir esto sale disparado como una bala.

Alargo los brazos e intento moverme como lo hace él, pero no consigo correr tanto.

¡No todos podemos ser Spiderman!

Se gira para mirarme y retrocede un poco.

Como nosotros no tenemos ocho patas, tenemos que tirar de la cadera. Y la sacude de un lado a otro con un movimiento exagerado para que lo vea bien.

Ladro de la risa, pero aun así le hago caso y empiezo a mover mis caderas. En cuanto basculo mi peso al centro de mi cuerpo, me doy cuenta de que puedo mover los brazos y las piernas con más facilidad, así que acelero y reduzco bastante la distancia que nos separa.

Trepamos y trepamos, y cometo el error de mirar hacia abajo... Hemos subido tanto que Rívoli no es más que un bosque cercado por un muro brillante.

Cuando vuelvo a levantar la cabeza, Tiago ha desaparecido.

¿Tiago?

Subo un par de metros más y siento un hormigueo recorrer mi cuerpo al traspasar una barrera. De repente, hay tierra firme bajo mis pies. Estoy en un paisaje cubierto de un prado plateado que me recuerda a Lunaris en mitad de la noche.

Tiago está a mi lado, de nuevo en su forma humana, y mi cuerpo cede también mientras recupero mi tamaño.

—¿Es un mundo de bolsillos? —le pregunto mientras recupero el aliento y miro a mi alrededor, fascinada por la flora resplandeciente que nos rodea.

—Algo así. Es un jardín de medianoche —me explica y, mientras sigo observando las vistas, veo que un rayo de luz de luna toca una flor violeta y la hace abrirse al instante—. Pero no se puede decir que sea nuestro.

—No te entiendo —le contesto y acelero un poco para alcanzarlo mientras avanzamos por un caminito estrecho entre plantas de tallos alargados.

—A Lunaris le gusta mantener sus reinos separados. Los Septimus interactúan muy poco con los insectos y los animales. Somos omnívoros, así que la dinámica de depredador y presa sigue aplicándose, pero cada uno tiene su terreno.

Llegamos a una zona más amplia, donde confluyen una maraña de riachuelos que serpentean entre la hierba plateada, y me quedo embobada admirando el follaje resplandeciente de este jardín. Un secreto más de los que la luna le esconde al sol.

—Hay una teoría que dice que Lunaris lo hace para que no haya tanta matanza. —Al verme la cara, Tiago se explica un poco mejor—:

Las brujas usan pociones pesticidas para proteger sus plantas de los insectos y los lobos a veces están tentados de cazar otros animales para conseguir fama, para usar sus pieles o simplemente por diversión...

Seguimos avanzando por un camino oscuro que cruza un zona de árboles muy esbeltos.

—Pero, para dejarlo claro: ¿entonces podemos estar aquí? —le pregunto en un susurro.

Empiezo a notar cómo las telarañas me acarician la piel y me paso la mano por la cara.

—Si nos respetamos los unos a los otros, podemos coexistir. ¿No crees?

Le contesto con otra pregunta:

—¿Piensas lo mismo sobre los Septimus y los humanos?

—No lo sé. —Tiago se toma un momento para pensárselo bien—. Lo más parecido que tenemos y que se parezca a la vida humana es nuestra infancia, antes de que consigamos nuestros poderes. Pero la verdad es que parte de la gracia es que sabemos que los vamos a heredar. Crecer rodeados de magia y saber que un día nosotros también la tendremos... Es diferente. Me puedo imaginar que habrá muchos humanos a los que no les guste la idea o que no la entiendan.

Me acuerdo de cómo me sentí yo cuando llegué a la academia y aún no tenía poderes, y sé que tiene razón.

Llegamos a un campo colorido rodeado de árboles de troncos color cobrizo y copas de algodón de azúcar. La caída de sus hojas ha cubierto el prado con una colcha de nubes esponjosas. Miro a Tiago boquiabierta y él se ríe al verme.

Me pongo a correr como una loca entre el campo algodonado, y me acuerdo del mercado de cristal de El Laberinto donde Tiago y yo nos besamos por primera vez. Sin embargo, en vez de ser frío y duro, aquí el suelo es tan mullido y esponjoso que los pies se me hunden al caminar y me parece que voy dando saltos y flotando entre las nubes.

Después de un rato, me giro para mirar a Tiago pero ha desaparecido.

—¿Tiago?

El viento se lleva mi voz, pero no hay ni rastro de él: no se oye ni un ruido, ni un movimiento.

—Ya está bien, ¿sí?

Con cada segundo que pasa, el silencio cada vez pesa más…

—En serio, no…

De repente, de entre las nubes amarillas y aguamarinas, salen unos zafiros y una boca abierta que se abalanzan sobre mí. Me da tal susto que suelto un grito y me giro para salir corriendo.

A pesar de mi esfuerzo, Tiago es más rápido que yo, así que me arrolla y los dos nos caemos al suelo, creando una explosión de color rosa y lavanda.

—Nunca corras de un depredador —me gruñe, aún sujetándome y reteniéndome con el peso de su cuerpo, sus labios casi rozando los míos—. Lo único que consigues es tentarnos con el subidón de la persecución.

No puedo evitar poner los ojos en blanco.

—A veces se te va demasiado…

—*Todo es culpa de la luna* —me dice en un susurro, mientras recorre suavemente mi mandíbula con su boca—, *cuando se acerca demasiado a la tierra todos se vuelven locos*.

—Pues ya sabes lo que dicen —murmullo con la respiración entrecortada al sentir que me acaricia la clavícula con los labios—: *La locura de los poderosos debe ser examinada con escrupulosa atención*.

Tiago se separa de golpe y me digo otra vez que ojalá no lo hubiese hecho, como cada vez que siento que la cosa se pone interesante. Porque fue él el que me pidió que fuera su novia…

—¿Qué es esto? —me pregunta y tira de la fina cadena de oro hasta que toma el medallón. Me lo había escondido en el escote, pero se habrá salido.

—Un regalo de Zaybet —le digo mientras veo que inspecciona los detalles del sol y las estrellas grabados en el oro—. Puedes abrirlo.

Cuando lo hace, se queda mirando un buen rato el trozo de hielo, observando cómo va cambiando de forma hasta que aparece mi símbolo.

—No sabía lo poderosa que era mi hermana —dice entonces como si estuviera hablándole al medallón—. Por eso estaba tan rara,

Saysa sabía que yo no la veía como un Septimus, sino que para mí siempre sería mi hermana pequeña. Zaybet sí veía todo su potencial y le salvó la vida, más de una vez.

Tiago tiene una especie de aura mística ahora que la luz de la luna baña y hace brillar su piel morena.

—Si Zaybet hubiese nacido como lobo, habría puesto el mundo a sus pies y ser consciente de esa verdad es horrible.

Veo que una tormenta se crea dentro de sus ojos azules, y lo rodeo en mis brazos hasta que sincronizamos nuestra respiración. Cuando Tiago se inclina un poco hacia atrás para mirarme, tiene una expresión tan seria en la cara que no me queda duda de que por fin va a decirme eso que lleva arrastrando durante tanto tiempo.

—En Lunaris, los lobos solo pueden detectar el rastro de su linaje.

Por un momento estoy perdida, pero luego ya me acuerdo de lo que está hablando.

—Nunca me dijiste cómo me encontraste en la montaña de piedra.

—Hay una excepción para la norma de la familia.

Su seductor acento se marca aún más en estas últimas palabras, lo que añade aún más musicalidad a su voz. Me mira con tal intensidad que me invade la certeza de que, pase lo que pase, este momento se va a grabar en mi mente. De que va a florecer en mí para siempre.

—Estoy enamorado de ti, Solazos.

Tiago me sostiene la mirada y, cuando intento tomar aire para procesar, parece que me he quedado sin respiración.

Antes de que pueda hacer nada más, Tiago acerca su boca a la mía y, como en su canción, unidos iluminamos la oscuridad de la noche.

Un hormigueo recorre todo mi cuerpo, como si me hubiese conectado al Hongo. Siento que estoy enraizada a la tierra con tanta firmeza como los árboles de algodón de azúcar de nuestro alrededor.

Existo.

Me siento vista.

Me siento querida.

—Estoy enamoradísima de ti —le digo yo con voz temblorosa.

Tiago me dedica una de sus cautivadoras sonrisas y el corazón se me acelera aún más. Ahora estoy segura, más segura de lo que he estado en toda mi vida de nada: *esto es lo que quiero*.

Sé que esta idea decepcionaría a Saysa y Zaybet, pero mi corazón no está en la revolución que ellas quieren: está en las manos de Tiago. Quiero leer novelas cada noche a su lado e incluso intentar escribir una algún día. Quiero ir a Lunaris cada luna llena y explorar ese mundo con la misma curiosidad que sentía cuando era pequeña y quería conocer el espacio. Quiero una vida entre los Septimus con una familia, una manada y un propósito. Y quiero que mis padres también estén conmigo, a salvo.

Si convenzo al tribunal de que no soy una amenaza, quizá me permitan cumplir este sueño, simplemente el de tener una vida sencilla con Tiago, nada más. Nunca más intentaré llamar la atención ni infringiré ninguna de sus leyes.

—¿Cómo acabó el chico de *La guerra del chocolate*? —le pregunto, acordándome de *Cien años de soledad* y dándome cuenta de que parece que últimamente no acabo ninguno de los libros que empiezo—. ¿Le valió la pena perturbar el universo?

Tiago duda unos segundos y ya no hace falta que me responda.

No consigue cambiar nada.

—Solazos, estás llorando —me dice Tiago y me toma la cara entre sus manos.

—Te voy a echar de menos —confieso en un murmullo.

—Solo serán tres noches. Yo sí que voy a pasarlo mal sin ti. Tú ni te darás cuenta, te convertirás en la Bella durmiente y luego vendré yo a despertarte con un dulce beso.

El final de cuento que me propone Tiago suena muy bien, pero llega demasiado tarde: ya no le creo a nadie cuando me dice que voy a tener un «y fueron felices y comieron perdices». No me fío ni del príncipe, ni de los padres, ni de una manada. A este dragón le voy a cortar la cabeza yo.

—Tiago, no quiero volver a mentirte, así que te voy a decir algo y necesito que me escuches bien y respetes mi decisión, ¿de acuerdo?

Al decir esto noto cómo se le tensa todo el cuerpo.

—¿Qué pasa?

—Voy a entregarme.

Los ojos se le abren de tal manera que prácticamente veo cómo le explota el cerebro por la pelea interna que está teniendo entre apoyarme y protegerme, como siempre. La mentalidad alfa que le han inculcado desde pequeño batallando con su carácter más amable y compasivo.

—Eso es como *pedir que te maten* —me dice por fin.

—Lo van a hacer de todos modos.

En su mirada veo lo perdido y confuso que se siente, y entiendo que él nunca se ha tenido que plantear lo que vale su vida o si es posible vivir en este mundo. ¿Cómo podría llegar a entender lo que significa no tener otra opción si a él la vida siempre le ha ofrecido una infinidad de posibilidades?

—Todo lo que hemos hecho… —Cuando habla parece que le falta el aliento y que pronunciar cada palabra le cuesta muchísimo esfuerzo—. No valdrá para nada si te rindes.

—No me estoy rindiendo. Para mí rendirme sería huir. El sistema de los Septimus tiene que cambiar, tú mismo lo has dicho. No podemos esperar a que venga otra persona y haga los sacrificios que nosotros no queremos hacer.

Cuando digo esto escucho a Saysa y Zaybet, y me doy cuenta de que mi sueño de tener una vida humilde junto a Tiago no es del todo cierto. Eso no es todo a lo que aspiro: también quiero obligar al sistema a que acepte a mis amigos y a mí, y a que haga cambios reales.

Quiero las dos cosas: crear una familia y una revolución.

—De verdad que no quiero controlarte, Manu, pero ponte tú en mi situación, ¡a ti tampoco te gustaría que me fuera en una misión suicida!

—Tienes razón —le contesto, intentando que la conversación tome una dirección más productiva—, pero a veces hay riesgos que valen la pena. Tú, por ejemplo, dejaste tu vida atrás para escaparte conmigo. Habrá gente a la que eso también le parezca una misión suicida.

—Me escapé contigo porque cuando me enamoré de ti fue la primera vez en mi vida que vi un futuro para mí. Ya sé que todos piensan que tengo un montón de posibilidades entre las que elegir, pero ¿de qué me sirven si ninguna de ellas es la que quiero?

—Entonces tienes que entender cómo me siento —le digo con dulzura—, porque las opciones que tengo yo ahora mismo tampoco son las que quiero.

Tiago agacha la cabeza, y sé que lo que voy a decir le va a hacer daño, pero es la única respuesta que tengo para que me entienda:

—¿Sabes que cuando hemos estado en el duelo hoy lo único que quería era sentarme en la manta de tu familia? Pero cuando me imaginaba allí, no solo nos veía a nosotros, también veo a mis padres, a Saysa y a Cata y a todos nuestros amigos. Si tú y yo quisiéramos tener hijos, me gustaría que crecieran en un mundo donde pudiesen ser quienes ellos quisieran y es que ahora no tenemos esa opción. Quiero más.

A Tiago se le escapa un suspiro y lo veo tan triste... Parece que la noche se me escapa y no es lo que tenía en mente precisamente. Quiero pasar esta última noche con él.

—Dentro de poco te irás a Lunaris, no quiero que pasemos la noche con caras tristes. —Como veo que no dice nada, intento otra cosa—. A ver, enséñame cómo tenías pensado despertarme cuando volvieras y yo estuviese todavía bajo los efectos de la Anestesia.

Me tumbo en la tierra esponjosa, cierro los ojos y dejo los brazos muertos a los lados.

Agudizo mis sentidos mientras espero a que Tiago me toque. Sus movimientos sigilosos ponen en tensión cada milímetro de mi cuerpo y, cuando por fin su boca acaricia la mía, inhalo profundamente.

El aire está impregnado del increíble aroma de Tiago, que mueve la lengua para separarme los labios. Sin poder evitarlo, arqueo mi columna mientras lo beso y él aprovecha el hueco para deslizar el brazo por debajo y agarrarme por la espalda.

Yo le sujeto la camiseta con fuerza y tiro de ella hasta que se la quito. Tiago me mira con dulzura mientras me baja los tirantes del vestido. Como me está a punto de venir la regla, los pechos me sobresalen de las copas más de lo normal. Él me pasa la mano por atrás para desabrocharme el sujetador.

De repente, veo un brillo que le cruza la mirada, como si un pensamiento racional hubiese intentado convencerlo de algo, pero antes de que pueda echarse atrás y hacer lo que seguramente le parece «lo correcto», me lo quito yo misma.

Cuando Tiago baja la mirada, la lógica desaparece de sus ojos y empiezo a escuchar un eco. Al principio creo que son pasos, pero luego me doy cuenta de que es su corazón. *Le late a mil por hora.*

Le tomo la mano y se la coloco en mi rodilla, y, poco a poco, la voy deslizando hasta llegar al muslo. La verdad es que me sorprendo a mí misma con esta demostración de seguridad, y es que la siento. Me siento *empoderada.*

Noto la calidez que desprenden sus dedos y lo suelto para que él mismo siga el recorrido. Cada vez avanza más y más hasta que se me escapa un gemido y me acerco a su pecho y lo agarro para besarlo. Cuando nuestras lenguas se entrelazan, la sangre se me empieza a alterar.

Voy a transformarme.

—Solazos —me susurra Tiago mientras le salen los colmillos y la barba le empieza a crecer—. ¿Estás se…?

Utilizo mis garras para sujetarlo y me abalanzo de nuevo sobre él para besarlo. En mi interior se empieza a librar una batalla de dolor y placer mientras nos seguimos besando y me transformo. Ahora ninguno de los dos puede hablar.

Deberíamos bajar el ritmo, me dice mientras volvemos a comernos las bocas. *Si nos dejamos llevar no vamos a poder parar…*

Es que no quiero parar.

¿Estás segura?, me pregunta y se aparta lo suficiente para poder mirarme bien a los ojos.

Sí, le insisto y vuelvo a besarlo con pasión para intentar que se calle de una vez.

Lo beso con tanta intensidad que le corto el labio con mis colmillos y le empieza a salir sangre. Un sabor metálico nos llena la boca y nos despoja de una vez por todas de nuestra humanidad. Tiago me arranca el vestido y en ese momento se me nubla la mente.

No tengo ningún interés en refrenarme.

Quiero saber qué pasa cuando me dejo ir por completo.

Esta noche me he tomado la pastilla rosa de Nuni.

28

El cielo está gris cuando volvemos a la habitación de Tiago, apenas faltan unas horas para que amanezca. Debería volver a mi cama antes de que sus padres se despierten, pero Tiago insiste para que me quede con él y me promete que asumirá toda la culpa si nos descubren.

Me acurruco en su pecho, como solía hacer cuando estábamos en la cama en el Aquelarre. Espero a que su respiración se ralentice y empiece a ser más profunda y, en un par de minutos, se ha quedado dormido. Lo observo ensimismada mientras duerme e intento grabar en mi mente los divinos rasgos de su rostro, sus brazos definidos y la calidez que desprende su piel.

Lo quiero tanto que no sé si podré separarme.

Solo lo consigo y me levanto porque me recuerdo todo lo que sacrificó Zaybet. Me muevo con mucho cuidado para no despertarlo y avanzo con sigilo hasta la zona posterior, donde están las habitaciones de los invitados. Una vez allí, en vez de entrar en mi habitación, entro en la de Cata.

La encuentro completamente dormida en la cama y algunos mechones castaño claro le tapan la cara. A su lado, veo la cabeza de Saysa. Le doy un golpe en el codo con la fuerza suficiente para despertarla.

Ella abre los ojos de golpe y me llevo el dedo índice a los labios para que sepa que no quiero que haga ruido. Gesticulo exageradamente y le digo que se vista.

No la espero y me voy a mi habitación. Me doy una ducha rápida al estilo lobizona, me pongo unos pantalones y una camiseta, y me meto el medallón por dentro. Después hago la cama y ordeno la habitación, y me guardo en el bolsillo lo único que me voy a llevar. Una vez acabo mis preparativos, salgo al pasillo y espero a Cata.

—¿Qué pasa? —me dice y se cruza de brazos al verme, como si ya estuviera dispuesta a pelearme cualquier cosa que le vaya a decir.

La tomo del brazo y me la llevo más lejos, hasta la biblioteca, y le digo:

—Quiero que me entregues a las autoridades.

—Vuelve a la cama.

—Las dos sabemos perfectamente que Yamila va a hacer lo que haga falta para acabar conmigo y ahora que hemos involucrado a la familia de Saysa y Tiago, ellos van a estar en su punto de mira.

—Esta manada tiene *mucho poder*. Pueden protegerte.

—¿A qué precio? Mira lo que le pasó a Zaybet.

Cata empieza a ponerse nerviosa y a caminar de un lado a otro delante de las estanterías.

—Eso fue una situación extrema, no hay por qué pensar que nadie más vaya a morir. Hasta ahora hemos sido nosotros quienes hemos decidido qué hacer y la cosa no ha ido bien, quizá deberíamos confiar en Penelope y Miguel…

—Claro que confío en ellos, ¡en quien no confío es en el tribunal!

La agarro por los hombros y la obligo a quedarse quieta y a mirarme:

—Las dos sabemos que Yamila me va a encontrar. Nuestras familias ya han sufrido bastante por las malas decisiones que tomaron nuestros padres, así que ahorrémosles el mal trago a Penelope y Miguel. Ya han hecho demasiado por nosotros. No se lo merecen.

Al verla morderse el labio sé que la he convencido.

—A ver… ¿cuál es el plan?

—Quiero que te pongas en contacto con tu madre para que organice una reunión privada entre tú y Yamila, y quiero que Jazmín esté presente. Si Yamila va sola y acepta tus condiciones, me entregarás.

—¿Y cuáles son los términos?

—Inmunidad para ti, Saysa, Tiago y sus familias.

—¿Y qué pasa contigo, Manu? —me suelta, enfadada.

—Es mi decisión, Cata.

Sacude la cabeza y me mira como si no entendiera nada.

—¿Por qué quieres que lo haga yo?

Me odio un poco al escucharme decir:

—Porque sé que eres la única que hará todo lo que sea necesario para mantenerlos a salvo.

Mis palabras no han tenido el efecto esperado porque, por la cara que pone, parece que se acaba de tragar algo amargo.

—Tiago...

—Lo sabe.

Creo que se da cuenta de que me tiembla la voz al decirlo porque me mira fijamente, pero no discute más. Ahora lo entiende.

Tiago no puede hacerlo.

Ni Saysa.

Solo puede ser Cata.

Después de usar la caracola de los padres de Tiago para hablar con su madre y concretar los detalles, Cata me obliga a ir a la cocina para que coma algo, pero tengo el estómago del revés y no me entra nada.

—Al menos bebe un poco de mate —me dice—. Necesitarás tener fuerzas.

Doy sorbos de la yerba caliente y, en cuanto dejo el mate en la mesa, lo veo.

Tiago viene sin camiseta, el blanco de sus ojos está lleno de pequeñas venas rojas y tiene cada pelo de la cabeza apuntando en una dirección.

Me quedo paralizada, como un animal que sabe que un depredador lo está observando.

Cata me agarra del brazo e intenta moverme, pero me resisto. Quiero darle un último beso, pero sé qué pasará si lo hago.

Él tampoco se mueve, estoico, y lo entiendo. Si se acerca lo más mínimo, quizá intenta detenerme.

No tengo ni idea de cómo he salido de la casa, pero cuando cerramos la puerta a nuestras espaldas, me caigo al suelo y empiezo a tomar respiraciones profundas.

Oigo algo romperse en la distancia.

Parece un sollozo.

Cata me sujeta y, sin decir nada, me conduce al ascensor. Esta vez subimos.

—¿Cómo sabías que estaba aquí? —le pregunto cuando salimos y nos encontramos en la plataforma de madera llena de globos aerostáticos.

—No fueron los únicos que se encontraron a escondidas anoche.

Cata elige uno aburrido de color gris decorado con delicados dibujos de estrellas, un transporte que no llame mucho la atención para surcar el cielo entre las primeras luces del amanecer. En cuanto pongo un pie dentro, salimos disparadas hacia arriba.

Me alegro de no haber comido nada porque si no ahora ya lo habría regurgitado todo.

Miro abajo mientras el globo no deja de ganar altura y entrecierro los ojos en un intento por ver las telarañas o el jardín de medianoche, pero no lo consigo. El suelo se ha convertido en un manto verde rodeado del mar azul y, en un momento, estamos volando entre las nubes.

—¿Cómo sabes hacia dónde tienes que ir?

Cata me contesta con los ojos rosas brillantes:

—Controlo el viento para que nos lleve a Belgrano. —Tiene la piel pálida y no es por el vuelo—. ¿Por qué lo haces?

Oyendo el latido de su corazón, sé que ahora mismo Cata es un amasijo de emociones, así que intento explicarme para que me entienda por su bien y por el de nuestras vidas.

—¿Sabes que mis ojos no cambian cuando estoy en el mundo de los humanos?

Entiendo que sí porque no parece sorprendida.

—¿Te lo dijo Saysa?

Cata asiente con la cabeza.

—He llevado gafas de sol toda mi vida. Entendía perfectamente las razones por las que debía hacerlo, pero la lógica no hizo que me doliera menos y me sintiera avergonzada de quién era. Siempre he pensado que era fea, que ser como era estaba mal, que *no era normal*.

Veo la palabra con la letra de Ma detrás de la foto que quemó Yamila.

—Lo que me hacía sentir mal no eran las personas, sino simplemente el hecho de esconderme.

Parece que volamos con más calma a medida que el corazón de Cata aminora el ritmo.

—Tú y Saysa sabían que Tiago estaba intentando decirme que me quería, pero yo no tenía ni idea. No solo porque es el primer chico con el que hablo, sino porque en mi vida nunca me había imaginado que nadie pudiese enamorarse de mí.

Noto cómo las lágrimas me inundan los ojos.

—Siento que si sigo escondiéndome es como decir que mi vida no vale nada, ni mi vida ni la de cualquier persona como yo.

—No eres la única que cree que nadie la va a querer —me confiesa Cata, y el globo da una sacudida cuando le tiembla la voz.

Frunzo el ceño.

—Pero si Saysa está perdidamente enamo…

—Quiere algo que yo no puedo darle.

Me quedo mirando a Cata y veo a la joven Marilén, obligada a tomar una decisión imposible: Saysa o la sociedad. Cata es una Lily Bart de carne y hueso.

—¿Y qué pasa con lo que dijo Marilén?

—Es muy fácil soñar con una vida que nunca se tuvo, Manu, así nunca hay decepciones. —A veces Cata me parece que ha vivido muchas vidas—. Cada día —le susurra al viento—, me parezco un poco más a ella. Es mi maldición. Convertirme en mi madre.

—Cata, no te pareces… —empiezo a decirle y me acerco para tomarle la mano, pero se aparta.

—Sí que me parezco. Te voy a entregar. Estoy traicionando a nuestra manada. Saysa *nunca* me va a perdonar.

Su voz es un desgarro.

—Lo siento —le digo, siento su dolor como una daga que se retuerce en mis entrañas—. No creí que fuese buena idea pedirle que viniera y que viera a Yamila en estos momentos. Me daba miedo que no pudiera soportarlo.

Cata tiene los ojos vidriosos y me muero al pensar que quizá les he dado un motivo para romper.

—Tú tomas las decisiones difíciles, pero Saysa sabe que no las tomas sola. Tiago te apoyará y le explicará que fue mi decisión. Tú no me entregarías si no fuese con mi consentimiento, ¡y has tenido muchísimas oportunidades de hacerlo y te sobran razones! Me dijiste que yo hubiese sido la salvación para que tu madre solucionara sus asuntos con los Cazadores. Nadie te habría culpado si me hubieses entregado al principio, cuando ni siquiera me conocías, pero no lo hiciste.

—Estuve...

Parece que quiere decir algo, pero al final no se atreve. De repente, deja caer los hombros, como si se rindiera ante la batalla interna.

—Estuve a punto, Manu —admite finalmente—. Sabía lo mucho que significaba para mi madre y yo me moría por impresionarla. Si no te hubieses transformado, no sé qué hubiese hecho.

Sus últimas palabras desaparecen con el viento, como una confesión que sale del rincón más oscuro del alma.

La verdad es que yo tampoco sé lo que Cata es capaz de hacer. Lo que sí sé es que necesita a alguien que la apoye tanto como yo.

—Son nuestras decisiones las que hablan de nosotros, no los «y si...» —le digo mirándola a sus ojos brillantes—. Yo sé que no me hubieses traicionado.

Aun así, hay una parte de mí que se pregunta si Cata tiene razón cuando habla de las maldiciones que persiguen a las familias.

Me viene a la cabeza el libro favorito de Ma, *Como agua para chocolate*. Es una historia sobre una madre y una hija que habla de Tita, una chica que sueña con estar con el hombre al que quiere, y Mamá Elena, quien se interpone en su camino. Las intensas emociones de Tita intoxican las comidas que prepara y afecta a las personas que la rodean hasta que la situación se le escapa de las manos.

El libro termina con la sobrina nieta de Tita, a la que también llaman Tita, que hereda sus recetas, lo que implica que la historia se volverá a repetir en la familia. A Ma le encanta ese giro, pero yo recuerdo que cuando lo leí tuve una sensación angustiosa con la idea de la maldición.

Quizá hay algunas cadenas que nunca podamos romper.

La luz del sol se cuela entre las nubes hasta que el cielo se aclara y se tiñe de ese azul claro propio del alba. Entonces, bajo nuestros pies, aparece una ciudad de árboles violetas.

—Tú que eres su mejor amiga —le pregunto—, crees que estoy haciendo lo mejor para Tiago a la larga, ¿verdad?

Cata empieza a ralentizar la velocidad del globo a medida que nos acercamos a la manada.

—Hace cinco años que lo conozco, y en todo este tiempo Tiago nunca ha tomado ninguna decisión importante. Las brujas siempre se le acercaban para ligar con él y siempre le salían oportunidades. El entrenador también fue el que se le acercó para que se presentara a las pruebas para entrar en el equipo. Tiago nunca ha luchado por nada. Hasta que apareciste tú.

Sus palabras me llenan el pecho a la vez que me lo desgarran, y de repente ya no estoy tan segura de haber tomado la decisión correcta.

Cata cruza los brazos delante del pecho.

—Así que no, si te doy mi opinión como su mejor amiga, te tengo que decir que no me parece bien. Además, sé perfectamente que te estás alejando de lo mejor que te ha pasado en la vida y también estoy convencida de que podrías conseguirlo…

Cata no termina la frase, pero ya sé lo que quiere decir.

Si yo puedo, ella también.

Ramas peladas empiezan a aparecer a nuestro alrededor, cuyas puntas están aplanadas para que sirvan de plataformas de aterrizaje. La mayoría ya están llenas de globos. Ma me dijo que los argentinos son muchas cosas, pero madrugadores no es una de ellas, y viendo el cielo tan despejado, parece que el dicho también se puede aplicar a sus hermanos sobrenaturales.

La última vez que estuvimos aquí, vi la manada desde abajo, pero estas vistas me cuentan una historia muy distinta. La copa de cada árbol parece un mundo completamente diferente. Hay una que parece un anfiteatro, otra, una pista de hielo y, cuando bajamos, vemos una tercera que tiene pinta de ser un magnífico parque. Cata aterriza con una pequeña sacudida en la parte más alejada del follaje, cerca de otro par de globos. En ese momento, meto la mano en el bolsillo y saco la botellita que me he traído.

Es una mañana agradable, no hay viento y parece que somos las primeras en llegar. Absorbo cada detalle de nuestro verde alrededor y respiro la mezcla del olor a tierra bañada por el sol y el dulce aroma de las flores. De repente me doy cuenta de que Cata no puede apartar la mirada de la poción de invisibilidad que tengo en mis manos.

—¿Sabes cómo se usa? —le pregunto mientras vigilo que Yamila no esté cerca.

Hay hojas de palmera tan altas que parecen árboles pequeñitos, así que es difícil estar segura del todo.

—Por lo que he leído, cada variedad afecta a cada persona de una manera diferente —me contesta—. Depende de tu constitución mágica.

—¿Y cuánto dura?

—Un par de horas, pero puedes anular sus efectos antes si quieres. Cada hechizo está anclado a un elemento, lo sabrás en cuanto la pruebes. Cuando quieras que te vean, solo tienes que romper el hechizo.

Dejo de mirar a mi alrededor para centrarme en ella y decirle:

—¿Qué?

—Es difícil de explicar. Si está hecha con plantas, quizá sientes una tensión en algún sitio, como si un tipo de hiedra te oprimiese por dentro. Si fuese así, para romper el hechizo solo tendrás que mover esa parte del cuerpo y así desbloquearás la parálisis. ¿Lo entiendes?

—La verdad es que no... —le contesto, pero como Yamila puede aparecer en cualquier momento, me bebo el contenido de la botella de golpe.

De repente me parece que me empieza a pasar muchísima agua por la garganta, como si estuviese bebiendo mucho más de lo que necesito. El nivel de agua sigue subiendo dentro de mí y me va llenando los órganos y las cuerdas vocales hasta que siento que no puedo hablar o respirar.

Miro a Cata con los ojos abiertos como platos, desesperada y ella parece igual de asustada mientras me ahogo…

—¿Manu?

Intento pedirle ayuda pero no me salen las palabras. El agua sigue llenando cada rincón de mi cuerpo hasta que me convenzo de que va a empezar a salirme por las orejas y la nariz.

—¿Dónde estás?

Parpadeo ahora que el agua parece haber parado de entrar.

Aunque no respiro, parece que sigo viva.

¡Estoy aquí, Cata!, intento decir, pero la voz no me sale. Es como si estuviese debajo del agua.

—¡Manu! ¡Dime algo!

La voz de Cata suena desesperada y no deja de dar vueltas y abrir y cerrar los ojos. Me acerco para tomarle la mano y se la aprieto para que sepa que estoy bien.

Mi amiga suelta un alarido y da un buen brinco del susto… Sin duda ha despertado a todos los Cazadores de la ciudad.

—Cálmate.

La voz autoritaria que le habla en voz baja a Cata me pone tensa.

Yamila sale de entre las palmeras y se acerca; lleva unos pantalones rojos ajustados y un jersey negro. Le brillan los ojos llenos de magia, como si estuviera preparada para cualquier cosa.

—Has sido tú la que ha dicho de vernos, así que ahora no te pongas histérica.

Las mejillas de Cata se encienden tanto como sus ojos mientras sale de la cesta del globo para acercarse a Yamila. No sé cuánta energía tendré ahora que no puedo respirar, así que doy un paso adelante para probar. Cuando veo que no hago ruido ni me mareo, salgo del globo con mucho cuidado y me quedo al lado de Cata.

Le acaricio el brazo *con cuidado* para que sepa que estoy aquí. *Por favor, que no vuelva a chillar…*

—Acabemos con esto cuanto antes —dice Cata, que se rasca justo donde la he tocado—. Llama a mi madre.

—Ay, por favor… —dice Yamila y baja la mirada—. La verdad es que es muy tierno ver la relación tan bonita que tienen.

—Eso mismo te iba a decir yo a ti con tu hermano, pero no estaba muy segura de si es *tierno* o roza el *incesto*.

Le vuelvo a tocar el brazo, esta vez con más firmeza. No es el momento para cabrear a Yamila. Lo que quiero es mantenerla a ella y a los demás fuera de todo esto, y si ahora lo arriesga todo por un comentario y perdemos la oportunidad de llegar a un acuerdo, nada de esto habrá servido para nada.

Yamila examina a Cata en silencio y me doy cuenta de que hay algo diferente en ella. Parece menos... *prepotente*.

Quizá la muerte de Zaybet le ha bajado los humos. O quizá es simplemente que no se cree que la reunión vaya en serio.

—Si estás haciéndome perder el tiempo, te arrestaré —le avisa.

Cata pone los ojos en blanco.

—¿Por qué iba a arriesgarlo todo para venir aquí solo para hacerte perder el tiempo?

—¿Por qué lo ibas a arriesgar todo por una don nadie que apenas conoces? —la voz rasgada de Yamila le añade una punzada extra a la acusación.

—Nunca entendí qué vio Saysa en ti —masculla Cata, imitando la voz seductora de la Encendedora—. Te veía como una líder porque eras la Cazadora más joven y te dieron un montón de medallas por proteger las leyes... A mí en cambio siempre me pareciste el perrito faldero de los lobos.

Los ojos de Yamila se encienden como la garganta de un dragón dispuesto a atacar.

Siento que mi cuerpo se remueve como queriéndose transformar y deshacerse de los efectos de la poción cuando la Encendedora se acerca a mi prima y se queda a pocos centímetros de su cara.

—Supongo que por eso tu madre me prefiere a mí —ronronea Yamila—. A mí también me daría asco saber que mi hija es una desviada.

Los ojos de Cata se iluminan y la temperatura baja de repente. El cuerpo me empieza a temblar, luchando entre los efectos de la poción y la transformación. Entonces Yamila saca una pantaguas portátil que llevaba guardada en los pantalones.

—Cálmate, bruja. Tu mamá está aquí.

La imagen de Jazmín aparece en la pantalla acuosa. En cuanto sus ojos color amatista se clavan en su hija, un atisbo de preocupación se refleja en su severo rostro.

—¿Cómo estás?

—*Estoy bien*. Acabemos con esto cuanto antes.

—He escrito una declaración jurada que le he pasado a la señora Jazmín —explica Yamila, con una actitud mucho más neutra, completamente diferente a la de hace unos segundos—. En esta se detalla que tanto tú como tus amigos estaban confundidos y se dejaron llevar por una ola de idealismo juvenil y que lo que sucedió en La Boca les quitó la venda de los ojos de una vez por todas y vieron a la lobizona por lo que es. Este documento asegura que tanto ustedes como sus familias quedarán inmunes de cualquier persecución.

Cata mira a su madre, esperando confirmación.

—Todo está correcto —confirma con ojos ojerosos—. He despertado al abogado de la escuela para que le echara un vistazo. Si tienes información real que ayude a la captura de Manuela, nadie más estará en peligro.

—De acuerdo —dice Cata con mucha menos seguridad que antes—. Si estás segura de que esto es lo correcto.

No se lo dice a ellas.

—Lo es, mi amor —le contesta su madre, y Cata se estremece.

—Entonces, dime, ¿dónde está? —pregunta Yamila, recelosa.

—¿Cómo sé que no me vas a arrestar en cuanto te lo diga? —la desafía Cata. Está entreteniéndola para darme tiempo.

—*Pero ¿qué dices?* —le suelta Yamila.

—Catalina, no lo hará —le asegura Jazmín, de nuevo con su cara seria.

—¡No confío en ella! —insiste Cata y se cruza de brazos.

—¡Se acabó! Quedas arrestada.

—¿Lo ves? —le espeta Cata a su madre, mientras Yamila saca un par de pulseras trenzadas.

—Yamila, para. Catalina, por favor… —le ruega Jazmín mientras los ojos de Cata se iluminan llenos de magia y la Cazadora se acerca con sus esposas…

Abro la boca y tomo una bocanada de aire.

El oxígeno me llena los pulmones y, de repente, noto un pequeño mareo a la vez que mi cuerpo vuelve a aparecer. Cuando miro a mi alrededor, me doy cuenta de que las tres me están mirando boquiabiertas.

Antes de que pueda abrir la boca otra vez, Yamila me ajusta las pulseras en las muñecas.

El cuerpo se me enfría.

Ya no siento mis poderes, no me puedo transformar. Todas mis fuerzas están fuera de mi alcance. Es como si estuviera enferma, me duele todo el cuerpo y me siento más pequeña y débil que nunca.

—Manuela Azul —sentencia Yamila con una voz llena de poderío que deja claro lo mucho que está disfrutando el momento—, siguiendo la ley del tribunal, quedas arrestada y sujeta a comparecer en juicio en Lunaris.

FASE IV

Lo más fácil es describirla como una llave de bronce, pero en realidad está formada por siete piezas diferentes y Yamila las coloca todas en su lugar como si pudiera hacerlo con los ojos cerrados. Parece un soldado preparando su arma.

En cuanto me tuvo bajo su custodia, le dijo a Cata que se marchara. Cuando mi prima intentó darme un abrazo, Yamila le quemó la mano a modo de advertencia.

—No pasa nada —le dije antes de que Cata hiciera una locura—. Vete. Te quiero.

Abrió los ojos sorprendida, y la verdad es que yo tampoco me lo esperaba. Supongo que al decírselo a Tiago ahora me es más fácil expresarlo a los demás.

—Yo también te quiero —me dijo con un hilo de voz, y no me pareció que ese momento fuera un momento bonito a corazón abierto, sino más bien lo sentí como una despedida.

Después Yamila me agarró del brazo y me arrastró por el bosque, y yo estaba tan débil que ni siquiera pude resistirme. Recuerdo que había un ascensor en el árbol, como en Rívoli, y bajamos hasta la novena planta.

Yamila clava esa especie de llave de bronce en la corteza del árbol y aparece una puerta de la nada. La abre de un tirón y me obliga a entrar.

El apartamento es pequeño como el de Perla. Estamos en una sala de estar con una cocina abierta, y, tirado en el suelo, está el hermano de Yamila.

Nacho se levanta de un salto.

—¿Qué hace ella *aquí*?

—Si la entrego, quedará fuera de nuestra custodia.

Él frunce el ceño.

—¿No se trata de eso? ¿No quieres que todo el mundo sepa que la has capturado? ¿No es eso lo que quieres: el reconocimiento, la gloria y la inyección de ego?

—Cierra la boca —le suelta mientras pone los ojos en blanco, pero Nacho tiene razón: ¿por qué me ha traído aquí?

—Llámalo —le ordena.

Nacho se encoge de hombros y saca una caracola.

—¿A quién llamas? —le pregunto.

Yamila me empuja en el hombro y me desplomo al suelo. Intento levantarme, pero es como si mis músculos hubiesen perdido toda su fuerza.

—La tenemos —sentencia Nacho y acto seguido suelta la caracola y activa la pantalla enorme que tienen en la pared.

—Necesito una ducha —dice Yamila y me deja en el suelo mientras ella se pierde en el interior del apartamento—. Vigílala.

Nacho sube el volumen de la tele intencionadamente para dejar clara su molestia, pero igualmente me clava los ojos. Lo que veo en su cara me tensa todo el cuerpo, que se prepara para *luchar o huir.*

Sin bajar el volumen, alarga el brazo para agarrarme y me levanta. Intento empujarlo, pero es como si intentara mover una pared. Sus manos me tratan con rudeza mientras me lleva a la habitación que hay más cerca, me deja caer en la cama y cierra la puerta.

Mi cuerpo se congela por completo cuando se coloca junto a mí, el peso de su fornido cuerpo hunde el colchón.

—Por fin lo he entendido —me dice y me pone una mano en las costillas como quien no quiere la cosa—. Debiste de colarte en mi camioneta cuando te estaba espiando. Mi hermana nunca me cuenta nada y por eso no sabía que existías, por esa razón me ganaste esa mano.

Me muestra los dientes en una ensayada sonrisa y me clava los dedos en la piel como si estuviera intentando meterlos entre los huecos de mis costillas.

—El problema es que si alguien se entera, estoy jodido, así que… ¿qué podemos hacer?

—¿Maquillar un poco tu currículum?

Su sonrisa se hace aún más grande y me arrepiento de haber hecho el comentario.

—Supongo que será una broma de humanos, pero, bueno… me alegro de que no hayas perdido el sentido del humor. Lo vas a necesitar.

Trago saliva.

—Están pidiendo sentencia de muerte, pero sería una pena que muriese más gente por ti. Te voy a hacer una oferta que perderás en cuanto me levante: no digas nada de mí y no mataré a la única persona que dejaste sin protección.

Mi cerebro me da un millón de posibilidades: Ma está con Gael, y mis amigos se protegerán entre ellos.

—¿Qué quieres…?

Persona.

No ha dicho Septimus.

Un escalofrío me recorre el cuerpo cuando por fin entiendo el significado de su amenaza.

—Te ha costado un poco, pero al final me has entendido —me gruñe y se me acerca para que pueda oler su apestoso aliento—. En el apartamento de El Retiro 3E. Recuerdo bien su olor y la encontraré allí donde vaya. Mi hermana ya la derribó sin querer cuando se coló en el apartamento buscando a Fierro. La idiota debió pedírmelo a mí para que lo hiciera. ¿Qué crees que hubiese pasado si tu abuelita se hubiese encontrado con un lobo muy grande y malo?

No puedo darle muchas más vueltas a lo que está diciendo o tendré que aceptar el hecho de que me olvidé de Perla, de Julieta y de todas las mujeres de la clínica. Las abandoné a todas.

—¿Entendido?

Yo solo quiero que me quite la mano de encima y que me aparte esa boca rancia de la cara.

—De acuerdo, pero como *te atrevas*…

—No malgastes energía, cumple tu promesa y ya está —me dice y se acerca tanto que sus labios están a punto de rozar los míos—. No sé por qué me rehúyes tanto, si ya nadie más te va a volver a tocar.

Oigo pasos afuera y antes de que pueda recuperar el aliento Nacho ya está saliendo por la puerta. Suspiro aliviada y cierro los ojos un momento.

—¿Dónde está?

Nacho no ha cerrado la puerta así que, aunque no tengo mis poderes, puedo oírlos.

—La he dejado en la habitación para no tener que verla todo el rato.

—¿Por qué tenía que ser justamente *esa* habitación?

—¿Y qué más da?

—¡Pues porque *duermo* ahí!

Abro los ojos y escudriño la habitación. Es pequeña, solo hay una cama, un armario, un sillón y una estantería. Veo una foto de una familia: unos padres apuestos y dos hijos, un chico y una chica. Yamila tiene una melena caoba y ojos de fuego; ahí tendría entre cinco o seis años.

A sus espaldas, con una mano en su hombro, está el difunto Cazador. Los dos están igual que en las imágenes que vi en el Hongo. Hay una segunda foto justo al lado: hay dos Cazadores jóvenes en una ceremonia oficial para conmemorarlos por algo. Parece que son compañeros.

Uno es el padre de Yamila.

El otro es el mío.

Yamila, la que yo conozco, entra a zancadas en la habitación. Cuando cierra la puerta tras de sí, la piel me empieza a picar de los puros nervios.

A estas alturas ya debería de estar en la custodia de los Cazadores, no escondida otra vez. ¿Por qué me ha traído aquí? ¿Quiere esperar a ir Lunaris para que los periodistas puedan verla entrar conmigo en la Ciudadela como si fuese su trofeo, la prueba de su mejor caza?

Se acomoda en el sillón:

—Tu madre está desaparecida —me dice y me observa buscando una reacción.

Intento mantener una cara impasible y levanto las manos.

—¿Por qué no me has entregado todavía?

—Porque no eres tú lo que quiero —me dice, y dejo caer los brazos.

—¿Qué quieres decir?

—Quiero a tu padre. *A Fierro*.

Me la quedo mirando, en un intento de mantener la calma, pero no lo consigo.

—Pues no puedo ayudarte.

Pero incluso cuando digo la frase noto un brillo triunfante en sus ojos, como si pudiera leer la verdad en mis palabras. Ojalá tuviese el don de Cata para inventarme cualquier mentira al vuelo, pero lo único que noto ahora es un nudo en la garganta.

—Dime quién es.

Una sed insaciable se abre paso entre su postura calmada que la hace parecer más joven. Como la niña pequeña de la foto. Otra víctima de entre las muchas familias que arruinó mi padre.

Por eso ha ido detrás de mí con tanta fiereza: quiere vengar la muerte de su padre. La obsesión no es conmigo, es con *Fierro*.

Se oye una voz que saluda a Nacho y Yamila se levanta de golpe.

A pesar de todo lo que ha hecho, hay algo en su cara cuando mira a la puerta que hasta me parece una niña inocente. Cuando se abre, me encuentro con un par de ojos de color coral.

Mi padre se me queda mirando sorprendido y una capa de sudor cubre su frente.

—Te he dejado sin palabras, ¿eh? —le dice Nacho.

—¿Qué está pasando aquí? —pregunta Gael girándose para mirar a Yamila.

No sé qué expectativas tendría Yamila, pero está claro que la reacción de Gael no las ha cumplido.

—*Lo he conseguido,* tío. La he capturado.

—Pero… ¿cómo?

—Tu sobrina se asustó. Por lo que hi… por lo que pasó.

Da igual la fanfarronería que intente aparentar, lo que se le acaba de escapar me ha dejado ver la culpa que siente por la muerte de Zaybet.

Sabiendo lo que le pasó a su padre, me parece comprensible. Lo mataron haciendo su trabajo y, en lugar de vengar su muerte, le ha arrebatado la vida a otra inocente.

—No fue tu culpa.

El cariño que desprenden las palabras de Gael es evidente. Y es sentido.

Lo miro mientras se acerca a Yamila, la toca con suavidad en el hombro y baja la cabeza para mirarla.

—Yo también le fallé. Todos lo hicimos. No puedes culparte solo a ti.

Ahora entiendo lo que Cata siente cuando Jazmín felicita a Yamila por algo. La envidia me corroe por dentro y si no tuviese las esposas puestas me estaría sacando los ojos para no verlos.

—Pensé que estarías orgulloso por haberla capturado.

—Y lo estoy —le dice y aparta la mano, como si acabara de recordar que estoy delante—. Pero ¿por qué la trajiste *aquí*? ¿Por qué no la entregaste?

—Escucha mi plan, te va a gustar —le dice Yamila y se le dibuja una gran sonrisa en la cara. Nacho se acerca para escucharla bien, como si su hermana no lo hubiese puesto al corriente—. La vamos a usar para encontrar a Fierro.

—¿*Cómo*? —pregunta Gael.

—O nos dice dónde está —sigue explicando Yamila, su voz cada vez más gélida— o la usamos como cebo.

Gael y yo nos miramos un segundo, pero aparto la mirada corriendo porque se me ha hecho un nudo en la garganta.

—Si supiera dónde está o cómo contactar con él, ya estarían juntos —comenta Gael.

—No puede —lo corrige Yamila, como si ya se esperase el comentario—. Creo que está protegiendo a su madre.

La cara de póker de Gael es para que le den un premio.

—¿Y cómo piensas tenderle la trampa sin alertar a los Cazadores de que la tienes presa?

—Ya envié un aviso anónimo a los medios. *Hay fuentes que aseguran que la híbrida está bajo custodia en Belgrano y se la juzgará bajo la luna llena*. Ya sabrá que es cierto cuando intente ponerse en contacto con ella y no le conteste. Entonces lo esperaremos cuando intente rescatarla. Tengo preparada una brigada de Cazadores para que cargue contra él en cuanto aparezca.

—Eso si es que sigue vivo —masculla Nacho—. O si es que es su hija.

—Te estoy diciendo que rescató a su madre —le espeta—. ¿Quién más podría haberlo conseguido?

Gael mete las manos en los bolsillos.

—Pues parece que lo has pensado todo muy bien. No entiendo muy bien en qué quieres que te ayude.

—He podido planear toda esta estrategia gracias a todo lo que me has enseñado. Pensé que estarías… —parece que le cuesta encontrar las palabras—. Pensé que te alegrarías. ¡Estamos a punto de apresar al lobo que arruinó nuestras vidas y destrozó a nuestras familias! Mira lo que te hizo a ti, no volviste a casarte ni has podido pasar página. *Te rompió*, y lo entiendo perfectamente, tío —le dice con una voz más suave de lo que la creía capaz—, porque también me rompió a mí.

La culpabilidad que asoma en la mirada de Gael está tan latente que parece que va a desbordarse de sus ojos coralinos. No sé cómo ha podido ocultarla durante tantos años mientras cuidaba de Yamila y de su hermano.

Se muerde los labios y asiente con la cabeza.

—Tienes razón, Yami.

Parece que no puede añadir nada más, y Yamila lo toma del brazo.

—Vamos a comer algo. Estás un poco pálido.

Pero Gael me mira, incapaz de moverse.

—¿Le has dado algo de comer?

—¿Tengo que hacerlo?

Gael mira a Yamila con una mirada severa a la vez que compasiva y le da unas palmaditas en el hombro mientras salen de la habitación.

—¿Te parece que lo haga yo mientras tú le cuentas las novedades a tu equipo?

La puerta queda entrecerrada, pero las voces aún me llegan por la rendija.

—No te olvides de tu entrenamiento —le dice Gael—. Tienes que cerrar la puerta siempre, y si hay que hablar, se hace en susurros.

—¿Qué puede hacer a estas alturas?

—*Cualquier* información que caiga en las manos del prisionero…

—Puede ser usada en tu contra —termina Yamila, como si ya hubiese escuchado la frase un millón de veces.

Y con esas palabras, cierran la puerta.

Un poco después, vuelve a abrirse. Gael entra con un plato lleno de empanadas y cierra la puerta a sus espaldas. Tiene tan mal aspecto que ahora me parece mentira que haya podido fingir delante de los demás y hacer ver que estaba bien.

Deja la comida encima de la mesa a mi lado y toma mis manos en las suyas. *¿Estás bien?*, me dice solo gesticulando, sin usar la voz ya que Nacho lo oiría.

¿Y mamá?, le pregunto yo moviendo los labios también.

La acabo de dejar. Está a salvo.

Gael me acaricia las muñecas donde me aprietan las esposas y empiezo a notar una energía cálida recorrer mi cuerpo.

¿De verdad Cata…?

Sacudo con la cabeza y vuelvo a mover la boca para tranquilizarlo:

No, se lo pedí yo.

En ese momento, mi padre deja de mover las manos, como si se hubiese quedado paralizado. Estas palabras lo han acabado de derrumbar. Si alguien quisiera saber qué cara se le queda a alguien cuando le rompen el corazón, solo tendría que mirarlo.

Las lágrimas me anegan los ojos al responderle la pregunta que no ha hecho falta que me haga.

No puedo seguir viviendo así.

Cualquier otra persona de mi vida me pediría más explicaciones, pero Fierro no las necesita.

Huye con tu madre y conmigo.

Levanto los brazos en gesto de impotencia y le digo como puedo: *Faltan tan solo unas horas para el plenilunio…*

Tengo Anestesia. Está tan emocionado que casi se le escapa el susurro: *Dos inyecciones. Tu madre nos las puede poner.*

La idea de escaparme con mis padres aún me tienta: alejarme de las garras del gobierno. Vivir con mi familia.

Pero ese camino no me lleva a un futuro con Tiago, con Cata y Saysa, y la familia que creamos. Me lleva de nuevo a El Retiro y a una vida que ya viví.

¿Qué sucederá si te declaran culpable?, me pregunta desesperado, y me mira la boca para ver qué le respondo.

¿Y qué pasa si no lo hacen?

Me agarra fuerte de las manos y el terror le desencaja la cara y me dice gesticulando mucho pero sin poder evitar susurrar un poco: *Cariño, tu madre me ha dicho que te encanta leer, pero esto no es una historia más. El tribunal no tiene compasión. Te lo ruego. Hemos estado separados toda la vida. Nos acabamos de conocer. No puedo... No puedo perderte, Manu.*

Lágrimas empiezan a rodarle por las mejillas y se le rompe la voz al suplicarme:

—Por favor, dame una oportunidad para ser tu padre...

—Chisst —le pido y sacudo la cabeza para que pare porque yo también he empezado a llorar.

Nacho ha amenazado a Perla, vuelvo a decirle sin voz para cambiar de tema tan rápido como puedo ya que necesito avisarlo. *Necesita protección.*

Gael asiente, pero parece que se le van a salir los ojos.

—No dejaré que te pase nada —dice con la voz entrecortada, y por como lo dice parece que hay algo más bajo esa promesa.

Un secreto.

—Eres mi vida —me susurra, y me seca las lágrimas con los pulgares—. Te quiero.

Entonces me acerca a su pecho y me abraza como nunca me ha abrazado nadie. Siento que se acerca a mi cabeza y me besa con fuerza, mis músculos se sueltan, como si me hubiesen deshecho el nudo que he llevado a cuestas toda la vida, como si hubiese encontrado el puerto seguro con el que solía fantasear con cada atardecer en Miami. Nos quedamos así un rato, como si el tiempo se hubiese detenido por un instante, y me parece el abrazo más largo y a la vez más corto de toda mi vida.

Cuando al fin se separa de mí, me acerca de nuevo el plato de empanadas. Entonces se levanta de un salto, se seca las lágrimas con la manga y toma un par de respiraciones profundas hasta que el fulgor de sus ojos se calma un poco.

Antes de salir por la puerta, ya no reconozco a mi padre.

El dolor que me desgarra el útero me dice que la luna llena es inminente. Aun así, Yamila nos coloca en la esquina de una calle, a la sombra de un árbol violeta, con Cazadores escondidos por toda la zona.

Está tan ansiosa que incluso el aire huele a quemado.

Como era de esperar, no aparece ningún sospechoso, ya que Fierro forma parte de su propio equipo. Aun así, hay cientos de Septimus que han venido a presenciar cómo atravieso el portal como prisionera.

Las calles de Belgrano no tardan en llenarse, hasta tal punto que los Cazadores camuflados de Yamila se ven obligados a salir para formar un perímetro de protección. Gael y Nacho me flanquean, y después de haber compartido ese momento tan emotivo en la habitación cuando estábamos solos, mi padre no ha vuelto ni siquiera a mirarme.

Sé que solo está fingiendo, pero incluso si una pequeña parte de él se estuviese alejando de mí, tampoco lo culparía. Hace muy poco que nos conocemos y lo he visto claro en sus ojos: no tiene ninguna esperanza en lo que respecta a mi sentencia oficial.

No quiero ni pensar por lo que tendrá que pasar él o Tiago, o Saysa y Cata… Y sobre todo por lo que pasará *Ma* si…

Me niego a pensar así.

Mi útero vuelve a retorcerse en mi interior y me fijo en que a Gael le da un espasmo en el cuello y a Nacho le recorre un escalofrío por la pierna.

—Yami, no va a venir —le dice Nacho por séptima vez—. Te dije que estabas persiguiendo fantasmas. *¡Ya no está aquí!*

—Pero ¿entonces quién liberó a…?

—*¿A su madre?* No lo sé, pero te estás obsesionando y viendo lo que quieres ver. Que acertaras con una de tus teorías no significa que cada vez que tengas una idea loca vaya a ser cierta. ¿Verdad, tío? Díselo tú.

Yamila mira a Gael y él la mira como un padre que trae malas noticias. De repente, antes ni siquiera de escuchar lo que va a decirle, la Encendedora se derrumba, vencida:

—Creo que hagas lo que hagas, tu padre estaría orgulloso.

Sus ojos se encienden e incluso Nacho parece haberse quedado sin palabras. Yamila vuelve a erguirse y da un paso al frente.

—Vamos.

Nos encaminamos hacia la zona con hongos que tenemos más cerca y la tierra bajo nuestros pies nos engulle. Sin embargo, esta vez las paredes cubiertas de telarañas blancas del Hongo nos conducen por un pasaje.

Caminamos hasta llegar al final del túnel…

Una vez salimos a la superficie, nos encontramos de frente con la muralla forrada de hiedra de la Ciudadela.

En Lunaris no es ni de día ni de noche.

Aquí el tiempo queda suspendido en un punto intermedio.

El horizonte es un degradado de rosas, desde el pálido que visten las bailarinas hasta un intenso magenta. Nubes verdes y esponjosas flotan en el cielo, como si estuvieran llenas de clorofila en vez de agua, y las estrellas centellean en el firmamento como gotitas que se hubiesen desprendido del sol. Aun así, todos estos detalles quedan eclipsados por el espectáculo que presenta la luna.

Su pálida luz desprende un fulgor casi amarillo, como si fuese una bombilla, y tiene una sombra que parece el perfil de un lobo.

La lobiluna.

Esta luna solo aparece cuando se intuye que se va a derramar sangre.

No tengo ni idea de cómo lo sé. Será de esto de lo que hablaba Saysa cuando decía que en Lunaris la información flota en el aire.

La piel se me eriza cuando me giro y, a mis espaldas, no encuentro un manto de niebla blanca sino un flanco de Cazadores. Hay cientos, están tiesos como palos, y sus miradas van de Yamila a mí, como si estuvieran viendo un partido de tenis. El orgullo que siente le rebosa por todos los poros cuando da un paso al frente y deja claro quién es la líder de la manada.

Aquí le sigo sacando una cabeza, pero Nacho y Gael son más altos que yo. Intento hablar con mi padre desde mi mente.

¿Me escuchas?

No siento ningún tipo de conexión y bajo la mirada hacia las pulseras trenzadas que me aprietan las muñecas. Tengo uñas en vez de garras y no me parece que me hayan salido los colmillos. Incluso aquí me anulan los poderes.

Nacho me da un empujón para que avance cuando se abre un camino entre la multitud. Siento las miradas escrutadoras de los Cazadores al pasar, pero no agacho la cabeza. Tengo el corazón desbocado, las piernas de plomo y un nudo en la garganta.

Como no hay niebla, todo se ve sin problemas, lo que me permite saber hacia dónde nos dirigimos. Parece un tocón muy trabajado y tan grande como un estadio, al que le han tallado escalones en la corteza y aperturas para acceder al interior. A medida que lo voy teniendo más cerca, me viene a la cabeza *El árbol generoso*, uno de los primeros libros en inglés que me leyó Perla.

Ma es mi árbol generoso.

Me dio y me dio y me volvió a dar, hasta que se quedó sin nada para ella. Incluso ahora estoy siendo egoísta. Si yo muero, la mataré.

Las garras de Nacho me perforan la piel al agarrarme del brazo y cruzamos uno de los arcos construidos en la corteza.

Me quedo sin una gota de aire en los pulmones. Dentro del muñón del árbol no hay nada y por encima de nuestras cabezas hay plataformas de hongos que sobresalen de las paredes y forman una espiral ascendente que llega hasta el cielo rosa de Lunaris. Cada plataforma está a rebosar de Septimus.

Toda la población está aquí. No soy capaz de discernir entre las caras de los asistentes, pero sé que Tiago, Cata, Saysa, mis compañeros del equipo, los miembros del Aquelarre… Todos los Septimus a los que he conocido deben de estar aquí.

En estos momentos, Nacho y Gael prácticamente tienen que arrastrarme para que avance, y me llevan al centro del espacio, donde hay siete imponentes tronos de piedra colocados sobre un estrado. Allí sentados veo a siete Septimus, todos llevan capas y sus togas negras ocultan totalmente su identidad.

—Sus señorías —anuncia Yamila, y el rumor que inundaba el espacio empieza a acallarse—. Les presento a la prisionera Manuela Azul.

La voz de Yamila resuena por todo el tocón hasta llegar a la lobiluna. De repente aparecen cortinas de agua en las paredes para mostrar a todo el mundo mi petrificado rostro.

El juez situado en el medio asiente con la cabeza y Yamila se gira hacia mí y me corta los brazaletes.

Inhalo profundamente y espero a que el poder de Lunaris vuelva a llenar mi cuerpo, pero sigo demasiado débil.

Mi libertad dura apenas unos segundos.

De repente, unos gruesos tentáculos de enredadera salen del suelo y se enroscan alrededor de mis brazos y piernas, amarrándome a la tierra como si fueran cadenas para que no pueda moverme. Yamila y Nacho se giran, pero en la mirada de Gael vuelvo a ver algo a punto de explotar y hasta me alegro cuando escucho a Nacho decirle:

—Vamos, tío.

Aunque lo que más quiero en este mundo es que mi padre vuelva a abrazarme, para que alguien me haga sentir que todo va a ir bien.

—Sus señorías —exclama una voz familiar.

Cuando me giro reconozco al padre de Cata. *Mi tío.*

Bernardo lleva una toga negra, pero se ha retirado la capucha, dejando al descubierto sus ojos y su canosa cabellera. Mientras habla, un Séptimo se acerca y se coloca a mi lado. Este lleva el pelo recogido en una coleta alta y tiene un anillo en cada dedo.

—Me duele tener que decirlo, pero hemos sufrido un golpe muy fuerte con la muerte de Zaybet Marina. —La voz solemne de Bernardo se expande por el espacio como humo—. Deberíamos pasar esta luna honrando su memoria y no perdiendo el tiempo con este juicio. La ley está muy clara en estas circunstancias.

—Sus señorías —empieza a decir el lobo que tengo a mi lado, con una zalamería en su voz que me hace saber que está acostumbrado a desenvolverse en situaciones complicadas.

»Mi cliente sin duda sabe bien la situación en la que se encuentra y no desea hacer más daño a nadie —continúa en español—. Admitimos que su existencia es problemática, pero le rogamos al tribunal que reconsidere la sentencia que se pide para el crimen —el lobo modula la voz y hace retumbar las paredes para luego suavizar el ambiente como si de una orquesta se tratara—. Si la matamos, ¡perderemos la posibilidad de estudiar un espécimen único en la historia!

No puedo hacer más que pestañear.

¿*Este* es mi abogado, y *esa* es mi defensa? ¿Que deberían estudiarme? Si ni siquiera me ha visto antes, ¿cómo puede plantarse aquí y defender mi vida sin saber quién soy?

—No podemos permitirnos tomar ese riesgo —le rebate Bernardo—. Representa un peligro demasiado grande.

De repente se gira para mirarme y, escuchándolo defender mi sentencia de muerte, no veo ni un atisbo de humanidad en su fría mirada. No sabe que formo parte de su familia, pero dudo de que eso le hiciera cambiar de opinión.

—Por lo que sabemos, es la primera de su especie en sobrevivir el parto. Se ha escondido de nosotros durante diecisiete años. No sabemos de lo que es capaz...

—Precisamente por eso no deberíamos ejecutarla de momento —explica mi abogado—. Deberíamos comprobar sus límites. No me digan que realmente le tienen miedo a esta *niña*...

—¿Y por qué no íbamos a tenerlo? —le pregunta Bernardo sombríamente—. Ya le ha arrebatado la vida a una Congeladora, una joven promesa.

El silencio que se hace en la sala me cae encima como un sudario.

Mi propio abogado no está peleando por demostrar mi inocencia ni mi libertad, solo mi valía a nivel científico. Esto no es un error... Es una *barbaridad*.

—Quiero hablar.

Mi voz rompe el silencio sepulcral que reina en la sala.

El juez situado en el medio golpea el martillo con tanta fuerza que me hace castañetear los dientes.

—La acusada solo puede dirigirse a su abogado —dice Bernardo con la mandíbula muy tensa. Esta vez su voz no llega a los espectadores.

Entonces se aleja de mi abogado y de mí, como si nos quisiera dar intimidad, aunque sus oídos lobunos podrán oír cada palabra que salga de nuestra boca.

Levanto la mirada hacia mi defensor, pero antes de que pueda decir nada, me suelta:

—No tienes argumentos para ganar un caso. Declárate culpable y yo pediré clemencia para tu sentencia.

En privado no demuestra la misma pasión que cuando se dirige al público y veo que, de reojo, se mira en la pantalla más cercana, y se recoloca un mechón de pelo detrás de la oreja.

—Confía en mi, niña, es tu única opción.

Noto cómo el corazón se revuelve en mi pecho, como un animal intentando salir de su jaula. Ahora en mi interior siento que hay otro poder: no he venido hasta aquí para quedarme callada.

—Creo que voy a representarme yo misma —le contesto y miro a Bernardo, que está apoyado en la pared más alejada. Ha tenido que oírme pero no reacciona.

—Necesitas un abogado porque no conoces las leyes —me espeta el abogado con el ceño fruncido de pura indignación—. Y soy el mejor que...

—¿Puedo contratar a otro?

—*¿Contratar a alguien?* ¿Con qué semillas? Yo he accedido a defender tu caso en un arrebato de...

—Ego, sí, me ha quedado claro.

La cara se le descompone de tal manera que por un momento creo que se va a transformar.

—Quiero otro abogado —le insisto y le hago señas a Bernardo para que se acerque.

Mientras se acerca me doy cuenta de que está confuso, pero de reojo veo que hay movimiento entre el resto de jueces.

El juez principal inclina la cabeza un poco.

—¿Qué sucede? —pregunta Bernardo mirándonos a mí y a mi abogado.

—¿No nos has oído? —le digo.

Mi exabogado suelta una risotada.

—Por nuestra seguridad, la magia queda suspendida en un caso de pena capital. Solo los jueces pueden controlar sus poderes. No sabes nada de nuestras leyes, ¿y quieres representarte a ti misma?

—¿Qué estás diciendo? —vuelve a preguntar Bernardo, y ahora clava la mirada solo en mí.

—Quiero otro abogado —le digo, y hago todo lo posible por mantener la cabeza alta.

—¿Y quién crees que va a estar dispuesto a representarte sin pagarle ni una semilla? —me pregunta mi tío.

—Diego... No sé cómo se llama su manada. Es un estudiante de El Laberinto.

Esta vez, cinco jueces se remueven en sus asientos. Solo dos consiguen no reaccionar. Deben de ser brujas.

—No lo dirás en serio... —dice incrédulo Bernardo.

—Pues sí.

Nos quedamos mirándonos el uno al otro durante un buen rato, hasta que por fin se gira para mirar al tribunal y dice:

—Sus señorías, necesitamos hacer un receso.

Me encojo todo lo que puedo, subiendo los hombros hasta las orejas, cuando el juez principal vuelve a golpear el martillo, y nuestras caras desaparecen de la pantalla y en su lugar se ve una cuenta atrás de 5000.

A cada segundo el número cambia.

En ese momento la hiedra tira de mí y me arrastra bajo tierra.

Cuando la cabeza me para de dar vueltas, me doy cuenta de que estoy sola en lo que parece ser una madriguera y solo veo tierra a mi alrededor. Tanteo las paredes con las manos en busca de un agujero, pero aquí no parece haber ni entrada ni salida.

—¿Hola?

Nadie me responde y no oigo nada. ¿Me van a dejar aquí hasta que me ahogue?

—¿Qué mierda está pasando... *aquí*? —mi frase pierde fuerza porque veo la sombra de un lobo acercarse por la pared.

Hasta que, por fin, un ser de carne y hueso aparece ante mí.

—¡Diego!

Me abalanzo sobre él para abrazarlo y él me da un buen apretón.

—¿Estás bien? —me pregunta mirándome con sus ojos violetas brillantes. Parece estar realmente afectado.

—Necesito que me defiendas.

—¿*Yo*? ¡No estoy capacitado para algo así! Solo soy un estudiante…

—*Por favor* —le digo con la voz rota—. Solo… necesito una oportunidad.

Diego suspira y estoy segura de que sabe que estoy a punto de desmoronarme.

—Manu, te doy mi palabra de que voy a hacer todo lo que esté en mi mano para sacarte de esta, pero creo que deberías reconsiderar tus opciones.

Viendo que no le contesto y que simplemente me cruzo de brazos, continúa:

—Está bien. Pues necesito que me cuentes toda la verdad, sin tapujos, y rápido porque no tenemos mucho tiempo.

—Lo que te diga queda protegido por el privilegio entre abogado y cliente, ¿verdad? —le pregunto orgullosa de haber visto tantos juicios en la tele.

—No, eso es cosa de humanos. En nuestro código penal, la prioridad aquí es el bien general, no el sujeto. Así que pongamos que me cuentas que has estado con una organización que según el tribunal representa un claro peligro para nuestro territorio, estaría legalmente obligado a informarlos y tú tendrías que darles la información que te pidieran.

Sin duda ató cabos en el partido de Septibol, se tuvo que dar cuenta de que los Septimus que había en las gradas no eran de la prensa. Me tomo unos segundos para pensar y le explico mi vida con toda la honestidad que puedo, incluyendo todo lo que he vivido desde que llegué a El Laberinto, dejando a un lado el Aquelarre y sin nombrar a nadie que me ha ayudado.

Cuando termino, me dice:

—Esta información es oro, Manu. Ya casi no nos queda tiempo, ¿así que quieres decirme algo que Yamila o Jazmín sepan y que pueda perjudicar al caso?

Lo primero que me viene es la vez que conseguí zafarme de la magia de Yamila. Aunque el hecho de que Tiago nunca sacara el tema de lo que me vio hacer cuando nos atacaron los piratas me hace pensar que me está mandando un mensaje claro sin decir nada.

Si ni siquiera es capaz de afrontar el tema en privado, y Diego me ha dicho que como abogado tiene que priorizar el bien común, decido que es mejor omitirlo.

—Todo lo que te he dicho. Entonces, ¿funciona como en los juicios humanos? ¿Hay testigos, un jurado y todo eso?

—Sí y no. Bernardo es el fiscal y yo soy el abogado defensor, pero el tribunal hace a la vez la función de juez y de jurado. Permanecen en silencio durante el proceso judicial, dictando mociones a golpe de martillo hasta que recopilan toda la información necesaria para deliberar. Una vez se cumplan todos esos pasos, declararán su sentencia.

—¿Por qué llevan la capucha puesta?

—Hay más jueces en el tribunal y, en los casos de pena capital, deben proteger su identidad para no sufrir represalias. En el momento de la sentencia pueden decidir mostrar la cara o no.

—¿Obligan a los testigos a tomarse la pócima de la verdad? —le pregunto pensando en lo que Jazmín me hizo.

Diego no podía creérselo cuando se lo conté.

—No. Lunaris tiene su propia manera de discernir la verdad. Ya lo verás.

Suelto un resoplido.

—¿Por qué? —me pregunta—. ¿Qué otros secretos guardas?

Trago saliva.

—Pues... *Fierro*. ¿No tienes la obligación legal de informar sobre él también?

—Pues menos mal que soy bastante desobediente —me dice con una sonrisa—. Ahora tenemos que convencer al tribunal de que no eres una amenaza, así que argumentaremos que eres inocente porque... *porque no eres culpable*. Las circunstancias que te trajeron a la vida estaban fuera de tu control. Puede que tengas una parte humana, pero también tienes otra de Septimus, y ejecutarte sin poder alegar ningún crimen real significa sentar un peligroso precedente.

—Parece que les estamos echando la culpa a mis padres.

—Técnicamente...

—No puedo dejar que el tribunal vaya a por ellos —le digo sacudiendo la cabeza con desesperación—. Necesito saber que están a salvo, incluso si eso significa que tengo que dar mi vida para distraerlos.

Diego asiente como si hubiese dicho algo razonable.

—Sí, tenemos que llamar su atención. Y para conseguirlo tienes que contarles una buena historia.

Mi amigo mira a nuestro alrededor como si pudiera ver más allá de las paredes de tierra que nos rodean.

—En las últimas lunas, has vivido la clase de aventura que solo se lee en los libros, así que lo que vamos a hacer es meterlos en tu historia para conseguir que no te vean como un espécimen biológico sino como un ser vivo. Llamaremos a testigos para que los jueces te conozcan a través de los ojos de tus amigos. Vamos a construir el caso alrededor de la idea de que, a pesar de tu nacimiento y de tus padres, eres uno de los nuestros.

—Bernardo se encargará de tergiversar los testimonios de todos para hacerles creer que los he manipulado. Como *la ladrona*.

—Manu, no puedes perder la esperanza ahora —me dice Diego con un mohín—. Sea cual sea el motivo que te ha hecho llegar hasta aquí, tienes que aferrarte a él porque ahora lo necesitas más que nunca. Tu juicio ni siquiera ha empezado.

Asiento y aprieto los puños, preparada para luchar.

—¿Cuál es el siguiente paso?

—La defensa va primero. Puedo llamar como máximo a tres testigos, y luego le toca a la fiscalía. Si llegados a ese punto, los jueces necesitan más información, cada una de las partes podrá hacer otra intervención. Después, será momento de deliberar.

Se me hace un nudo en el estómago y noto cómo se me revuelven las tripas hasta sentir náuseas.

—No sé en qué momento pensé que podría conseguirlo —le digo con mis ojos iluminados de nuevo—. Cata intentó convencerme para que no me entregara, pero no la escuché.

—Porque te estabas priorizando a ti y a tu elección —me contesta y me toma de la mano—. No se habla de ello, pero no hay muchos alumnos como yo en El Laberinto.

Asiento porque es verdad que me di cuenta de que no había muchos alumnos negros en la escuela.

—Entiendo perfectamente las ganas de hacer que el sistema reconozca tu existencia —sigue—. La cuestión del color no solo afecta a los humanos.

—Lo siento —le digo, y pienso en los aquelarreros, cada uno de ellos excluido de la sociedad por una razón diferente.

Diego me aprieta con fuerza la mano y hace que lo vuelva a mirar con atención:

—Hay tantas razones por las que podríamos pensar que eres la ladrona como las hay para creer que eres la tortuga Manuelita de la nana que lleva muchísimo tiempo perdida y que irónicamente le robamos a los humanos. *Lo que importa es la perspectiva que tomamos.*

Su voz está llena de calidez cuando me anuncia:

—Bernardo aprovechará el miedo para presentarte ante todos como un monstruo... pero nosotros vamos a conmover a los jueces y les vamos a demostrar que en realidad eres Manuelita y por fin has vuelto a casa.

Cuando vuelvo a la sala, todo está como antes a excepción de que en la pantalla ya no se ve la cuenta atrás, ahora aparezco yo y Diego a mi lado.

—Ahora que la acusada ha decidido quién quiere que la defienda, sin duda nos demuestra que entiende perfectamente la *gravedad* de la situación —anuncia Bernardo en español, remarcando sus palabras para que quede claro que la idea de que Diego sea mi abogado le parece una broma—. Alegamos que procede de un linaje mancillado y que representa una amenaza existencial, por lo que la acusamos de traición y recomendamos su ejecución.

Mi cara empalidece de golpe. Los Septimus empiezan a hablar, pero no sé lo que dicen.

—La acusada, Manu —se crea un silencio cuando Diego empieza a hablar—, se declara inocente.

Sus palabras causan revuelo y el juez principal da un golpe con el martillo.

—¿Y cómo es posible? —exige Bernardo.

—Muy sencillo —contesta Diego—. No ha hecho nada malo.

—Para *empezar*, huyó de la ley.

—Igual que sus amigos, pero que yo sepa nadie está pidiendo sus cabezas.

—¡Por su culpa ha muerto una joven bruja!

—Por lo que tengo entendido, fue el resultado de una desastrosa operación que llevaron a cabo un grupo de Cazadores.

Bernardo parece enfurecido.

—Pero es que además todo esto es irrelevante porque su mera existencia es *ilegal*.

—Algo sobre lo que ella no ha tenido ningún control y por lo tanto no se la puede declarar culpable…

—¡No es uno de nosotros!

Diego parece que se relaja, como si por fin Bernardo hubiese dicho las palabras que necesitaba oír, y dice:

—*Demuéstrelo*.

—Ella misma confesó en el anuncio público que hizo que es medio humana…

—Está sacando sus palabras fuera de contexto. También dijo que había estado escondiéndose, que su fuerza había estado reprimida hasta que nos encontró e hizo amigos por primera vez en su vida y descubrió sus poderes. Su lugar está aquí, en nuestro mundo.

—Ella no puede tomar esa decisión.

—Exacto. Es una decisión que debe tomar el tribunal —confirma Diego y se gira para mirarlos—. Como aún no conocen a Manu, entiendo que de momento no pueden tomarse sus palabras muy en serio. Por eso, me gustaría que unos testigos presentaran su declaración para que se puedan hacer una mejor idea de su *mundanidad*. Sí, es una lobizona y una híbrida, pero en los otros aspectos, no se diferencia de ustedes o de mí y por ello se merece una oportunidad.

Mi corazón empieza a latir con más fuerza mientras Diego sigue argumentando mi caso:

—Entre los humanos, era como una semilla a la que hubiesen plantado en el jardín equivocado, un capullo que no podía florecer. —La luz de la luna marca los hoyuelos de Diego mientras habla—. Sin embargo, en la tierra de Lunaris, sus pétalos se abrieron.

—Eso mismo dice el cuento de la ladrona —añade Bernardo.

A Diego se le escapa la risa.

—Yo creo que va a necesitar más que un cuento para convencer al tribunal, sobre todo cuando está claro que está persiguiendo un objetivo político.

Bernardo entorna los ojos:

—¿Qué quieres decir con eso?

—Prefiere creer que es la ladrona porque si su existencia se normaliza, tendrá que aceptar que Manu podría ser el siguiente paso de la evolución de nuestra especie. Hay tantas razones por las que podría serlo como otras tantas por las que no. Aun así, aceptarlo significaría reforzar la idea del partido de la oposición de que la procreación entre la misma especie no basta si queremos crecer en número y la única solución real es recurrir a los humanos y abrir nuestras fronteras para que algunos entren. La está utilizando para defender su posición política...

—¡Eso es ridículo! Ten mucho cuidado con las acusaciones que haces —le avisa acercándose apresuradamente a Diego, que no se mueve un ápice, y es de admirar—. Aún no eres más que un estudiante, así que déjame que comparta mis conocimientos contigo. Nuestra postura política personal queda al margen cuando entramos en la sala sagrada.

Diego no se amedranta.

—Si es así, admita que el hecho de que Manu exista es una prueba que confirma que la convivencia entre humanos podría ser una opción para nuestro futuro.

—*Demuéstralo*.

—Demuéstreme usted que es la ladrona.

Un golpe de martillo retumba en el espacio, como si se hubiera lanzado el guante del duelo, y Diego me mira con un brillo de emoción en los ojos.

—Las dos partes hemos expuesto nuestros argumentos —me explica—. Ahora empieza la defensa.

Da un paso hacia el tribunal y anuncia con una voz amplificada:

—Llamo al estrado a Saysa Rívoli.

Segundos más tarde, Saysa aparece delante de nosotros. Tiene los ojos rojos e hinchados y fulmina la hiedra que usan para atarme con tanta rabia que sé que si pudiera usar su magia, me soltarían al instante.

Diego le coloca una mano en el hombro y la acompaña al espacio vacío que hay entre nosotros y el tribunal.

—Por favor, dinos tu nombre y tu curso escolar —le pide mientras se coloca frente a ella.

Desde donde estoy solo puedo verle la coronilla, pero en la pantalla grande aparece su cara.

—S-Saysa Rívoli —anuncia con voz temblorosa—. Estoy en el tercer año en El Laberinto.

Mientras habla, un aura blanquecina se empieza a formar a su alrededor como si alguien la estuviera delineando, como si fuera un fantasma.

—Hace dos lunas conociste a Manu, la primera noche que volviste de Lunaris —dice Diego—. ¿Es cierto?

Saysa asiente con la cabeza.

—Necesito una respuesta verbal.

—Sí.

Su aura vuelve a brillar.

—Perfecto. —Diego asiente con la cabeza para animarla, pero lo único que consigue es tensarla más hasta tal punto que parece que necesita ir al baño—. Por favor, describe la situación al tribunal.

—Ella, Manu, compartía habitación con mi mejor amiga.

Lo de *mejor amiga* le ha salido atropelladamente y, al decirlo, algo cambia en su aura, que adquiere un tono grisáceo claro.

—Jazmín, la señora Jazmín, nos dijo que era una nueva alumna cuando la trajo a la habitación de Cata, su hija y mi mejor amiga.

—Gracias —le dice Diego, interrumpiéndola ya que se da cuenta de que el halo que la recubre se oscurece un poco más. Parece que no detecta las mentiras sino… más bien los secretos.

—Saysa, me gustaría que cerrases los ojos un momento. ¿Puedes hacerlo? —Desde atrás veo cómo asiente con la cabeza y en la pantalla veo cómo le tiemblan los párpados de los nervios—. ¿Qué fue lo primero que pensaste al ver a Manu?

—Cuando conocí a Manu… —empieza a decir y su cara se empieza a relajar, hasta que los únicos pliegues que se le ven en la cara son los que se le forman en las mejillas, detrás de los hoyuelos—. Pensé que parecía perdida.

Ahora que empieza a soltarse su voz va sonando cada vez más natural:

—Parecía tan inocente en algunas cosas que pensé que acababa de llegar al mundo. Como una página en blanco. Creo que lo que me atrajo de ella fue la curiosidad, pero también sentí el instinto de protegerla. Aunque en realidad no necesite que nadie la salve.

Ahora el aura tiene un color plateado.

—¿Cómo puedes explicar esa conexión inmediata que sentiste? —le pregunta Diego.

—Fue como conocer a un miembro de mi manada.

El abogado asiente como si fuese la respuesta que estaba esperando.

—Todos conocemos de sobra esa sensación —asegura y recorre las plataformas de hongos con la mirada—. Cuando conocemos a uno de los nuestros, sentimos como si hubiésemos colocado una nueva pieza en nuestro puzle. Es la manera en la que sabemos que aún cuando estamos solos, en realidad nunca lo estamos. Es la conexión más fuerte que tenemos, y la única magia que nos puede confirmar que estamos en el sitio correcto, *la amistad*.

Mirando a Saysa en el estrado y pensando en todo lo que ha hecho por mí, sé que Diego tiene razón.

—¿Se te ocurre algo por lo que Manu pudiese querer hacer daño a los Septimus o si tiene algún tipo de poder secreto que desconozcamos? —le insiste.

—En absoluto —le contesta Saysa, que ahora muestra una cara mucho más amable—. De hecho, me salvó la vida en el campo de Septibol.

—Cuéntanos un poco más.

—Fue el día en el que sus poderes de lobizona se manifestaron. Jugábamos contra el equipo profesional de El Laberinto y, de repente, alguien me lanzó la pelota al cuello y fue demasiado rápido para que nadie pudiese reaccionar. Todos menos Manu. Prácticamente voló —dice y, al segundo, abre los ojos como platos, asustada—. No literalmente, no puede volar, solo quería decir que tiene mucha…

—Continúa —la tranquiliza Diego.

—Si Manu no hubiese salido a mi rescate, quizá ahora mismo no estaría aquí. Sus instintos lobunos aparecieron en el momento justo. Le salió de dentro.

Se ve que a Diego le parece un buen cierre porque deja que se cree un silencio después de la última frase y luego cierra la declaración diciendo:

—No hay más preguntas. Gracias, Saysa.

Diego me guiña el ojo mientras vuelve a mi lado para transmitirme confianza, pero Saysa se yergue y se vuelve a poner tensa cuando ve acercarse a Bernardo.

—Hola, Saysa —le dice el padre de su novia.

—Hola —le contesta ella con una voz de pito que delata sus nervios.

—¿Crees que podría haber otra razón, además de la química, por la que te sintieras atraída por la acusada en tan poco tiempo?

—Yo...

La cara de Saysa se enrojece y el halo a su alrededor vuelve a ponerse mucho más gris. Sé lo que se le está pasando por la cabeza: ¿sabrá Bernardo la verdad entre ella y Cata?

—Simplemente me pareció que necesitaba una amiga.

—¿Una amiga como *tú*?

—No sé a que se refiere.

Ahora el halo es tan oscuro como el humo y, aunque los secretos que oculta son suyos, al demostrar que los guarda, Bernardo los está utilizando para culparme.

—Lo que quiero decir es que vos tampoco sos un modelo ejemplar, ¿no?

—¡Objeción! —exclama Diego mientras mi corazón me aporrea el pecho—. Esta línea de preguntas está fuera de lugar. Saysa no es la acusada en este juicio.

No sé si Bernardo sabe la participación de Saysa en la distribución ilegal de Septis o si se refiere a su orientación sexual, o si es que ha descubierto que atacó a Nacho y Sergio, así que me quedo mucho más tranquila cuando Diego zanja el tema.

Bernardo se limita a encogerse de hombros.

—Dice bastante de la acusada si los testigos que hablan de ella son de cuestionable moral. Al fin y al cabo, somos una especie de manadas.

—De acuerdo —dice Diego, pero en vez de ceder, añade—: si tiene un problema con esta testigo, no perderemos más el tiempo del tribunal con ella. Menos mal que tenemos muchas opciones entre las que elegir.

Dicho esto, mira a Saysa y asiente con la cabeza:

—Gracias, puedes marcharte.

El halo gris desaparece de golpe, pero en sus ojos veo que hay desatada una tormenta. Tiene el ceño fruncido como si estuviera lista para luchar y Diego la sujeta por el brazo y la saca fuera antes de que pueda decir nada.

—Cada mártir a su tiempo, por favor —le susurra al oído mientras pasan por mi lado.

Intento mirar a Saysa a los ojos antes de que se vaya, pero Diego me hace de muro y, antes de poder conseguirlo, desaparece.

—No creo que tenga ninguna objeción con la siguiente testigo —anuncia Diego, mientras vuelve a mi lado—. Es una alumna estrella, un modelo a seguir y viene de una buena familia, como usted mismo podrá atestiguar. La defensa llama a *Catalina de El Laberinto*.

Bernardo debía de olerse que su hija subiría al estrado, pero igualmente sus ojos se agrandan al oír su nombre.

El día empieza a llegar a su fin cuando entra y el cielo adquiere un tono rojizo que hace destacar aún más sus ojos rosas. Cata tiene la mirada fija en el frente mientras avanza, y no deja que los ojos se desvíen a ningún otro lado.

—Por favor, dinos tu nombre y tu año escolar para que lo sepa el tribunal.

—Soy Catalina de El Laberinto y estoy en quinto de la academia —dice con una voz tranquila, clara y nítida, como si hubiese puesto el corazón en pausa.

—Perfecto —contesta Diego, al ver que un halo blanco recubre su cuerpo—. Y solo por dejar las cosas claras, dinos quiénes son tus padres.

—Mi madre es la directora de la escuela y mi padre… —traga saliva un momento para tomar aliento y continúa— es el fiscal en este caso.

Su respuesta desata unas cuantas reacciones entre los que no lo sabían o no habían atado cabos.

Diego espera un tiempo prudencial para que el rumor se disipe, estirando la agonía de Bernardo todo lo que puede.

—Por lo que sabemos, fuiste la compañera de habitación de Manu durante una luna. Cuéntanos un poco. ¿Cómo es?

Cata se cruza de brazos y dice:

—*Muy peluda*. Siempre dejaba bolas de pelo por todas partes en el baño.

El rubor se me sube a las mejillas y se empiezan a oír risas entre las plataformas de hongos, no como si se rieran de mí, sino conmigo. Como si fuera un tema normal entre lobos.

—Además, es demasiado *ordenada*. Guarda las cosas en cuanto las termina de usar, hace la cama cada mañana y ese tipo de cosas. Ah, y por las noches hace un ruido que no sé muy bien si es que llora o simplemente ronca.

Ahora mismo debo de tener la cara directamente roja, y lo único que puedo pensar es que Tiago tenía que dormir conmigo en el Aquelarre y aguantarse. Los Septimus de los pisos superiores vuelven a reírse y empiezo a pensar que les estoy empezando a hacer demasiada gracia.

—Al principio no hacía mucho ruido mientras dormía —sigue explicando Cata, que ya no tiene los brazos cruzados delante del pecho, como si ahora estuviese disfrutando con la historia y haciendo reír a la gente—, pero una vez que conectó con su parte lobuna, ¡pareció que le hubiesen quitado el bozal!

Diego sonríe abiertamente con el resto de espectadores.

—La verdad es que suena como una loba más. Entonces, ¿por qué crees que tu madre la eligió como compañera de habitación?

—Quería que vigilase a Manu y la espiase. Se olía que había algo raro en ella y me pidió que la informase de lo que descubriera.

—¿Y lo hiciste?

—No —contesta y el halo centellea.

—Tu madre debió de presionarte. Estoy seguro de que tu vida hubiese sido mucho más fácil si le hubieses hecho caso. Después de todo, no conocías a Manu ni le debías nada, ¿no? Entonces, ¿por qué lo hiciste?

—Por lo que ha dicho Saysa. Sentí una conexión. *Manu es mi familia*.

Como sus palabras son la pura verdad, su aura no se oscurece señalando que oculta nada.

—¿Por eso huiste con ella la última luna?

Cata asiente una vez más.

—Me pareció que nadie estaba dispuesto a darle una oportunidad y escuchar su punto de vista.

—¿Hay alguna razón que te haga creer que su constitución biológica la convierte en una amenaza o marca una clara diferencia entre ella y otro Septimus, omitiendo el hecho de que es una lobizona?

—Creo que es tan poderosa e imperfecta como todos nosotros.

—Gracias.

Diego vuelve junto a mí y, al verle los hoyuelos y la sonrisa, tengo claro que ha quedado satisfecho con el testimonio.

El ambiente cambia por completo y se tensa cuando Bernardo se acerca al estrado. Mientras padre e hija se miran, recuerdo cuando los vi juntos la última vez en Lunaris, cuando Cata salió corriendo y saltó a sus brazos. Este momento debe de ser muy duro para ella.

—Estoy muy orgulloso de ti —le dice Bernardo, y Cata pestañea sorprendida—. Yamila me ha dicho que una de las razones más importantes por las que ha conseguido capturar a Manu has sido *tú*, que traicionaste a tus amigos para darle información sobre ella. Así que, ahora que lo peor ha quedado atrás y nadie puede hacerte daño, dinos, hija, ¿qué sabes de la acusada que te da miedo contarnos?

El silencio que inunda la sala es inaudito y, mientras miro con atención la cara de Cata en la pantalla, la conozco tan bien que sé que ahora mismo la cabeza le va a mil buscando soluciones. Empieza a inhalar profundamente, como si estuviera intentando calmarse, pero viendo cómo mueve los ojos de un lado para otro de la sala, sé que solo es una distracción mientras busca las palabras correctas.

—La muerte de Zaybet me asustó —contesta por fin, dubitativa—. No quería que nadie más de mis amigos saliera mal parado, *incluida* Manu. Por eso decidí confiar en ustedes y esperar que hicieran lo correcto.

—Pero yo no lo hice, ¿no es así?

Cata frunce el ceño, e incluso Diego parece estar perdido.

—En vez de volver a El Laberinto contigo y con tu madre, me quedé en Kerana por satisfacer mi sed de ambición. Las abandoné.

Si a mí la garganta se me ha quedado completamente seca, no tiene que ser nada en comparación con lo que debe de estar sintiendo Cata. En la pantalla no soy capaz de ver una expresión clara en sus ojos, como si por primera vez en su vida no supiera cómo reaccionar.

—Lo siento, Catalina —le dice con dulzura—. Siento mucho por todo lo que te hemos hecho pasar tu madre y yo. No ha sido justo. Pero sé que en el fondo eres una buena chica y no te culpo por rebelarte. Tu madre y yo nos concentramos tanto en nuestras desavenencias que nos olvidamos de ti.

Cata mantiene su cara impasible, refrenando sus emociones, pero el halo de luz que la recubre cada vez se hace más oscuro, más nuboso hasta que mi amiga empieza a apretar los puños.

—No pudiste crecer como el resto de niños —sigue diciendo su padre—, con hermanos y dos figuras paternas. Así que es normal que sintieras una afinidad por los humanos y por sus hogares desestructurados. No te culpo por proteger a la acusada o rebelarte contra mí. Ni siquiera te culpo por cambiarte el nombre...

—¡Pues menos mal, qué alivio!

La rabia de Cata explota como un volcán.

—No recuerdo tener una casa antes de llegar a El Laberinto —le dice a su padre ahora con la cara roja e hinchada—. No había cumplido ni los *dos* años cuando nos fuimos de la Argentina con Ma y Gael. Solo recuerdo tener padre cuando cumplí los trece y me convertí en bruja. Entonces esperaba ansiosa que llegase el plenilunio cada mes, no por Lunaris, sino para poder ser tu hija de nuevo. Entonces tú presumías de tu hija delante de todos esos políticos importantes para que todos te diesen una palmadita por tener a una muñequita tan hermosa. Y yo lo aguantaba porque quería que me quisieras. Quería impresionarte para que te plantearas quedarte un mes en El Laberinto para conocerme mejor o incluso que me invitaras a quedarme contigo.

Las lágrimas empiezan a brotarle de los ojos.

—Pero no lo hiciste. *Ni una vez.*

La voz de Cata se rompe con esa última confesión.

Bernardo no dice nada, solo mira a los ojos rosas de su hija, y no sé muy bien si el plan le ha funcionado o la cosa se le ha torcido. Si lo que quería era demostrar que Cata tenía muchos problemas con sus padres, lo ha conseguido, pero creo que no se esperaba que el tiro le rebotara en la cara.

Cuando queda claro que ni el fiscal ni Cata van a rendirse y van a bajar la mirada, Diego decide intervenir, así que toma del brazo a su amiga y la acompaña afuera. Parece que Bernardo quiere decir algo pero Diego lo fulmina con la mirada de tal manera que me da miedo que le salte al cuello para clavarle los colmillos.

Los ojos llorosos de Cata me miran al pasar y me limito a asentir con la cabeza, ya que soy incapaz de sonreír.

Ya es noche entrada, la luna está tan baja en el cielo que ocupa todo el horizonte y baña la sala con su luz blanca.

—Y por último, la defensa llama al estrado —dice Diego— al testigo Santiago Rívoli, *el Lobo invencible*.

Aguanto la respiración hasta que entra en la sala.

Solo con verlo me duele el corazón.

Solo hace unas horas, pero me han parecido años. Cuando pasa por mi lado me mira, pero incluso cuando sigue avanzando gira el cuello para no apartar los ojos de mí. Solo mira al frente cuando Diego le habla.

—Por favor, dinos tu nombre y tu año escolar.

—Tiago Rívoli, quinto año en El Laberinto.

—También eres el goleador estrella en la liga de Septibol junior y el primer Septimus de la historia en sobrevivir al encuentro de uno de los seis demonios que quedan en Lunaris.

Tiago no responde puesto que Diego aún no le ha hecho ninguna pregunta, simplemente está estableciendo la credibilidad del testigo y recordándoles a todos quién es, como si fuera necesario.

—Podrías casarte con quien quisieras.

De nuevo, Tiago permanece en silencio.

—Y aun así, estás enamorado de Manu.

De repente la cabeza se me llena de ruido y me doy cuenta de que los Septimus han empezado a cuchichear en las plataformas. La boca del estómago se me cierra y me fijo en que el juez principal baja un poco la cabeza; es la primera vez que alguno se mueve desde hace un buen rato.

Cuando la sala vuelve a quedarse en silencio, Diego le pregunta:

—*¿Por qué?*

Tiago no tiene que pensarse la respuesta ni un segundo:

—Sé quién soy cuando estoy con ella. Siento calma y cualquier agitación que pueda sentir desaparece.

Su voz es como una balada, y se genera un delicado silencio mientras su aura brilla. Sus palabras me resultan familiares y me despiertan la curiosidad de mi lectora interna.

—Cada parte de Manu, su valor, sus ojos de sol, su nula capacidad para ocultar sus emociones, su pasión por la lectura, la pasión lobuna que la invade pero que intenta reprimir cuando empieza una aventura, *están entretejidos en lo más profundo de mi existencia*.

No puedo respirar.

Está citando *La casa de la alegría*. Recuerdo haber pensado justo en esa cita la última noche, cuando me di cuenta de que estaba enamorada de Tiago y el hecho de que me vea así me hace quererlo aún más. Me hace querer liberarme de estas hiedras y lanzarme a sus brazos. Me hace querer...

Siento que la hiedra que me rodea la muñeca derecha se afloja un poco.

El resto de las plantas me sigue apretando con fuerza las otras extremidades, pero la de la derecha se queda más suelta. No le he dado una orden como lo hacen las Jardineras...

La he *paralizado*.

—Suena muy hermoso —le dice Diego, y vuelvo a concentrar mi atención en Tiago y el aplauso que le dedican desde las gradas, que resuena por toda la sala y nos llega hasta el suelo. El juez principal tiene que golpear el martillo dos veces para que los Septimus cesen.

Este juicio me va a dejar sorda.

—Esperaba una respuesta un poco más clara, pero tus palabras son la prueba irrefutable de que eres un joven enamorado —declara Diego y se oyen risas amables entre la multitud—. De todas formas, te has debido de plantear las consecuencias legales que esto te conlleva. La ley de los Septimus estipula que un lobo no puede casarse con otro lobo.

Parece que la sangre que corre por mis venas se congela de repente.

El aura de Tiago parpadea y le frunzo el ceño a Diego. ¿Por qué demonios habrá sacado el tema ahora? ¿Quiere añadir otro crimen a mi sentencia y hacer que arresten a Tiago?

—¿Cómo te hace sentir esto? —le pregunta.

—Creo que la existencia de Manu invalida el uso de las etiquetas. El sistema nos define a la mayoría por una sola identidad: bruja o lobizón, pero Manu supone una excepción a esa clasificación. No pueden hacerla encajar en una categoría. —Su aura empieza a brillar de nuevo y su piel se ilumina como si fuera un ángel de la guarda—. Es una flor que aún sigue floreciendo.

Apenas me doy cuenta de que Diego da por acabada su intervención y vuelve a mi lado. Solo consigo salir del hechizo de las palabras de Tiago cuando oigo la voz de Bernardo.

—Sin duda eres todo un Romeo, Tiago —le dice con una sonrisa de superioridad—. Él también era inconsistente con su amor. ¿Por qué deberíamos creer que tus sentimientos son sinceros, cuando te has pasado años sin separarte de mi hija?

Se oyen unos cuantos gritos ahogados entre las gradas que hasta llegan al nivel más bajo. Por un momento creo que estoy en una telenovela, ya que todo el mundo reacciona ante los giros que se van revelando a lo largo de la trama.

Tiago no pierde la compostura y su aura se mantiene nítida cuando contesta:

—Mi lobo encontró al suyo en Lunaris.

Su respuesta responde al desafío de Bernardo porque vuelve a haber reacciones de sorpresa entre los asistentes y, en vez de golpear el martillo, el juez principal se gira para consultar con el resto.

Una vez el revuelo se disipa en la sala, Bernardo dice:

—Aseguras que la acusada no puede clasificarse, lo que significa que está formada por múltiples identidades. ¿Podría ser una de esas la ladrona?

El estómago me da un vuelco. Tiago me vio soltarme de la magia de la pirata. Observo con atención su aura e intento no pensar mucho en la hiedra que me ha soltado la mano derecha y en lo que puede significar.

—No.

El halo de luz que lo recubre sigue impoluto como su voz. Tiago de verdad no cree que soy la ladrona.

Bernardo más que hablar parece que gruñe cuando dice:

—No habrá más preguntas.

El juez principal vuelve a golpear el martillo y en la pantalla vuelve a aparecer una cuenta atrás y la tierra vuelve a engullirme.

En cambio, esta vez no estoy sola.

Hay una Cazadora esperándome.

—¿Dónde está tu papi? —me pregunta Yamila con su sedosa voz, y hace que esa pregunta suene fatal por muchos motivos.

—¿Sigues creyendo que Fierro está vivo? —le digo con toda la bravuconería que puedo.

—Sé que fue él quien liberó a tu madre —me dice mientras se me acerca, y yo me planto donde estoy, negándome a ceder—. No hay otra explicación para que consiguiera salir de allí.

—Pues entonces será que has sobreestimado lo mucho que me quiere porque está claro que no está aquí.

Mi voz es poco más que un susurro. Tengo su nariz a unos centímetros de la mía.

—O quizá está esperando hasta que declaren el veredicto —me dice y entorna los ojos para examinarme de tal manera que me hace sentir como si todos mis secretos quedaran expuestos—. Quizá el pobre se cree que te van a dejar ir… porque no sabe lo que yo sé.

Ahí está.

Lo que llevo temiendo todo este tiempo.

—¿Y qué crees que sabes?

Una tímida sonrisa asoma en sus labios.

—Esquivaste mi magia… *ladrona*.

Intento encogerme de hombros, pero la tensión me lo impide y acabo haciendo algo más parecido a un espasmo raro.

—O puede que simplemente no seas tan poderosa como crees —la reto—. Es lo que creerá el resto de Cazadores si declaras.

Noto una ola de calor en la cara, pero no me dejo intimidar por el aliento de dragón de Yamila.

—¿Te crees que puedes manipularme? —me pregunta y la verdad es que no sé si mis palabras han surtido efecto o no, pero no puedo consentir que lo diga.

Estoy desesperada.

—Ayúdame a salir de aquí con vida —me oigo decir— y yo te ayudaré a atrapar a Fierro.

Antes de que pueda contestarme, Diego entra atravesando la pared.

—Vale, lo acabo de ver y el primer testigo al que va a llamar es... —al ver a Yamila se pone rígido—. No deberías estar aquí.

—Solo he venido para asegurarme de que había alguien vigilando a la prisionera —le contesta, sin apartar sus ojos rojos de mí—. No sabemos qué otros poderes nos está ocultando.

En cuanto se va, Diego se gira hacia mí:

—¿Qué quería?

Trago saliva. No se lo puedo decir. Podría negarse a representarme.

—Nada. Solo estaba intentando intimidarme.

Al fin y al cabo, quizá mi plan ha funcionado.

Si Yamila no testifica, nadie podrá relacionarme con la ladrona.

Cuando volvemos a la sala, el cielo vuelve a ser rosado. Supongo que por ahora esta es la nueva versión de la luz matutina. Las hiedras vuelven a aparecer y a enroscarse en mis extremidades, y me pregunto si seré capaz de aflojarlas de nuevo, pero esta vez no me atrevo a intentarlo.

Bernardo llama a su primer testigo.

A su mujer.

—Jazmín de El Laberinto —dice arrastrando las palabras como si estuviese disfrutando del efecto que tienen sobre él y un aura se crea a su alrededor—. Soy la directora de la academia.

La suya es mucho más turbia que la del resto de mis amigos, como si su punto de partida en cuanto a secretos se refiere fuera mucho más alto. Me pregunto si es algo normal entre los adultos, algo que pasa a medida que vamos acumulando experiencias, o si es que a Jazmín le gusta mentir particularmente.

Podrían ser las dos cosas.

—Yamila capturó a la acusada, pero tú fuiste la primera en descubrirla ¿no es así?

—Sospeché de ella desde el principio —declara mi tía, y me clava sus ojos amatista desde la pantalla.

Por la intensidad de su mirada cualquiera diría que sabe que la estoy viendo, por que parece que me mira fijamente.

—Por eso la metí en la habitación de mi hija. Para vigilarla.

Mi hija.

—¿Así que relegaste todo el peso de la investigación en nuestra hija? ¿O también te pusiste en contacto con los Cazadores, como indica el protocolo?

Nuestra hija.

En cualquier otra circunstancia estaría disfrutando al ver la cara de Jazmín, ahora lánguida y pálida, como si hubiese estado jugando y acabara de recibir un buen sopapo.

—Me puse en contacto con los Cazadores de inmediato —asegura, prácticamente escupiendo las palabras—, e hice que vinieran e inspeccionaran las Huellas de todo el alumnado. Finalmente decidieron que todo estaba correcto.

—¿Qué pasó después? —pregunta rápidamente, sin ninguna intención de culpabilizar o reprender el trabajo de los Cazadores, ni aunque fuera lo más mínimo.

—Su rendimiento en las clases era horrible y su profesora Lupe y yo no lográbamos descubrir qué intentaba ocultarnos, hasta que nos confesó que era una lobizona.

Quizá me lo estoy imaginando, pero cuando dice la última palabra su voz cambia. Como si al decirla hubiese cambiado de acento.

—¿En ese momento entiendo que también llamaste a los Cazadores?

—No —dice, frunciendo el ceño—. Mi hermano Gael supo al instante que algo iba mal, pero me pidió que no dijera nada hasta Lunaris. Fue su idea que entregase a Manu, *la acusada*, a Yamila.

—Así que Gael se tomó la ley por su mano —declara Bernardo, y noto cómo el odio que siente hacia mi padre le impregna la lengua al decir su nombre—. Parece que algunas cosas nunca cambian.

—No fue así. Mi hermano es un hombre inteligente y estratégico —su voz ahora parece amenazante y, por primera vez, me doy cuenta de lo mucho que quiere a Gael. A pesar de chocar tantísimo, a pesar del comportamiento tan extremo que demuestran, su unión es algo indestructible.

»Gael sabía que los Cazadores no pudieron encontrar nada sospechoso la primera vez, así que asumió que la acusada debía de tener algún poder secreto que aún desconocíamos. Si no, ¿cómo habría podido engañar a los agentes tan altamente cualificados? —Está claro que Jazmín sabe perfectamente qué teclas tocar para hacerle daño a su marido—. Decidimos que sería mejor hacerle creer que estaba a salvo, mientras trazábamos un plan de acción con los Cazadores.

—Y a pesar de todo, al final Lunaris no salió como planearon —le recuerda Bernardo, probablemente por el golpe que ella le ha arremetido a sus agentes—. ¿Qué sucedió?

—Consiguió huir de los Cazadores por segunda vez, supongo.

—¿Y qué podemos deducir de todo esto? —gruñe Bernardo, apretando los dientes.

—Que supone un peligro y una amenaza para nuestra policía.

Al fin consiguen llegar al punto al que quería conducirla.

—¿Y qué piensas de la lealtad que demuestran tus estudiantes, como acabamos de ver? ¿Cómo explicas el efecto que tiene sobre ellos?

—Me demuestra que es una manipuladora y supone una amenaza para nuestros hijos.

—¿Y qué me dices de la muerte de la joven Zaybet?

Jazmín consigue que sus ojos de hielo parezcan lagrimosos cuando dice:

—Me demuestra que la acusada es una maldición para nuestra especie y que supone una amenaza para nuestra existencia.

—¡Objeción! —exclama Diego—. ¡La testigo no está cualificada para hacer ese tipo de alegaciones!

—Aceptada —dice Bernardo encogiéndose de hombros, sabiendo que el daño ya está hecho—. No habrá más preguntas.

Diego respira hondo antes de acercarse al estrado para afrontar a la directora de su colegio.

—Señora Jazmín —la saluda con una inclinación de cabeza.

—Diego, estás haciendo un trabajo increíble —lo felicita con una sonrisa que no acaba de encajar en su cara—. Eres uno de los mejores estudiantes que hemos tenido el placer de tener en nuestra escuela. Tú y Yamila son dos de nuestras historias de éxito más importantes. Estoy muy orgullosa de ti.

—Gracias —le dice y vuelve a inclinar la cabeza en agradecimiento—. Entonces espero que entienda que ahora es mi deber interrogarla con rigurosidad.

La sonrisa de Jazmín se difumina un poco cuando dice:

—Por supuesto.

—Retrocedamos un poco hasta el momento en el que usted siguió todos los protocolos. Admitió a Manu en la academia incluso aunque no estaba registrada, ¿eso no es una violación?

—Como directora, me puedo tomar ciertas licencias. Creí que sería mejor mantenerla controlada hasta que lograse contactar con las autoridades.

—Pero eso no fue lo que pasó —afirma Diego, frunciendo el ceño—. Usted se puso en contacto con los Cazadores para que hicieran un control general en la escuela, pero no les dijo nada sobre *Manu*.

—Me preocupaba que mi opinión no fuese objetiva y la mejor manera de comprobarlo era involucrar a una parte neutral. Sabía que si compartía mis sospechas con las autoridades, les estaría pasando mis prejuicios, así que decidí evitarlo.

Diego vuelve a fruncir el ceño:

—¿Y por qué iba a tener usted prejuicios contra mi cliente?

—Me da vergüenza admitirlo —confiesa, fingiendo una vulnerabilidad que le es imposible sentir.

—Tómese el tiempo que necesite, señora Jazmín —le dice Diego con amabilidad.

—Bueno, tiene que ver con mi hija. Estaba preocupada.

—Pero fue usted la que las puso juntas en la misma habitación…

—No, no es eso. No temía por su vida, sino por su corazón —dice y aparta la mirada en la pantalla—. Sabía que mi hija y Tiago se querían y no podían ocultármelo, y la verdad es que yo estaba muy feliz por ellos.

Observo a su aura revolverse, pero como ya desde el principio era una tormenta, es imposible saber cuándo dice la verdad y cuándo está ocultando información. De todas formas, sé perfectamente porque ella misma me lo admitió que sabe que su hija está enamorada de Saysa.

Se toca las manos como si estuviese avergonzada y la verdad es que me dan ganas de darle un Oscar.

—Lo que no he dicho es que la noche que conocí a Manu no la vi sola. Estaba con Tiago y sabía de sobras que ya lo había hechizado. Él fue el primero en encontrarla, sola en el bosque, y la trajo a la escuela, creyendo que era una pobre corderilla perdida. Lo que no sabía es que en realidad era un lobo bajo la piel de cordero.

Sus palabras están surtiendo efecto, lo noto en el ambiente, la tensión se palpa.

—Para asegurarme de que la he entendido bien —dice Diego—, ¿le parece que su forma de reaccionar era debido a su instinto protector como madre y no tenía nada que ver con la lógica?

—Exactamente. De todas maneras, como la señora Lupe me iba contando cada vez más y más problemas sobre la acusada y sobre su rendimiento en clase, decidí vigilarla con atención. Luego, por supuesto, mostró sus poderes cuando se unió al equipo de Septibol y ya sabes el resto porque tú también estabas allí. De hecho, te sustituyó a *ti* en el campo, ¿verdad? Como portero.

—Sí, y la verdad es que es buenísima —le contesta Diego con una amable sonrisa que deja en ridículo todos los intentos que ha hecho Jazmín por aparentar—. Solo tengo una pregunta más. ¿Por qué no pensó en pedirle directamente la Huella a Manu y ponerse en contacto con su manada para pedirles que le explicaran su historia?

—Sabía que no tenía Huella —contesta poniéndose firme.

—¿Cómo?

En la pantalla a la que estoy mirando, Jazmín vuelve a fijar la mirada directamente en la pantalla y parece que me mira a los ojos.

—Me lo dijo mi hija.

Sus palabras se me clavan como una daga en el corazón.

Pero me niego a creérmelas.

—¿De qué está hablando? —le exige Diego—. ¿Cuándo?

—La primera noche, rebuscó entre las cosas de la acusada y al día siguiente me informó de que no encontró la Huella por ningún sitio. Por eso llamé a los Cazadores y, cuando vi que la acusada consiguió engañarlos, me di cuenta de lo peligrosa que era de verdad, así que decidí que lo mejor que podía hacer era ganarme su confianza e intentar recopilar información.

Ya hace rato que no miro a Jazmín, sino que tengo la mirada clavada en su aura. A pesar de lo gris que está, no se ha oscurecido al hablar de la traición de Cata y, de alguna manera, sé que es lo que mi amiga me intentó decir.

Sí que me traicionó.

Pero solo un momento y, desde aquel momento, ha hecho más que suficiente por compensarlo.

Ahora entiendo por qué me miró así mientras volábamos hacia Belgrano y por qué estaba tan desesperada por conseguirme una Huella en Lunaris, para compensar su error. No voy a consentir que Jazmín ensucie nuestra amistad porque eso es lo que quiere.

—Y con la intención de *recopilar información* —continúa Diego—, ¿infringió alguna ley?

Jazmín se yergue de repente.

—No que yo recuerde.

Su aura dice algo bastante diferente. Ahora se ven muchos más trozos oscuros en la luz grisácea.

—¿No recuerda haber administrado pócima de la verdad a una menor sin el consentimiento de sus padres?

Jazmín aprieta la mandíbula y por fin el velo fingido de ternura desaparece de su cara.

—Solo le di una dosis minúscula y solo duró un segundo…

—Creo que ha sido su marido el que ha dicho que tanto usted como su hermano tienen la mala costumbre de tomarse la ley por su cuenta, ¿verdad? —le dice Diego.

—No sabía a quién me enfrentaba ¡y la vida del resto de mis estudiantes dependían de mí!

—Creo que tiene razón, señora Jazmín. *Sí tiene* prejuicios contra Manu, pero no porque quiera proteger el corazón de su hija, sino para asegurarse de que alcanza sus ambiciones.

Se acerca un poco más, y baja un poco más la voz, aunque sigue amplificándose por toda la sala:

—Quizá al final podrá dejar el nombre *de El Laberinto* de una vez por todas.

—¡Objeción!

Bernardo se acerca y se pone al lado de su mujer, pero Diego no se acobarda:

—¿Qué les está ofreciendo su marido a usted y a su hermano a cambio de su testimonio?

Bernardo mira a los jueces y exclama:

—¡Señorías, *objeción*!

—¿Espera que el tribunal los exculpe de sus condenas…?

El juez principal golpea el martillo y Diego enmudece al instante. Jazmín y Bernardo lo fulminan con la mirada mientras mi amigo vuelve a mi lado con el corazón acelerado.

Bernardo y su mujer se miran y parecen decírselo todo, pero no queda muy claro quién ha ganado la batalla esta vez. Entonces, con una leve inclinación le dice:

—Puedes marcharte.

Cuando Jazmín pasa por mi lado, me mira con sus ojos lilas y no veo rabia u odio como esperaba.

Veo miedo.

Pero no soy tan ilusa para pensar que soy yo quien se lo inspira, lo que significa que debe de estar preocupada por Cata o Gael. Todos mis amigos tienen su acuerdo de inmunidad, pero mi padre está solo y en campo enemigo. ¿Está asustada de que su identidad se haya visto comprometida? ¿O simplemente está asustada como yo por lo que pueda hacer para protegerme?

—Llamo a Yamila Belgrano —anuncia entonces Bernardo.

La Encendedora avanza con su espalda arqueada y la cabeza bien alta, como si estuviera encarnando a un victorioso conquistador.

—Yamila Belgrano, Cazadora —dice con su voz grave cuando se acomoda en el estrado.

Su aura es roja, como la estela de humo que solía ver cuando estaba en el mundo humano.

—Quiero felicitarte por la sublime caza que has hecho —le dice Bernardo y en sus ojos brilla un orgullo que no estaba ahí cuando miraba a su hija—. Eres toda una inspiración para las brujas.

No para los Septimus, ni los Cazadores. Solo para las brujas.

—Gracias, señor.

—¿Conoces la leyenda de la ladrona?

—Sí.

—¿Qué dice la profecía sobre ella?

—Que nacerá de un Septimus y una humana, y que, aunque quizá se parezca a nosotros, sus ojos la delatarán. Se dice también que sabe cómo esconderse y manipular a los demás, y que aprovechará sus artimañas para colarse en Lunaris y entremezclarse con nosotros. Robará el poder de los lobos y rivalizará la magia de las brujas. Será la perdición del mundo.

Bernardo va asintiendo a medida que Yamila va narrando la historia.

—La defensa ha pintado una imagen de la acusada para hacérnosla ver como una buena chica que solo quiere una oportunidad y otra bien diferente de mi mujer, a quien ha tachado de bruja inestable y egoísta. En cambio, tú eres una agente de la ley y la única Septimus que se ha enfrentado a la acusada físicamente, y a la que ha conseguido vencer cada vez.

La rabia empieza a treparle por el cuello, pero Yamila se esfuerza por asentir y decir:

—Sí, señor.

—Tú sabes mejor que nadie sus habilidades, ya que las has vivido de cerca. Tomando de referencia la información que nos acabas de explicar y todo lo que sabemos de ella, podemos confirmar que cumple todos los requisitos para ser la ladrona… excepto uno.

El estómago me da un vuelco.

—Así que dinos —la guía Bernardo removiéndome las tripas con cada palabra—, ¿puede rivalizar la magia de una bruja?

Clavo los ojos en la mirada incendiaria de Yamila en la pantalla que tengo más cerca y por dentro le imploro que no lo haga. Su aura roja parpadea una y otra vez, como si hubiese problemas en la señal. Quizá está recibiendo mis súplicas.

Me dijo que no era a mí a quien quería. Si realmente su objetivo es Fierro y le he dicho que voy a entregárselo, no tiene motivos para exponerme delante de todos.

Cuando todo esto acabe, si sobrevivo, ya me preocuparé de pensar en algo. De momento, lo único que necesito es que diga…

—*Sí*.

Me quedo sin respiración, como si me hubiesen succionado todo el aire de los pulmones de golpe, y parece que al resto de los asistentes les ha pasado lo mismo.

Entonces Yamila me asesta el golpe final:

—La acusada esquivó mi fuego.

33

El martillo suena tres veces, pero no sirve de nada. El revuelo no cesa y hay Septimus que incluso se empiezan a ir como si fuera a prender la sala de golpe.

Antes de que pueda hacer o decir nada, la tierra me engulle.

El silencio sepulcral que me rodea ahora es mucho peor que el alboroto que había fuera, y los minutos que tengo que esperar hasta que Diego aparece atravesando el muro me parecen horas.

—*¿Qué mierda ha pasado, Manu?*

—Lo… lo siento…

—¿Qué parte de *cuéntamelo todo* no has entendido?

—¡La parte en la que me abandonas cuando te enteras de que soy un *monstruo*! —se me quiebra la voz al pronunciar la palabra y sin darme cuenta le agarro la muñeca con tanta fuerza que le hundo los dedos en la carne como si fueran garras—. Por favor, te lo pido por lo que más quieras, no te vayas. No soy lo que creen que soy, te lo juro, Diego, nunca les haría daño a ninguno de ustedes…

—¡Ya lo sé! —La rabia que veía en su cara se convierte en frustración—. ¿Piensas que creo en esas supersticiones?

Cuando ve que no lo suelto, me dice:

—No hay nadie más como tú, así que es normal que nadie pueda anticipar tus habilidades y poderes, *eso no significa que haya nada malo en ti*. Pero no puedo hacer que los demás lo vean así si ni siquiera tú lo haces.

Ahora levanta las manos, aunque yo aún no lo he soltado, y me coloca una en cada mejilla, sujetándome con sus cálidas palmas.

—Si no puedes ser completamente honesta aquí y mostrarte tal y como eres, siempre estarás escondiéndote. A eso se le llama vergüenza. Y si muestras vergüenza cuando salgas ahí fuera, correrá como la pólvora entre los asistentes en el juicio. Así que déjala aquí. ¿Qué te da tanta vergüenza?

Bajo la mirada, dejando que me sostenga con sus manos y le contesto en un susurro:

—Creo… creo que quizá sí lo sea. *La ladrona*. Lo que ha dicho Yamila es verdad, conseguí liberarme de su magia y el otro día conseguí romper el campo de fuerza de una Invocadora. Estoy bastante segura de que Tiago lo sabe, pero no ha querido sacar el tema.

Cuando vuelvo a levantar la mirada, veo a Diego asintiendo como si lo entendiera.

—Claro, quería protegerte por si los Cazadores lo interrogaban bajo coacción.

Lo que pensé.

—Y ahora… —inspiro profundamente— mientras estaba en la sala, he conseguido aflojar la hiedra que me ataba la muñeca.

Veo la sorpresa centellear en los ojos violetas de Diego, pero desaparece al instante, como una estrella fugaz.

—Hay algo en mí que no está bien, ¿verdad? Sé que lo que te he dicho te ha impactado. ¿Ahora sí crees que soy la ladrona?

Diego me recorre la cara con sus dedos hasta soltarme y suspira con fuerza.

—No tengo ningún interés en ponerte una etiqueta y tú tampoco deberías pensar así. Olvídate del cuento de la ladrona. Esa es *su* historia, no la nuestra.

—No lo entiendes —le digo, sacudiendo la cabeza—. Si soy la ladrona, no soy *yo*. Solo seré una nota a pie de página en su historia, un error que nunca debió existir. Entonces sí que me habrán arrebatado todo.

—Manu, no eres…

—¿Cómo lo sabes? ¡La oscuridad se extiende allá donde voy! ¡Mira dónde he metido a Cata, a Tiago, a Saysa y a sus padres! Mi madre, Perla, *Zaybet*... Soy como una peste, una maldición que cae encima de cualquiera a quien me acerque...

—Otra manera de mirarlo sería pensar que simplemente es muy fácil quererte.

—*¿Qué?*

Diego me aprieta cariñosamente el hombro.

—La gente que te conoce siente una lealtad ciega por ti porque ven que, aunque la vida ha sido muy injusta contigo, estás llena de energía. Eso no es oscuridad, Manu, sino todo lo contrario: nos acercamos por tu luz.

Diego tira de mí y me da un abrazo, yo apoyo mi cabeza en su hombro, sin saber muy bien qué haría si no lo tuviese aquí conmigo.

—Gracias por todo lo que has hecho allí arriba —le susurro, sabiendo que no puedo añadir nada más sin romperme—. ¿Y ahora qué?

—Van a hacerte pasar unas pruebas.

Me separo de él de un salto:

—*¿Qué pruebas?*

Diego se desinfla y ver ese cambio de actitud me acelera el pulso.

—Si te digo la verdad, no lo sé. No he podido estudiar más allá de eso sobre el tema de la ladrona. Hubo una época en la que los Septimus llevaban a juicio a las brujas a las que acusaban de ser la ladrona, bastante parecido al juicio de las brujas de Salem de los humanos. Aquí no llegamos a matar a nadie, pero sí que las torturábamos.

Mi voz parece haberme abandonado porque no me salen las palabras.

—Pero eso era antes —se apresura a aclarar—. En este siglo, solo se han hecho un par de acusaciones. En cuanto volvamos a subir, empezará el juicio. Te transportarán pero sin salir de la sala. Es difícil de explicar. Pase lo que pase, por muy extraño que te parezca, sígueles el juego.

—¿Y *qué* hago? No tengo ni idea de qué tengo que hacer para superarlas...

—Sí lo sabes —me dice con calma—. Sabes qué hacer porque ya lo hiciste antes. Cuando hiciste las pruebas de Septibol.

Antes de que pueda preguntarle a qué se refiere, las enredaderas se enroscan en mis muñecas y tobillos, y me sacan a la sala, donde todo el mundo ya está reunido y esperando.

Diego se coloca junto a mí unos segundos después. Sin embargo, en cuanto aparece, Bernardo dice:

—Ya no se requieren tus servicios.

—Soy el abogado defensor…

—Debe afrontar las pruebas sola. Estoy seguro de que, siendo *abogado*, ya lo sabrías, ¿verdad?

Un par de Cazadores dan un paso hacia delante, dejando claro que si Diego no se va por su propio pie estarán más que encantados de acompañarlo afuera. Mi amigo me mira con resignación y, si no fuera porque las plantas tiran de mí con fuerza, me derrumbaría en el suelo en este instante.

Me pone una mano en el hombro y me dice:

—Eres *Manu*.

Y mientras se aleja, me doy cuenta de que durante todo el juicio siempre que Bernardo se ha referido a mí ha usado la palabra «acusada», pero Diego no. Él ha repetido mi nombre todo el rato, recordándome que esa es mi verdadera identidad. Ninguna de las otras etiquetas son mías.

No tengo que aceptarlas ni ponérmelas.

Bernardo sale detrás de Diego y me quedo sola frente a los jueces, atada a mis cadenas de hiedra. En las pantallas de arriba se ve mi cara en primer plano y debe de haber casi un millón de Septimus mirándolas. El juez principal golpea el martillo y mis cadenas desaparecen, como el resto del escenario.

Ya no estoy en la sala del juicio.

Estoy rodeada de la hierba dorada de Lunaris y puedo ver el muro negro de la Ciudadela a lo lejos. Delante de mí se extiende un manto de niebla que me impide ver lo que me espera. El cielo es una paleta de amarillo pastel, rosa y azul, y yo aprovecho mi libertad inesperada para estirar el cuerpo.

Veo algo oscuro y no puedo evitar sonreír al ver a mi sombra lobuna acercarse dando saltos.

Corre en círculos como un cachorro feliz y oigo la risilla que sale de mi garganta. El sonido me parece tan inusual que no me parece ni mío. Mi sombra me guía para que avance a paso ligero y su compañía me reconforta.

Corre.

No es que escuche la palabra, más bien la *siento*. Esta libertad tiene los minutos contados.

No tengo ningunas ganas de volver a la Ciudadela, así que me adentro en la niebla y me encuentro delante de un muro de coloridas columnatas de cristal. Más adelante veo un espacio negro, como el que se crea cuando alguien tiene los dientes un poco separados.

En cuanto entro al vacío, noto que hay algo sombrío y triste en este sitio, parece un mausoleo o un cementerio. Mi sombra lobuna sigue avanzando a grandes pasos y la pared que tengo al lado se oscurece, como si se estuviera creando una segunda sombra.

Hay algo enorme que presiona el cristal muy despacio como queriendo traspasarlo. La imagen es borrosa, como líquida, hasta que por fin discierno una cara. Un Séptimo con aspecto muy serio y de labios y cejas finos.

A medida que sigo andando aparece otro retrato, esta vez de una Séptima con una melena de rizos pelirrojos. Cada vez hay más caras que van llenando las paredes y entonces echo a correr. Al cabo de nada, la cueva queda cubierta de retratos de arriba abajo y parece que cuanto más acelero, más rápido van apareciendo.

Me encanta correr pero también me alegro cada vez que veo un nuevo cuadro. Tiene que haber miles y miles.

Cuando por fin veo la luz al final, aminoro la marcha y el ritmo de los retratos también se ralentiza, como si la mano del artista se estuviera empezando a cansar. Llego al final del pasadizo y, justo cuando salgo, aparece una última cara al final de la pared.

Tiene la piel morena, una melena espesa y ojos amarillos.

Me quedo mirando mi reflejo durante un buen rato y, cuando por fin salgo y me dejo bañar por la luz, me siento *vista* por Lunaris.

Mi existencia ha quedado documentada. Da igual lo que decida este tribunal, esta es la prueba de que este es mi lugar. *Yo también formo parte.*

Mi sombra y yo corremos hacia la niebla que se extiende enfrente de nosotras, pero se oye una explosión que hace temblar la tierra. Parece el golpe de martillo del juez, pero más siniestro.

Mi loba se echa al suelo con las orejas gachas y cuando me giro veo que en la columnata de cristal se está formando una cara. Tiene los ojos metálicos y una melena de pelo negro con las puntas blancas.

Las palabras de Pablo me vienen a la cabeza. Me dijo que los Septimus saben que alguien de su población ha muerto porque su cara desaparece de las Cuevas de Candor.

Y ver cómo la cara de Zaybet se desvanece y se convierte en el fantasma de un recuerdo, me da la sensación de que ha desaparecido para siempre.

La tristeza me atraviesa como una daga. Me encorvo, retorciéndome de dolor, y mi sombra lobuna levanta el hocico y aúlla un buen rato con un sonido que parece un llanto.

Noto que algo empieza a crecer en mi interior, y me parece que voy a vomitar. Me caigo de rodillas y siento que algo monstruoso se abre paso por mi garganta y me desgarra por dentro. Entonces, de repente, estiro el cuello y:

—*¡Aauuuuuuuu!*

Cuando por fin mi sombra y yo atravesamos la niebla, está anocheciendo y el cielo ha cambiado sus colores. Ahora tiene diferentes tonalidades de rosa, rojo y lila. Estoy otra vez en el campo dorado enfrente de la Ciudadela.

¿Ya está? No entiendo nada. ¿Esas han sido las pruebas?

Doy un paso al frente y de repente el cielo amoratado empieza a bailar. En el aire percibo un aroma intenso y eléctrico, y mi pelo ondea con el viento de la tormenta que se desata.

Empiezo a correr.

El viento me pita en los oídos y me oprime el pecho, intentando frenar mi marcha. Me acuerdo del entrenamiento de Tiago, y dejo de pensar para ceder todo el control a mi cuerpo. Segundos después, me descubro cortando el aire y soltando las cadenas que me refrenaban.

Corro a la velocidad de una lobizona, aunque no sé muy bien qué mierda significa.

¿Quieren saber si puedo seguirles el ritmo a los demás lobos? Voy a hacerles dudar de si ellos van a poder seguirme a mí.

El muro negro de la Ciudadela se hace cada vez más grande y, al oír el rugido de un trueno, un escalofrío me recorre la espalda de pura emoción. Tiago tenía razón, las aventuras me llenan de energía. Es igual que cuando esperaba ansiosa a que llegase mi lunaritis.

Me hace gracia pensar que yo creía que no le guardaba secretos a Ma, pero en realidad nunca le hablé de los sueños que tenía cada mes. Incluso si no hubiesen atacado a Perla, no sé cuánto más habría aguantado antes de salir en busca de respuestas.

Ma no entiende por qué me escapé y me escondí en la camioneta de Nacho aquella noche, después de que ella hubiese renunciado a todo por mantenerme con vida. Yo arriesgué todo lo que ella había sacrificado en lo que parece una decisión impulsiva, cuando en realidad llevaba toda mi vida preparándome para tomarla. Era una parte de mí que sentía que no podía mostrarle, ni a ella ni a mí misma, porque tenía miedo de que Ma pensara que me parecía demasiado a mi padre.

Las nubes cargadas tejen hilos dorados en el cielo justo cuando llego a esta conclusión, y se me escapa un grito cuando el rayo me cae justo delante y chamusca la hierba. La ola de calor que se genera me hace retroceder y siento un escalofrío en el cuello, como si el aire empezase a helarse con escarcha.

El viento sopla cada vez con más fuerza, tanto que parece que pronto será un viento huracanado. Me agacho para romper el viento, ya no puedo mantenerme erguida y veo a mi sombra saltando y ladrando para animarme, pero no puedo más, es demasiado.

El tiempo se alimenta de nuestras emociones.

Escucho la voz rítmica de Tiago como si estuviese a mi lado, resonando en mi cabeza.

Lunaris puede manifestar lo que sentimos.

Es un recuerdo. Tiago me lo dijo la última luna. Si no puedo controlar los elementos con mi magia, quizá puedo intentar calmar mi interior. Convertirme en mi ancla en la tormenta en vez de en un daño colateral.

Dejo de correr e intento enraizarme en la tierra, clavando las garras todo lo que puedo. Después cierro los ojos y me concentro en lo que está pasando dentro de mí para calmar mi corazón y con ello la marea de mi alrededor. Sin embargo, ahora en mi cabeza me susurra la voz de Perla:

Tranquila, Ojazos. Hasta el sol se cansa de brillar. Cierra los ojos y respira hondo.

Me concentro en mi respiración hasta que el oxígeno que llena mis pulmones me acerca a Perla cada vez un poco más, y al exhalar me alejo del tribunal y de este juicio más y más. Los mechones de pelo dejan de azotarme como látigos en la cara cuando el viento se calma y, cuando vuelvo a abrir los ojos, la tormenta se ha disipado, pero el cielo está violeta.

Una ola de plata cubre la hierba y salgo disparada hacia delante con mi sombra lobuna al lado mientras me abalanzo hacia el pomo de piedra de la luna.

No tengo ni idea de lo que demuestra todo esto, pero espero que al menos quede claro que no he usado ningún tipo de habilidad extraña…

Mi sombra gira hacia la derecha cuando una lanza sale disparada hacia mi cabeza y la esquivo justo a tiempo para ver una hiedra verde.

Mientras mi loba rompe y desgarra la planta que me ha atacado, aparece otra para relevarla, así que tengo que ir zigzagueando para esquivar los golpes.

Me pregunto si el tribunal quiere ver cómo demonios conseguí entrar en la Ciudadela. Es un punto de inflexión muy importante para mí, pero nada que haya tenido en mi vida ha sido mío. Supongo que por eso todas las personas que me quieren me intentan ocultar. Solo pueden estar conmigo si es en secreto.

Esquivo otro latigazo y agarro una hiedra en el momento que intenta retroceder. Me desgarra la piel con las espinas pero me impulso hacia delante y aterrizo delante de la puerta. Siento un escalofrío que me paraliza cuando la luz del cielo desaparece por completo y mis dedos se ciernen sobre la fría piedra blanca.

La giro y por fin consigo entrar en la Ciudadela.

Es de noche y el cielo está plagado de estrellas. Sin embargo, sigo sin estar a salvo. Me veo acorralada por cuatro Septimus que ocultan su rostro bajo la capucha de sus capas.

Van todos de negro y, como son cuatro, intuyo que deben de ser brujas, una de cada elemento. La cosa es que no sé quién representa a cada uno.

Voy girando sobre mí misma para mirarlas a todas de una en una. Ninguna se mueve ni dice nada, lo que me acelera aún más el corazón.

Con la primera prueba se ha demostrado que soy descendiente de Lunaris, con la segunda que accedí a la Ciudadela con mi fuerza de loba, no con magia ni ninguna habilidad secreta que me señalara como la ladrona. Así que, esta prueba…

Suelto un grito cuando el fuego me quema la pierna y me caigo al suelo.

La tierra bajo mis pies empieza a temblar e intento levantarme de un salto con la pierna que aún me responde, pero un golpe de aire me tumba de nuevo.

El suelo me aporrea la espalda y, cuando por fin logro levantarme, siento que un dedo helado me hurga en la cabeza jugando con mis pensamientos, o al menos es lo que me parece cuando se me congela el cerebro.

Intento lanzarme contra una de las brujas, pero un campo de fuerza me empuja y me hace retroceder.

Cuando agacho la cabeza y arremeto contra otra, un muro de llamas se prende en mi cara y por poco me la quema. Chillo y noto el sabor de mi sangre en la boca al caer de nuevo al suelo que sigue temblando bajo mis pies. Me palpo la cara, creyendo que me están sacando la piel a tiras, pero descubro que no es así. La tortura está toda en mi cabeza.

No son bujas.

Son *dioses*.

Nunca he visto a nadie que controlase la magia así. Embisto a la silueta que tengo delante, pero en el último momento me giro y ataco a la bruja de al lado. El tentáculo de una hiedra se alarga y me azota en el brazo, pero yo la parto con mis garras.

La planta se retira para atender sus heridas y oigo un siseo a mis espaldas. Debe de ser la Jardinera.

De repente, me queman los pies y empiezo a dar saltos, pasando de un pie a otro para evitar todo lo que puedo el contacto con el suelo, ardiente como brasas. Con cada salto tomo impulso para intentar generar energía.

Algo duro y puntiagudo me golpea en la cabeza y un fogonazo de dolor me recorre entera. El bombardeo cada vez es más insistente y entonces veo que del cielo está cayendo granizo de punta y los trozos de hielo van directos a mi cabeza. No importa hacia dónde intente huir para resguardarme, siempre aparece un campo de fuerza que me lo impide y me hace sentir que estoy encerrada en una sala de paredes acolchadas. Me voy a volver loca.

Empiezo a sentir náuseas del propio dolor y creo que llego a vomitar, pero la verdad es que no lo sé. Estoy a punto de desmayarme.

Cada rincón de mi cuerpo está sufriendo una agonía. Una barrera de agua me cubre los ojos y la sangre me inunda la garganta. No entiendo cómo *ningún* Septimus, ya sea bruja o lobo, podría sobrevivir esto. Es imposible.

Veo que algo se me acerca serpenteando y se abalanza sobre mí, y, en cuanto alargo la mano para agarrar la enredadera, siento la conexión mágica que la une a la Jardinera que la controla. De alguna manera, sé que puedo cortar ese vínculo, hacer que pierda el control sobre ella y liberar a la planta del hechizo.

Me concentro para identificar con mayor claridad el poder de la magia…

Sin embargo, de repente recuerdo las palabras de Diego. Me dijo que hiciera lo mismo que en mis pruebas para entrar en el equipo de Septibol.

La idea es que no pase la prueba.

Si venzo a las brujas, me convertiré en la ladrona. Eso es lo que temen, porque me ven como una amenaza… *Mis poderes*. Así que para superar la prueba, tengo que perder la batalla.

Dejo que la enredadera me propine un latigazo en el hombro con las espinas que la recubren como los dientes afilados de un tiburón. El viento me arroja ramas, piedras y todo lo que encuentra a su paso, y levanto los brazos a modo de escudo hasta que me duelen tanto que me es imposible seguir protegiéndome. Antes de desplomarme en el suelo, lo último que me viene a la cabeza es la pregunta de cómo puede ser tan difícil ser una misma.

No me puedo volver a levantar.

Estoy perdida en un delirio de dolor y una parte de mí lo único que quiere es mandarlo todo a la mierda y luchar con todo mi ser, sacar mi verdadero poder para desafiar su magia y sus reglas. Pero ya es demasiado tarde, me han destrozado.

Mis huesos, mi mente, mi corazón. Ya no sé si tengo frío o calor, si me muevo o no, si estoy chillando o callada. Esta tortura ya ni siquiera es una tortura. Se ha convertido en la nada. Me ha anulado por completo. No siento nada.

Aun así resisto, por Ma, por mis amigos y por mí misma. Porque me merezco una oportunidad de verdad. Como dijo Diego, no hay que avergonzarse por querer encajar, por querer encontrar tu lugar.

La vergüenza la deberían sentir los demás por obligarme a empequeñecer, a fingir que soy menos para que me acepten.

La sala del juicio vuelve a aparecer ante mis ojos y no tengo muy claro qué está pasando. Estoy de pie y la hiedra me sostiene en el mismo sitio como si no hubiese pasado nada.

Las heridas que hace unos segundos me hacían agonizar han desaparecido, pero el recuerdo sigue palpitando en mi mente y me trae dolores fantasma que no puedo dejar atrás. Sé que me dejarán nuevas cicatrices.

Estoy frente al tribunal. No hay ni rastro de Bernardo ni de Diego. Toda la población está en las plataformas de hongos, mirando expectante las pantallas. No sé lo que han llegado a ver de todo lo que ha pasado. Lo único que sé es que el silencio es arrollador.

Dejo caer todo el peso de mi cuerpo.

Estoy exhausta.

—Estamos preparados para deliberar sobre tu estado legal —dice una voz en español.

Levanto la cabeza, asombrada, al ver que el juez principal se retira la capucha. Su barba canosa es tan espesa que parece piel de animal, y habla en una voz tan baja que me hace sentir que el espacio donde estamos, capaz de acoger a miles de personas, es un lugar pequeño e íntimo.

—¿Quieres decir algo en tu defensa antes de que empecemos?

Abro la boca, pero no consigo articular ni una palabra.

A Diego le preocupaba que Bernardo me llamara al estrado porque mi aura podría dejar al descubierto todos los secretos que guardo. Nadie sabría cuáles son, pero sí que existen: dónde está Ma, la identidad de Gael, la relación de Cata y Saysa, mis poderes de ladrona... La nebulosa de mi halo solo conseguiría que a la gente le costara aún más confiar en mí.

Y quizá no deberían hacerlo.

Después de todo, yo misma he sido un secreto durante toda mi vida. Es la única opción que me dieron y la única manera de vivir que conozco.

—Si no tienes nada que decir, procederemos a...

—Esperen.

Se oyen exclamaciones desde los pisos superiores y me apresuro a añadir:

—*Sus señorías*, sí me gustaría decir algo.

34

Los primeros rayos de luz empiezan a despuntar entre la oscuridad que cubre nuestras cabezas cuando el juez principal da un golpe de martillo para que hable.

—Soy Manu.

Me miro en las pantallas para ver de qué color es mi aura, pero no veo nada.

A mí no me aparece un halo como al resto.

Por alguna razón este detalle me hace sentir vacía y me doy cuenta de que me tenía que haber quedado callada. Esta debe de ser otra prueba que demuestra que no soy uno de ellos.

—Tu testimonio no es como el de los testigos en el estrado —me aclara el juez principal con suavidad, aunque en su voz se percibe un brote de impaciencia—. Por eso no tienes un aura. El juicio ha terminado. Tus palabras no tienen valor oficial. Esto solo es una mera cortesía.

De repente se me encoge el estómago y la idea que tenía de hacer un llamamiento emotivo se derrumba ante mis narices. Puedo llorar todo lo que quiera por el cruel destino que me ha ofrecido la vida, pero no les importa. No formo parte de su manada.

—En realidad, *todo esto* no es más que una mera cortesía, ¿verdad? —le pregunto y las palabras me raspan la garganta, como si estuviera hecha de lija.

Siento que un arrebato de violencia me recorre los brazos hasta llenarme las manos y me hace querer apretar los dedos. Necesito romper algo.

—Adelante —me invita a seguir.

—Las pruebas son inconclusas. No demuestran nada, como estoy segura de que ya sabrán, ya que intentarán manipular cualquier detalle en la dirección que quieran. Pueden afirmar que mi cara apareció en las Cuevas de Candor porque la falsifiqué con mi magia negra o que logré entrar en la Ciudadela como una loba porque les robé los poderes o que dejé que las brujas me vencieran a propósito. En cualquier caso no iban a permitir que ni yo ni Lunaris tomásemos las riendas de mi historia. Pasara lo que pasara iban a tomar la decisión que quisieran.

No me interrumpe, así que aprovecho su silencio para seguir con mi discurso:

—Creen que soy diferente, que no encajo en ningún sitio. Yo también lo creía, pero este último mes, o última *luna*, he descubierto que no soy tan especial. Como Diego ha dicho, no estoy sola en mi soledad. Hay tantísimos entre ustedes que se sienten tan prisioneros en su propio cuerpo como yo... La única diferencia es que ustedes tienen un mejor disfraz que yo, pero aun así siguen siendo igual de infelices y estando tan asustados y en peligro como yo. No pueden vivir la vida que quieren ni amar a quien su corazón les dice, ni ser quienes realmente son. Es a ustedes a quienes les hablo.

Se levanta un murmullo entre los asistentes y entonces desvío la mirada hacia las plataformas de hongos y dejo de mirar al tribunal. Algunos Septimus ya no me miran a mí, sino que se miran entre ellos.

Me acuerdo de lo que dijo Zaybet antes de hacer mi primera manifestación, que lo importante era demostrarles a los indecisos que hay otra manera de hacer las cosas, que tienen opciones. La esperanza es lo último que se pierde en la vida.

—Quiero que sepan que Yamila no me capturó —les digo, y en vez de acallarse, el rumor aumenta—. Y que Catalina tampoco me entregó, sino que le pedí que lo hiciera. Habrá gente que no entienda mis motivos, pero sé que habrá otros que sí. Saben muy bien que se puede estar muerto de muchas maneras. Nuestro corazón puede dejar de latir de muchas maneras más allá del plano físico.

Si la curiosidad es algo que se debe avivar, mis palabras parecen haber desatado un fuego. Mientras el público empieza a hablar, pienso en Perla, que dejó de luchar por ella misma cuando asesinaron a su marido. Pienso en Gael que ha vivido durante todos estos años solo en El Laberinto. Pienso en la vida que llevamos Ma y yo en El Retiro. Quiero contarles tantas cosas de mi vida, pero no puedo arriesgarme a contar demasiados detalles sobre mis padres. La verdad es que aún no me creo que no hayan sacado el tema.

Tampoco quiero hablar de Nacho y de cómo me colé en su camioneta para llegar a El Laberinto, así que mantengo esos detalles al margen.

—Lo único que he querido en toda mi vida es sentir que me aceptan por quien soy —digo al fin, cuando las conversaciones parecen acallarse un poco—. Saber cuál es mi lugar. Cuando llegué a su mundo, pensé que por fin había encontrado la respuesta, pero la verdad siempre es mucho más dura. No solo crucé la frontera a un nuevo mundo, sino que asumí sin saberlo el papel que ustedes ya tenían escrito para mí. Me pusieron la etiqueta de villana por cometer el crimen de haber nacido.

»Decidan lo que decidan, tengo claro que soy una criatura de Lunaris, exactamente igual que ustedes. Siendo sinceros, ¿pueden afirmar que se han demostrado pruebas claras de que les deseo algún mal? ¿Realmente soy la ladrona que esperaban?

El juez principal se inclina hacia delante:

—No tenemos ninguna intención de legitimar cuentos viejos. Este tribunal se basa en la ley, no en leyendas. Nuestro objetivo aquí es descubrir si tu existencia supone una amenaza para nuestra especie y eso es algo que solo nosotros podemos responder, y no tú ni Bernardo, ni ninguno de tus variados testigos. Lo único que nos pueden ofrecer todos ustedes son sus verdades, y nosotros siete decidiremos la intención que esconden cada una de ellas.

Dicho esto, da otro golpe de martillo y en la pantalla aparece un contador. Sin embargo esta vez no desaparezco bajo tierra.

Los jueces se reúnen para deliberar y, como nadie más puede usar sus poderes, no podemos oír nada de lo que dicen.

¿Nos vamos a tener que quedar aquí hasta que acaben? Levanto la cabeza para ver qué hace el resto de Septimus. La mayoría está hablando en corros y algunos se están levantando para estirar las piernas, mientras otros me miran muy fijamente.

Pase lo que pase, no pueden hacer oídos sordos a todo lo que les he dicho. Incluso si el tribunal y los Cazadores deciden optar por la sentencia más severa, me recuerdo que siempre hay más soldados que generales. Y los Septimus por fin están despertando.

Veo a una bruja darle una manzana lila a su hija. A un grupo de adolescentes apiñados que hablan emocionados. A un grupo de padres enzarzados en un ferviente debate, mientras que sus mujeres saludan a las brujas que reconocen en las plataformas más cercanas. Y, siendo testigo de todo esto, me pregunto: *¿y qué pasa si soy la ladrona?*

¿Qué pasa si tienen motivos para temerme?

El tribunal, al igual que Diego, no cree en la ladrona. Y yo, en mi otra vida, hubiese pensado como ellos. El realismo mágico, supersticiones, telenovelas... Siempre había tenido claro el límite entre fantasía y realidad. Sin embargo, en un mundo de brujas y hombres lobos, ¿qué se entiende por realidad?

¿Quién decide lo que es real de lo que no?

No somos más que las historias que nos contamos, pero ¿somos nosotros los que le damos forma al lenguaje o el lenguaje nos da forma a nosotros? ¿Nosotros les damos sentido a las palabras o son ellas las que nos definen? Si todo el mundo sigue insistiendo en que soy un monstruo, ¿cuánto tardaré en convertirme en su pesadilla?

El contador desaparece de las pantallas antes de llegar a cero, y se oyen susurros entre la multitud cuando el tribunal se separa. Los jueces vuelven a sus respectivos asientos y ya no hay necesidad de golpear el martillo porque en la sala reina un silencio absoluto.

El corazón se me desboca cuando el juez principal me mira fijamente y el resto se retira las capuchas. Las dos Séptimas son una Encendedora y una Jardinera, y me acuerdo de lo que me dijo Diego sobre el problema del color entre los Septimus al comprobar que solo hay un juez negro.

—Este tribunal ha llegado a una decisión —anuncia el juez principal—. Hemos consultado los casos que ha habido antes con acusados híbridos y hemos comprobado que a todos sin excepción se los ha declarado culpables y se los ha sentenciado a muerte.

Sus palabras hacen que un escalofrío me recorra la espalda de la cabeza a los pies. Mi vida ya ha estado en peligro antes, han estado a punto de destruirme, pero aun así nunca había sentido la muerte con tanta intensidad como en este momento. Los preparativos y la anticipación me parecen una verdadera tortura. Preferiría acabar mi vida ahí fuera, en los campos de Lunaris, rodeada de todos los elementos, en vez de aquí, por las manos gélidas de este tribunal.

—Pese a todo, este tribunal quiere demostrar una visión más moderna.

Abro y cierro los ojos. ¿Qué quieren decir con eso?

—La acusada, aunque ha infringido nuestra ley, no es la culpable de su situación. No nos parece justo sentenciar a muerte a alguien que no ha cometido ningún crimen, sino que no es más que el resultado de uno.

Mi pecho vuelve a llenarse de oxígeno y casi no me puedo creer que los argumentos de Diego hayan funcionado. No voy a morir.

—Sin embargo, no podemos permitir que la historia se vuelva a repetir. Y, aunque no haya pruebas fehacientes de la confesión de Yamila que demuestren que la acusada tiene poderes especiales que desconocemos, no podemos obviar las circunstancias de su nacimiento.

Entonces, el juez hace una pausa y clava los ojos en mí:

—No podemos permitir que tu linaje infecte nuestra sangre ni que otros se sientan alentados por tu existencia para engendrar sus propios híbridos. Por estos motivos, aunque decidimos perdonarte la vida, te sentenciamos a vivirla en soledad. Vivirás al margen de la sociedad, excluida y aislada, para sentar un precedente para cualquiera que intente repetir tu historia. Además, no demostraremos la misma compasión con los siguientes híbridos.

Estoy sola.

Soy una excepción.

Es todo lo que nunca quise.

—Como no podemos declarar la inocencia o culpabilidad en este caso, te impondremos otra condena: una etiqueta que disuada a cualquiera de mezclarse con una humana. No serás ni lobizona ni ladrona. A partir de este momento serás *Manuela la ilegal*.

Soy ilegal.

Literalmente.

Y para siempre.

Soy la cabeza que han decidido clavar en la estaca para exhibirla al más puro estilo medieval.

—Ya has huido de nosotros antes, lo que demuestra que no podemos confiar en ti. Así pues, permanecerás bajo vigilancia constante. No interactuarás con los demás ni se te permitirá mantener el contacto con tus conocidos.

Apenas consigo oírlo.

El latido de mi corazón cada vez va perdiendo más fuerza, desesperado. Para eso podrían haberme matado. Esta sentencia es peor. Observar el mundo sin poder formar parte de él. No poder hablar con nadie a quien quiero. Ser la excluida para el resto de mi vida.

Mi cabeza está tan lejos de aquí que tardo un poco en darme cuenta de que el juez principal ya ha dejado de hablar. Todos los asistentes en los pisos superiores parecen tan confundidos como yo, pero los jueces parecen estar muy concentrados.

Están escuchando a alguien.

Frunzo el ceño y hago todo lo posible por escuchar a quienquiera que esté hablando. Un dolor punzante me asalta en las sienes, pero lo ignoro hasta que alcanzo a percibir un susurro. Me parece escuchar la palabra *arma*.

El tribunal principal se gira a debatir con los demás. ¿Qué acaba de pasar? Parece que alguien ha hecho una interjección y están reevaluando la situación. ¿Van a dictar sentencia?

¿Se están volviendo a plantear la sentencia de muerte?

Cuando el juez principal vuelve a mirarme, clavo los ojos en su espesa y canosa barba.

—Como hemos dicho, dado que siempre deberás permanecer bajo vigilancia y no podrás crear ningún tipo de vínculo, lo más pragmático es que trabajes con los Cazadores.

—*¿Cómo?*

No he podido evitarlo, se me ha escapado la pregunta. Antes mi sentencia no parecía ir en esa dirección. ¿Qué les ha hecho cambiar de opinión?

Pero mi pregunta queda ahogada por el chillido indescifrable, y todo el mundo se gira a mirar a la Séptima que lo ha proferido.

A mí no me hace falta buscarla, sé perfectamente quién ha sido. Le he asestado el golpe de gracia a Yamila sin tener que levantar un dedo. Lo malo es que no tengo fuerzas para celebrarlo.

—Como tu abogado ha argumentado con mucha elocuencia, no has cometido ningún crimen —continúa el juez—. A menos, *o hasta*, que infrinjas la ley, preferiríamos no encarcelarte de forma preventiva. Aunque podemos hacerlo si es lo que deseas.

Sacudo la cabeza.

—Todos los Septimus deben contribuir de alguna manera a la comunidad general. Así pues, aprovecharás tus habilidades *únicas* para ayudar a los agentes en lo que se requiera. Estarás siempre vigilada por agentes de la ley para impedir tu huida. Si nos demuestras que podemos confiar en ti, podrás vivir una vida digna al servicio de la comunidad, con un propósito real. Entonces, dinos: ¿qué prefieres ser: Cazadora o prisionera?

Trago saliva con todo el peso de mi corazón. Mi familia. Mis amigos. Tiago. Nuestro futuro. Ya no existen.

Me cuesta respirar. Me siento más muerta que viva.

Pero *estoy* viva.

Eso es lo que importa.

Me han ofrecido una opción excepcional que ningún otro híbrido ha tenido ni tendrá. Y si me rindo ahora, todo lo que he hecho hasta ahora no habrá servido para nada.

Le prometí a Enzo que cuando no pudiese luchar más por mí, lo haría por Zaybet. Que hoy no haya conseguido el veredicto que quería no significa que mi guerra acabe aquí. Les voy a demostrar que este es mi sitio y que encajo tanto como el resto.

Si formo parte de la policía, podré ayudar a los que lo necesitan. Al fin y al cabo, Fierro era, *y es*, un Cazador.

—Me uniré a los Cazadores —afirmo, y siento cómo el estómago me da un vuelco porque, a pesar de todas las restricciones, eso significa que formaré parte de algo. De una fraternidad. Quizá me cueste un tiempo ganármelos, pero si lo conseguí con Cata, ¿qué son unos miles de agentes?

—Responderás ante Bernardo —me explica el juez, y eso me hunde un poco—. Se te proporcionará alojamiento, comida y otras provisiones, pero no se te compensará con semillas por tu trabajo. Solo podrás hablar cuando se dirijan a ti directamente, y no se te permitirá establecer ningún tipo de vínculo con nadie más allá de lo profesional. Estarás escoltada por un Cazador o una Cazadora en todo momento. ¿Entiendes las condiciones?

—Sí —le confirmo, y vuelvo a sentir el peso de la muerte a mis espaldas.

—Entonces este caso queda cerrado. A partir de este momento quedas en la custodia de los Cazadores.

El juez levanta el martillo, pero antes de asestar el golpe, añade:

—Tu primer caso es traer a tus padres para que comparezcan ante su juicio.

El martillo retumba en la sala y rápidamente dos fornidos agentes me sacan por la puerta que hay detrás del tribunal.

Fuera, el día está empezando a apagarse por tercera vez. En cuanto el cielo se oscurezca del todo, tendremos que atravesar un portal y volver a la Tierra. Mi juicio se ha alargado durante toda la visita.

Aún sigo procesando las últimas palabras que pronunció el juez mientras me adentro en el manto de niebla blanquecina. Al otro lado están las dunas de arena donde Tiago y yo nos besamos por primera vez en la última luna y me conducen hasta una cueva de la que emana una luz dorada, como si estuviera ocupada.

Bernardo me espera dentro.

—Salgan y hagan guardia en la entrada —les ordena a los Cazadores que me flanquean—. No dejen entrar a nadie que no tenga placa.

No llevo esposas, así que puedo usar mis poderes. Aun así, a pesar de toda la palabrería que ha usado en el juicio, a Bernardo no parece asustarle estar a solas conmigo.

—Cuando volvamos a Kerana esta noche, te llevaremos al cuartel general y harás lo que se te ordene. ¿Entendido?

Asiento con la cabeza y añado:

—Sí.

—Para tener acceso, necesitarás llevar esta placa siempre contigo y, para conseguirla, tendrás que hacer un juramento aquí en Lunaris. Este mundo te hará asumir la responsabilidad de tus palabras.

Siento un hormigueo en mi interior, como si Lunaris estuviera escuchándome.

—Repite lo que yo te diga. *Yo, Manuela la ilegal, juro honrar a Lunaris, servir a los Cazadores y defender y proteger a los Septimus de cualquier amenaza,* incluyendo a los humanos.

Me parece que esa última parte la ha añadido solo para mí.

Cuando reúno la fuerza para pronunciar mi nuevo nombre, siento cómo se me seca la garganta:

—Yo, Manuela la... la ilegal —digo mientras las lágrimas me queman los ojos— juro honrar a Lunaris, servir a los Cazadores y defender y proteger a los Septimus de cualquier amenaza. Incluyendo a los hu-humanos.

Al acabar me lanza algo plateado y, cuando lo agarro, la hoja me hace un corte en la palma.

—*¡Au!*

Un hilo de sangre se desliza por mi mano y recorre la hoja de plata.

—Ahora hunde la daga en la arena —me ordena y yo acato sus órdenes y la clavo en el suelo.

El corte de mi mano se cierra y la sangre que mancha mis dedos y el mango desaparece.

—La sangre ha sellado tu juramento —me dice Bernardo.

Mientras una calidez se propaga por mi cuerpo, me doy cuenta de que acabo de posicionarme ante mis dos mitades, aunque en realidad no importa ya que no hay ninguna guerra entre Septimus y la humanidad que yo sepa.

—Ahora ya estás preparada para recibir esto —me dice mientras saca una placa de bronce heptagonal que creo haber visto antes—. Deberás aprender a montarla y desmontarla, pero de momento llévala siempre contigo.

Es la llave de bronce que tenía Yamila. Agarro el cálido metal y me lo guardo en el bolsillo. Pesa más de lo que esperaba.

—¿No voy a necesitar ningún tipo de documentación? —pregunto—. ¿Una Huella o algo similar?

Bernardo se me queda mirando como si le hubiese dicho algo en otro idioma.

—Ya han decretado que tu identidad es *ilegal*. Eso significa que seguirás *sin* tener papeles. Aún sigues respirando gracias a la misericordia del tribunal, pero este no es tu lugar. ¿Entiendes la diferencia?

No puedo asentir.

No puedo aceptarlo.

Justo en ese momento, tres Cazadores entran en la sala.

El hecho de ver a Gael me insufla simultáneamente un chorro de energía y de nerviosismo. Tiene tan mala cara y está tan pálido, que me preocupa lo que pueda decir.

—¡Esto tiene que ser una puta broma!

Por suerte, el dramatismo de Yamila distrae a Bernardo y no se fija mucho en Gael.

—No puede unirse así como…

—Cálmate —le pide Bernardo—. Estás tomándotelo como algo personal.

¿Estás bien?, me pregunta la voz de mi padre dentro de mi cabeza.

¡No! ¡No estoy bien!, le contesto chillando. *La he cagado, papá. No tendría que haberme entregado.*

Su mirada se suaviza y no sé qué he dicho que lo haya podido aliviar.

Todo irá bien, me dice con ternura y no lo reconozco con esa voz. *No dejaré que te pase nada, hija.*

Al escucharlo decir *hija*, me doy cuenta de que yo lo he llamado *papá*.

—Ocúltenla hasta que se abran los portales —les ordena a los tres Bernardo—. Vaya a ser que a sus amigos se les ocurra hacer una tontería.

—¡Te juro que tiene otros poderes! —espeta Yamila—. Tenemos que volver y pedirle al tribunal que cambie la sentencia…

—Tienes que tranquilizarte —le avisa Bernardo.

Me han dicho que tengo que entregarlos a Ma y a ti, le digo a Gael, desesperada.

Aunque parezca mentira, me dice con calma, *tengo bastante experiencia a la hora de crear pistas falsas y evadir a los Cazadores desde dentro.*

—¡Tienen que *abrir los ojos*! —grita esta vez la Encendedora—. Es la amenaza más grande que tenemos ¿y ahora la vamos a premiar otorgándole nuestro mayor honor? ¡Algunos nos hemos dejado la piel para llegar hasta aquí! ¡Ella no ha estado en la escuela ni una luna entera!

Nacho asiente con firmeza, como si también le molestara que me hubiese saltado la fila.

—No estoy diciendo que no tengas razón —intenta apaciguarla Bernardo—, pero esa decisión está fuera de nuestras manos. Ni siquiera yo puedo hacer nada...

—¡Claro que puedes! Vuelve al juzgado y...

—*Basta*.

La voz de Bernardo es gélida, casi parece Jazmín. Por la cara de desconcierto que pone Yamila, me parece que no suele decepcionarlo mucho.

—Primero, tenías sospechas de que había una lobizona y no me dijiste nada —le dice—. Después me confiesas que sabías que era una híbrida desde el principio ¡y lo peor de todo es que has esperado hasta el día del juicio para decirme que *consiguió bloquear tu magia*!

Cuando acaba, Bernardo es el que está chillando y se gira hacia Gael, cambiando de objetivo donde descargar su rabia.

—¡Cada vez te pareces más a tu maestro! En su día estuvo en lo más alto, pero su ego se creció tanto que olvidó que formaba parte de una manada y decidió que capturaría a Fierro sin ayuda de nadie.

Mi tío mira a su cuñado sin intentar ocultar el desprecio que siente por él. No reconozco nada de Cata en su padre. Por fin le dice a Gael con una voz que destila rabia reprimida:

—Solo porque el tribunal decidiera readmitirte en el cuerpo no cambia nada entre nosotros.

—Me has quitado las palabras de la boca —le contesta mi padre.

Veo tanto fuego en sus ojos que temo que se vayan a transformar aquí mismo.

—Ya que demostraste ser una pieza *fundamental* para descubrirla —le dice Bernardo—, te asigno la labor de cuidar de la lobizona.

Mi corazón baila en mi pecho con tanta ligereza que incluso siento que mis músculos se relajan un poco por primera vez. Me duele la mandíbula de haberla estado apretando durante tanto tiempo. Incluso a papá se le ilumina la cara y nos quedamos mirándonos un rato.

—Yamila y Nacho te supervisarán.

Ahora parece que me han atado un lastre que hace que se me hunda el alma a los pies.

—¿Quién mejor que tú para enseñarle a Yamila las consecuencias que implican tus errores? —le pregunta Bernardo—. Asegúrate de que no sigue tus pasos.

Yamila me señala para acusarme:

—No pienso trabajar con este puto *monstruo*…

—Márchense. Ahora mismo.

Bernardo no alza la voz, pero el tono amenazador queda clarísimo. Después, mira a Nacho y añade:

—Serás mi enlace de momento, ya que eres el único que ha demostrado tener un poco de sentido común.

Nacho me mira de inmediato y sé que es un aviso para que mantenga la boca cerrada. Intentará evitar a toda costa que Bernardo se entere de que fue él quien me ayudó a entrar en su mundo sin ni siquiera saberlo.

—Asegúrate de que mantienen las distancias hasta que volvamos a Kerana —le ordena a Nacho—. Ya he tenido suficiente drama por hoy.

Nacho se gira para mirar a su hermana y a ella se le iluminan los ojos como desafiándolo a que la toque. Entonces, justo antes de salir me fulmina con la mirada y Nacho desaparece detrás de ella. Voy a tener que vigilarlo con cuidado para asegurarme de que no supone una amenaza para Perla.

Cuando nos quedamos los tres solos, la cueva parece haberse encogido. Los ojos de Bernardo van saltando de mi padre a mí, como si fuese incapaz de decidir quién de los dos le gusta menos, cuando de repente entra un nuevo contendiente en el ring.

Su mujer.

—¿Qué haces aquí? —le pregunta a modo de recibimiento—. Les he dicho que *solo* dejen pasar a Cazadores…

—Soy tu *esposa*. ¿O acaso te has olvidado?

—Yo no soy el que se ha cambiado el apellido —le dice con gruñido—. Ni el de nuestra hija.

—Eso fue decisión de Catalina —le contesta Jazmín con menosprecio—. No fue cosa mía.

—¿Qué quieres? O déjame que adivine… ¿En realidad has venido a ver a tu hermano?

—En realidad no he venido por ninguno de los dos. Estoy aquí porque me lo ha pedido tu hija. Quiere pedirte algo.

La mirada amatista de Jazmín se desvía hacia mí con un gesto altivo y Bernardo niega con la cabeza:

—*No.*

—Solo será un momento.

—Rotundamente no.

—Bernardo —le dice con una voz gélida capaz de desatar una tormenta invernal—. Tu hija, a la que apenas conoces y a la que has interrogado como si fuera una criminal cualquiera delante de toda la población, te está pidiendo unos minutos. ¿Queda claro?

No sé qué información tendrá para manipularlo así, pero tiene que ser algo gordo porque Bernardo se limita a asentir, solo una vez.

—De acuerdo.

Lo ha dicho en voz baja pero los lobos que están afuera vigilando en la entrada lo han oído. Segundos después, Cata entra, y detrás suyo vienen Saysa y Tiago.

—No, no he accedido a que sus amigos…

—Basta ya —le pide Jazmín a su marido—. Y vamos a dejarlos solos un momento.

No me puedo creer lo que está haciendo por nosotros. Debe de estar desesperada por recuperar a su hija.

Bernardo parece que está intentando aferrarse a algo que le permita fingir que no ha perdido el control de la situación por completo, así que mira a Gael y le dice:

—*Tú* quédate aquí.

Cuando sale se cruza con su hija. Curiosamente, ahora que sus dos padres están aquí, Cata parece más pequeña.

—Todo lo que dijiste —le dice con un suspiro—, tenías razón.

Y sale de allí, sin pedirle perdón, sin darle un beso y sin mirar atrás. No va a volver a ver a su hija en un mes y parece que no le importa lo más mínimo.

Cuando miro a Cata me preocupa verla destrozada, pero me sorprende ver que tiene la cabeza más alta. No sé si es que ya no necesita su amor. Lo que quiere es que la respete.

Cuando nos quedamos los cinco solos, Tiago me agarra para abrazarme con fuerza y yo inhalo su olor como si fuera la última respiración que pudiera tomar. Cata y Saysa también se acercan y los cuatro nos abrazamos durante un buen rato.

—Odio esta situación —dice Saysa.

—Y yo —se une Cata.

Lo siento muchísimo, Manu, me dice Tiago en mi cabeza.

Yo sí que lo siento, le contesto.

No lo sientas. Era injusto por mi parte esperar que nos priorizaras a nosotros en vez de a tu vida.

Parece que ha estado hablando con Cata y Saysa.

Pero tú eres parte de mi vida. Incluso se podría decir que «estás entretejido en lo más profundo de mi existencia», añado para citar a Edith Wharton, como él.

Haz lo que tengas que hacer, me susurra. *Yo no me voy a ir a ningún lado.*

Cuando nos separamos, Tiago me toma de la mano y al mirarlo a los ojos veo en ellos lo que solo había visto en los de Ma: amor incondicional.

Los ojos rosas de Cata se iluminan y siento que una tensión se genera entre nosotros. Un campo de fuerza.

—Puedo aguantarlo unos minutos para que los lobos de fuera no nos oigan —nos dice. Entonces se gira para mirarme y añade—: Menudo discurso.

—No ha sido un discurso, simplemente creí que me merecía explicar las cosas desde mi punto de vista.

—Y es justo lo que has hecho —me contesta Saysa y veo que su mirada parece más serena, o al menos hacía mucho tiempo que no la veía así—. Tendrías que haber escuchado lo que decían ahí fuera. En una luna has conseguido lo que los miembros del Aquelarre no han logrado en años. Has removido a la gente de verdad.

Al mirarla me parece reconocer la pasión de Zaybet en el brillo de sus ojos.

—¿Y ustedes? —les pregunto a mis amigos, ya que prefiero no pensar en mi futuro—. ¿Qué van a hacer ahora? Ninguno está en problemas, ¿verdad?

—Gracias a ti —me contesta Cata—, Tiago y yo vamos a aceptar la oferta de reclutamiento de los Cazadores.

—¿Qué? —suelto y no puedo dejar de mirarlos con los ojos bien abiertos.

—No hay nada más importante que esta lucha —asegura Tiago y me aprieta la mano—. Y como nos enseñó Fierro, ¿qué mejor que infiltrarse en campo enemigo y trabajar desde dentro?

Al decir esto le dedica una sonrisita a Gael, que se acerca un poco más para unirse a la conversación.

Aunque no podré interactuar con ellos, el simple hecho de tener a Tiago y Cata cerca me llena de esperanza.

—¿Y tú, qué harás? —le pregunto a Saysa, que parece estar mejor de lo que esperaba.

—Dejaré la escuela un tiempo y me lo tomaré de descanso.

Noto que hay algo diferente entre ella y Cata. No es frialdad, pero sí más distancia.

—¿Están bien? —les pregunto, y noto que el corazón me late más rápido, preocupada.

—Sí —dice Saysa encogiéndose de hombros—. A ver, sigo enfadada con *las dos*, pero hay muchas cosas de mi magia que aún no he explorado y creo que es un buen momento para estudiarlo.

Cata la toma de la mano y Saysa se recuesta en ella. Yo también me apoyo en Tiago. Parece mentira que solo haga una luna desde que Gael nos envió en una misión para plantar un nuevo jardín y formar una nueva manada.

—Y entonces, ¿qué pasó con el Aquelarre? —nos pregunta mi padre, y nos mira a todos con sus ojos coralinos—. *¿Qué les pareció?*

—Increíble —le responde Saysa, y noto cierta nostalgia en su voz como si ya lo echara de menos.

—¿Tú también eras miembro? —le preguntó Cata.

—Solo fui un par de veces para saber qué necesitaban. No podía arriesgarme a involucrarme demasiado. ¿Qué les pareció el Mar Oscuro?

—Surrealista —dice ahora Tiago, sacudiendo la cabeza.

—¡Nos atacó un barco pirata! —exclama Saysa.

—¿*Piratas*? —repite mi padre—. ¿Se pueden creer que nunca me los he encontrado? ¿Y qué pasó?

Mientras Saysa y Cata cuentan la historia y se van pisando la una a la otra, aprovecho para susurrar en la mente de Tiago:

Sé que hemos dicho muchas cosas, pero no espero que las cumplas. Quiero que pases página y seas feliz. Siempre te estaré agradecida por todo lo que has hecho por mí...

—No —se le escapa en voz alta e interrumpe la descripción que está haciendo Cata de la pócima de la dormilona.

Tiago me acerca hacia él y el beso que me da significa todo para mí. Quizá sea el último que me den.

Ahora que estoy pegada a sus labios inhalo e inspiro su luz para hacerla llegar a cada poro de mi piel, incluso a los rincones donde la oscuridad se cierne con más intensidad ahora que sé el destino que me espera. No quiero olvidar lo bien que me siento a su lado. Y, cuando nos separamos, me habla en el único lenguaje de amor que entendemos:

«No desearía en el mundo ninguna otra compañera sino tú».

Cuando los Cazadores obligan a mis amigos a marcharse, solo nos quedamos mi padre y yo en la cueva.

No sé cómo hacerlo, pienso, pero no sé si le estoy enviando mis pensamientos a él o si simplemente es mi monólogo interno. *No quiero estar sola el resto de mi vida. No puedo.* Empiezo a sentir cómo el llanto quiere romper en mi pecho. *La soledad me matará.*

Manu. Mi padre se acerca, me toma del brazo para ayudarme a recuperarme y me dice con voz amable pero firme: *Hace dos lunas, no había lobizonas y se ejecutaba a cualquier híbrido sin excepción. Mira todo lo que has sido capaz de cambiar en nuestro mundo. Quizá el próximo año Diego logre introducir actualizaciones en las leyes. Quizá en un par de años, tú, tu madre y yo podamos reunirnos de nuevo, y todo esto no será más que un mal recuerdo.*

No sé cómo lo consigue, pero me hace creer que podré soportarlo, que sobreviviré. Igual que lo hacía Zaybet.

Hasta entonces, no pierdas la esperanza. La mirada de Gael es impenetrable. *Y no dejes que descubran dónde la guardas. ¿Entiendes lo que quiero decir?*

Niego con la cabeza, así que me explica: *No dejes que vean lo que te importa, y así no sabrán dónde apuntar para hacerte daño.*

Sus palabras me hacen recordar algo y le pregunto:

¿Qué les ofreciste?

Me frunce el ceño como si no entendiera la pregunta, pero sé que tuvo que ofrecerle algo al tribunal en el último momento antes de que declararan mi sentencia. Era el único en la sala al que le importaba lo suficiente y el único que realmente podía hacer algo.

¿Qué les diste para que accedieran a hacerme Cazadora?

Se encoge de hombros. *Les dije que volvería a trabajar para ellos.*

¿Y ya está?

He accedido a construirles algo que llevan tiempo queriendo que hiciera. Un arma de defensa, por si alguna vez los humanos nos descubren. Vamos a dejarlo ahí de momento.

Lo siento.

No lo sientas, me contesta Gael y veo un brillo en sus ojos color coral. *Era lo mínimo que podía hacer por ti, y no era suficiente.*

¿Crees que sospecharán algo al haber mediado por mí?

Creen que soy más flexible contigo porque eras mi alumna.

¿Y qué pasa con Ma? Se me rompe el corazón solo de pensar que no sé cuándo la volveré a ver.

Está en Buenos Aires. Le explicaré todo en cuanto volvamos.

Dile que lo siento por decepcionarla. Tenía que hacer las cosas a mi manera.

No has decepcionado a nadie, y menos a tu madre o a mí. Estamos muy orgullos de ti. Lo que has hecho ha sido más valiente que cualquier cosa que hice yo como Fierro. Tus actos me inspiran.

Y al mirarlo a los ojos no veo a Fierro o a Gael. Veo a mi padre.

Me acerco para recostarme en él y me alegra sentir que me abraza como lo hizo en Belgrano. A pesar de todo lo que he perdido, lo he ganado a él. Al oír los pasos de alguien, nos separamos y vemos que entra una Cazadora.

—Dame las manos —me dice y, en cuanto se las enseño, sus ojos verdes se iluminan.

Noto un tirón en los huesos, como si me estuviera drenando la energía, algo parecido a cuando Saysa me tocó en La Cancha. Al acabar, estoy cansada y tengo todo el cuerpo destrozado. Me han salido canas en el pelo y arrugas en la piel. Parece que he envejecido quince años.

—Los efectos solo durarán hasta que llegues a Kerana.

—Más que suficiente —dice Gael.

Salimos al exterior y cruzamos la capa de niebla hacia el centro de transporte que parece la superficie de la luna. Parece que se ha levantado un gran revuelo, y veo una fila de Cazadores intentando retener a una multitud de Septimus que están reclamando poder hablar conmigo.

Al frente veo a Saysa y a Cata, junto a Diego, Pablo y Javier. Un poco más lejos están Nico, Gus y Bibi, y me pregunto si vuelven a estar juntos… También veo a Enzo, Laura y Tinta y Fideo. Los ojos del hermano más joven están rojos e hinchados, y su dolor es el más duro de todos, ya que ha perdido tanto a Zaybet como su futuro con ella.

Cata y Diego le están recriminando a Bernardo:

—¡Manu se merece tener amigos! —le grita Cata.

—Eso no depende de ustedes.

—¡A la mierda con el tribunal! —gruñe Pablo, y en sus ojos se desata una tempestad a la vez que le salen los colmillos.

Javier lo tiene que agarrar y retener para que no se abalance sobre el fiscal.

—Al menos déjenos que nos despidamos —le pide Diego.

—Ya escuchaste la sentencia, *abogado*…

—¡Las sentencias de la Corte Suprema entran en vigor cuando lleguemos a la Tierra!

—Solo quieren decirle adiós, ¿qué daño pueden hacer con eso? —pregunta Miguel y veo que Penelope está a su lado.

Por fin veo a Tiago.

Veo el sufrimiento en su cara, una expresión de duelo, y me doy cuenta de que algo va a morir esta noche.

Nosotros.

Al menos de momento.

Papá me dijo que tengo que esconder mi esperanza y lo haré. Enterraré el amor que siento por Tiago en el fondo de mi corazón, donde pueda darme energía. No voy a rendirme. Voy a luchar por nosotros. Lo que me recuerda que todavía le debo una cita de Shakespeare.

Busco nuestro canal de conexión mental y le envío un clásico.

El río del amor nunca fluyó tranquilo.

Los ojos azules de Tiago se avivan por un momento. Está escudriñando todas las caras entre la multitud, pero, claro, no me reconocerá tal y como estoy ahora.

Gael y yo ya estamos casi en el portal y cuando lleguemos perderé la conexión con Tiago. Sin embargo, justo cuando estoy a punto de entrar, nuestras miradas se encuentran.

Lo miro fijamente hasta que siento que se ha dado cuenta de quién soy detrás del disfraz. En ese momento su voz musical resuena en mi mente mientras la oscuridad del túnel me engulle.

Lo único que puedo hacer para ayudarte es quererte.

Creo que hasta a Shakespeare le parecía bien terminar con las palabras de Edith Wharton. Al fin y al cabo, no fue la magia ni la fuerza de los Septimus la que me salvó.

No existe ninguna etiqueta, en ningún idioma, capaz de liberarnos.

La única verdad que podemos ofrecernos los unos a los otros es el amor.

Epílogo

CATA

Todo ha cambiado y a la vez nada lo ha hecho.

Estamos en la copa de Flora, desayunando con nuestros compañeros del equipo como todas las mañanas. Aun así, todo es diferente y nada puede ser igual.

Noto un aire frío que se acerca y miro hacia Flora. Ma está al lado de la señora Lupe y me pregunto cuánto tiempo lleva observándome. Cuando noto que empiezo a dibujar una sonrisa, me doy cuenta de otra cosa.

No me importa.

Por mucho que hubiese anticipado algún giro no me hubiese imaginado que el juicio que le costó a Manu su libertad a mí me fuese a liberar. Fue como dar un trago de Olvido: en cuanto salí del juzgado no era capaz de recordar por qué creía que mi valía dependía de la validación de mis padres.

Mi sonrisa se hace aún más amplia cuando veo la rabia que inunda los ojos de Ma y le sostengo la mirada hasta que desaparece detrás del tronco. El viento me dice que se avecina una tormenta y los pelos de los brazos se me erizan con la magia a la que me muero por dar rienda suelta.

Tiago se sienta junto a mí más cerca que de costumbre y nuestras manos casi se rozan cuando deja el mate en la mesa. Me regaña solo con un gesto. Ha venido cada noche a mi habitación y se ha envuelto en las sábanas de Manu.

Después del juicio, Tiago, Saysa y yo no tuvimos que asumir ningún tipo de consecuencias. Desde el principio no hice más que sufrir por si nos atrapaban, pero Manu tenía razón. Ella era la que tenía que tomar las decisiones porque las consecuencias siempre iban a caer sobre sus espaldas.

Tardo demasiado en darme cuenta del silencio de nuestro amigo.

Miro a Tiago, pero tiene la mirada perdida en el horizonte. Lo rozo con el brazo, pero no reacciona, así que lo hago con un poco más de fuerza, pero nada. Al final decido darle un codazo en las costillas.

Un rayo de dolor me recorre el brazo e inspiro profundamente mientras se me saltan las lágrimas. Tiago se gira con el ceño fruncido como si no tuviera muy claro si ha notado algo o no. Aún acariciándome el codo, asiento bastante molesta.

«¡Di algo!», le quiero gritar a esa cara compungida que tiene.

Seguro que me sale un morado… Si Saysa estuviera aquí me quitaría el dolor con una simple caricia, pero no ha vuelto. Se ha quedado en casa con sus padres. Ha decidido cambiarse a Los Andes para estudiar su magia sanadora.

Estamos… Estamos dándonos un tiempo.

Pero es temporal. Esta solo es la primera parte de mi plan. Cuando viajamos en globo para encontrarnos con Yamila, le dije a Manu que no podía darle a Saysa lo que ella quería, pero después del juicio me di cuenta de que me pasaba lo mismo con mis padres. No tengo ningún interés en convertirme en Yamila.

La verdad es que quiero lo mismo que Saysa y no entiendo por qué debería negarlo más.

—*Tiago*.

Mi voz suena con más rudeza de lo que pretendía.

Lo veo abrir y cerrar los ojos como si estuviera intentado ver algo más allá de la ausencia de Manu. Miro a nuestros amigos que nos observan, expectantes. Pablo está de brazos cruzados, Javier no ha tocado la comida, Nico casi no ha abierto la boca, Gus y Bibi no se están peleando para variar y Diego ha hecho el esfuerzo de no traerse un libro.

Todos están raros. Todos menos Pablo, que simplemente parece desconfiado. Siento la brisa antes de que lo despeine, y de nuevo la magia vibra dentro de mí, pidiéndome que suelte un poco de tensión.

Tiago quería que fuese yo quien les diera a todos la noticia, los dos sabemos que lo haría mejor, pero mientras que vivamos en un mundo de lobos, las palabras de una bruja tendrán menos peso.

—Cata y yo tenemos algo que decirles.

Por fin Tiago parece haber recuperado la voz, aunque suena como un instrumento desafinado.

De repente me noto la boca seca, pero si bebo algo ahora quedaría muy dramático, así que espero a que acabe.

—Hemos... hemos aceptado entrar en los Cazadores.

Javier lanza un grito que parece una bomba y, cuando vuelvo a recuperar mi oído, me doy cuenta de que Nico, Bibi y Gus también están contentos por la noticia. Más allá de nuestro círculo, veo que otros lobos empiezan a correr la voz a las brujas que tienen cerca.

Pablo y Diego aún no han reaccionado. Son demasiado observadores para sorprenderlos. Por la intensidad con la que nos miran saben que hay algo más.

Tiago me mira y asiento con la cabeza para animarlo a continuar, pero lo veo apretar la mandíbula, como si esperara que le hubiese pedido que parara.

La verdad es que me da rabia, e incluso lo odio un poco. Como si esta decisión no me estuviera rompiendo por dentro a mí también, pero anoche acordamos seguir con el plan y ahora necesitamos hacer los sacrificios necesarios.

—Eso no es todo.

Parece que no corre ni una gota de aire.

—Cata y yo nos vamos a casar.

El silencio se expande por el espacio hasta que se hace ensordecedor y parece que el tiempo se ha detenido. Todo el mundo escuchó el testimonio de Tiago en el juicio de Manu y nuestros amigos escucharon cómo me declaré a Saysa en Lunaris hace dos lunas. Aun así, esta es nuestra primera prueba.

Si fallamos ahora, nuestro plan se verá frustrado.

—Dentro de siete lunas —les digo y le tomo la mano a Tiago—, celebraremos la boda.

Los Cazadores no van a dejar que Tiago se acerque a Manu si creen que está enamorado de ella y mi madre seguramente hará lo que sea para alejarme de Saysa. Esta es la manera en que los dos consigamos lo que queremos.

Solo tenemos que convencer a los demás de que Manu fue una distracción pasajera para Tiago, como el resto de las otras chicas, pero que siempre ha habido un amor que nunca ha flaqueado... su amor por *mí*.

Si logramos convencer a nuestros compañeros de que la historia que mis padres contaron en el juicio es la verdadera, quizá tenemos alguna posibilidad de ganar la confianza de los Cazadores. Y así podremos acercarnos a Manu.

Y como anoche dijo Tiago: «Crearemos un nuevo Aquelarre».

—¡Lo sabía!

Bibi es la primera que consigue reaccionar después del impacto y me da un abrazo para celebrar la noticia, pero cuando se separa de mí me doy cuenta de que no está sonriendo. Ella sabe lo que es estar enamorada, por eso entiende el sacrificio que estamos haciendo.

Javier me levanta en brazos, pero su sonrisa alegre no se refleja en los ojos. No vamos a conseguir engañar a nuestros amigos, pero es que Tiago y yo no estamos haciendo la actuación para ellos, sino para el resto de la escuela.

Diego y Pablo son los últimos en reaccionar. Más que nada parecen tristes. Mientras que Tiago y Pablo se abrazan, Diego me envuelven en sus brazos.

Una ráfaga de viento sacude las ramas que hay sobre nuestras cabezas y lo avivo con mi poder, lo que ilumina mi mirada hasta el punto que puedo ver el flujo de aire. Controlo la corriente hasta formar un campo de fuerza que nos cubre mientras nos juntamos todos.

—Nadie puede oírnos —les digo mientras nos separamos.

Viendo la alarma que hay en sus ojos violetas me espero que nos suelte un sermón, pero en lugar de eso nos dice:

—Cuenten conmigo.

La burbuja de aire explota de la misma sorpresa. Diego lleva toda la vida preparándose para trabajar en el tribunal. Siempre ha respetado la ley.

Ahora mis ojos se concentran en Pablo, quien asiente con la cabeza confirmando que él también está con nosotros. Entonces miro a Tiago, y veo en su mirada que ahora sí está presente. Cuando me toma de la mano esta vez, lo hace con decisión.

Manu nos ha enseñado lo que antes no podíamos ver: todos somos invisibles hasta que salimos de nuestro escondite.

Ella se enfrentó a nuestro sistema y luchó por nosotros.

Ahora seremos nosotros los que lucharemos por ella.

Mientras sigo a las brujas y salimos de El Jardín hacia La Catedral para asistir a nuestras clases, siento que camino con otra soltura, como si estuviera aprendiendo a deslizarme como Ma. Sin embargo, lo que marca estos andares no es la confianza, sino la precaución con la que doy cada paso.

Me siento como si estuviera corriendo por El Laberinto con una vela encendida y haciendo todo lo posible para que la pequeña llama que tiene no se apague.

Por primera vez en mi vida, sé lo que es la esperanza.

Y solo con eso, ya cambia todo.

Agradecimientos

Mis agradecimientos personales ya los escribí en *Lobizona*, así que en *Cazadora* me gustaría dar las gracias a las personas por las que he escrito esta saga:

Por todas las familias que están en la frontera y que quedaron fragmentadas y rotas por los papeles.

Por todos los padres y madres que se preguntan si sus hijos e hijas sanarán alguna vez el trauma.

Por todas las mujeres que han sido abusadas en los centros de detención y esterilizadas en contra de su voluntad.

Por todos esos niños y niñas perdidos que nunca sabrán su propia historia.

Y por las represalias que vendrán.

Escríbenos a

puck@edicionesurano.com

y cuéntanos tu opinión.

ESPAÑA /MundoPuck /Puck_Ed /Puck.Ed

LATINOAMÉRICA /PuckLatam

/PuckEditorial

¡Gracias por vivir otra
#EXPERIENCIAPUCK!